우리의 열 번째 여름

우리의
열 번째
여름

People We Meet on Vacation

에밀리 헨리 장편소설 — 송섬별 옮김

저번 책은 주로 나를 위해 썼습니다.

이번 책은 당신을 위한 것입니다.

차례

프롤로그

~~~

5년 전 여름

휴가를 떠났을 때 당신은 그 누구든 될 수 있다.

좋은 책이나 멋진 옷과 마찬가지로, 휴가는 당신을 지금과는 다른 버전의 당신으로 만들어준다.

일상이었다면 라디오에서 흘러나오는 음악에 맞춰 고개를 까닥이는 것조차 창피했겠지만, 밴드가 스틸 드럼을 연주하는 가운데 꼬마전구로 장식한 테라스에 서 있다면 어느새 그 누구 못지않게 온몸을 흔들어대겠지.

휴가를 떠났을 땐 머릿결도 달라진다. 물이 달라서, 어쩌면 샴푸가 달라서일까? 휴가를 떠났을 땐 소금기 가득한 바닷물 덕분에 마음에 쏙 들게 곱슬거리는 머리를 감거나 빗지 않고 그냥 둘 수도 있다. 이런 생각이 들기도 한다. 돌아가서도 이렇게 해볼래. 머리를 빗지 않아도, 땀에 흠뻑 젖어도, 가슴골에 모래가 들어가도 신경 쓰지 않을래.

휴가를 떠났을 때 당신은 낯선 사람에게 두려움 없이 말을 건넨다. 어색하면 뭐 어때? 앞으로 영영 안 볼 사람인걸!

원한다면 그 누구라도 될 수 있다. 하고 싶은 건 뭐든지 할 수 있다. 그래, 어쩌면 하고 싶은 걸 모조리 다 할 수 있는 건 아닐지도 모르겠다. 어떤 때는 궂은 날씨 때문에 하는 수 없이 비가 멎기만을 기다리며 다른 소일거리를 찾아야 할 때도 있다. 바로 지금의 나처럼.

화장실에서 나오던 길, 나는 발길을 멈춘다. 전략을 구상하고 있어서기도 하지만, 사실은 쩍쩍 들러붙는 바닥 때문에 벗겨진 한쪽 샌들을 찾아 다른 발로 폴짝폴짝 뛰어 돌아가야 해서다. 이론적으론 난 이곳의 모든 게 마음에 든다. 하지만 현실적으로, 질병관리본부의 비밀 시설에서 시약병에 담아 냉장 보관 중인 희귀 바이러스에 감염될 작정이 아니라면 누군가의 오물이 묻어 있을지 모르는 래미네이트 바닥을 맨발로 밟아선 안 될 것 같다.

나는 춤을 추듯 한쪽 발로 뛰어 벗겨진 샌들의 가느다란 오렌지색 끈에 발가락을 끼워 넣은 뒤 바 안을 둘러본다. 땀으로 끈끈한 육체들, 머리 위 이엉지붕에 달려 게으르게 돌아가는 실링 팬. 문이 열린 채 고정되어 있는 덕분에, 깜깜한 바깥에서 때때로 세찬 비가 새어 들어와 안에 있는 사람들의 땀을 식혀준다. 구석에는 주크박스가 네온 불빛을 후광처럼 뿜어내며 플라밍고스의 〈아이 온리 해브 아이즈 포 유(I Only Have Eyes for You)〉를 들려주는 중이다.

이곳은 휴양지지만 여긴 지역 주민들이 드나드는 바라서 무늬 있는 민소매 원피스나 하와이언 셔츠 차림의 관광객이 없어서 좋다.

열대과일 조각을 장식한 칵테일이 없는 것은 아쉽지만.

폭우가 쏟아지지 않았더라면 여행의 마지막 날에 여기 있지는 않았을 것이다. 이번 주 내내 비가 쏟아졌고 천둥이 그칠 줄 몰랐던 탓에 하얀 모래사장이며 미끈한 스피드보트를 즐기겠다는 꿈은 전부 물거품이 됐다. 잔뜩 실망한 다른 여행객들과 마찬가지로 관광객이 득시글거리는 가게들을 전전하며 피나콜라다 따위나 마시면서 시간을 때우는 수밖에 없었다.

하지만 오늘 밤엔 미어터지는 사람들도, 하염없는 대기 시간도, 결혼반지를 낀 채로 아내의 어깨 너머로 나한테 윙크를 던지는 머리가 허옇게 센 남자들도 지긋지긋했다. 그래서 여기 온 거다. '바'라는 단순한 이름이 붙은 바, 신발이 바닥에 쩍쩍 달라붙는 이곳의 얼마 되지 않는 손님들 중에서 내 목표물을 찾으려고.

그 남자는 '바'의 바 구석 자리에 앉아 있다. 스물다섯 살인 내 또래의 남자. 모래 빛 머리에 키가 훤칠하고 어깨도 딱 벌어졌지만 자세가 구부정한 나머지 한눈에는 그 사실을 알아보기 어렵다. 고개를 숙이고 휴대폰을 보고 있는 옆얼굴은 고요하게 집중한 모습이다. 그는 손가락으로 화면을 천천히 쓸어내리며 통통한 아랫입술을 물어뜯고 있다.

디즈니랜드만큼 미어터지지 않을 뿐 여기도 시끄러운 건 마찬가지다. 귀에 거슬리는 1950년대 후반 노래를 쏟아내는 주크박스와 기록적인 폭우 소식을 쩌렁쩌렁 전하는 벽걸이 TV 사이, 동시에 너나 할 것 없이 기침 같은 웃음을 터뜨리는 남자들이 한 무더기나 모여 있다. 바 저쪽 끝에서 노란 머리 여자와 담소를 나누고 있는 바텐더는 강조하고 싶은 부분마다 카운터를 쾅쾅 친다. 폭풍우 때문에 섬 전체에 초조함이 감돌고, 싸구려 맥주를 잔뜩 마신 탓에 다들 왁자하게 떠들어댄다.

하지만 바 구석 자리 스툴에 앉은 모래 빛 머리의 남자는 차분하기 때문에 눈에 띈다. 사실 그 남자는 어딜 봐도 이곳과는 전혀 어울리지 않는다. 기온이 27도를 웃돌고 습도는 100퍼센트에 달하는데도 구깃구깃한 긴팔 버튼 업 셔츠에 남색 긴 바지 차림이다. 수상할 정도로 햇볕에 그을리지 않은 얼굴, 게다가 웃음, 유쾌함, 경박함 같은 건 눈을 씻고 봐도 찾아볼 수 없다.

찾았다.

나는 땀에 젖어 얼굴에 달라붙은 금빛 곱슬머리 한 줌을 걷어낸 다음에 그를 향해 다가가기 시작한다. 내가 가까이 갔을 때까지도 남자는 손가락으로 화면을 천천히 내리며 휴대폰만 바라보고 있다. 화면 속 '제29장'이라는 굵은 글자가 언뜻 눈에 들어온다.

바에 앉은 채 책 한 권을 정독하는 남자라니.

나는 그의 옆자리로 슥 다가가서는 팔꿈치를 바 위로 미끄러뜨리며 그와 얼굴을 마주한다.

"안녕, 호랑이."

남자는 천천히 눈길을 들어 나를 마주 보더니 녹갈색 두 눈을 깜박인다.

"안녕하세요."

"여기 자주 오나 봐요?"

그가 나를 잠시 쳐다본다. 분명 뭐라고 대답할지 머리를 굴리고 있겠지. 그러다가 한참 만에야 입을 연다.

"아뇨, 이 동네 사람이 아니라서." 내가 입을 열려고 했지만 남자는 아랑곳하지 않고 말을 잇는다. "제가 특별 치료가 필요한 아픈 고양이를 키우고 있거든요. 그러니까 만약 이 동네에 살았다 한들 놀러 다니기는 힘들었을 거예요."

나는 그 문장의 모든 부분마다 눈살을 찌푸린다.

"안타깝네요. 죽음의 슬픔을 극복하는 와중에 아픈 고양이까지 돌보다니, 정말 힘들겠어요."

남자의 눈썹이 꿈틀한다. "죽음이라뇨?"

나는 그가 입은 복장을 가리킨다. "장례식에 참석하러 오신 거 아닌가요?"

그러자 그의 입매가 굳는다. "아닌데요."

"그럼 무슨 일로 이 동네에 오셨나요?"

"친구 때문에요." 남자는 들고 있던 휴대폰으로 눈길을 떨어뜨리며 말한다.

"여기 사는 친구예요?"

"여기로 절 끌고 온 친구죠. 휴가를 가자면서요." 그는 내 말을 정정해주며 '휴가'라는 말을 마치 지긋지긋하다는 투로 내뱉는다.

"너무한 거 아니에요? 고작 흥청망청 즐기려고 아픈 고양이를 집에 두고 오게 하다니! 그 사람 친구 자격 있는 거 맞아요?"

"점점 아닌 것 같기도 하고." 그는 여전히 휴대폰을 보며 말한다.

그가 철벽을 치고 있지만 나는 포기할 생각이 없다.

"그 친구는 어떤 사람이에요? 섹시해요? 똑똑해요? 아니면 돈이 엄청 많은가?"

"키가 작아요." 그는 휴대폰에서 눈을 떼지 않는다. "말이 많고요. 도저히 입을 다무는 법이 없죠. 자기 옷은 물론이고 제 옷에도 이것 저것 흘려요. 지독하게 감상적이어서, 전문대학 홍보 영상 같은 걸 보면서 울고 그래요. 싱글맘이 밤늦은 시간까지 컴퓨터 앞에 앉아 있다가 잠이 들면 아이가 엄마한테 담요를 덮어주며 자랑스럽다는 미소를 짓는 그런 광고 영상요. 아, 그 친구는 살모넬라균 냄새가 풍기는 싸구려 술집을 엄청 좋아해요. 전 그런 데에선 병맥주조차 꺼려지던데. 그건 그렇고, 이 가게 옐프 리뷰는 찾아본 거야?"

"농담이지?" 나는 가슴 앞에 팔짱을 끼며 묻는다.

"뭐, 살모넬라균엔 냄새가 안 나지. 그래도 파피, 네 키가 작은 건 사실이잖아."

"알렉스!" 나는 상황극을 그만두고 그의 팔뚝을 찰싹 때린다. "난 도와주려고 한 거라고!"

알렉스는 맞은 자리를 문지르며 묻는다. "뭘 도와줘?"

"세라와 헤어져서 힘든 건 이해하지만 이젠 극복할 때도 됐잖아. 술집에서 섹시한 여자가 다가올 때 절대로 꺼내서는 안 되는 이야기가 바로 너랑 상호 의존 관계에 있는 재수탱이 고양이 얘기라고."

"일단 플래너리 오코너는 재수탱이가 아니야. 낯을 가리는 거지."

"걘 악마야."

"그냥 널 안 좋아하는 거야. 너한테서 강력한 개 에너지가 뿜어져 나오거든."

"난 그저 쓰다듬어주려고 한 것뿐이었어. 쓰다듬지도 못하는 반려동물을 뭐하러 키워?"

"플래너리 오코너도 쓰다듬어주는 걸 좋아해. 하지만 넌 개한테 다가갈 때 늑대처럼 눈을 번뜩인단 말이야."

"그런 적 없어."

"파피, 넌 뭐든지 늑대 눈빛을 하고 다가간다고."

바로 그때, 바텐더가 내가 화장실에 가기 전 주문해두었던 술을 가져온다. "주문하신 마가리타 나왔습니다."

바텐더가 내놓는 서리가 맺힌 마가리타 잔을 받아드는 순간 목구멍 안에서 기대에 찬 갈증이 순식간에 밀려온다. 급히 들이켠 나머지 마가리타가 입술을 타고 뚝뚝 흘러내리지만, 술이 내 다른 쪽 팔에 흐르기 전 알렉스는 타고난 것에 더해 꾸준한 연습으로 숙련되기까지 한 속도로 내 팔을 잽싸게 치워준다.

"이것 보라니까, 늑대 눈빛." 알렉스는 언제나처럼 나직하면서도 진지한 말투로 말한다.

아주 가끔, 모래 빛 머리카락이 아무렇게나 뻗치고 구깃구깃한 셔츠가 허리춤 바깥으로 삐져나온 '괴짜 알렉스'가 튀어나와 노래방 바닥에 드러누운 채로 흐느끼는 흉내를 내며 노래를 부르는 그런 드물고 귀한 밤을 제외하면 늘 쓰는 말투. 물론 이건 그냥 예시다. 예전에 실제로 있었던 일이기는 하지만.

알렉스 닐슨은 연구 대상이다. 훤칠한 키, 딱 벌어진 어깨, 몸은 언제나 구부정하게 수그리거나 프레첼처럼 비틀고 있고, 엄청나게 금욕적이고(이건 내가 태어나서 본 사람 중 가장 불안정한 홀아버지 밑에서 장남으로 자라난 탓이다) 또 억제력이 강하지만(그의 학술적

열정과는 완전히 상반되는, 엄격한 신앙을 가진 가정에서 자라난 탓이다), 또 한편으로는 내가 아는 그 누구보다도 이상하고, 알고 보면 바보 같고, 여리디여린 마음을 지닌 괴짜다.

마가리타를 한 모금 들이켜자 절로 기분 좋은 콧소리가 나온다.

"역시 인간의 몸을 한 개라니까." 알렉스는 혼잣말을 한 뒤 다시 휴대폰의 스크롤을 내리기 시작한다.

나는 그의 말을 인정할 수 없다는 의미로 코웃음을 치고는 한 모금 더 마신다.

"그건 그렇고 이 마가리타는 테킬라가 99퍼센트 수준인데? 옐프에 혹평 쓴 사람들한테 지우라고 전해줘. 또 여기서 살모넬라균 냄새도 안 난다고."

나는 마가리타를 꿀꺽 삼키면서 알렉스의 옆자리 스툴에 올라앉아 그와 무릎이 스치도록 의자를 돌린다. 나와 함께 있을 때 알렉스가 이렇게 앉는다는 사실이 좋다. 상체는 정면을 보면서도, 기다란 다리는 마치 나만을 위한 비밀의 문을 열어주는 것처럼 내 쪽을 향하는 자세. 세상 사람들 눈에 비치는 내성적이고, 결코 환하게 웃는 법이 없는 알렉스 닐슨이 아니라 괴짜 알렉스한테로 곧바로 이어지는 문. 비행기도, 변화도, 자기 집 베개가 아닌 다른 베개를 베는 것도 치를 떨며 싫어하는데도 매년 나와 함께 여름휴가를 떠나는 알렉스.

술집에 들어가면 알렉스가 곧장 바가 있는 쪽으로 다가가는 게 좋다. 내가 바에 앉는 걸 좋아하기 때문이다. 심지어 알렉스는 바에 앉으면 바텐더와 자꾸만 눈이 마주치다가, 정작 필요할 때는 눈이 마주치지 않는다는 생각에 스트레스를 받는다고 털어놓은 적이 있는데도 말이다.

나는 내 절친 알렉스를 진심으로 좋아하고, 어쩌면 사랑하기 때문에, 그가 행복했으면 좋겠다. 그의 지나간 연인 중 내 마음에 든 사람이 아무도 없었고, 특히 그중에서도 얼마 전까지 사귀었던 세라는 정말 별로였는데도, 실연을 당한 알렉스가 은둔자 모드로 들어가버리지 못하게 막아주는 게 내 몫이라고 생각하는 것도 이 때문이다. 알렉스도 나한테 똑같이 해줬을 거다. 실제로도 그렇게 했고.

"그럼 처음부터 다시 해보자." 내가 입을 연다. "난 바에서 우연히 만난 섹시한 여자인 거야. 넌 고양이 얘기는 다 빼고 매력을 발산해보라고. 조금만 연습하면 다시 연애 시장으로 돌아갈 수 있을걸?"

휴대폰에서 고개를 들어 나를 쳐다보는 그는 비웃음을 터뜨리기 직전이다. 아니, 그냥 비웃었다고 표현하는 게 낫겠다. 알렉스한텐 저 정도면 정말 비웃는 표정이니까.

"닳고 닳은 '안녕, 호랑이'라는 말로 수작 거는 여자? 파피, 너랑 내가 생각하는 섹시함의 정의가 참 다른 것 같다."

나는 스툴에 앉은 채로 몸을 반대쪽으로 빙글 돌리고, 그 바람에 우리의 무릎이 툭툭 부딪친다. 그를 잠시 외면했다가, 다시 한번 음흉한 미소를 띠고는 그를 빤히 쳐다보며 입을 연다.

"혹시…… 천국에서 떨어질 때 많이 아팠나요?"

알렉스는 고개를 젓더니 느릿하게 말을 잇는다. "파피, 만에 하나 내가 누굴 사귀어도 확실히 네 도움은 필요 없을 것 같다."

나는 자리에서 일어나 드라마틱한 몸짓으로 남은 술을 단숨에

들이켠 다음 바 위에 탁 소리 나게 잔을 내려놓는다. "그럼, 같이 나
갈까?"

"대체 어떻게 네가 나보다 연애를 잘하는 건지 이해가 안 간다."
알렉스는 도저히 풀리지 않은 수수께끼를 곱씹듯 말한다.

"별것 아냐. 일단 난 너보다 눈이 낮거든. 방해가 될 플래너리 오
코너도 안 키우지. 바에서 술을 마실 때면 얼굴 찌푸리고 옐프 리뷰
나 들여다보면서 '말 걸지 마시오'라는 기운을 뿜어내는 것도 아니
고. 또, 어떤 각도에서 보면 나 되게 괜찮게 생겼어."

그는 자리에서 일어나더니 20달러짜리 지폐 한 장을 바 위에 올
려놓고 다시 지갑을 주머니에 넣는다. 알렉스는 언제나 현금을 가지
고 다닌다. 이유는 모른다. 이미 최소 세 번은 물어봤다. 심지어 대답
도 들었다. 그런데 아직도 그 이유를 모르는 걸 보면 알렉스의 대답
이 너무 따분했거나 어려웠거나 둘 중 하나라서 내 두뇌가 그 기억
을 그냥 흘려보낸 모양이다.

"그렇다고 네가 완전 괴짜라는 사실이 변하는 건 아니지."

"너, 나 사랑하는구나."

그러자 그는 내 양어깨에 손을 올리고는 날 내려다본다. 도톰한
입술에는 절제된 은근한 미소가 담겨 있다. 알렉스의 표정에는 꼭
체에다가 한 번 거른 것처럼 아주 미묘한 감정만 드러난다.

"알아."

그 말에 나는 그를 올려다보며 씩 웃는다.

"나도 사랑해."

그러자 그는 번져 나오는 웃음을 꾹 참고 작고 희미한 미소를 유

지한다.

"그것도 알아."

테킬라 기운 때문에 졸리고 나른해진 나는 활짝 열린 문을 향해 다가가는 내내 알렉스에게 몸을 기댄다.

"좋은 여행이었어."

"여태까지 중 최고였지." 알렉스도 맞장구를 친다.

바깥에는 비가 폭죽처럼 쏟아지고 있다. 그가 따뜻하고 묵직한 팔로 나를 조금 더 세게 끌어안자 그에게서 풍기는 깨끗한 시더우드 향이 내 어깨를 망토처럼 감싼다.

먼 데서 울리는 천둥소리에 야자수가 부르르 떨리고 사방에서 모기가 왱왱거리는 가운데 우리는 비가 쏟아지는 후텁지근한 여름밤을 향해 발걸음을 내딛는다.

"비가 왔지만 괜찮았어."

"난 비가 와서 더 좋았는데."

알렉스는 내 어깨를 감쌌던 팔을 들어 내 머리 위를 막으며 엉성한 인간 우산 노릇을 한다. 우린 빨간색 작은 렌터카로 돌아가려고 물 범벅이 된 도로를 가로지른다. 차에 도착하자 그가 먼저 달려가 조수석 문부터 열어주더니(자동 잠금 장치나 자동으로 내려가는 창문이 없는 대가로 싼값에 빌린 차다) 차 앞쪽으로 반 바퀴 돌아가서 운전석에 올라탄다.

알렉스가 시동을 걸자 송풍량을 최대로 올린 에어컨이 우리 두 사람의 흠뻑 젖은 옷에 찬바람을 쏟아붓는다. 우리는 숙소를 향해 출발한다.

"생각해보니까, 네 블로그에 올릴 사진을 하나도 안 찍었네."

알렉스의 말에 나는 웃음을 터뜨렸지만, 다음 순간 농담이 아니라는 걸 깨닫는다.

"알렉스, 내 블로그 구독자들이 '바' 사진 같은 걸 보고 싶겠어? 심지어 글로도 읽고 싶지 않을걸."

그러자 그는 어깨를 으쓱한다. "난 거기 그렇게 나쁘지 않았는데."

"살모넬라균 냄새가 난다더니."

"그 점만 빼고." 그는 방향지시등을 켠 뒤 숙소가 위치한 야자수가 늘어선 좁은 골목으로 접어든다.

"사실 이번 주엔 쓸 만한 사진은 하나도 못 건졌어."

알렉스는 얼굴을 찌푸리더니 이마를 훔치며 속도를 낮추고는 눈앞에 나타난 자갈 진입로로 들어간다.

"네가 찍은 사진들만 빼면." 나는 얼른 덧붙인다.

알렉스가 내 블로그에 올리라며 찍어준 사진들은 정말 끔찍했다. 하지만 선뜻 찍어준 게 고마워 개중에서 가장 덜 끔찍한 사진을 한장 골라 벌써 블로그에 올려두었다. 사진 속 나는 알렉스가 한 무슨말에 깔깔 웃으며 대답하는 와중에 순간 포착된 이상한 표정을 짓고 있는 데다가, 머리 위로는 먹구름이 잔뜩 드리워져 마치 내가 새니벌 섬에 종말이라도 불러들이고 있는 것 같은 사진이다. 하지만누가 봐도 사진 속 난 행복해 보인다.

알렉스가 무슨 말을 했기에 내가 그런 표정을 지은 건지, 또 그대답으로 내가 뭐라고 고함을 지르고 있었던 건지는 기억나지 않는다. 하지만 이 사진을 보면 알렉스와 함께한 여름들을 떠올릴 때마다 느끼는 그 온기가 온몸에 번지는 기분이 든다.

밀려오는 행복감. 사랑하는 사람과 아름다운 곳에 있는 이게 바로 인생의 의미라는 느낌. 사진과 함께 이런 감정을 담은 글을 써보려고 했지만 설명하기 힘들었다.

평소에 내가 블로그에 올리는 글은 모두 적은 돈으로 최대한 즐기는 가성비 여행에 관한 글이지만, 10만 명이 넘는 구독자가 해변에서의 여름휴가를 기다리고 있으니, 나 역시…… 해변 휴가를 담은 포스팅을 올려야겠지.

지난주 우리가 새니벌 섬 해변에서 보낸 시간은 다 합쳐봐야 40분 남짓일 것이다. 그 외엔 바, 식당, 서점이나 빈티지 상점에 틀어박혀 있었고, 숙소로 빌린 허접한 방갈로 안에서 팝콘을 먹으며 번개와 천둥의 거리를 계산하면서도 시간을 엄청 썼다. 피부가 햇볕에 타지도 않았고, 열대어는 한 마리도 못 봤고, 배를 타고 스노클링을 하러 간다거나 일광욕을 하기는커녕, 찌부러진 소파에서 자다 깨다 하면서 TV에서 연속 방영하는 〈환상특급〉을 꿈에서까지 보는 것 말고는 거의 아무것도 한 게 없다.

날씨가 나쁘더라도 아름다운 여행지가 있지만 새니벌 섬은 예외였다.

"저기." 알렉스가 주차 기어를 넣으며 입을 연다.

"왜?"

"사진 찍자. 같이."

"너 사진 찍히는 거 싫어하잖아."

난 항상 그 점이 참 이상했다. 굳이 따지자면 알렉스는 엄청나게 잘생긴 편이기 때문이다.

"그렇지. 하지만 지금은 밤이잖아. 이 순간을 기억하고 싶어."

"좋아, 그래. 사진 찍자."

손을 뻗어 휴대폰을 꺼내려는데 알렉스는 이미 자기 휴대폰을 꺼내 들고 있다. 그런데 그는 화면에 우리 얼굴이 나오게 하는 대신 휴대폰을 뒤집어서 후면 카메라를 마주한다.

"뭐하는 거야?" 나는 휴대폰을 뺏으려 든다. "셀카 모드는 이럴 때 쓰는 거예요, 할아버지."

"아니야!" 그는 웃으면서 휴대폰을 빼앗기지 않게 높이 든다. "네 블로그에 올리려고 찍는 거 아니야. 그러니까 잘 나오게 찍을 필요 없지. 그냥 있는 그대로의 우리 모습을 담고 싶어. 셀카 모드로 돌리면 사진 찍기 싫어질걸."

"넌 정말 외모 자신감 좀 키워야겠다."

"파피, 지금까지 내가 사진 수천 장은 찍어줬잖아. 이번 한 번만 내가 찍고 싶은 대로 찍으면 안 돼?"

"알았어." 나는 콘솔 너머로 몸을 뻗어 비에 젖은 알렉스의 가슴에 기대고, 그는 나와 키를 맞추려 머리를 조금 숙인다.

"하나…… 둘……."

하지만 셋을 세기도 전에 그는 플래시를 터뜨려버린다.

"너무해!"

나는 발끈하고, 그는 휴대폰을 뒤집어 사진을 확인하더니 끙 하는 소리를 낸다.

"으아…… 이건 진짜 아니다."

사진 속, 유령처럼 흐릿한 우리 얼굴을 보니 웃음을 참느라 딸꾹질이 나온다. 알렉스의 젖은 머리는 삐죽삐죽 솟아 있고, 내 머리는 꼬불꼬불한 촉수처럼 얼굴에 달라붙어 있다. 둘 다 더워서 얼굴이 벌겋게 달아오른 데다 번들거리기까지 하고, 난 두 눈을 다 감았고, 알렉스는 눈이 부어서 실눈처럼 나온 사진이다.

"와, 못생긴 건 그렇다 치고 앞도 안 보일 것같이 나왔다."

알렉스가 웃으면서 목 받침에 머리를 기댄다. "알았어, 지울게."

"안 돼!" 나는 휴대폰을 향해 덤벼든다.

알렉스도 나도 휴대폰을 놓지 않는 바람에 우리는 결국 콘솔 위에서 함께 휴대폰을 맞든 꼬락서니가 된다.

"알렉스, 중요한 건 이 여행을 있는 그대로 기억하는 거야. 또 있는 그대로의 우리 모습을 남기는 거고."

그는 평소처럼 작고 희미한 미소를 짓는다. "파피, 너 이 사진보다는 실물이 나아."

나는 고개를 설레설레 저으며 대답한다. "너도 마찬가지야."

한참 동안 우리는 마치 사진에 대한 협의를 끝낸 이상 더는 할 말이 없다는 듯이 말없이 가만히 있는다.

"내년에는 추운 데로 가자." 알렉스가 말한다. "비 안 오는 곳으로."

"좋아." 나는 씩 웃는다. "추운 데로 가보자고."

1장

≋

올해 여름

"파피, 자기 생각은 어때?" 칙칙한 회색 회의 탁자 상석에 앉아 있던 스와프나가 입을 연다.

《휴식과 이완(Rest+Relaxation)》, 줄여서 《R+R》이라 불리는 이 제국의 자애로운 지배자 스와프나 바크시하이스미스야말로 우리 잡지가 내세우는 두 가지 핵심 가치와 가장 거리가 먼 사람이다.

스와프나의 마지막 휴식은 아마도 3년 전이었을 거다. 임신 8개월 반, 의사가 절대 안정을 권고했던 때다. 심지어 그때도 배에 노트북을 올려놓고 화상회의에 참여했으니 딱히 쉰 거라고 보기도 어렵다. 스와프나는 올백으로 미끈하게 넘겨 유행의 극한을 달리는 단발머리에 스터드가 박힌 알렉산더 왕 펌프스에 이르기까지 구석구석 날카롭고 뾰족하며 스마트한 사람이다.

끝을 날카롭게 빼서 그린 아이라이너는 알루미늄 캔 정도는 가

뿐히 자를 것 같고, 남은 잔해는 그녀의 에메랄드색 눈빛으로 박살 낼 수 있을 것이다. 지금, 그 두 눈이 나를 빤히 바라보고 있다.

"파피? 듣고 있어?"

나는 눈을 깜박여 정신을 차리고 의자에서 몸을 당겨 앉은 뒤 헛기침을 한다. 요즘 자꾸만 이런다. 일주일에 딱 한 번 출근해도 되는 직장에 다니면서 출근 시간의 절반을 수학 시간에 멍 때리는 아이처럼 보내선 안 되는 건데. 심지어 언제나 자극을 주는 무서운 편집장 앞에서 말이다.

눈앞에 놓인 메모장을 열심히 살펴본다. 예전엔 금요일 회의마다 제안할 내용을 수십 개씩 적어왔다. 외국에서 열리는 아는 사람만 아는 페스티벌, 소박한 튀김 디저트로 유명한 지역 식당들, 남미의 어느 해변에서만 관측할 수 있다는 자연 현상, 뉴질랜드의 떠오르는 와인 산지, 스릴을 즐기는 사람들 사이 새로운 트렌드라든지, 스파를 즐기는 사람들로부터 각광받는 힐링 방법 같은 것들이었다.

예전의 나는 흥분에 차서 이런 메모들을 써내려가곤 했다. 언젠가는 하고 싶은 온갖 경험들이 마치 살아 있는 것처럼 내 몸 안에서 쑥쑥 가지를 뻗다가 마침내 몸을 뚫고 터져 나올 것만 같았다. 회의 사흘 전부터 최면 상태가 되어 구글을 뒤지며 가본 적 없는 여행지 사진을 쭉쭉 스크롤할 때마다 배 속에서 허기를 닮은 느낌이 꼬르륵댔다.

그런데 오늘, 내 메모장에 쓰인 건 딱 10분을 투자해 적어온 나라 이름 몇 개가 전부다. 심지어 도시 이름도 아닌, 나라 이름.

스와프나는 내 입에서 내년 여름 특집 기사 주제가 나오기를 기

다리며 나를 바라보고 있고, 나는 브라질이라는 글자를 응시하고
있다.

브라질은 세상에서 다섯 번째로 큰 나라다. 지구의 면적 5.6퍼센
트를 차지하는 나라. 그러니까 브라질에서 보내는 휴가를 주제로는
짧고 명쾌한 기사를 쓸 수 없다. 최소한 지역이라도 정해야 한다.

다음 페이지로 넘어가는 척 노트를 넘겼다. 백지 상태다. 동료인
개릿이 어깨 너머로 훔쳐보려는 듯 내 쪽으로 몸을 기울이기에 나
는 노트를 탁 덮어버리면서 말한다.

"상트페테르부르크."

그러자 스와프나는 눈살을 찌푸린 채 테이블 앞을 큰 보폭으로
서성거린다. "상트페테르부르크는 3년 전 여름에도 썼잖아. 백야 축
제, 기억 안 나?"

"암스테르담은요?" 옆자리의 개릿이 제안한다.

"거긴 봄 여행지고." 스와프나의 말투에 희미한 짜증이 묻어나 있다.
"암스테르담 기사에서 튤립이 빠지는 게 말이 돼?"

언젠가 들은 얘긴데, 스와프나는 75개국이 넘는 나라에 가봤고
그중엔 여러 번 가본 나라도 있다나.

그녀가 걸음을 멈추더니 한 손에 든 휴대폰을 다른 쪽 손바닥에
톡톡 두드리며 생각에 잠긴다.

"게다가 암스테르담은 너무…… 트렌디하잖아."

스와프나의 굳건한 신조는 트렌디하다는 말이 이미 트렌드에 뒤처
졌다는 걸 뜻한다는 것이다. 폴란드의 토룬이 최근 사람들 사이에
서 입소문을 탔다는 게 그녀의 귀에 들어오는 순간, 앞으로 10년 동

안 토론은 후보에서 제외되는 거다. 실제로 우리 사무실 옆 벽에는 《R+R》에서 다루지 않을 여행지 리스트'가 압정으로 붙어 있다(토론은 그 리스트에는 없다). 스와프나가 모든 항목을 손 글씨로 일일이 적고 날짜까지 적어둔 덕에, 우리 사이에선 어느 도시가 언제 리스트에서 빠지는가를 두고 암암리에 내기가 벌어지고 있다. 팔에 명품 노트북 가방을 걸친 스와프나가 씩씩한 걸음으로 들어와서는 펜을 들고 금지된 도시 리스트로 다가가는 순간만큼 우리 사무실에 흥분 섞인 침묵이 감도는 순간은 없다.

스와프나가 이번엔 어떤 도시를 《R+R》의 어둠 속에서 구해낼지 궁금해하며 숨죽이고 지켜보다가 그녀가 자기 사무실로 들어가 문을 닫는 순간, 제일 가까이 있던 사람이 달려가 리스트를 확인하고는 편집부 모두에게 그 이름을 속삭여준다. 내기에 참여한 모든 편집자들 모두 말없이 기다리다가, 몇몇은 승리를 기뻐한다.

지난가을, 리스트에서 파리가 삭제되었을 땐 샴페인을 터뜨린 사람도 있었고, 개릿은 그날이 오기만을 기다렸다는 듯이 서랍 속에 숨겨놓았던 빨간 베레모를 꺼냈다. 그는 온종일 베레모를 쓰고 있다가 스와프나의 사무실 문이 열리고 닫히는 소리가 날 때마다 얼른 벗었다. 안 들킨 줄 알았던 모양이지만, 그날 저녁 스와프나는 퇴근하던 길에 개릿의 책상 옆에서 걸음을 멈추더니 "잘 있어요, 개릿" 하고 프랑스어로 인사했다.

개릿의 얼굴은 베레모만큼이나 새빨개졌다. 난 스와프나가 농담을 했을 뿐이라고 생각했지만, 개릿은 그때 잃어버린 자신감을 아직까지 회복하지 못하고 있다.

암스테르담이 '트렌디'하다는 선고가 내려진 지금 개릿의 얼굴은 빨간 베레모를 넘어 보라색 비트만큼이나 달아오르고 말았다. 누군가 코수멜을 제안한다. 또 다른 누군가가 라스베이거스를 입에 올리자 스와프나도 잠깐 고려해본다.

"라스베이거스도 재미있겠네." 그러더니 그녀가 나를 바라본다. "파피, 라스베이거스도 재미있을까?"

"당연히 재미있겠죠." 나는 맞장구를 친다.

"산토리니." 개릿이 만화영화 속 쥐처럼 기어들어가는 목소리로 제안해본다.

"산토리니야 당연히 좋지." 스와프나의 말에 개릿은 소리 내어 안도의 한숨을 쉰다. "하지만 좀 더 영감이 담긴 곳이 필요해."

스와프나는 또 나를 쳐다본다. 콕 집어 나만 본다. 이유는 알고 있다. 특집기사를 나한테 맡기려는 거다. 그러려고 내가 여기 입사한 거니까. 배 속이 꼬이는 것 같다.

"좀 더 브레인스토밍해보고 월요일에 발표할게요."

그러자 스와프나는 알았다는 듯 고개를 끄덕인다. 개릿의 어깨가 축 처진다. 개릿은 남자친구와 함께 산토리니로 공짜 여행을 떠나고 싶은 마음이 간절하니까. 여행작가라면 누구나 마찬가지겠지. 아니, 인간이라면 누구나 그럴 것이다. 나 역시 당연히 그래야 마땅한데.

포기하지 마, 나는 개릿에게 말하고 싶다. 스와프나가 영감을 내놓으라고 해도 나는 내놓을 방법이 없다. 영감이 찾아오지 않은 지 오래됐으니까.

×

"산토리니로 밀어붙여."

모자이크 문양의 카페 테이블 위에 놓인 로제 와인 잔을 흔들며 레이철이 말한다. 여름에 딱 어울리는 와인, 레이철의 SNS 덕분에 공짜로 얻은 와인이다.

레이철 크론. 패션 블로거이자 프렌치 불도그 애호가, 어퍼웨스트 사이드에서 태어나고 자란 토박이(하지만 다행히 내가 오하이오 출신 이라는 사실에 완전 귀엽다 같은 반응을 하거나 그런 곳이 존재하는지 조차 모른다는 듯 거기 어딘지 아는 사람? 하는 부류는 아니다), 그리고 직장인이 된 뒤에 생긴 가장 친한 친구다.

레이철은 최신 주방 가전을 모조리 갖추고 살면서도 설거지는 손 으로 한다. 그게 힐링이 된다나. 설거지를 할 때조차 10센티미터 힐 을 신는데, 플랫슈즈라는 건 승마를 할 때나 정원 일을 할 때, 그것 도 그런 상황에 적절한 굽 달린 부츠가 없을 때만 신는 거라고 생각 하는 사람이라서다.

뉴욕으로 온 뒤에 처음 생긴 친구가 레이철이었다. 레이철은 SNS 인플루언서, 즉 고급 대리석 화장대 앞에서 특정 브랜드 제품으로 화장한 사진을 찍어 올린 뒤에 돈을 받는 직업인데, 인터넷에서 친 구를 만든 건 처음이지만 알고 보니 장점이 있었다. 예를 들면 샌드 위치를 먹기 전에 블로그에 올릴 사진을 찍어야 하니 기다려달라고 말해도 부끄럽지 않다는 것. 처음에 나는 우리에게 공통점 같은 건 없을 거라고 생각했지만, 세 번째 만남에서 레이철은 사실 일주일

동안 올릴 사진을 전부 화요일에 찍는다고 털어놓았다. 화요일 하루 동안 옷과 머리 모양을 바꿔가면서 여러 공원과 식당을 돌아다니면서 사진을 몰아 찍고, 다른 요일에는 글을 쓰고 SNS를 통해 개 구조 활동을 한다고 했다.

레이철이 이 직업을 택한 건 사진발을 잘 받는 외모, 사진발을 잘 받는 인생(꾸준한 치료가 필요하긴 하지만)은 물론 사진발을 엄청나게 잘 받는 개가 두 마리나 있었던 덕분이었다. 반면 나는 여행을 업으로 삼기 위한 기나긴 여정의 일부로 SNS 팔로워들을 만들게 되었다. 목적지는 같지만 가는 길은 다르달까. 그러니까, 레이철은 어퍼웨스트사이드에 살고 나는 로어이스트사이드에 살지만 우리 둘 다 살아 있는 광고라는 얘기다.

나는 스파클링 와인을 입에 듬뿍 머금은 뒤 입 안에서 굴리며 레이철이 한 말을 곱씹는다. 난 한 번도 산토리니에 가본 적이 없다. 포화 상태인 부모님 집에 보관해둔, 공통점이라고는 없는 물건들이 잔뜩 들어 있는 터퍼웨어 상자 어딘가에는 중학교 때 써둔 내가 가보고 싶은 여행지 목록이 들어 있을 텐데, 산토리니는 이 목록에서도 상위권에 있을 것이다. 식구들로 가득한 오하이오의 1.5층짜리 주택에 살던 내가 상상할 수 있었던 가장 먼 곳. 단정하게 열을 맞춘 새하얀 집들과 드넓게 펼쳐져 반짝이는 푸른 바다.

한참 만에야 나는 입을 연다. "안 돼."

"개릿이 산토리니를 그렇게 원하는데, 내가 끼어들면 스와프나가 날 택할 거야."

"난 이해가 안 된다. 여행지를 정하는 게 뭐가 그렇게 어려워, 파피? 돈을 모아서 가는 것도 아니잖아. 장소를 정하고, 가면 되는걸. 그다음엔 또 다른 곳으로 떠나고. 네가 하는 일이 그런 거잖아."

"그렇게 간단한 일이 아니야."

"어, 뭐 그렇겠지." 레이철이 한 손을 내젓는다. "그치, 편집장이 '영감이 담긴' 휴가를 원한다며. 그런데 《R+R》 법인카드를 들고 아름다운 여행지에 도착하는 순간 영감이 절로 샘솟지 않겠어? 그 누가 대형 미디어 기업의 돈을 쓰는 여행 기자만큼 끝내주는 휴가를 다녀올 수 있겠어? 네가 휴가에서 영감을 못 얻으면 다른 사람들은 무슨 수로 얻겠어?"

나는 샤퀴테리 보드 위 치즈를 자르며 어깨를 으쓱한다. "그게 문제네."

"뭐가 문제야?" 레이철이 한쪽 눈썹을 치켜들며 묻는다.

"내 말이!"

그러자 레이철은 지겨워 죽겠다는 표정을 짓더니 단호하게 말한다. "귀엽고 엉뚱하게 굴지 말아줄래."

레이철 크론에게 귀엽고 엉뚱한 건 스와프나 바크시하이스미스에게 트렌디한 것이 그렇듯 최악이라는 의미다. 헤어스타일도, 화장도, 입는 옷도, 집 인테리어도, SNS도 부드럽고 몽롱한 분위기를 풍기지만, 레이철은 사실 뼛속부터 현실적인 인간이다. 레이철에게는 인플루언서라는 직업 역시 다른 직업들과 마찬가지로 먹고살려고 하는 일이지(적어도 치즈, 와인, 화장품, 옷을 비롯해서 회사들이 보내주는 물건들을 받을 수 있으니까) 이 직업에 따라오는 약간의 명성을 즐기고 싶어서 하는 일은 아니다. 레이철은 매월 말일이면 그 달에 찍은 사진 중 가장 못 나온 B컷들을 무보정으로 올리고는 이렇게 덧붙인다. *실존하지 않는 삶을 갈망하게 만들기 위한 이미지들을 선별해 담은 피드입니다. 저는 이런 일을 하고 돈을 벌죠.*

맞다. 레이철은 예술대학 출신이다.

하지만 이런 식으로 퍼포먼스 아트 비슷한 것을 해도 레이철의 명성은 끄떡없다. 매월 말일, 출장이 없는 한 나는 레이철과 약속을 잡는다. 저 사진들을 올리자마자 쏟아지는 '좋아요'와 팔로우 신청들을 보면서 눈을 굴리는 모습을 보고 싶어서다. 간간이 레이철이 소리를 지르며 이렇게 말하기도 한다. "이것 좀 봐. '레이철 크론은 정말 용감하고 진정성 넘친다, 그녀가 우리 엄마였으면 좋겠다'래. 당신들은 나를 모른다고 대놓고 말했는데 아직도 이해를 못 하네."

레이철은 세상을 장밋빛으로 보거나 감상에 잠기는 걸 용납 못 하는 성격이다.

"귀여운 척하는 거 아니거든. 엉뚱한 척하는 건 더더욱 아니고."

내 말에 레이철의 눈썹이 한층 더 휘어진다. "진심으로 하는 소리야? 넌 그 두 가지 다 해당되잖아."

나는 눈을 굴린다. "그냥 내가 키 작고 밝은색 옷을 자주 입어서 그런 거 아니고?"

"넌 그냥 작은 게 아니라 앙증맞은 거야." 레이철이 내 말에 토를 단다. "또, 밝은색 옷을 자주 입는 게 아니라 요란한 패턴의 옷을 입는 거지. 넌 아침마다 자전거로 동네를 돌아다니며 **봉주르, 르 몽드** (bonjour, le monde)! 하고 외치면서 바게트를 나눠주는 1960년대 파리의 빵집 딸처럼 옷을 입잖아."

"아무튼." 나는 한참 벗어난 화제를 다시 원래 자리로 끌고 온다. "말도 안 되게 비싼 휴가를 다녀온 다음 똑같은 휴가를 갈 만한 시간과 돈이 있는 전 세계 42명쯤 되는 사람들이나 읽을 기사를 쓰는 게 무슨 소용인지 모르겠어."

생각에 잠긴 레이철의 눈썹이 다시 일자가 된다. "음, 내 생각에 《R+R》을 보는 사람들 대부분은 그 여행을 따라가려고 보는 게 아니야, 파피. 사람들은 계획을 세우려고 잡지를 사는 게 아니라 환상을 사는 거라고."

분명 현실주의자 레이철의 입에서 나오는 말인데도 냉소적인 예술 전공자 레이철다운 면이 묻어난다. 예술 전공자 레이철은 허공에 대고 고래고래 고함을 지르는 노인이라든지, 저녁 식탁에서 "얘들아, 잠시 전자기기와 멀어져보자" 하면서 휴대폰을 걷어가는 의붓아버지 같은 사람이다.

예술을 전공한 레이철과 그녀가 가진 원칙들을 사랑하지만, 그렇다고 이런 모습이 길가 테라스에 앉아 있을 때 불쑥 나타나는 건 좀 불편하다. 왜냐하면 여태까지 차마 한 번도 하지 못한 말들이 지금 입 밖으로 튀어나오기 직전이니까. 여행과 여행 사이, 아늑함도 생활감도 없는 아파트 안, 아직 새것 같은 소파에 누워 있는 순간에조차 전적으로 직시하기는 힘든 예민하고도 비밀스러운 생각들이다.

"다 무슨 의미가 있나 하는 생각이 들거든." 나는 낙심에 빠진 채 다시 입을 연다.

"그런 생각 한 적 없어? 그러니까, 열심히 살면서 하라는 건 뭐든 다 했고……."

"음, 뭐든 다 한 건 아니지 않아? 너 대학교 중퇴했잖아."

"······그렇게 꿈꾸던 직업을 가졌어. 최고의 여행 잡지에서 일하게 됐잖아! 좋은 아파트도 있어! 택시 탈 때 돈 때문에 전전긍긍하지도 않아, 그런데······."

지금 하려는 말의 무게가 나를 샌드백처럼 짓누르는데도 과연 이 말을 뱉어도 될지 망설여진 나머지 나는 떨리는 숨을 들이쉰다.

"행복하지가 않아."

레이철이 표정을 누그러뜨린다. 한 손을 내 손등에 올리지만, 내가 말을 이을 수 있게 가만히 기다려준다. 마음을 추스르기까지는 시간이 걸린다. 이런 말을 내뱉는 건 물론이고 이런 생각을 했다는 사실만으로도 내가 배은망덕한 사람이 된 것 같다.

"내가 꿈꿔왔던 것과 별로 다르지도 않아." 나는 한참 만에야 입을 연다. "······파티에 가고, 국제공항에서 경유를 하고, 비행기 안에서 칵테일을 마시고, 해변이나 보트, 와인 산지를 돌아다니는 생활 말이야. 내가 상상한 삶을 사는데 어쩐지 상상했던 느낌과는 달라. 솔직히 말하면 요즘은 예전 같은 느낌이 안 들어. 예전엔 여행을 떠나기 일주일 전부터 신이 나서 어쩔 줄 몰랐어. 공항에 도착하면 꼭······ 내 몸에 흐르는 피마저도 웅웅거리는 느낌이었어. 나를 둘러싼 공기가 온갖 가능성을 품고 진동하는 것처럼 느껴졌어. 잘 모르겠어. 뭐가 변한 걸까? 어쩌면 변한 건 나일지도 몰라."

레이철은 검은 곱슬머리를 귀 뒤로 넘기더니 어깨를 으쓱한다. "네가 원했던 거야, 파피. 이런 삶을 갖지 못했을 땐 이걸 간절히 원했잖아."

34

당연히 레이철 말이 옳다. 내가 토해낸 말들의 본질을 꿰뚫어 본 거다. 나는 허탈한 웃음을 터뜨린다.

"내 삶은 내가 바라던 대로 변했어. 그런데…… 이제 난 무언가를 원하던 그 기분이 그리워."

내가 품은 꿈의 무게가 나를 떨게 하던 시절. 사방에서 가능성 이 진동하던 시절. '가든'에서 서빙 아르바이트 두 타임을 마친 뒤 《R+R》에 입사하기 전에 살던 엘리베이터도 없는 허름한 5층 건물 로 돌아와 미래를 꿈꾸곤 했다. 앞으로 가보게 될 장소들, 앞으로 만나게 될 사람들, 그리고 미래의 내 모습까지. 꿈꾸던 아파트, 꿈꾸 던 상사, 꿈꾸던 직업까지 (덕분에 말도 안 되게 비싼 월세도 그리 두 렵지 않다, 어차피 미슐랭 등급을 받은 레스토랑에서 회사 돈으로 식 사하면서 시간을 보내니까) 가진 지금 더 이상 원할 수 있는 무언가 가 남아 있을까?

레이철이 잔에 와인을 마저 들이켠 다음 크래커 위에 브리 치즈 를 올리면서 고개를 주억거린다. "밀레니얼 세대의 권태감이네."

"그런 말이 실제로 있어?"

"아직은 아니지만 세 번 반복하면 오늘 밤엔 《슬레이트》에서 기삿 거리로 다룰걸."

내가 불길한 기운을 쫓는 척 소금을 한 줌 집어 어깨 너머로 뿌리 자 레이철은 코웃음을 치며 두 사람의 잔에 새로 와인을 따른다.

"난 밀레니얼 세대의 문제는 원하는 걸 못 갖는 데서 온다고 생각 했어. 집, 직장, 경제적 자유. 평생 학교를 다니고 죽을 때까지 바 텐더로 일하느라."

"그치. 그런데 넌 대학교 중퇴하고 꿈을 찾았잖아. 그 결과 이 자리에 온 거고."

"난 밀레니얼 세대의 권태감은 느끼기 싫어. 호강에 겨워 징징거리는 느낌이야."

레이철은 또 한 번 코웃음을 친다. "만족이란 자본주의가 만들어 낸 거짓말이야."

또 예술 전공자 레이철이 튀어나왔지만, 맞는 말이다. 따지고 보면 레이철이 하는 말은 웬만해선 맞는 말이다.

"생각해봐. 내가 올리는 사진들만 해도 결국 라이프스타일을 파는 거거든. 사람들은 사진을 보면서 생각하지. 이 소니아 리키엘 하이힐만 있다면, 프랑스산 오크를 깐 헤링본 마루가 있는 멋진 집에 산다면, 그때는 행복해질 거라고. 백조처럼 우아하게 돌아다니면서 화분에 물을 주고 끝도 없이 선물로 들어오는 조 말론 향초에 불을 붙이고 있자면 내 삶이 완벽한 조화를 이루고 있는 기분이 들 거라고 말이야. 그럼 드디어 우리 집을 사랑할 수 있겠지. 이 지구에서 살아가는 나날들을 즐길 수 있겠지."

"너 그런 거 되게 잘하더라. 진짜 행복해 보이거든."

"당연하지. 그런데 이 삶이 만족스럽진 않아. 왠지 알아?"

레이철은 테이블 위에 있던 휴대폰을 집어 사진을 찾더니 화면을 내게 보여준다. 생존에 필수적인 수술을 한 탓에 주둥이 부분에 똑같은 흉터가 있는 불도그들을 안고 벨벳 소파에 드러누운 레이철의 사진이다. 스폰지밥 파자마를 걸친, 화장기 하나 없는 민낯이다.

"하루가 멀다 하고 강아지 농장에서 이런 아기들을 계속 만들어내니까! 똑같은 개를 자꾸 임신시켜서 유전적 변이로 고통스럽고 힘든 삶을 살아야 할 새끼들이 계속 태어난단 말야. 강아지 감옥 속 켄넬에 몇 마리씩 욱여넣은 채로 기르는 핏불은 말할 것도 없고!"

"개를 키우라는 뜻이야? 여행 기자는 반려동물 키우기 어려운데."

사실 그 이유가 아니더라도 내가 동물을 키울 수 있을 것 같지 않다. 난 개를 좋아하지만 어린 시절 개들이 바글거리는 집에서 자랐다. 동물은 털을 날리고 짖고 집을 난장판으로 만든다. 나처럼 정신 없는 사람에게 반려동물은 파국을 야기할지도 모른다. 임시 보호할 개를 데리러 보호소에 갔다가 내가 개 여섯 마리에 야생 코요테까지 입양하지 않을 거라는 보장이 없으니까.

"내 말은 만족보다 목적이 중요하다는 거야. 넌 꿈꾸던 커리어가 있었고, 그래서 목적이 생겼지, 그리고 하나씩 이뤄냈잖아. 그러다 보니 이젠 목표가 사라진 거지."

"그럼 새로운 목표가 필요하겠네."

레이철은 내게 공감한다는 듯 고개를 주억거린다. "기사에서 읽은 적 있어. 장기 목표를 이루고 나면 우울해지는 경우가 많대. 중요한 건 목적지가 아니라 여정 자체야, 파피. 장식용 쿠션에 적혀 있는 말들 같은 건 신경 쓰지 마."

레이철의 표정이 아련하게 바뀐다. 그녀의 SNS에서 좋아요를 가장 많이 받은 사진 속 그 표정이다.

"내 심리 치료사가 그러는데……."

"그분 너네 엄마잖아."

"이 말을 할 땐 심리 치료사였어." 레이철이 우긴다.

나는 그 말이 레이철이 어머니로부터 실제 심리 치료를 받았다는 뜻이 아니라 레이철이 때로 예술 전공자의 모습을 드러내는 것처럼 그녀의 어머니도 샌드라 크론 박사 같은 태도를 취했다는 뜻이라는 걸 알고 있다. 레이철이 아무리 애원해도 어머니는 그녀를 환자로 받아주지 않았고, 레이철은 다른 치료사를 만날 생각이 없었기 때문에 두 사람은 여전히 교착 상태다.

"어쨌든, 엄마가 그러는데 잃어버린 행복을 찾는 법은 다른 걸 찾는 방법이랑 똑같대."

"성내면서 소파 쿠션이라도 집어 던지라는 거야?"

"왔던 길을 되짚어가라는 거지. 그러니까 파피, 기억을 되짚으면서 스스로에게 질문해봐. 마지막으로 정말 행복했던 때가 언제야?"

문제는, 난 기억을 되짚을 필요가 없다는 거다. 그럴 필요가 전혀 없다. 마지막으로 정말 행복했던 때가 언젠지 금세 떠오르니까.

2년 전 크로아티아에서 알렉스 닐슨과 함께였을 때였다.

하지만 그때로 돌아갈 방법이 없다. 그날 이후로 우린 더 이상 대화하지 않았으니까.

"생각해봐, 알겠지? 크론 박사님은 항상 옳거든." 레이철이 말한다.

"그래." 내가 대답한다. "생각해볼게."

2장

≋

올해 여름

난 열심히 생각해본다.

지하철을 타고 집으로 돌아오는 내내, 지하철에서 내린 뒤 네 블록을 더 걸어가는 동안에도, 뜨거운 물로 샤워하고, 헤어 팩을 하고, 얼굴에 팩을 하는 동안에도, 길이 안 든 새 소파에 몇 시간이나 더 누워 있는 동안에도 생각해본다.

이 아파트를 진짜 집처럼 꾸미기에는 여기서 보내는 시간이 별로 없다. 뿐만 아니라 난 구두쇠 아빠와 감성 충만한 엄마가 낳은 작품이다. 즉, 쓰레기로 가득 차서 넘치기 직전인 집에서 어린 시절을 보냈다는 뜻이다. 엄마는 오빠들과 내가 어릴 때 선물한 찻잔들을 깨진 뒤에도 계속 간직했고, 아빠는 차를 바꾸면 낡은 차는 언젠가 고쳐 타겠다며 앞마당에 세워두었다. 나는 아직도 집 안에 두는 장식품의 적정량이 얼마나 되는지 알 수 없지만, 그래도 보통 사람들이 어린 시절 우리 집을 보고 어떤 반응을 보였는지 알기에 호더가 되느니 미니멀리즘을 택하기로 했다. 상당한 양의 빈티지 옷들만 제외하면(미니멀리즘의 첫 번째 규칙, 중고를 싸게 살 수 있다면 절대 새 물건 사지 않기) 아파트 안에는 딱히 볼 것도 없다. 그래서 나는 천장만 올려다보며 생각에 잠긴다.

알렉스와 함께 보낸 여름들을 생각하면 할수록 점점 더 그날들이 그리워진다. 하지만 벚꽃 핀 일본이라든지, 알록달록한 길을 따라 가면 쓴 사람들이 행진하고, 광대가 채찍을 휘두르며 춤을 추는 스위스의 파스나흐트 축제가 그리울 때처럼 흥미롭다거나 환상적이고 열정적인 종류의 그리움은 아니다.

지금 느끼는 감정은 오히려 아픔에 가깝다. 슬픔이다.

인생에서 더 이상 원하는 게 없다는 것보다 더 괴롭다. 도저히 가능성도 없는 것을 원하는 거니까. 침묵 속에서 2년이 흘러간 지금은 정말 가능성이 없다.

아니, 침묵까진 아니다. 아직도 생일이면 알렉스가 문자 메시지를 보내온다. 나도 그의 생일에 메시지를 보낸다. 우리 둘 다 '고마워,' 아니면 '잘 지내?'라는 답장을 보내지만 대화가 더 이상 이어지는 일은 없다.

우리 사이에 그 일이 있고 나서 나는 그에게 시간이 필요한 것뿐이라고, 결국 모든 게 예전으로 돌아가고 우린 다시 가장 친한 친구가 될 거라고 스스로에게 되뇌었다. 어쩌면 나중에 이 일을 이야기하며 함께 신나게 웃을 수도 있겠다고 말이다. 하지만 혹시라도 메시지가 수신되지 않은 건 아닌지 휴대폰을 껐다 켰다 하며 며칠이

지나갔고, 그렇게 한 달이 지나자 문자 메시지 수신음이 날 때마다 흠칫 놀라지도 않게 됐다.

우리의 삶은 서로가 없이도 계속되었다. 새롭고 낯설기만 하던 일들이 익숙해지고, 영영 변하지 않을 것처럼 느껴지고, 금요일 밤 나는 이렇게 허공을 보며 누워 있게 된 거다.

나는 소파에서 벌떡 몸을 일으킨 뒤 커피테이블 위에 있던 노트북을 챙겨 자그마한 발코니로 나간다. 발코니에 덩그러니 놓인 의자에 주저앉아서는 밤인데도 아직 햇빛이 덜 식어 따끈한 발코니 난간에 발을 올린다. 저 아래 길모퉁이 잡화점 문에 달린 종이 울리고, 사람들은 밤 외출을 마치고 집을 향해 걷고, 내가 제일 좋아하는 동네 술집인 '굿 보이 바'(술이 맛있어서가 아니라 개를 데리고 갈 수 있어서 인기 있는 곳이다, 그렇게 나는 반려동물 없는 외로움을 견딘다) 앞에는 택시 두 대가 배회하고 있다.

나는 노트북을 켠 뒤 밝아진 화면으로 달려드는 나방을 손으로 쫓은 다음 옛날 블로그를 연다. 《R+R》은 내 블로그엔 한 점의 관심도 주지 않는다. 물론 내가 입사하기 전 블로그 글을 통해 내 기사 샘플을 평가하기는 했지만, 이 블로그를 계속하는지 아닌지엔 관심이 없다. 회사가 원하는 건 돈벌이에 이용할 수 있는 사회적 영향력이지 내가 가성비 여행 포스팅을 올리면서 쌓은 몇 안 되지만 헌신적인 구독자들이 아니니까.

《R+R》은 가성비 여행을 다루는 잡지가 아니다. 난 잡지사에 입사한 뒤에도 내 블로그인 'Pop Around the World'를 계속 운영할 생각이었지만, 크로아티아 여행을 다녀온 뒤 오래지 않아 블로그 글올리기를 그만뒀다.

스크롤을 내려 크로아티아 여행이 담긴 글을 찾아 연다. 그때 나는 이미 《R+R》에서 일하고 있었는데, 그 말은 이 여행의 사치스러움은 전부 회사 돈이었다는 뜻이다. 지금까지 우리가 한 여행 중 최고의 여행이 될 예정이었다. 여행의 극히 일부는 실제로 그랬고. 크로아티아 여행기 속에는 알렉스에 대한 이야기도, 우리 사이에 있었던 일도 흔적조차 찾을 수 없지만, 그래도 여행에서 돌아왔을 때 내가 끔찍하기 짝이 없는 기분이었다는 건 분명히 알겠다. 나는 스크롤을 내려 '여름휴가'가 담긴 글을 샅샅이 찾는다. 우리는 그 여행을 '여름휴가'라고 불렀고, 어디로 갈지, 돈은 어떻게 마련할지 정하기 전부터 1년 내내 서로 메시지를 주고받으며 이야기했다.

여름휴가.

예를 들면 학교 너무 힘들다, 당장 여름휴가였으면 좋겠다는 메시지, 아니면 여름휴가 유니폼 제안합니다라는 메시지와 함께 가슴팍에 네, 진짜입니다라고 적힌 티셔츠, 아니면 한 뼘은 될까 싶은 티 팬티나 다름없는 데님 멜빵 반바지 사진을 첨부해 보낸다든지.

쓰레기 냄새와 길에서 파는 1달러짜리 조각 피자 냄새를 실은 뜨끈한 바람이 불어와 머리카락이 나부낀다. 나는 머리를 목 뒤에 동그랗게 말아 묶은 뒤 컴퓨터를 끄고 채 계획이란 걸 세우기도 전에 얼른 휴대폰을 꺼내든다.

안 돼. 너무 어색하잖아.

하지만 난 벌써 알렉스의 번호를 띄워놓았다. 아직도 즐겨찾기 제일 위에 자리한 그의 번호는 한동안 낙관적인 기대감 때문에 남아 있었지만, 너무 오랜 시간이 지난 뒤엔 번호를 지우는 게 꼭 도저히 감당할 수 없는 비극적인 마지막 한 발짝을 떼는 것처럼 느껴져 지우지 못했다.

엄지손가락이 자판 위에서 머뭇거린다.

네 생각이 났어.

나는 그렇게 쓴 다음 내가 쓴 문장을 잠깐 바라보다가 전부 지워버린다.

여행 갈 생각 있어?

괜찮은 것 같다. 묻는 바는 명확하지만 부담스럽지는 않고 꽤나 무심해 보인다. 하지만 이 문장을 들여다보면 볼수록 이렇게까지 무심해도 되나 싶은 생각이 든다. 마치 우리 사이에 아무 일도 없었던 것처럼, 한밤중에 문자라는 격의 없는 수단으로 여행을 제안해도 될 만큼 우리가 아직도 가까운 사이인 척해도 되는 걸까?

나는 메시지를 지운 뒤 심호흡을 하고 다시 쓴다.

안녕.

"안녕?" 스스로에게 짜증이 난 나머지 나는 꽥 소리를 지른다.

건물 밑 거리를 걷던 한 남자가 내 목소리에 놀라 펄쩍 뛰더니 내가 앉아 있는 발코니를 올려다보지만, 자기한테 말을 건 게 아니라는 걸 확인하고는 바삐 걸음을 옮긴다.

알렉스 닐슨에게 달랑 **안녕**이라고 적힌 문자 메시지를 보내는 건 절대 안 되지.

하지만 내가 쓴 문장을 선택해서 삭제하려다가 끔찍한 일이 일어나고 만다.

실수로 전송 버튼을 눌러버린다. 슉 소리와 함께 메시지가 전송된다.

"젠장, 젠장, 젠장!" 나는 방금 입력한 메시지가 소화되기 전 다시 토해내게 할 수 있기라도 한 것처럼 휴대폰을 마구 흔들어대며 소리 없는 비명을 지른다. "안 돼, 안 돼, 안……."

띠링.

나는 얼어붙고 만다. 입이 쩍 벌어진다. 심장이 쿵쿵 뛴다. 배 속이 뒤틀리는 나머지 내장이 파스타처럼 꼬이는 기분이다.

새로운 메시지, 발신인 이름이 맨 위에 진한 글자로 떠 있다. **알렉산더 대왕.**

내용은 딱 한 마디다.

안녕.

너무 놀란 나머지 난 **안녕**이라고 답장을 보낼 뻔한다. 마치 내가 먼저 메시지를 보낸 게 아니라는 듯이, 오밤중에 그가 뜬금없이 **안녕**이라는 메시지를 보내왔다는 듯이. 하지만 당연히 그런 일은 없다. 그는 그런 사람이 아니다. 내가 그런 사람이지.

세계 최악의 문자 메시지를 보내버리는 그런 사람인 덕분에, 난 결국 어떻게 해도 자연스럽게 대화를 이어가기 어려운 답장을 받고 고민하고 있다.

뭐라고 보내야 하지?

잘 지냈어는 너무 진지한가? 그렇게 쓰면 **파피, 보고 싶었어, 미치도록 보고 싶었어**라는 답장을 기대하는 것처럼 보일까?

좀 더 무난해 보이게 **요즘 어때?**라고 보낼까.

하지만 이렇게 오랜만에 연락하는 것 자체가 어색하다는 사실을 모르는 척하는 것이야말로 가장 어색한 일처럼 느껴진다.

안녕이라고 메시지 보내서 미안해.

나는 이렇게 썼다가 지우고 웃겨보려고 시도한다.

분명 무슨 일인지 궁금하겠지.

안 웃기다. 하지만 난 작은 발코니 끄트머리에 서서 초조한 기대감에 몸까지 벌벌 떨고 있는 데다 답장을 너무 오래 기다려야 할까봐 겁이 난다. 나는 전송 버튼을 누른 다음 발코니를 서성거린다. 발코니가 너무 좁기도 하고 의자가 공간 절반을 차지하고 있으니 실제로는 팽이처럼 제자리를 빙빙 도는 거나 마찬가지지만. 나방들이 열을 지어 휴대폰 화면이 뿜어내는 흐릿한 불빛을 향해 날아든다.

또다시 문자 수신음이 울리자 나는 다시 의자에 냅다 앉아 메시지를 연다. **혹시 휴게실에서 사라진 샌드위치들 일인가?**

1분 뒤 두 번째 메시지가 도착한다.

내가 가져간 게 아니야. 거기 CCTV가 있다면 모를까. 만약 있다면 내가 미안.

절로 얼굴에 미소가 번지더니 가슴에 온기가 퍼지면서 불안감이 녹아내린다. 한때 알렉스가 교사 자리를 잃을지도 모른다며 안달복달하던 시절이 있었다. 늦잠을 자느라 아침을 걸렀는데 점심시간에 병원 진료가 예약되어 있던 날이었다. 진료가 끝난 뒤 식사를 할 시간이 없었던 알렉스는 혹시 누군가의 생일이어서 도넛이라든지 오래된 머핀이라도 남아 있길 바라며 교사 휴게실로 향했다.

그날은 첫째 주 월요일이었고, 알렉스가 속으로 천적이라고 생각하고 있던 미국사 과목의 들라로 선생은 시키는 사람도 없는데 굳이 매달 마지막 주 금요일마다 냉장고와 조리대 위를 청소했다. 그 사람은 고맙다는 소리를 듣고 싶어 생색을 냈지만 청소하는 과정에서 냉동실에 넣어둔 멀쩡한 점심 도시락이 사라지는 동료들도 종종 생겼다.

어쨌든 그래서 그날 냉장고에는 참치 샐러드 샌드위치 하나만 달랑 남아 있었다는 거다. 나중에 나한테 그 이야기를 해주면서 알렉스는 "누가 봐도 들라로 선생 거지" 하고 농담했다.

그는 저항의 의미로(물론 배가 고프기도 해서) 그 샌드위치를 먹어버렸다. 그다음에는 3주 동안 이 사실을 들켜서 해고당할지 모른다고 걱정했다. 물론 고등학교 교사가 되는 게 알렉스의 꿈이었던 것은 아니지만, 이 직장은 급여도 괜찮고 각종 복지도 있는 데다 학교가 고향인 오하이오에 있으니(물론 그 점이 나에게는 결격 사유였지만) 세 남동생 중 둘, 그리고 막 태어나기 시작한 조카들과 가까이 살 수 있는 게 장점이었다. 게다가 알렉스가 정말 원했던 대학 강사 자리는 요즘에 구인을 잘 하지 않았다. 그러니 그에겐 직장이 무척 중요했다. 다행히 잘리는 일 같은 건 없었지만.

샌드위치들이라고? 한 개가 아니었어?

나는 답장을 보낸다. 제발, 제발, 제발, 완연한 호기 샌드위치 도둑으로 거듭났다고 말해줘.

알렉스의 답장이 도착한다. **들라로는 호기 샌드위치 안 좋아해. 요즘은 루벤 샌드위치에 꽂혔어.**

지금까지 루벤 샌드위치를 몇 개나 훔친 거야?

국가안보국이 내 휴대폰 감시하고 있을지 모르니까 0개라고 대답할게.

오하이오의 고등학교 영어 교사인데 당연히 감시하겠지.

알렉스는 답장으로 슬픈 표정 이모티콘을 보내온다.

난 미국 정부의 감시를 받을 만큼 중요 인물이 아니란 소리야?

이런 농담 속에서도 알렉스 닐슨이 어떤 사람인지가 드러난다. 키도 크고, 어깨도 넓고, 운동, 건강 식단, 전반적인 자기 관리 중독자이기까지 하지만 한편으로는 상처받은 강아지 표정을 지을 줄 아는 사람이다. 알렉스의 눈은 항상 졸려 보이는데 눈 밑에 생긴 주름을 보면 그가 나만큼 잠자는 걸 좋아하지 않는다는 걸 알 수 있다. 도톰한 입술은 살짝 비뚤어진 큐피드의 활처럼 기다란 호를 그린다. 헤어스타일을 신경 쓰지 않는 알렉스의 아무렇게나 뻗친 곱슬기 없는 머리 덕에 소년 같은 얼굴은 마음만 먹으면 상대방의 보호 본능을 유발한다. 알렉스가 촉촉한 눈을 크게 뜨고 도톰한 입술을 '오' 모양으로 벌린 표정을 보면 꼭 강아지가 끙끙거리는 소리를 듣는 것 같은 기분이 된다.

다른 사람들한테서 찌푸린 표정 이모티콘을 받으면 난 상대가 실망했다는 의미라고 생각한다. 그러나 알렉스에게서 받을 땐 그가 날 놀리려고 '슬픈 강아지 표정'을 짓고 있다는 걸 알 수 있다. 가끔 우리 둘 다 취했을 때, 테이블에 나란히 앉아 체스나 스크래블 같은 게임을 하다가 내가 이기기라도 하면 알렉스는 계속 그 표정을 짓고, 결국 나는 눈물까지 흘리며 웃다가 의자에서 굴러떨어질 지경이 되어서 제발 그만하라고, 최소한 얼굴을 가려달라고 빌곤 했다.

당연히 중요 인물이지. 국가 안보국이 슬픈 강아지 표정이라는 초능력을 알게 되면 널 실험실에 가둬서 복제해버릴걸.

알렉스는 답장을 한참 입력하다가, 멈췄다가, 다시 입력한다. 나는 몇 초 더 기다려본다.

이걸로 끝인 걸까? 더 이상 답장을 안 하려나? 뭔가 폭탄선언 같은 걸 하려나? 아니, 내가 아는 알렉스라면 대화 즐거웠어, 이제 자러 갈게, 잘 자, 라는 말을 돌려 말하려고 고민하고 있는 걸지도.

띠링!

메시지를 확인하자마자 절로 웃음이 터지고, 가슴을 짓누르던 불안감이 금세 사그라지며 온몸에 따스한 온기가 퍼진다.

사진이다. 가로등 아래서 찍은, 보정 없는 흐릿한 셀카 속에 담긴 알렉스의 슬픈 강아지 표정. 늘 그렇듯 밑에서 찍은 사진이어서 머리가 커 보인다. 나는 고개까지 젖히고 또 한 번 신나게 웃는다.

너무해! 새벽 1시에 이런 사진을 받으니까 지금이라도 당장 보호소에 가서 강아지 데려와야 할 것 같잖아.

맞아. 넌 절대 개는 못 키우잖아.

그 메시지를 읽자마자 어쩐지 저릿한 슬픔 같은 게 느껴진다. 알렉스는 내가 아는 그 누구보다 깔끔하고, 까다롭고, 단정한 사람이면서도 동물을 정말 좋아한다. 그러니까 내가 동물을 키울 자신이 없다는 건 그에겐 단점으로 보이겠지.

나는 발코니 구석에서 홀로 말라 죽어가고 있는 다육식물에 잠깐 눈길을 준다. 고개를 저으면서 다시 메시지를 쓴다.

플래너리 오코너는 어떻게 지내?

죽었어.

작가 말고 고양이 말이야!

걔도 죽었어.

답장을 보는 순간 가슴이 철렁한다. 내가 그 고양이를 질색하는 만큼(물론 고양이도 날 질색했다) 알렉스는 고양이를 사랑했다. 고양이가 죽었다는 걸 알렉스가 여태 내게 말하지 않았다니, 기요틴 칼날에 머리부터 발까지 베인 기분이다.

알렉스, 정말 안타깝다. 세상에, 정말 미안. 그렇게 사랑했는데. 그 고양이 정말 멋진 삶을 살았어.

그러자 알렉스는 짧은 답장을 보낸다.

고마워.

나는 이제 무슨 말을 해야 할지 고민하며 한참 동안 알렉스의 메시지만 바라보고 있다. 4분이 지나간다, 5분, 이제 10분이 지났다. 결국 알렉스가 먼저 메시지를 보낸다.

이제 자야겠다. 잘 자, 파피.

그래, 너도.

답장을 보낸 나는 몸속 온기가 전부 식을 때까지 발코니에 앉아 있다.

3장

≈≈≈

12년 전 여름

알렉스를 처음 만난 건 시카고대학교 신입생 오리엔테이션 첫날 밤이다. 그는 베이지색 바지와 시카고대학교 로고가 있는 티셔츠를 입고 있다. 이 학교에 다닌 시간을 다 합쳐도 고작 열 시간인데 말이다. 대도시에 있는 대학교를 선택하면서 앞으로 만나게 될 줄 알았던 예술적인 지식인들과는 완전히 동떨어진 모습이다. 하지만 난 혼자이고(알고 보니 내 기숙사 룸메이트는 언니와 친구들을 따라 이 학교에 입학한 거라서 오리엔테이션에서는 금세 모습을 감춰버렸다) 그도 혼자라서, 나는 그쪽으로 다가간 뒤 손에 들고 있는 술잔으로 그의 티셔츠를 가리키며 말을 건다.

"너 시카고대학교 다니나 봐?"

그가 멍한 눈으로 나를 쳐다본다. 나는 농담이었다고 웅얼거린다.

그는 막 나오려던 순간 옷에 뭘 흘리는 바람에 급히 갈아입은 거라고 웅얼웅얼 변명을 늘어놓는다. 그의 두 뺨이 분홍색으로 달아오르는 걸 보자 나도 덩달아 부끄러워져 얼굴을 붉힌다.

시선을 내리깔고 내 옷차림을 훑어보던 그의 표정이 바뀐다. 나는 1970년대에 유행하던 형광 오렌지색과 분홍색 꽃무늬 점프 수트를 입고 있는데, 그의 표정을 보면 내가 베이지색 바지를 추방하자라고 적힌 현수막이라도 들고 있는 것 같다.

나는 그에게 고향이 어디냐고 묻는다. 정신없는 캠퍼스 투어, 시카고 생활에 대한 지루한 토론을 들으며 몇 시간을 보냈다는 것, 그리고 서로의 옷차림이 마음에 안 든다는 것 말고는 공통점이라고는 없는 낯선 사람에게 달리 무슨 말을 하면 좋을지 몰라서다.

"오하이오에서 왔어. 웨스트 린필드라는 동네에서."

"말도 안 돼!" 나는 깜짝 놀라 대답한다. "나 이스트 린필드 출신이야."

그 말에 그는 반갑다는 듯 표정이 밝아지지만, 난 이유를 모르겠다. 웨스트 린필드와 이스트 린필드의 공통점이란 똑같이 춥다는 것 말고는 없다. 그렇게 최악일 것까지는 없지만 신이 나서 하이파이브를 할 만한 일은 아니다.

"난 파피야."

"난 알렉스." 그러면서 그는 악수를 건넨다.

알렉스라는 이름을 가진 사람과 절친이 될 거라고 상상하는 사람은 없을 거다. 도서관 자원봉사를 하는 청소년 같은 옷차림에, 상대의 눈을 똑바로 바라보지도 못하고 입속으로 웅얼거리는 사람과 친구가 될 거라고도.

그에게 말을 걸려고 둥근 전등들이 총총히 켜진 잔디밭을 가로질러 가기 전 5분만 더 그를 관찰했더라면, 이름이 알렉스라는 것도, 또 웨스트 린필드 출신이었다는 것도 알 수 있었겠다는 생각이 든다. 이름도, 고향도, 베이지색 바지에 시카고대학교 티셔츠를 입은 사람한테 딱이니까.

대화를 하면 할수록 지루해지기만 할 게 분명했지만, 어쨌든 우린 만났고, 우리 둘뿐이니까, 일단 대화를 더 해보기로 한다.

"그럼 여긴 왜 온 거야?"

내 질문에 그가 미간을 찌푸린다.

"왜 오다니?"

"뭐, 이유가 있을 거 아냐. 예를 들어서 나처럼 엄청 어린 두 번째 아내를 찾는 석유 재벌을 만나러 왔다든가."

또다시 그 멍한 표정.

"전공이 뭐냐고." 나는 고쳐 묻는다.

"아, 아직 잘 모르겠어. 아마 법학, 아니면 문학. 너는?"

"나도 아직 잘 모르겠어." 나는 플라스틱 컵을 들어 보이며 말을 잇는다. "우선 펀치 마시려고 왔어. 또, 오하이오 남부를 떠나려고."

그렇게 15분간 힘겹게 대화를 나누면서 나는 알렉스가 성적 우수 장학금으로 대학에 왔다는 것을 알게 되고, 그는 내가 학자금 대출로 대학에 왔다는 걸 알게 된다. 난 내가 세 남매 중 막내이자 고명딸이라는 걸 알려주고, 그는 자기가 4형제 중 첫째라는 걸 알려준다. 알렉스가 내게 체육관에 가봤느냐고 묻자 내가 순수하게 "거길 왜?" 하고 되묻는 바람에 우린 또 입을 다물고 어색하게 발만 꼼지락거린다.

알렉스는 키가 크고, 말이 없고, 얼른 도서관에 가보고 싶어 한다.

나는 키가 작고, 말이 많고, 어서 누군가가 나타나서 우리를 진짜 파티에 데려가줬으면 좋겠다.

알렉스와 헤어져 각자의 길을 갈 무렵엔 우리가 두 번 다시는 말 섞을 일이 없을 거라는 확신이 든다. 그 역시 같은 생각인 것 같다.

헤어질 때 알렉스는 안녕이라거나 다음에 보자 아니면 번호 교환할래? 하는 대신 그저 이렇게 인사한다. "1학년 잘 보내, 파피."

4장

~~~~~~~

올해 여름

"생각해봤어?" 레이철이 묻는다.

내 옆에서 실내 사이클 페달을 힘주어 밟고 있는 레이철은 땀을 비 오듯 흘리면서도 호흡이 전혀 거칠어지지 않아서 마치 우리가 느릿느릿 세포라를 돌아다니고 있는 것 같은 착각을 불러일으킨다. 우리는 평소처럼 스피닝 수업에 온 다른 사람들을 방해하지 않으면서 대화를 나눌 수 있도록 맨 뒤에 있는 사이클 두 개를 나란히 차지한다.

"무슨 생각?" 나는 헐떡거리며 되묻는다.

"너를 행복하게 하는 게 뭔지."

강사의 지시대로 페달 밟는 속도를 높이느라 레이철은 몸을 일으켜 세운다. 반면 나는 핸들에 거의 엎어지다시피 한 상태로 끈끈한 당밀 위를 달리는 것처럼 억지로 페달을 밟고 있다. 난 운동이 정말 싫다. 그저 운동한 뒤의 기분을 좋아할 뿐이다.

"날, 행복하게, 하는, 건, 침묵이야."

심장이 터질 것 같은 가운데 나는 간신히 대답한다.

"또?"

"트레이더 조에서 파는 라즈베리 바닐라 크림 아이스크림."

"또?"

"**가끔은 너!**" 난 매섭게 쏘아붙이고 싶지만, 헉헉거리느라 잘 되지 않는다.

"이제 휴식!" 강사가 마이크에 대고 외친다.

스피닝을 하던 서른 몇 명이 일제히 안도의 한숨을 토해낸다. 다들 바이크 위에 기대 엎드리거나 바닥에 털썩 주저앉지만 레이철은 올림픽에 출전해 마루 종목 루틴을 마무리한 체조선수처럼 각 잡힌 동작으로 사이클에서 내려온다. 레이철이 내게 물병을 건네고, 나는 그녀를 따라 탈의실로, 그다음에는 눈이 멀 것 같은 정오의 햇빛이 내리쬐는 바깥으로 나온다.

"억지로 알아내려는 건 아니야. 널 행복하게 하는 게 개인적인 것일 수도 있고." 레이철이 말한다.

"알렉스야." 내가 툭 내뱉는다.

레이철이 걸음을 멈추더니 내 팔을 꽉 붙잡는 바람에 나는 옴짝달싹할 수 없게 되고 인도를 걷던 사람들은 우리 주변을 빙 둘러 지나간다.

"뭐라고?"

"그런 뜻은 아니야. 알렉스와 내가 여름마다 하던 여행 말이야. 그 뒤로 그만큼 행복한 일은 아무것도 없었어."

정말 하나도 없었다.

내가 결혼을 하거나 아기를 낳는다 해도 내 인생 최고의 날을 꼽으라면 알렉스와 내가 안개로 뒤덮인 삼나무 숲에서 하이킹했던 날을 놓고 망설일 것이다. 공원으로 들어갈 무렵 폭우가 쏟아지기 시작했고 등산로엔 우리밖에 남지 않았다. 온 숲이 오로지 우리 둘만의 것이어서, 우리는 배낭 속에 와인 한 병을 집어넣고 하이킹을 시작했다. 숲속에 우리밖에 없다는 게 확실해졌을 때 우리는 와인을 따서 병째로 주거니 받거니 하며 고요한 숲을 터벅터벅 걸었다.

여기서 잘 수 있으면 좋겠다. 그냥 이대로 누워서 눈을 붙이는 거야. 알렉스가 그렇게 말했던 게 기억난다.

그러다가 우리는 등산로 옆에 쓰러져 있는 속이 텅 빈 거대한 나무 둥치를 발견했다. 가운데가 쪼개져 있어 꼭 거대한 손바닥에 감싸인 나무 동굴 같았다. 우리는 구멍 속으로 들어가 침엽수 잎으로 가득한 마른 흙 위에 웅크리고 누웠다. 잠들진 않았지만 휴식을 취했다. 그러니까 잠을 통해 에너지를 모으는 대신 우리를 감싼 이 거대한 나무를 길러낸 수백 년간의 햇살과 빗물을 몸으로 빨아들이는 기분이었다.

"그럼 걔한테 전화해야지." 레이철의 목소리가 올가미처럼 나를 추억에서 끌어낸다. "왜 그냥 터놓고 말하지 않는지 이해가 안 돼. 딱 한 번 싸웠다고 그렇게 소중한 친구를 잃다니 바보 같잖아."

나는 고개를 젓는다. "벌써 문자는 보냈어. 우리 우정을 되살릴 생각은 없더라고. 또 나랑 선뜻 휴가를 떠날 생각이 없는 것도 확실해."

나는 다시 보조를 맞춰 레이철과 나란히 걸으면서 땀에 젖은 어깨에 운동 가방을 더 바짝 당겨 멘다.

"너랑 같이 가도 되겠다. 재미있지 않겠어? 같이 어디 못 간 지도 몇 달 됐잖아."

"내가 뉴욕을 벗어나면 불안해하는 거 알면서."

"네 심리 치료사가 그 말을 들으면 뭐라고 할까?"

"아마 이러겠지, 얘, 파리에 있는 것 중에서 뉴욕에 없는 게 뭐가 있겠니?"

"음, 에펠 탑?"

"내가 뉴욕을 벗어나면 우리 엄마도 불안해하셔. 우리 둘을 연결하는 탯줄을 늘려봤자 딱 뉴저지까지거든." 레이철이 말한다.

"주스나 마시러 가자. 그때 치즈 먹고 장이 꽉 막힌 건지 그 뒤로 아무것도 안 나오거든."

×

일요일 밤 10시 30분, 나는 발에 부드러운 분홍색 이불을 덮고 뜨겁게 달아오른 노트북을 허벅지 위에 올린 채로 침대 위에 앉아 있다. 인터넷 창을 여섯 개나 열어놓고 메모 앱에 여행지 후보 목록을 쓰기 시작했지만 아직 세 개밖에 못 썼다.

1. 뉴펀들랜드
2. 오스트리아

3. 코스타리카

주요 도시에 대한 메모며 각 도시에 있는 자연 유산들을 정리하기 시작하자마자 협탁에 올려두었던 휴대폰이 울린다. 유제품을 끊겠다고 맹세하며 온종일 내게 문자 메시지를 보내고 있던 레이철일 거라고 생각하지만, 휴대폰을 확인하니 알렉산더 대왕에게서 온 메시지 알림이 맨 위에 있다.

그 순간 울렁거리는 느낌이 순식간에 온몸을 가득 채우는 바람에 폭발할 것만 같다. 사진이 첨부된 메시지를 터치하자 어처구니없을 정도로 이상하게 나온 내 고등학교 졸업 사진과, 그리고 그 아래에 내가 직접 골라 실은 문구가 등장한다. 잘 있어.

아아아악 이러지 마.

나는 노트북을 옆으로 치워버리고 뒤로 벌렁 드러누운 뒤 소리 내 웃으며 메시지를 보낸다.

어디서 찾은 거야?

이스트 린필드 도서관. 수업 준비하다가 도서관에 졸업 앨범이 있다는 게 기억났지 뭐야.

내 믿음을 배신하다니. 네 동생들한테 지금 당장 네 망한 사진 보낼 거야.

알렉스는 곧바로 금요일에 보냈던 것과 똑같은 슬픈 강아지 셀카와 함께 너무하네라는 답장을 보내온다. 흐릿하게 번진 얼굴, 어깨 너머로 보이는 은은한 오렌지색 가로등 불빛.

이럴 때 보내려고 간직해둔 사진이야?

아니, 금요일에 찍은 거.

린필드에서 돌아다니기엔 너무 늦은 시간인데. 프리시즈 빅 보이 말고 그 시간에 여는 곳 없잖아.

21세만 넘으면 린필드에서도 해 진 뒤에 갈 만한 데가 많더라. 버디스에 갔었어.

버디스. 내가 다니던 고등학교 맞은편에 있던 골프 테마의 허름한 식당 겸 술집이다.

버디스? 윽, 거기 선생님들만 가는 데잖아.

그러자 알렉스가 또다시 슬픈 강아지 셀카를 보내지만, 이번에는 새로운 사진이다. 연회색 티셔츠를 입고 사방으로 뻗친 머리를 한 알렉스 뒤로 침대의 무늬 없는 나무 머리판이 보이는 사진이다.

알렉스도 침대에 앉아 있구나. 나한테 메시지를 보내면서. 그리고 주말에 수업을 준비하면서 내 생각을 한 건 물론이고 시간을 내서 옛날 졸업 앨범 사진까지 찾아본 거다.

어느새 나는 헤벌쭉 미소를 짓고 있다. 신이 난다. 꼭 우리가 처음 친해졌던 시절, 메시지 하나하나가 그렇게도 반짝이고 우습고 완벽하게 느껴지던, 못 만난 지 며칠 되지도 않았는데 짧은 전화 통화가 어쩌다 보니 한 시간 반 동안 끊이지 않고 이어지던 그 시절과 너무 비슷한 기분이라 현실 같지가 않다. 처음에는, 그러니까 내가 알렉스를 가장 친한 친구라고 생각하기 전에, 화장실에 다녀와서 다시 전화를 걸어도 되겠냐고 물었던 게 기억난다. 다시 통화를 시작하고 한 시간 뒤 이번에는 알렉스가 똑같은 질문을 했다.

그쯤 되니 상대의 오줌이 변기에 튀는 소리를 듣지 않으려고 전화를 끊을 필요가 있나 싶은 생각이 들었다. 그래서 나는 알렉스에게 화장실에서 전화를 끊지 않아도 괜찮다고 말했다. 그는 그때도, 그 후에도 그 제안을 절대 받아들이지 않았지만, 나는 그때부터 때때로 통화를 하는 중에도 오줌을 눴다. 당연히 알렉스에게 허락을 구한 뒤에. 그리고 난 지금 부끄럽게도 마치 그렇게 하면 알렉스의 본질을 느낄 수 있다는 듯이, 지난 2년의 거리를 좁힐 수 있다는 듯 사진 속 그의 얼굴을 어루만지고 있다.

농담이야! 다음번에 내가 집에 가면 우리 만나서 라우첸하이저 선생님이랑 한잔해야겠다.

나는 아무 생각 없이 전송 버튼을 눌렀지만 다음 순간 화면 속 글자를 보고 입안이 바싹 마른다.

다음번에 내가 집에 가면.

우리.

너무 멀리 갔나? 만나자고 말하는 건 좀 아닌가? 하지만 알렉스는 내 말에 담긴 의미를 흘려보내고 그저 이렇게만 쓴다.

라우첸하이저 선생님은 술 끊었어. 또 이제는 불교 신자야.

그러자 긍정적이건 부정적이건 대답을 듣지 못하자 이 문제를 끝까지 밀어붙여야겠다는 강렬한 충동이 생긴다. 그래서 나는 이렇게 메시지를 보낸다.

그럼 우리 만나서 그분이랑 같이 깨우침을 얻으면 되겠다.

알렉스가 답장을 입력하는 시간이 지나치게 길어지자, 나는 긴장감을 정신력으로 밀어내려고 손가락을 꼰 채 기다린다.

아, 안 돼.

난 내가 잘하고 있다고, 깨진 우정을 극복했다고 생각했다. 하지만 알렉스와 대화를 하면 할수록 점점 더 그가 보고 싶다.

손안에서 휴대폰이 진동한다. 딱 한마디만 적혀 있다.

그러든지.

약속은 아니지만, 그래도 중요하다.

그렇게 나는 완전히 들떠버리고 만다. 졸업 앨범 사진 때문에, 셀카 때문에, 침대에 앉아 있던 알렉스가 느닷없이 나한테 메시지를 보냈다는 사실 때문에. 너무 밀어붙이면 안 되겠지만, 지나치게 많은 걸 요구하면 안 되겠지만, 도저히 참을 수가 없다.

지난 2년 내내 나는 알렉스에게 우리의 우정에 다시 한번 기회를 주자고 말하고 싶었다. 하지만 그의 대답이 두려운 나머지 말할 수 없었다. 하지만 아무 말 하지 않는다고 해서 우리 사이가 회복될 것도 아니고, 난 알렉스가 그립다. 함께했던 시간이 그립고, 여름휴가가 그립다. 난 내 삶에 아직도 내가 간절히 바라는 무언가가 있다는 것을, 그걸 얻으려면 딱 한 가지 방법밖에 없다는 걸 알고 있다.

개학 전까지 혹시 시간 있어?

그렇게 입력하고 있자니 너무 떨려서 이가 딱딱 부딪친다.

여행을 갈까 생각 중이라서.

나는 내가 쓴 메시지를 쳐다보며 심호흡을 세 번 한 다음 전송 버튼을 누른다.

5장

11년 전 여름

때때로 캠퍼스에서 알렉스 닐슨을 보긴 했지만, 1학년이 끝나는 그날까지 우리가 다시 대화를 나누는 일은 일어나지 않는다.

그를 다시 만나게 된 건 내 룸메이트 보니 덕분이었다. 보니가 오하이오 남부까지 카풀할 사람을 구하는 친구가 있다는 이야기를 해주었을 때 난 그 친구가 오리엔테이션에서 만났던 린필드 출신 남자애일 거라고는 꿈에도 생각지 못했다.

그 사실을 알 턱이 없었던 건 지난 9개월 동안 보니는 이따금 기숙사에 들러 샤워를 하고 옷만 갈아입은 다음 다시 언니가 사는 아파트로 가버렸기 때문이다. 솔직히 말하면 내가 오하이오 출신이라는 것을 보니가 안다는 사실조차 놀라웠다.

난 기숙사 같은 층 친구들과 친해져서 밥도 같이 먹고 영화도 보고 파티도 다녔지만, 필요에 의해 만들어진 신입생 무리 중에 보니는 없었다. 만날 약속을 잡으려고 보니한테서 친구의 이름과 전화번호를 받았을 때조차 그 친구가 린필드에서 온 알렉스일 가능성은 전혀 떠올리지 못했다. 그러나 약속한 시간 기숙사 1층으로 내려가 스테이션왜건을 세워놓고 기다리고 있는 알렉스를 보았을 때, 나를 본 알렉스의 불편한 표정이 전혀 변하지 않는 걸 보았을 때, 나는 그가 상대가 나라는 걸 이미 알고 있었다는 사실을 깨닫는다.

알렉스는 처음 만난 날 입었던 그 티셔츠 차림이다. 아니면 같은 옷을 여러 벌 사서 갈아입었는지도 모르고.

나는 길 건너편에서 외친다.

"너였구나!"

그러자 그는 얼굴을 붉히며 고개를 숙인다. "그래."

그 말만 남기고 알렉스는 내 쪽으로 다가오더니 내가 들고 있던 빨래 바구니들과 더플백을 받아서 뒷좌석에 싣는다. 출발한 뒤 첫 25분 동안은 어색한 침묵만 흐른다. 설상가상으로 교통 체증 때문에 우린 거의 꼼짝도 못하고 있다.

"오디오 케이블 있어?"

내가 그렇게 물으면서 우리 사이에 있는 콘솔을 뒤지기 시작하자, 그는 내 쪽을 흘낏 바라보며 입꼬리를 내린다.

"왜?"

"안전벨트한 채로 줄넘기할 수 있는지 확인하고 싶어서." 나는 그렇게 쏘아붙인 다음 내가 방금 들쑤셔놓은 물티슈며 손 세정제들을 도로 차곡차곡 쌓아놓았다. "왜겠어? 음악 들으려고 그러지."

그러자 알렉스는 등껍질 속으로 쑥 들어가는 거북이처럼 어깨를 잔뜩 추어올렸다. "차가 이렇게 밀리는데?"

"그게 왜?"

그러자 그가 어깨를 더 움츠린다. "정신없잖아."

"어차피 움직이지도 않잖아."

그는 얼굴을 찌푸리며 말한다. "그래도 집중이 안 되는걸. 경적 소리에다가……."

"알겠어. 음악 안 들을게."

나는 다시 등받이에 기댄 채 창밖으로 시선을 돌린다. 그가 마치 무슨 말을 하려는 듯 헛기침을 하는 바람에 나는 기대감에 차 그를 바라본다.

"왜?"

"혹시…… 그거 좀 안 하면 안 될까?"

알렉스가 턱짓으로 조수석 유리창을 가리키자 나는 그제야 내가 무의식중에 손가락으로 유리창을 두드리고 있다는 사실을 깨닫는다. 얼른 두 손을 무릎 위에 놓는 순간 내가 발로도 바닥을 툭툭 치고 있다는 사실이 눈에 들어온다. 그가 나를 쳐다보자 나는 방어적으로 외친다.

"난 조용한 게 어색해!"

그건 자제하고 또 자제한 표현이다. 난 대형견 세 마리, 오페라 가수의 폐를 가진 고양이 한 마리, 트럼펫을 연주하는 오빠 두 명, 그리고 홈쇼핑 프로그램을 배경음악처럼 틀어놔야 '안정된다'는 부모가 있는 집에서 자랐으니까.

보니가 없는 조용한 기숙사 방에 적응하기까지는 오래 걸리지 않았지만, 교통체증으로 오도 가도 못하는 도로 위에서 잘 알지도 못하는 사람과 침묵 속에서 나란히 앉아 있기는 아무래도 힘들다.

"우리 서로를 좀 알아가는 게 어떨까?" 내가 묻는다.

"글쎄, 난 도로 상황에 집중해야 해서." 그렇게 대답하는 그의 입가가 경직되어 있다.

"그래."

교통체증의 원인이 눈앞에 드러나자 알렉스는 한숨을 쉰다. 접촉사고가 난 거였다. 사고 차량들은 이미 갓길로 비켜 가 있었지만 병목 현상은 여전하다.

"다들 사고 난 거 구경하려고 속도를 늦춘 거구나."

알렉스는 콘솔을 열어 뒤적거리더니 오디오 케이블을 꺼낸다. "자, 음악은 네가 골라."

나는 눈썹을 치켜올린다. "괜찮겠어? 후회할지도 모르는데."

그러자 알렉스는 눈살을 찌푸리며 되묻는다. "왜 후회하는데?"

나는 측면에 나무 무늬 패널을 붙인 스테이션왜건 뒷좌석을 돌아본다. 알렉스의 짐은 이름표 붙인 상자에 담긴 채 차곡차곡 쌓여있는 반면, 내 물건은 너저분한 빨래 바구니에 함부로 구겨 들어가있다. 차는 낡았지만 얼룩 한 점 없이 깨끗하다. 알렉스에게서 나는 은은한 시더우드와 머스크향이 이 차에서도 풍긴다.

"넌 뭐랄까…… 절제된 음악을 좋아할 것처럼 생겼거든. 네가 좋아할 만한 음악이 나한텐 없어. 쇼팽 같은 거."

알렉스의 미간에 잡힌 주름이 한층 깊어지고, 입꼬리도 일그러진다. "나 네가 생각하는 것만큼 자의식 과잉은 아닐걸."

"진짜? 그럼 내가 머라이어 캐리의 〈올 아이 원트 포 크리스마스 이즈 유(All I Want for Christmas Is You)〉 틀어도 상관없어?"

"지금 5월이잖아."

"대답 잘 들었어."

"억울한데. 5월에 크리스마스 캐럴을 듣는 건 문명인이 아니지."

"그럼 11월 10일쯤 듣는 건 상관없고?"

내 말에 알렉스는 입을 다물어버린다. 그는 정수리에서 비쭉 솟아 있는 머리카락을 잡아당기는데, 그가 머리에서 손을 떼고 다시 운전대를 잡은 뒤에도 머리카락은 정전기 때문에 솟아 있다. 그는 운전대 위 두 손을 정확히 10시 방향과 2시 방향에 놓는다. 서 있을 땐 등이 구부정하지만 운전을 할 땐 어깨에 긴장이 바짝 들어가는 바람에 딱딱해 보이리만치 자세가 곧다.

"그래, 난 크리스마스 노래 싫어. 그러니까 캐럴만 틀지 마."

나는 내 휴대폰에 케이블을 연결한 뒤 화면을 내려 데이비드 보위의 〈영 아메리칸스(Young Americans)〉를 튼다. 몇 초 지나지 않아 그는 대놓고 얼굴을 찡그린다.

"왜?"

"아무것도 아냐."

"방금 널 마리오네트처럼 조종하던 누군가가 졸기라도 한 것처럼 움찔하던데?"

내 말에 그가 나를 흘겨본다.

"그건 또 무슨 뜻인데?"

"너 이 노래 마음에 안 들잖아."

"아니야."

하지만 뻔한 거짓말이다.

"데이비드 보위 싫어하는구나."

"절대 아니야! 데이비드 보위가 싫은 게 아니라고."

"그럼?"

그는 한숨을 내쉬더니 대답한다. "색소폰."

"색소폰이라고." 나는 그의 말을 곱씹는다.

"그래. 난 그냥…… 색소폰이 정말 싫어. 색소폰이 들어가는 순간 어떤 곡이든 다 망해버린다고."

"누가 케니지한테 그 말 좀 해줘야겠다."

"색소폰이 있어서 더 좋아진 곡 하나라도 대봐."

"색소폰 들어간 모든 곡을 적어놓은 노트 좀 보고 말해줄게."

"단 한 곡도 없어."

"너 파티 가면 되게 웃기겠다."

"난 파티에서 그럭저럭 잘 즐겨."

"중학교 밴드 공연 같은 건 되게 질색하겠네."

그러자 그가 나를 향해 눈을 흘기며 말한다. "너 무슨 색소폰 대변인이야?"

"아니, 그런데 네가 계속 투덜거리면 앞으로 그런 척하려고. 또 싫어하는 거 뭐 있어?"

"없어. 크리스마스 노래, 색소폰. 아, 그리고 커버."

"커버가 싫다고?" 내가 묻는다. "그러니까…… 북 커버 같은 거?"

"커버 곡 말이야."

그의 설명에 나는 웃음을 터뜨리고 만다.

"커버 곡을 싫어해?"

"정말 싫어."

"알렉스. 그건 채소가 싫다는 거랑 똑같은 말이잖아. 범위가 너무 넓어. 말이 안 돼."

"완전 말 되지." 그가 우기기 시작한다. "잘 만든 커버 곡은 어차피 원곡의 기본 구성을 그대로 답습하니까 굳이?라는 생각이 들지. 하지만 커버 곡이 원곡이랑 너무 다르면 그때는 대체 뭣 하러?라는 생각이 들잖아."

"우아, 너 진짜 허공에 대고 고함지르는 할아버지 같다."

알렉스는 나를 보며 얼굴을 찌푸리더니 묻는다. "아, 넌 세상 모든 걸 다 좋아하나 보지?"

"거의 그런 셈이지. 맞아, 난 웬만한 건 다 좋아하는 편이야."

"나도 좋아하는 것 많거든."

"예를 들면 어떤 거? 기차 모형이랑 링컨 자서전 같은 거?"

"둘 다 싫진 않아. 왜, 넌 그 두 가지가 싫어?"

"난 웬만한 건 다 좋아한다니까. 나 되게 쉬운 사람이거든."

"무슨 뜻으로 하는 말이야?"

"무슨 뜻이냐면……." 나는 잠깐 생각하다가 말을 잇는다. "좋아, 그러니까 어릴 때, 파커랑 프린스, 아, 내 오빠들인데, 그러니까 나까지 셋이서 자전거를 타고 무슨 영화를 상영하는지 확인하지도 않고 영화관에 가곤 했어."

"오빠 이름이 프린스야?" 알렉스가 눈썹을 치켜올리며 묻는다.

"중요한 건 그게 아니잖아."

"별명이야?"

"아니, 프린스한테서 따온 이름이야. 엄마가 〈퍼플 레인(Purple Rain)〉 되게 좋아하셨거든."

"그럼 파커는 누구 이름을 딴 건데?"

"파커는 그냥 부모님이 마음에 들어서 지은 이름인데. 아무튼 중요한 건 그게 아니라니까."

"너희 집 식구들은 전부 이름이 P로 시작하네. 부모님 성함은 어떻게 돼?"

"엄마는 완다, 아빠는 지미."

"P가 안 들어가는구나."

"그래, 안 들어가. 그냥 첫째 이름을 프린스, 둘째 이름을 파커라고 짓고 나니까 여세를 몰아 내 이름도 그렇게 된 거야. 어쨌든 그게 중요한 게 아니라니까."

"미안, 계속 얘기해."

"그렇게 자전거를 타고 영화관에 도착하고 나면, 30분 뒤에 시작하는 영화표를 하나씩 사서는 각자 다른 영화를 보러 들어갔어."

그가 미간을 잔뜩 찌푸린 채 묻는다. "왜?"

"그것도 중요한 게 아니야."

"볼 생각도 없는 영화를 혼자서 보는 이유를 어떻게 안 물어봐?"

"게임이었어."

"게임이라고?"

"무리수 두기 게임이었어." 나는 황급히 설명한다. "두 개의 진실과 하나의 거짓말'이랑 비슷한데, 각자가 본 영화를 처음부터 끝까지 설명하는 게임이야. 지나친 무리수를 두는 장면이 등장해 전개가 이상해지면 그 장면을 묘사하는 거지. 그런데 만약 영화 속에 그런 장면이 없었다면 지어내서 이야기하는 거야. 그게 진짜 줄거리인지, 아니면 지어낸 건지를 맞히는 사람이 5달러를 따는 거야."

정확히는 오빠들이 하는 놀이에 날 끼워준 것에 가까웠다.

그는 한동안 나를 빤히 바라본다. 나는 얼굴이 달아오른다. 이 이야기를 왜 했지? 평소엔 라이트 집안 전통을 이해하지 못하는 사람들에게 이런 이야기를 잘 하지 않는다. 하지만 이 놀이를 내가 만든 게 아닌 이상, 알렉스 닐슨이 나를 멍하게 쳐다보건, 오빠들이 제일 좋아하던 놀이를 비웃건 별로 창피하지 않을 거란 생각에 말해버린 것 같다.

"아무튼, 중요한 건 그게 아니라니까. 중요한 건, 난 어지간한 건 다 좋아하는 성격이라 이 게임을 잘 못했다는 거야. 영화가 산으로 가도 난 그냥 따라가곤 했거든. 몸에 딱 맞는 정장을 입은 스파이가 스피드보트 두 대 사이에서 아슬아슬하게 균형을 잡은 채 나쁜 놈들한테 총을 쓰는 장면을 봐도 아무렇지 않았어."

그의 눈길이 도로와 나를 몇 차례 더 왕복한다.

"그 영화관, 린필드 시네플렉스였어?"

충격을 받은 건지, 역겨워하는 건지 잘 모르겠다.

"와, 내 말 하나도 안 듣고 있었구나. 맞아. 린필드 시네플렉스."

"이유는 모르겠지만 상영관 바닥에 항상 물이 흥건하던 그 영화관? 마지막으로 가봤을 땐 통로를 절반도 지나기 전에 철벅철벅 소리가 나던데." 그는 경악한 것 같은 목소리다.

"그래, 그래도 티켓 값이 싸니까. 장화 신고 가면 되지."

"정체불명 액체잖아, 파피. 병에 걸릴 수도 있다고."

그가 얼굴을 찌푸리며 하는 말에 난 힘없이 양팔을 떨어뜨린다.

"나 안 죽었잖아, 그럼 됐지."

"또 뭐 있어?"

"또……?"

"……또 뭐 좋아하냐고. 물에 잠긴 영화관에서 혼자 아무 영화나 보는 거 말고."

"내 말 못 믿는 거야?"

"그런 거 아니야. 그냥 신기해서 묻는 거야. 과학적 호기심이랄까."

"좋아, 생각 좀 해보고."

창밖을 보니 마침 고속도로 출구와 함께 피에프창이 있다는 표지판이 보인다.

"체인 레스토랑. 익숙해서 좋아. 어딜 가든 똑같다는 것도 좋고, 막대 모양 빵을 무한 리필해주는 것도 좋아. 아!"

그때 번뜩 머릿속에 떠오르는 게 있어 나는 하던 말을 멈춘다. 내가 싫어하는 거.

"달리기! 난 달리기가 진짜 싫어. 고등학생 땐 체육복을 매번 '깜빡하고' 두고 오는 바람에 체육에서 C를 받았어."

그가 입꼬리를 슬며시 올리는 게 보여 얼굴이 화끈 달아오른다.

"체육에서 C를 받았다고 놀리고 싶으면 맘대로 해. 그렇게 비웃고 싶어?"

"그런 거 아니야." 그러자 그의 희미한 미소가 좀 더 선명해진다. "그냥 웃겨서. 난 달리기를 좋아하거든."

"진심이야? 커버 곡의 존재 자체를 싫어하는 주제에, 발이 땅에 부딪히고 온몸의 뼈가 삐거덕거리고 심장이 쿵쿵 뛰고 호흡이 곤란해지는 기분을 좋아한다고?"

그는 여전히 입꼬리에만 웃음기를 매단 채 나직하게 대답한다. "내 말이 위로가 될진 모르겠는데, 난 사람들이 배에 여자 이름을 붙이는 게 싫어."

그 말이 너무 의외라서 나는 나도 모르게 웃음을 터뜨린다. "진짜? 나도 그거 싫어."

"그럼 이 문제에 관해선 생각이 같네."

나도 고개를 끄덕인다.

"맞아. 그럼 앞으로 배를 여성형으로 부르는 관습은 폐지하자."

"큰일 하나 해냈네. 다음엔 또 어떤 관습을 근절해볼까?"

"나 좋은 생각이 하나 났어." 그가 말한다. "우선 네가 좋아하는 거 몇 개 말해봐."

"뭐야, 날 연구라도 하려고?"

내가 농담을 던지자 그의 귀가 분홍색으로 물든다.

"듣도 보도 못한 영화를 보려고 하수구 속으로 첨벙첨벙 걸어 들어가는 사람을 처음 봐서 신기한 걸 어쩌라고."

그 뒤로 두 시간 동안, 내가 드라이브할 때 듣는 재생 목록 속 노래들이 무작위 순서로 흘러나오는 가운데 우리 둘은 야구 카드를 교환하는 아이들처럼 각자가 좋아하는 것, 싫어하는 것을 주워섬긴다. 흘러나오는 노래 가운데 색소폰 음색이 두드러지는 곡이 있었는지 아닌지는 모르겠지만, 우리 둘 다 눈치채지 못한다.

난 종이 다른 동물들이 우정을 나누는 장면을 좋아한다고 말한다. 그는 공공장소에서 플립플롭을 신고 다니거나 애정 표현을 하는 모습을 싫어한다고 말한다.

"다른 사람에게 맨발을 보여선 안 된다고."

"넌 치료가 필요해."

나는 말하면서도 자꾸 웃음이 난다. 내 웃음을 유발하는 괴팍한 취향을 하나하나 꺼내놓는 그의 입가에도 웃음기가 역력하다. 꼭 자기가 이상한 걸 자기도 아는 것처럼. 그의 이상한 면을 내가 우스워해도 상관없다는 듯이.

나는 린필드도, 베이지색 바지도 싫다고 털어놓는다. 그냥, 그 말을 해도 될 것 같아서다. 어차피 우린 애초부터 함께 시간을 보낼 이유가 없는 사람들이다. 지금처럼 좁디좁은 차 안에 나란히 앉아 기나긴 시간을 보내는 건 말할 것도 없고. 서로에게 잘 보일 필요가 하나도 없는, 근본적으로 어울리지 않는 사람이라는 걸 우리 둘 다 알고 있다. 그래서 오히려 거리낌 없이 솔직히 말할 수 있다.

"베이지색 바지를 입으면 바지를 안 입은 것처럼 보이는 **동시에** 개성이라고는 없어 보이니까."

"베이지색 바지는 튼튼한 데다 아무 옷에나 잘 어울리잖아." 알렉스는 반박한다.

"입을 수 있는 옷이 아니라 입어야 하는 옷을 입는 게 중요한 거야."

그는 내 주장을 무시해버린 뒤 묻는다. "그건 그렇고, 왜 린필드를 싫어하는 거야? 어린 시절을 보내기엔 나쁘지 않은 동네 아니야?"

이건 아까보다 까다로운 질문이다. 또, 그 답은 별로 말해주고 싶지 않다. 아무리 몇 시간 뒤 나를 차에서 내려주고는 영영 날 잊어버릴 상대라 해도.

"린필드는 중서부 지역의 베이지색 바지 같은 곳이니까."

"편안하고 튼튼하다는 거네."

"하체를 노출한 것 같다는 뜻이야."

알렉스는 테마 파티를 싫어한다고 한다. 가죽 커프스 모양 팔찌도, 뾰족하면서도 앞코는 직선으로 처리된 모양의 구두도 싫어한다. 어디 갔을 때 친구나 삼촌이 "여긴 아무나 들여보내주는 거야?" 하고 농담하는 것도 싫어한다. 종업원이 손님을 버드, 보스, 치프 같은 호칭으로 부르는 식당도 싫어한다. 남자들이 방금까지 말이라도 타다 온 사람처럼 다리를 쩍 벌리고 걸어 다니는 모습도 싫어한다. 누가 어떤 상황에서 입건 조끼는 무조건 싫다. 단체 사진을 찍을 때 "이번에는 웃긴 표정으로 찍어볼까요?" 하는 것도 싫어한다.

"난 테마 파티 좋아하는데."

"당연히 그렇겠지. 너 그런 거 잘하잖아."

나는 그를 흘겨보며 대시보드에 두 발을 올렸다가, 초조하게 일그러지는 그의 입가를 보고 얼른 발을 내린다.

"알렉스, 혹시 나 스토킹이라도 하는 거야?"

내 말에 알렉스는 황당하다는 표정을 짓는다. "왜 그런 말을 해?"

그 표정을 보고 나는 또다시 빵 터진다. "진정해, 농담이야. 하지만 내가 테마 파티 같은 거 '잘하는' 걸 네가 어떻게 아는 거야? 우

리는 파티에서 딱 한 번 만난 것뿐이잖아. 그때는 테마 파티도 아니
었고."

"그게 아니라…… 그냥 넌, 항상 의상 같은 거 입고 다니잖아." 그
러더니 그가 황급히 덧붙인다. "나쁜 뜻은 아니야. 넌 언제나 옷을
상당히……."

"멋지게 입는다고?" 내가 던져본다.

"자신감 있게 입는다고."

"대단한 칭찬이네."

그러자 그는 한숨을 쉰다. "혹시 너 일부러 자꾸 오해하는 거야?"

"아니, 우리가 서로를 오해하는 건 자연스러운 일 같아."

"내 말은, 테마 파티라는 게 너한텐 오늘이 화요일이라는 것만큼
이나 일상적인 일일지도 모른다는 뜻이었어. 하지만 난 테마 파티가
있을 때마다 옷장 앞에 서서 똑같이 생긴 티셔츠 열 개, 똑같이 생
긴 바지 다섯 개를 어떻게 조합해야 죽은 유명인으로 분장한 것처
럼 보일 수 있을지 두 시간씩 고민한다고."

"그럼 차라리…… 옷을 조금만 사는 게 어때? 아니면 베이지색
바지를 입고 가서 노출증 환자로 분장했다고 우기든지."

그는 역겹다는 듯 얼굴을 찡그렸지만 내 말에 토를 달진 않았다.

"난 선택하는 것 자체가 싫어. 또 옷을 사러 가는 건 더 싫고. 쇼
핑몰에 가면 숨 막혀. 너무 부담스러워. 어느 가게에 가야 하는지도
모르겠고, 어느 판매대를 살펴봐야 하는지도 모르겠어. 그래서 온
라인 쇼핑만 하고, 마음에 드는 게 생기면 다섯 개씩 사버려."

"음, 만에 하나 네가 플립플롭 금지, 공공장소에서의 애정 표현 금

지, 색소폰 음악 금지인 테마 파티에 초대받는 일이 생긴다면 내가 기꺼이 같이 쇼핑하러 가줄게."

"진심이야?"

도로를 보고 있던 그의 눈길이 나에게 옮겨온다. 언제부터인가 바깥은 어둑해지는 중이고, 〈어 케이스 오브 유(A Case of You)〉를 노래하는 조니 미첼의 우수에 젖은 목소리가 스피커를 통해 흘러나오고 있다.

"당연하지."

어쩌면 우리 사이엔 아무런 공통점이 없을지도 모르지만, 난 이제 그가 편하게 느껴진다. 지금까지 새 친구를 사귈 때, 새로운 정체성이 생길 때, 새로운 삶으로 나아갈 때면 마치 온 힘을 다해 오디션이라도 보는 기분이었다.

그런데 이상하게도 지금은 전혀 그런 기분이 아니다. 게다가…… 난 쇼핑도 좋아하는걸.

"재미있을 거야. 살아 숨 쉬는 인형 옷 입히기라고 생각하지 뭐." 나는 상체를 기울여 오디오 볼륨을 조금 올린다. "좋아하는 거 하나 더 추가할래. 이 노래."

"이 노래, 내 애창곡이야."

알렉스가 그렇게 말하는 바람에 나는 박장대소하지만, 그의 서운한 표정을 보니 농담이 아닌가 보다. 오히려 좋다.

나는 얼른 입을 연다. "비웃는 거 아니야. 사실 좀 귀여워."

"귀엽다고?"

당황한 걸까, 기분이 나쁜 걸까?

"아니, 그러니까……."

나는 말을 멈춘 뒤 바람이 들어오도록 차창을 살짝 내린다. 목에 땀이 나서, 머리카락을 걷어 올린 후 뒤통수와 머리받침 사이에 끼운다.

"넌 뭐랄까……." 뭐라고 설명하면 좋을지 몰라 잠시 말을 고른다. "내가 생각했던 거랑은 달라서."

그의 눈썹이 움찔한다. "날 어떻게 생각했길래?"

"모르겠어. 린필드 출신 남자."

"린필드 출신 남자 맞잖아."

"노래방에 가서 〈어 케이스 오브 유〉 부르는 린필드 출신 남자인 거지." 나는 그의 말을 정정해준 뒤 또다시 우습다는 생각이 들어 웃어버린다.

운전대를 잡은 알렉스가 미소 지으며 고개를 설레설레 젓는다.

"그럼 넌 노래방에 가서……." 그는 잠시 생각에 잠겼다가 말을 잇는다. "〈댄싱 퀸〉을 부르는 린필드 출신 여자?"

"그건 이제부터 알아봐야지. 노래방에 한 번도 안 가봤거든."

"진짜?" 그는 놀란 표정을 숨기지도 않고 나를 쳐다본다.

"노래방은 전부 미성년자 출입 금지 아니야?"

"신분증 확인 안 하는 술집도 있잖아. 같이 가보자. 올여름에."

"그러자. 재미있겠다."

나는 좋다고 대답하지만, 그가 이런 제안을 했다는 사실도, 내가 제안을 수락했다는 사실도 놀랍다.

"좋아, 그러자."

그럼 이제 우리한텐 두 가지 계획이 생긴 거다.

그러니까 우린 이제 친구가 된 거다. 그렇겠지?

차 한 대가 속도를 올려 바짝 따라붙는다. 알렉스는 평정심을 잃지 않은 표정으로 방향지시등을 켜고 차선을 변경한다. 내가 속도계를 볼 때마다 그는 항상 정확히 기준 속도를 유지하고 있고, 고작 뒤차가 따라붙는 것 정도로는 바뀌지 않는다.

물론 그가 운전을 신중하게 할 거라는 건 예상하고도 남았다. 하지만, 때로 다른 사람에게 가지는 선입견이 완전히 틀릴 때도 있다.

시카고에서 멀어지며 도로를 끈질기게 메우던 헤드라이트 불빛들로부터 벗어나고 도로 양옆에 바짝 마른 인디애나주의 들판이 펼쳐진다. 재생 목록에서 무작위로 흘러나오는 곡들은 비욘세, 닐 영, 셰릴 크로, LCD 사운드시스템을 대중없이 오간다.

"너 진짜 안 좋아하는 게 없구나." 알렉스가 나를 놀려댄다.

"달리기, 린필드, 베이지색 바지만 빼면."

그는 자기 쪽 차창을 닫아놓았고 나만 조수석 차창을 열어둔 바람에, 굴곡 없이 이어지는 시골길을 달리는 내내 내 머리카락은 온통 바람에 소용돌이친다. 바람 소리가 너무 커서 알렉스가 음이탈을 내며 하트의 〈얼론(Alone)〉을 따라 부르는 소리도 잘 들리지 않지만, 감정이 휘몰아치는 후렴구에 이르자 우리 둘 다 얼굴을 일그러뜨리고 두 팔을 휘저으며 지독한 가성으로 고래고래 후렴을 따라 부르고, 낡디낡은 스테이션왜건의 스피커는 지직거리는 잡음을 토해낸다.

그 순간의 알렉스는 드라마틱하고, 열정적이고, 정말 웃기다. 오리엔테이션 주간, 둥근 조명 아래서 만났던 온순한 남자애와는 완전히 다른 사람을 보고 있는 것 같다.

어쩌면, '조용한 알렉스'는 그가 문을 열고 나올 때마다 걸치는 외투 같은 건지도 몰라. 어쩌면, 내 눈앞에 있는 이 모습이 '벌거벗은 알렉스'인지도. 좀 민망한 이름이긴 하지만 중요한 건 난 이 벌거벗은 알렉스가 점점 더 마음에 든다는 거다. 노래가 끝나고 다음 곡이 시작되기 전에 나는 묻는다.

"여행은 어때?"

"뭐가?"

"좋아해, 싫어해?"

그는 입을 일자로 가만히 다문 채로 생각에 잠겨 있다가 대답한다. "뭐라고 대답해야 할지 잘 모르겠네. 사실 여행을 가본 적이 별로 없거든. 책에서는 많이 읽었지만 실제로 가본 곳은 아직 없어."

"나도 그래. 아직은."

그는 잠시 더 생각에 잠겨 있다가 대답한다. "좋아해, 좋아하는 것 같아."

"그래." 나는 고개를 끄덕인다. "나도 그래."

6장

≈≈≈

올해 여름

알렉스와 문자를 주고받느라 늦게 잠들었는데도, 다음 날 아침 나는 힘찬 걸음으로 스와프나의 사무실 안으로 걸어간다. 스와프나가 마실 아이스 아메리카노 잔을 책상에 탁 내려놓자 가을 호 레이아웃 교정본을 검토하던 그녀가 깜짝 놀라 고개를 든다.

"팜스프링스." 내가 말한다.

잠깐 동안 스와프나는 놀란 표정으로 가만히 있지만, 곧이어 날카로운 입매를 휘며 미소를 짓는다. 그녀는 등받이에 몸을 기대더니 잘 재단된 검은 드레스를 입은 몸 앞에 보기 좋게 근육이 잡힌 팔로 팔짱을 낀다. 머리 위 조명이 약혼반지에 정통으로 떨어지는 바람에 반지 한가운데 박힌 거대한 루비가 환상적인 빛을 뿌린다.

"팜스프링스라." 스와프나는 내 말을 되뇌더니 한 손을 내젓는다. "거긴 항상 신선하지. 그러니까, 사막이기는 하지만 우리 《R+R》의

관점에서 보면 미국 대륙에서 거기만큼 휴식과 이완에 딱 맞는 곳이 없긴 해."

"제 말이 그 말이에요." 나는 마치 쭉 그렇게 생각했다는 듯이 거든다. 실제로 내가 팜스프링스를 선택한 이유는 《R+R》과는 아무런 상관도 없고, 오로지 알렉스의 막냇동생이자, 다음 주에 평생을 함께할 남자와 결혼식을 올릴 데이비드 닐슨 때문이지만 말이다.

바로 캘리포니아주 팜스프링스에서.

알렉스가 다음 주에 이미 여행 계획이 있다는 사실을 알았을 땐 예상치 못한 일이라 당황했다. 동생 결혼식 때문이라고 했다. 그 말을 들었을 때 가슴이 철렁했지만, 알았다고, 데이비드한테 축하한다고 전해달라고 부탁했고, 이대로 대화가 끝나나 보다 하면서 휴대폰을 내려놓았다.

하지만 우리의 문자 메시지는 끝나지 않고 두 시간이나 더 이어졌고, 나는 심호흡을 한 뒤 원래 사흘로 예정한 여행을 며칠 더 늘려 《R+R》의 경비를 써서 나와 휴가를 보내는 게 어떠냐고 제안했다. 알렉스는 내 말에 찬성했을 뿐 아니라 심지어 결혼식에 함께 가자며 나를 초대하기까지 했다. 모든 일이 한꺼번에 일어난 거다.

"팜스프링스라."

내 아이디어를 한 번 더 중얼거리며 음미하는 스와프나의 눈에 광채가 돈다. 그러더니 문득 꿈에서 깨어난 것처럼 키보드를 향해 손을 뻗는다. 잠깐 타이핑을 하던 그녀는 화면에 뜬 무언가를 읽으며 턱을 긁적인다.

"물론 겨울 호까지 기다려야겠네. 여름은 비수기니까."

"그래서 완벽하다는 거예요." 나는 당황해서 냅다 내뱉는다. "여름에도 팜스프링스에는 볼거리가 넘쳐나는 데다, 사람도 적고 물가도 싸죠. 제가 초심으로 돌아갈 좋은 기회이기도 하고요. 아시잖아요, 가성비 여행."

스와프나는 생각에 잠겨 입술을 쭉 내민다. "하지만 우리 《R+R》은 여행에 대한 동경을 담아내는 잡지인걸."

"그리고 팜스프링스야말로 사람들이 동경하는 여행지잖아요. 먼저 이상을 보여준 뒤, 독자들이 실제로 여행을 즐기는 방법도 보여주는 거예요."

내 말을 곱씹어보는 스와프나의 검은 눈이 반짝 빛나는 바람에 나는 두근거리는 기대감에 찬다. 하지만 그 순간 스와프나는 눈을 깜박이더니 다시 컴퓨터 화면으로 눈길을 돌린다.

"안 돼."

"뭐라고요?"

일부러가 아니라, 뇌가 거절을 제대로 받아들이지 못한 탓에 내 입이 멋대로 그런 말을 내뱉는다. 내 제안이 거절당하다니, 말도 안 돼.

스와프나는 미안하다는 듯 한숨을 쉬더니 반들거리는 유리 책상 위로 상체를 숙이며 입을 연다. "있잖아, 파피. 이렇게까지 생각해준 건 정말 고맙지만, 《R+R》과는 어울리지가 않아. 브랜드 정체성이 흔들릴 거야."

"브랜드 정체성이라고요?"

아직도 당황한 나머지 나는 스와프나가 한 말만 따라한다.

"주말 내내 생각해봤는데, 널 산토리니로 보내야겠어."

그 말을 끝으로 그녀는 방금 전까지의 '공감 능력은 있지만 프로 다운 편집장 스와프나'에서 '집중하는 천재 편집장 스와프나'로 표정을 싹 바꾸고는 다시 책상 위에 놓인 교정지를 들여다보기 시작한다. 그녀는 이야기가 끝났다는 신호를 강하게 보내고 있지만 나는 여전히 그 자리에 꼼짝도 못하고 서 있고, 내 머릿속에서는 하지만, 하지만, 하지만!이라는 생각만 맴돈다.

하지만 이건 우리 사이를 되돌려놓을 기회인걸.

하지만 이렇게 쉽게 포기할 순 없어.

하지만 내가 원하는 건 이거라고. 모든 게 근사하게 새하얀 색으로 칠해진 산토리니와 반짝이는 바다가 아니라고.

푹푹 찌는 한여름 사막의 알렉스. 트립어드바이저에서 검색해보지도 않고 발길 닿는 대로 찾아가는 장소들, 별다른 일정 없는 한낮들과 깊은 밤들, 알렉스가 차마 발걸음을 옮기지 못하는 허름한 책방에서, 아니면 내가 죽은 사람들의 모자를 써보는 동안 그가 문간에서 뻣뻣하게 서서 참을성 있게 기다려주는, 온갖 보물이 들어찬 빈티지 상점에서 보내는 해가 쨍쨍한 한낮. 내가 원하는 건 그거다.

쿵쿵 뛰는 심장으로 사무실 문간에 서 있자니 드디어 스와프나가 교정지에서 고개를 들고는 꼭 '할 말 있어, 파피?'라고 묻는 듯 한쪽 눈썹을 치켜든다.

"산토리니에는 개릿을 보내세요."

내 말에 스와프나는 누가 봐도 당황한 표정으로 눈만 깜박인다.

"전 휴식이 좀 필요한 것 같아요." 나는 일단 그렇게 질러버린 다음 다시 설명한다. "그러니까, 진짜 휴가 말이에요."

스와프나가 입을 꼭 다문다. 당황하기는 했지만 더 캐묻지는 않을 기색인데, 나 역시 설명할 방법이 없으니 다행스럽다.

그녀가 느릿느릿 고개를 끄덕이며 말한다. "그럼 휴가 일정 정해서 알려줘."

돌아서서 내 책상을 향해 걸어가고 있자니 지난 몇 달 사이 그 어느 때보다 마음이 차분하다. 자리에 앉아 현실을 자각하기 시작하기 전까지는 말이다.

모아둔 돈이 있기는 하지만 내가 내 돈으로 갈 수 있는 여행과 《R+R》의 눈높이, 그리고 《R+R》의 예산에 맞는 여행 사이에는 엄청난 차이가 있다. 고등학교 영어 교사, 게다가 박사 학위를 따는 동안 쌓인 학자금 대출까지 있는 알렉스가 나와 비용을 반반 부담할 수 있을 리 없다. 하지만 여행 경비를 나 혼자 부담한다는 사실을 알면 과연 알렉스가 함께 가려고 할까?

아냐, 어쩌면 잘된 일일 수도 있다. 우린 얼마 되지 않는 예산으로 여행을 떠날 때마다 정말 즐거웠으니까. 우리의 여름휴가에 《R+R》이 끼어든 뒤부터 모든 게 내리막으로 치닫기 시작한 거다. 할 수 있다. 옛날처럼 완벽한 휴가 계획을 짜면 된다. 알렉스에게 최고의 휴가를 선물하는 거야. 생각하면 할수록 자신감이 붙는다. 사실 옛날처럼 적은 돈으로 여행을 떠난다고 생각하니 신이 나기까지 한다. 그 시절엔 모든 게 단순했고, 우린 언제나 좋은 시간을 보냈다.

나는 휴대폰을 집어든 뒤 시간을 들여 완벽한 메시지를 써낸다.

재미있는 생각이 났어. 예전 같은 여행을 하는 거야. 따라다니는 사진기자도 없고, 별 다섯 개 레스토랑도 안 가고, 그저 가난한 학자와 디지털 시대의

기자라는 우리 모습 그대로 팜스프링스를 바라보는 가성비 여행을 하는 거야.

몇 초 지나지 않아 알렉스한테 답장이 도착한다.

《R+R》도 괜찮대? 사진기자 없어도?

마치 양어깨에 천사와 악마가 자리를 잡고 내 머리를 번갈아 끌어당기고 있기라도 한 것처럼, 나는 나도 모르게 머리를 까닥거리기 시작한다. 알렉스에게 대놓고 거짓말을 하는 건 꺼려진다.

하지만 《R+R》이 괜찮은 건 맞잖아. 난 어차피 일주일간 휴가를 낼 거니까 자유의 몸이기도 하고.

응. 여긴 다 준비됐으니까 너만 괜찮으면 돼.

알렉스한테서 답장이 온다.

그래. 즐거울 것 같아.

즐겁겠지. 즐거워야 한다. 반드시 내 손으로 이 여행을 즐겁게 만들고 말 거다.

7장

≈≈≈≈

올해 여름

비행기가 착륙하자마자 여섯 시간의 비행 내내 빽빽 고함을 질러 대던 아기 네 명이 잠잠해진다.

나는 핸드백에서 휴대폰을 꺼내 에어플레인 모드를 해제하고 레이철, 개릿, 엄마, 데이비드 닐슨, 그리고 무엇보다 알렉스가 보낸 문자 메시지가 쏟아지기를 기다린다.

레이철은 내가 탄 비행기가 충돌 사고가 나거나 버뮤다 삼각지대로 끌려가지 않았는지 걱정되니 도착하자마자 연락해달라는 말, 그리고 내가 안전하게 착륙하기를 기도하는 동시에 또 확신한다는 메시지를 세 개나 보냈다.

안전하고 무사해, 벌써 보고 싶어.

나는 레이철에게 이런 메시지를 보낸 뒤 개릿에게서 온 메시지를 연다.

산토리니 양보해줘서 진짜 진짜 고마워.

그다음에 메시지가 하나 더 있다.

그런데…… 좀 이상한 결정이긴 해. 무슨 일 있는 건 아니길…….

나는 답장을 보낸다.

괜찮아. 갑자기 가야 할 결혼식도 생겼고, 산토리니는 네 아이디어였잖아. 내가 후회할 만큼 사진 많이 보내줄 거지?

그다음으로 데이비드가 보낸 메시지를 본다.

알렉스 형이랑 같이 와준다니 정말 좋아요! 탬도 파피가 빨리 보고 싶대요. 뒤풀이에도 올 거죠?

난 예전부터 알렉스의 동생들 중 데이비드를 가장 좋아했지만, 아무리 그래도 결혼하기에는 너무 어린 거 아닌가 하는 생각이 자꾸 든다. 하지만 알렉스에게 그 말을 하자 그는 이런 답장을 보냈다.

데이비드는 스물네 살이야. 그 나이의 내가 결혼하는 건 상상이 안 되지만, 내 동생들은 다들 결혼을 일찍 한 데다가, 탬은 정말 좋은 사람이야. 심지어 아버지도 쌍수 들고 환영하고 계시는걸. 차에 붙이려고 '나는 내 게이 아들을 사랑하는 자랑스러운 기독교 신자입니다'라는 범퍼 스티커까지 사셨다고.

그 메시지를 읽자마자 빵 터지는 바람에 마시던 커피를 뿜을 뻔했다. 정말 닐슨 씨다운 일인 데다 알렉스와 내가 늘 농담처럼 말해오던, 데이비드야말로 닐슨 집안에서 가장 사랑받는 아들이라는 사실을 증명해주는 일이기도 했으니까. 알렉스는 고등학생이 될 때까지는 대중 음악조차 못 듣는 신세였고, 시내의 대학에 진학하기로 결정했을 땐 부모님이 눈물까지 흘리셨다. 하지만 어쨌든 닐슨 씨는 자식들을 정말 사랑했고 자식들의 행복이라면 언제나 지지했다.

나는 알렉스에게 이런 메시지를 보냈다.

네가 스물네 살 때 결혼했다면 상대는 아마 세라였겠지?

그러자 이런 답이 돌아왔다.

넌 기예르모랑 결혼했을 거고.

나는 답장으로 그에게 받은 슬픈 강아지 셀카를 그에게 보낸다.

설마 아직도 그 머저리한테 미련이 남아 있는 건 아니겠지?

알렉스의 답이었다.

알렉스와 기예르모는 정말 상성이 맞지 않는 조합이었다.

당연히 아니지. 그래도 기예르모랑 나는 남들이 괴로울 만큼 깨졌다 붙었다 하진 않았어. 너랑 세라가 그랬지.

알렉스가 한참이나 메시지를 입력하고 있어서 난 혹시 그가 나를 짜증 나게 하려고 일부러 그러나 하는 생각이 들었다.

그런데 우리의 대화는 거기서 끝이었다. 다음 날 그는 어제 했던 대화에 대해서는 아무런 언급 없이 등판에 스파 비치라고 적힌 검은색 시퀸 장식 로브 사진을 보냈다.

여름휴가 유니폼으로 어때?

그렇게 우리는 그때부터 세라 이야기를 다시 꺼내지 않았다. 그것만으로도 둘 사이에 또 뭔가 있다는 사실은 분명히 알겠다.

아기 울음소리가 잦아들고 난 침묵 속에서 로스앤젤레스 국제공항을 느릿하게 활주 중인, 비좁고 답답한 비행기에 앉아 있는 지금, 세라를 생각하고 있자니 멀미가 날 것 같다. 세라와 나는 처음부터 서로를 그리 좋아하지 않았으니까. 만약 둘이 다시 만나는 거라면 세라가 알렉스에게 나와의 여행을 허했을 리 없다. 아직 정식으로 다시 만나는 건 아니지만, 예전으로 돌아가는 과정이라면, 이게 우리의 마지막 여름휴가가 될 거다.

세라와 알렉스는 결혼을 하고 아이를 낳고 다 같이 디즈니월드에 갈 테고, 난 영영 알렉스의 인생에 끼어들 만큼 가까운 사이로 되돌아갈 수 없겠지. 나는 이런 생각들을 애써 떨치며 데이비드의 문자 메시지에 답장한다.

결혼식에 갈 수 있어서 엄청 신나고 또 영광이야!

데이비드가 답장으로 춤추는 곰 이모티콘을 보낸다. 그다음은 엄마가 보낸 메시지다.

알렉스한테 나 대신 포옹과 키스를 전해주렴 :)

엄마의 메시지 끝에 ':)'라는 그림 문자가 붙어 있다. 엄마는 이모티콘 사용법을 늘 잊어버렸고 내가 알려주려고 해도 금세 조바심을 내며 "그냥 문자로 쓰면 되지" 하고 고집을 부렸다.

부모님 특징 : 변화를 그리 좋아하지 않음.

포옹하고 키스하는 동안 알렉스 엉덩이라도 움켜쥘까요?

내가 이렇게 답장하자 금세 엄마의 답장이 돌아온다.

그게 통할 것 같으면 그렇게 하려무나. 손자 생길 때까지 기다리다가 눈 빠지겠다.

나는 눈을 데굴 굴린 뒤 메시지 창을 나온다. 엄마는 알렉스를 정말 좋아했는데 그 이유 중에는 분명 알렉스가 다시 린필드로 돌아와서 살고 있다는 것도 있다. 엄마는 우리가 어느 날 문득 서로에 대한 사랑을 자각하기를, 그래서 나도 린필드로 돌아가서 곧장 아기를 가지기를 바라고 있다. 반면 나를 애지중지하지만 겉보기엔 무섭게 생긴 아빠 앞에서 알렉스는 주눅이 들었고, 그래서 아빠 앞에서는 진짜 자기 모습을 제대로 드러낸 적이 한 번도 없었다.

아빠는 건장한 체구에 목소리가 우렁차고, 아빠 세대의 남자들이 으레 그렇듯 적당히 손재주도 있는 사람이다. 또, 아슬아슬하게 선을 넘나드는 질문들을 아무렇지도 않게 툭 던지는 버릇이 있다. 딱히 답을 듣고 싶어서가 아니라 그저 궁금해서, 또 그런 질문이 부적절하다는 생각이 미처 떠오르지 않아 묻는 질문들이다.

라이트 집안의 다른 구성원들과 마찬가지로 아빠 역시 목소리 볼륨을 조절하는 데는 소질이 없다. "솜사탕맛 나는 그 포도 먹어봤니? 어머, 한 번 먹어보면 홀딱 빠질 거다. 자, 여기 좀 씻어다 줄게. 어머, 그전에 그릇부터 씻어야겠구나. 아이고, 큰일 났다. 그릇이란 그릇은 전부 남은 음식을 담아 랩으로 덮어 냉장고에 넣어버렸구나. 자, 그냥 한 주먹 쥐고 먹어!" 이렇게 엄마가 고함 지르는 소리만 들어도 모르는 사람들은 기가 빨릴 테지만, 미간을 꿈틀거리며 "지난번 시장 선거에 투표는 했니?" 하고 고래고래 묻는 아빠 앞에 서 있으면 마치 취조실 안에서 FBI의 뒷돈을 받는 형사와 단둘이 마주 앉은 기분이 든다.

우리가 처음 친구가 된 그 여름, 알렉스가 나를 노래방에 데려가려고 부모님 집을 처음 찾아왔다. 그날 난 우리 가족과 우리 집으로부터 그를 보호하려고 혼신의 힘을 다했다. 알렉스를 위한 일이기도 했지만 날 위한 일이기도 했다.

함께 시카고에서 린필드까지 왔던 그 한 번의 여행만으로도 나는 알렉스가 잡동사니며 먼지투성이 사진 액자로 터질 듯 꽉 차 있고

개 비듬까지 풀풀 날리는 우리 집에 오면 마치 정육점에 들어선 채식주의자 같은 기분이 들 거라는 걸 짐작할 수 있었으니까.

물론 난 알렉스가 불편하지 않길 바랐지만, 한편으로는 그가 우리 가족에 대해 편견을 갖지 않길 바라는 마음도 그만큼 간절했다. 비록 어수선하고 이상하고 시끄럽고 말을 툭툭 뱉는 버릇이 있다고 해도 우리 부모님은 정말 멋진 분들이니까. 난 우리 집에 들어선 사람들의 눈에 가장 먼저 들어오는 것이 부모님의 멋진 점이 아니라는 사실을 이미 오래전 아프게 깨달은 뒤였다.

그래서 알렉스에게 진입로에서 만나자고 미리 말해뒀지만, 내가 그 말을 충분히 강조하지 않았나 보다. 알렉스는 정말이지 알렉스 닐슨다운 일을 했다. 서글서글한 1950년대 쿼터백처럼, 우리 집 문을 두드린 다음 해가 질 무렵 낯선 사람의 차를 타고 외출하는 나를 부모님이 '걱정하지 않게' 자기 소개까지 했다.

초인종이 울리자마자 나는 대혼란을 막아야 한다는 생각에 온 힘을 다해 달려갔지만, 분홍색 깃털 달린 빈티지 실내화를 신고 있었던 탓에 한발 늦고 말았다. 1층으로 내려갔더니 알렉스는 현관문 안쪽, 두 줄로 탑처럼 높이 쌓아둔 수납함들 사이, 볼썽사나운 가족사진들이 사방에서 내려다보는 가운데 서서 함부로 달려드는 늙은 잡종 허스키 두 마리 때문에 쩔쩔매는 중이었다.

계단 아래 모퉁이를 미끄러지듯 돌아나가는 바로 그 순간 아빠 목소리가 쩌렁쩌렁 울려퍼졌다.

"네가 파피랑 같이 나가는 걸 우리가 왜 걱정할 거라 생각했냐?" 그러더니 덧붙인다. "그럼 너희가 같이 나간다는 의미가……."

"아뇨!" 나는 허스키 두 마리 중 더 밝히는 성격인 루퍼트가 알렉스의 다리에 대고 마운팅을 하기 직전 목줄을 쥐고 끌어당기며 아빠의 말을 막았다. "우리 그런 거 아니에요. 그러니까 그런 의미는 아니라고요. 또 아빠가 걱정할 필요도 없어요. 알렉스는 운전을 진짜 천천히 하거든요."

"제가 하려던 말이 바로 그 말이었어요." 알렉스가 더듬거렸다.

"그러니까, 운전 속도가 문제가 아니라고요. 저는…… 제한 속도를 준수하거든요. 그러니까, 걱정하실 필요는 없습니다."

아빠가 미간을 잔뜩 구겼다. 알렉스는 피가 싹 빠져나간 것처럼 얼굴이 창백해져 있었는데, 우리 아빠 때문에 불안한 건지, 아니면 지금 이 순간까지 내 눈에 한 번도 들어오지 않았던, 복도 굽도리널 위에 뽀얗게 쌓인 먼지 때문인지는 알 수 없었다.

나는 화제를 바꾸려고 얼른 입을 열었다. "아빠, 알렉스 차 보셨어요? 엄청 오래된 차예요. 휴대폰도 그렇고요. 알렉스는 똑같은 휴대폰을 거의 7년째 쓰고 있다고요."

알렉스의 얼굴은 새빨개졌고, 아빠는 굳은 얼굴을 풀며 흥미롭다는 표정을 지었다.

"정말이냐?"

오랜 세월이 지난 지금까지도, 알렉스가 자기가 하려는 대답이 맞는지 확인하려고 내게로 눈길을 슬쩍 돌리던 그 장면이 선명하게 기억난다. 나는 그를 향해 고개를 살짝 끄덕였다.

"네, 맞습니다."

알렉스가 대답하자 아빠는 그가 기겁할 정도로 세게 그의 어깨를 두드리더니, 이를 드러내며 함박웃음을 지어 보였다.

"바꾸는 것보다 고치는 게 최고지."

"뭘 바꾼다는 거야?" 부엌에 있던 엄마가 고함을 질렀다. "뭐 또 고장 났어? 당신 누구랑 얘기하는 거야? 파피랑 얘기하는 거야? 초콜릿 소스 찍은 프레첼 먹고 싶은 사람? 아이고, 깨끗한 접시가 하나도 없네……."

우리 집에서 외출하기 전에 겪어야 하는 필수 코스인 20분짜리 작별 인사를 마치고 나서 차를 향해 걸어가는 길에, 알렉스는 방금까지 일어난 온갖 일을 놓고 딱 이렇게만 말했다.

"네 부모님 좋은 분들인 것 같아."

나는 나도 모르게 공격적으로 대답했다. "그런 거 같은 게 아니라 실제로 그래."

난 우리 집에 쌓여 있던 먼지라든지 함부로 덤벼들던 허스키, 아니면 아직까지 냉장고에 자석으로 붙여놓은 어린 시절에 그린 그림 약 20억 장 같은 이야기를 꺼낼 테면 꺼내보라는 심정이었지만, 당연히 그는 아무 말도 하지 않았다. 그는 알렉스니까. 물론 그때는 그게 무슨 의미인지 나 역시 전부 알지는 못했다.

우리가 만나고 이렇게 오랜 시간이 지난 지금까지도 그는 우리 집에 관해 나쁜 말은 한마디도 한 적이 없다. 심지어 허스키 루퍼트가 죽었을 땐 내 기숙사 방으로 꽃도 보냈다. 녀석과 내가 함께 보낸 그날 밤 이후 어쩐지 우리 사이에 특별한 유대감이 생긴 것 같았지라는 농담이 적힌 카드와 함께. 루퍼트가 그리울 거야. 뭐든 필요한 게 있다면 내가 여기 있다는 걸 기억해. 언제나.

당연히, 알렉스의 카드를 내가 다 외우고 있다는 뜻은 아니다.

또, 지금 사는 아파트로 이사할 때 신발 상자 딱 하나에 간직할 만큼만 가져온 카드, 편지와 쪽지 중에서도 이 카드를 가장 소중하게 여긴다는 뜻도 아니다.

우리의 우정이 멈춰버렸던 2년 동안, 이 카드를 버려야겠다고 생각하며 수없이 스스로를 고문했다는 뜻도 아니다. 왜 버려야 한다고 생각했느냐면, 언제나라는 말이 이젠 유효하지 않다고 생각했으니까. 비행기 뒤편에서 또 아기 울음소리가 나기 시작했지만, 이미 게이트가 가까워진다. 어차피 곧 비행기에서 내릴 것이다.

그리고, 알렉스를 만나게 될 거다.

순식간에 척추를 따라 찌릿한 느낌이 퍼지면서 초조하게 배 속이 울렁거린다. 받은 메시지함에 남은 읽지 않은 마지막 메시지 하나, 알렉스에게서 온 메시지를 연다.

막 착륙했어.

나는 답장을 보낸다.

나도.

그다음엔 뭐라고 써야 할지 알 수 없다. 일주일이 넘도록 메시지를 주고받는 동안, 우리 둘 다 망해버린 크로아티아 여행 이야기는 한 번도 꺼내지 않았다. 그래서 오늘까지는 마치 우리 사이에 아무 일도 없었던 것처럼 느껴졌다. 그런데 이제야, 알렉스를 실제로 본 지가 2년도 넘었다는 데 생각이 미친다. 2년이 넘는 시간 동안 알렉스를 만진 적도, 그의 목소리를 들은 적도 없다. 그러니 그를 만나는 순간 어색해질 가능성이 너무 높다. 상당히 어색할 게 분명하다.

알렉스를 만나는 게 기대되는 건 물론이지만, 그보다는 두려운 마음이 더 크다는 사실을 나는 이제야 자각한다.

만날 장소를 정해야겠다. 둘 중 누군가 먼저 제시해야겠지. 나는 《R+R》에서 일하던 지난 4년 반 동안 본 온갖 공항의 칙칙한 카펫 깔린 게이트며 무빙워크들이 뒤섞여 존재하는 흐릿한 기억을 뒤져 로스앤젤레스 국제공항의 생김새를 떠올린다. 짐 찾는 곳에서 만나자고 하면, 대화를 나눌 수 있을 만큼 가까워질 때까지 한참 동안 서로를 응시하며 말없이 걸어와야 하는 사태가 벌어지려나? 만나는 순간 알렉스를 껴안아도 될까?

알렉스네 가족은 서로 포옹하는 일이 별로 없었다. 라이트 집안 사람들이 서로를 움켜쥐고, 찌르고, 때리고, 스치고, 붙잡고, 별것 아닌 대화를 나누는 동안에도 강조하고 싶은 부분이 생기면 옆 사람을 팔꿈치로 찌르는 걸로 유명한 것과는 정반대다. 우리 집에서는 스킨십이 자연스러웠던 나머지, 지금 사는 아파트에 식기세척기 수리공을 불렀다가 헤어질 때 나도 모르게 포옹해버린 적도 있다. 수리공은 예의 바르게도 자신이 결혼을 했다고 말했고, 난 축하드린다고 대답했다.

알렉스와 내가 친했을 때 우리는 서로를 자주 껴안았다. 하지만 그건 오래전, 내가 그를 알던 시절의 일이다. 그가 나를 편안하게 여기던 시절의 일이다. 나는 머리 위 짐칸에 넣었던 캐리어 가방을 낑낑대며 끄집어 내린 뒤 가방을 밀며 걸어간다. 얇은 스웨터를 입은 겨드랑이 밑에도, 포니테일로 묶은 머리채가 뒷목을 스치는 자리에도 땀이 밴다.

도착하기 전까지만 해도 비행이 영영 끝나지 않을 것처럼 길게만 느껴졌다. 시계를 볼 때마다 1분이 꼭 한 시간 같았다. 얼른 도착하고 싶다는 생각만 하면서 좁아터진 좌석에 앉아 이리저리 요동치며 여기까지 왔는데, 비행하는 동안에는 풍선처럼 부풀어오르기만 했던 시간이 이젠 순식간에 쪼그라들기라도 한 것처럼 어느새 나는 탑승교를 지나고 있다.

목구멍이 죄어온다. 두개골 안에서 뇌가 출렁거리는 것 같은 느낌이다. 게이트를 나온 뒤, 뒷사람들을 방해하지 않게 옆쪽으로 비켜선 다음 주머니에서 휴대폰을 꺼낸다. 짐 찾는 곳에서 만나……라고 쓰는 내 손이 땀으로 흥건하다.

"안녕."

목소리가 난 방향으로 홱 돌아서자, 목소리의 주인이 내 쪽으로 다가오면서 우리 사이에 놓인 유모차를 피해 걸음을 내딛는 모습을 보인다.

웃고 있다. 알렉스는 웃는 얼굴이다. 졸린 듯 부은 눈, 어깨에는 노트북 가방을, 목에는 이어폰을 걸치고 있다. 짙은 회색 바지와 단추 달린 셔츠, 주름 하나 없는 가죽 부츠와는 대조적으로 머리카락은 아무렇게나 뻗쳐 있다. 내 앞으로 바짝 다가온 그가 끌고 오던 기내용 가방을 내려놓고는 나를 끌어안는다.

발뒤꿈치를 들고 양팔로 그의 허리를 감싼 채 그의 가슴에 내 얼굴을 묻고 그의 냄새를 흠뻑 들이쉬는 이 순간이 너무나 자연스럽고 평범하게 느껴진다. 시더우드, 머스크, 라임. 지구상에 알렉스 닐슨만큼 습관을 벗어나지 않는 동물은 없을 것이다.

변함없이 이상한 머리 모양, 변함없이 깨끗하고 따뜻한 체취, 변함없이 단출한 옷차림(세월이 지나면서 옷의 재단이나 신발은 많이 발전했지만), 포옹할 때 내 등 위쪽을 꼭 안은 채 내 발이 공중에 뜰 정도로 나를 위로 끌어올리는 동시에, **뼈가 으스러지는** 포옹이 될 만큼 힘을 주지는 않는 것도.

알렉스의 포옹은 으스러지는 포옹이 아니라 조각가의 손길 같다. 온 사방을 부드럽게 눌러 순식간에 우리를 두 개의 심장으로 살아 숨 쉬는 하나의 생물로 빚어내는 것만 같은 포옹이다.

"안녕."

내가 그의 가슴에 얼굴을 묻은 채 환하게 웃자 내 등 한가운데로 미끄러져 내려온 그의 두 팔에 힘이 들어간다.

"안녕."

그 목소리에 묻어 있는 웃음기만큼 실제로도 웃고 있으면 좋겠다. 알렉스는 원래 공공장소에서 애정 표현하는 걸 꺼리는 편이지만 어쩐지 우리 둘 다 서로를 놓아주지 않고 있다. 아마도 같은 생각을 하는 것 같다. 2년 만의 포옹이니까 조금 더 오래 안고 있어도 괜찮다고. 감정이 솟구치는 바람에 나는 눈을 감고 그의 가슴에 이마를 꼭 누른다. 알렉스의 두 팔이 내 허리를 감싸더니 잠시 그 자리에 머무른다.

"비행은 어땠어?"

알렉스의 물음에 나는 한 발짝 뒤로 물러나 그의 얼굴을 올려다보며 대답한다.

"미래의 월드클래스 오페라 가수가 될 아기가 우렁차게 우는 소리를 들으면서 왔지. 넌?"

내 말에 그는 표정을 완전히 풀고 함박웃음을 짓는다. "난기류를 지나칠 때 옆자리 여자를 심장마비에 빠뜨릴 뻔했어. 내가 실수로 손을 꽉 잡았거든."

나도 모르게 웃음을 터뜨리자 그가 더 환하게 웃으며 나를 힘주어 안는다. 벌거벗은 알렉스. 그 생각이 들자마자 나는 곧바로 그 생각을 억누른다. 진짜 알렉스를 가리키는 덜 민망한 표현을 얼른 만들어내야겠다.

알렉스도 내 생각을 읽고 나만큼 민망해지기라도 한 것처럼, 그는 다시 표정을 정돈하고 나를 놓아주더니 몇 발짝 뒤로 물러선다.

"찾아야 할 짐 있어?"

그가 자기 여행가방 손잡이와 내 가방 손잡이를 한 손에 모아 쥔다.

"내 가방은 내가 들게."

"괜찮아."

그를 따라 사람들이 바글바글한 게이트를 빠져나가는 내내, 알렉스의 뒷모습에서 눈을 뗄 수가 없다. 그가 내 앞에 있다는 게 놀라워서, 예전 모습 그대로라는 게 신기해서, 이게 현실이라는 게 믿기지가 않아서.

걸어가다가 그가 나를 내려다보더니 입매를 살짝 꿈틀한다. 내가 알렉스의 얼굴을 좋아하는 이유 중 하나는 그가 하나의 표정에 두 가지 다른 감정을 동시에 담을 때가 있기 때문이다. 또, 내가 그 감정들을 쉽게 읽어낸다는 사실 때문이다. 지금 그의 입매에 담긴 두 가지 감정은 재미있다. 그리고 약간 경계된다.

"왜?" 그렇게 묻는 알렉스의 목소리에는 그 두 가지 감정이 고스란히 담겨 있다.

"그냥 네가…… 너무 커서."

키만 큰 게 아니라 몸도 좋지만, 그 사실을 언급하면 그는 마치 체육관에서 단련한 몸을 가진 게 약점이라도 된다는 듯 부끄러워한다. 어쩌면 알렉스 입장에선 약점일 수도 있겠다. 허영심을 가져서는 안 된다는 가정교육을 받으며 자라났으니까. 반면 우리 엄마는 내가 쓰는 화장실 거울에 보드 마커로 이렇게 써두는 사람이었다. 아름다운 미소야, 좋은 아침이야. 튼튼한 팔다리도 안녕. 귀여운 우리 딸을 먹여 살리는 귀여운 배도 좋은 하루 보내려무나. 요즘에도 샤워를 마치고 나와 거울 앞에서 머리를 빗고 있으면 그 말이 들리는 것만 같다. 아름다운 미소야, 좋은 아침이야. 튼튼한 팔다리도 안녕. 나를 먹여 살리는 귀여운 배도 좋은 하루 보내려무나.

"내가 키가 커서 쳐다봤다고?" 그가 묻는다.

"엄청 커서." 난 그걸로 다 설명이 된다는 듯 대꾸한다.

그렇게 말하는 게 이렇게 말하는 것보다 쉽기 때문이다. 보고 싶었어, 아름다운 미소야. 튼튼한 팔다리, 만나서 너무 반가워. 내가 사랑하는 이 사람을 먹여 살리는 당황스러울 만큼 탄탄한 배야, 고마워.

알렉스는 나와 눈을 마주치며 입이 귀에 걸릴 정도로 미소를 짓는다. "만나서 정말 좋다, 파피."

8장

~~~~~~

10년 전 여름

1년 전, 더러운 빨래 바구니 여섯 개를 들고 나와 기숙사 앞에서 기다리던 알렉스 닐슨을 마주친 순간, 만일 누가 우리 두 사람이 함께 휴가를 보내는 사이가 될 거라고 말했다면 난 그 말을 절대 믿지 않았을 것이다.

함께 차를 나누어 타고 린필드로 온 그날 이후 우리는 간간이 문자 메시지를 주고받았다. 알렉스가 차를 타고 지나가다 찍은 흐릿한 린필드 영화관 사진을 첨부해 보낸 잊지 말고 백신 맞으라는 메시지, 아니면 내가 슈퍼마켓에서 우연히 발견해서 찍은 열 개들이 티셔츠 사진을 첨부한 생일 축하 메시지. 그러다가 3주가 지나자 우리는 문자 메시지를 졸업하고 전화 통화를 하다가 만나서 시간을 보내기 시작했다. 심지어 알렉스를 꼬드겨 시네플렉스에 영화도 보러 갔다. 물론 알렉스는 영화 내내 영화관의 아무 것도 닿지 않으려고 어정쩡한 자세로 가만히 있었지만 말이다.

여름이 끝나고 2학년이 시작되자 우리는 필수 과목 두 개를 같이 듣기로 했다. 수학, 그리고 과학이었다. 거의 매일 밤 알렉스가 내 기숙사로 오거나 내가 그의 기숙사로 가서 함께 과제를 했다. 예전 룸메이트였던 보니는 결국 공식적으로 기숙사를 떠나 언니의 아파트로 들어갔고, 이저벨이라는 의예과 학생이 새로운 룸메이트가 되었다. 때로 이저벨은 제일 좋아하는 음식이 아닐까 싶은 셀러리를 우적우적 씹으며 어깨 너머로 우리 과제를 고쳐주기도 했다.

알렉스는 나만큼이나 수학을 싫어했지만 영문학 과목은 좋아했기에 밤마다 읽어야 할 책들을 열심히 읽었고, 그사이에 나는 그의 옆에 드러누워 아무 생각 없이 여행 블로그나 유명인 가십 기사를 읽곤 했다. 내가 듣는 수업은 하나같이 지루했지만, 저녁을 먹은 뒤 핫초코를 한 잔씩 들고 알렉스와 함께 캠퍼스를 산책하는 밤, 아니면 최고의 핫도그, 커피, 팔라펠을 파는 노점을 찾겠다는 일념으로 시내를 쏘다니는 밤은 그 어느 때보다 행복했다. 예술, 음식, 소음, 새로운 사람들에 둘러싸인 도시 생활이 즐거운 나머지 괴로운 학교 수업도 참을 수 있었다.

창턱에 눈이 쌓이고 알렉스와 나는 바닥에 러그를 깔고 나란히 누워 시험공부를 하고 있던 어느 늦은 밤, 우리는 현실에서 벗어나고 싶은 나머지 지금 가고 싶은 장소들의 이름을 꼽아보기로 했다.

"파리." 내가 말했다.

"미국 문학 기말 보고서 준비하기." 알렉스가 말했다.

"서울."

"비소설 입문 기말 보고서 준비하기."

"불가리아 소피아."

"캐나다." 알렉스가 말했다.

그 말에 내가 알렉스를 쳐다보며 지친 웃음을 토해내자, 그는 금세 특유의 서운한 표정을 짓는다. 나는 다시 러그에 드러누우며 입을 연다.

"네가 가고 싶은 여행지 1, 2위는 보고서 두 편, 그리고 3위가 제일 가까운 이웃 나라라는 거잖아."

"파리보다는 싸니까." 알렉스는 진지한 말투였다.

"어차피 상상만 하는 건데 그게 뭐가 중요해?"

그러자 그가 한숨을 쉬었다. "네가 여행 블로그에서 본 그 온천 기억나? 우림 속에 있는 온천 말이야. 그것도 캐나다에 있다고."

"밴쿠버 섬이었지."

나는 고개를 끄덕였다. 그 온천은 정확히는 밴쿠버 섬 옆에 있는 더 작은 섬에 있었다.

"난 거기 가고 싶어. 문제는 내 여행 친구가 별로 내켜 하지 않는다는 거지."

"알렉스, 나 너랑 밴쿠버 섬 가는 거 완전 찬성이야. 특히 다른 두 개의 선택지는 숙제하는 네 모습을 지켜보는 것뿐이잖아. 내년 여름에 거기 가자."

알렉스도 내 옆에 누웠다. "파리에 가고 싶다며?"

"다음에 가지 뭐. 어차피 그만한 돈도 없잖아."

알렉스는 희미하게 웃었다. "파피, 따지고 보면 우린 일주일에 핫도그 하나씩 사 먹을 돈도 없어."

그러나 몇 달이 지난 지금, 한 학기 내내 교내에서 할 수 있는 온갖 아르바이트를 한 끝에(알렉스는 도서관, 나는 우편물실에서 일했다) 경유를 두 번 하는 엄청나게 저렴한 야간 비행 티켓을 샀다. 나는 드디어 비행기에 오르며 들떠서 어쩔 줄 모른다.

비행기가 이륙하고 객실 조명이 어두워지자마자 순식간에 피로가 몰려오고, 나도 모르는 사이 알렉스의 어깨에 머리를 기대고 그의 셔츠를 침으로 물들이며 잠들어버린다. 그런데 비행기가 수직 하강 기류를 만나 아래로 덜컹하는 순간, 알렉스가 실수로 내 얼굴을 팔꿈치로 찌르는 바람에 나는 잠에서 깬다.

"젠장!" 알렉스가 욕설을 토해낸다.

나는 맞은 얼굴을 감싸 쥐고는 허리를 벌떡 세운다. 팔걸이를 꼭 붙잡은 그의 손마디가 하얗게 질려 있고, 가슴이 빠르게 오르락내리락하는 모습이 보인다.

"너 비행기 무서워해?" 내가 묻는다.

"아니야!" 아무리 공황 상태라 할지라도 반대편 옆자리 승객을 배려하는 알렉스가 목소리를 낮춘다. "죽는 게 무서운 거지."

"안 죽어." 나는 알렉스를 향해 장담한다.

비행기는 다시 원래의 리듬을 되찾는다. 그러나 안전벨트 등에 불이 들어오자 그는 마치 누가 우리를 흔들어 떨어뜨리려고 비행기를 거꾸로 뒤집기라도 한 것처럼 팔걸이를 꽉 붙잡는다.

"예감이 안 좋아. 어디 부서지는 소리가 난 것 같은데."

"그건 네가 팔꿈치로 내 얼굴을 치는 소리였는데."

"뭐?"

내 얼굴을 바라보는 그의 얼굴에 놀라움과 혼란, 두 가지 감정이 동시에 떠오른다.

"네가 팔꿈치로 내 얼굴 쳤다고!"

"이런, 젠장. 미안. 좀 보자."

내가 욱신거리는 광대뼈를 붙잡고 있던 손을 내리자 알렉스가 내 쪽으로 몸을 기울여 손가락을 내 얼굴로 가져간다. 손가락은 내 얼굴에 닿지 않고 다시 멀어진다.

"괜찮은 것 같아. 승무원한테 얼음 좀 갖다달라고 하자."

"좋은 생각이네. 승무원한테 네가 내 얼굴을 때리긴 했지만 **분명 실수**일 테고 네 잘못도 아니라고 말하면 되겠다. 네가 너무 놀라는 바람에……."

"이러지 마, 파피. 정말 미안해."

"괜찮아. 그렇게까지 아프지는 않아." 나는 팔꿈치로 그를 쿡 찌른다. "너 비행공포증 있는 거 왜 말 안 했어?"

"몰랐거든."

"그럼……."

그는 다시 머리 받침에 머리를 기댄다. "비행기를 타본 게 오늘이 처음이야."

그 말을 듣자 미안한 기분에 속이 울렁거린다. "진짜? 그런데 왜 말 안 했어?"

"네가 요란 떠는 거 싫었어."

"요란 떨지 않았을 거야."

그러자 그가 나를 의심스러운 눈으로 바라본다. "지금 떨고 있는 건 뭔데."

"그래, 좋아. 내가 요란 떨고 있는 건 맞아. 그래도……."

나는 그의 손 밑에 내 손을 밀어 넣은 뒤 조심스레 깍지를 낀다.

"내가 옆에 있잖아. 잠시 눈 붙이고 싶으면 그동안 내가 눈 크게 뜨고 비행기 사고 나는지 지켜볼게. 물론 그런 일은 없을 거야. 확률 상으로도 비행기는 자동차보다 안전하거든."

"난 운전도 싫어해."

"알아. 어쨌든 중요한 건 자동차보다 비행기가 훨씬 안전하다는 거지. 또 내가 옆에 있잖아. 난 이미 비행기를 타본 적 있으니까, 공황에 빠질 만한 일이 생기면 알 수 있어. 만약 그런 일이 일어난다면 나도 공황에 빠질 테니까 너도 알 수 있을 거고. 그러니까 그때까지는 마음 놓으라고."

컴컴한 객실 안에서 그가 몇 초 동안 나를 빤히 바라본다. 그러더니 그의 따뜻하고 거친 손가락이 스르르 풀리며 내 손안에 들어온다. 알렉스와 손을 잡고 있자니 생각지 못한 두근거림이 느껴진다. 나에게 알렉스는 95퍼센트 플라토닉한 존재다. 알렉스 입장에서 보는 나는 그보다 더할 테고. 하지만 그래도 나머지 5퍼센트라는 가능성은 남아 있는 거다.

5퍼센트의 가능성은 오랫동안 계속되지도, 강하게 밀려오지도 않는다. 그저 맞잡은 우리의 손안에, 조용하고 가볍게 가만히 머물러 있을 뿐이다. 알렉스와 키스하면 어떤 느낌일까? 알렉스는 내 몸을 어떤 식으로 만질까? 맛은 그의 체취와 비슷할까? 알렉스는 온 세상에서 치아 위생에 가장 신경을 기울이는 사람인데, 그건 물론 섹시한 생각은 아니지만 그 반대 경우와 비교하면 확실히 섹시하다고 볼 수 있지.

내 상상은 거기까지다. 그래서 완벽하다. 알렉스와 사귀기엔 내가 그를 너무 좋아하니까. 또, 우린 정말 안 어울리니까.

또다시 난기류를 만난 비행기가 요동치자 알렉스의 손아귀에 힘이 들어간다.

"공황에 빠질 때야?"

"아직이야. 좀 자."

"죽음의 신을 만나기 전에 푹 자라는 소리야?"

"부차트 가든에서 다리 아프면 너한테 업어달라고 할 거니까 푹 자두란 소리야."

"왜 날 캐나다로 데려가나 했더니 역시 그래서였군."

"고작 당나귀 노릇을 시키려고 데려가는 줄 알아? 난 여행 내내 널 이용할 거야. 티타임 시간에 내가 엠프레스 호텔 식당을 질주하며 작은 샌드위치랑 아무것도 모르는 손님들의 비싼 팔찌를 훔치는 동안에 넌 관심을 분산시키는 역할을 해주는 거야."

그러자 그는 내 손을 꽉 잡는다. "그러려면 지금 눈을 좀 붙여야 겠다."

나도 그의 손을 꽉 쥔다. "그래야 할 거야."

"공황에 빠질 때가 오면 깨워줘."

"당연하지."

알렉스가 내 어깨에 머리를 기댄 뒤 자는 척한다.

착륙할 때면 알렉스의 목은 뻣뻣해지고, 같은 자세로 너무 오래 앉아 있었던 나 역시 어깨가 쑤시겠지만, 상관없다. 최고의 친구와 함께할 닷새간의 눈부신 여행이 기다리고 있으니까. 그리고 마음속 깊은 곳에선 사실 그 무엇도 잘못될 리 없다는 걸 아니까. 그럴 리 없으니까.

그러니까 공황에 빠질 이유가 없어.

9장

올해 여름

"렌터카는 빌렸어?" 공항을 나와 바람이 몰아치는 무더운 바깥으로 발을 내디디며 알렉스가 묻는다.

"비슷해." 나는 휴대폰으로 택시를 잡으면서 입술을 물어뜯는다. "페이스북 그룹에서 차를 빌려냈거든."

내 말에 알렉스가 눈을 가늘게 뜬다. 비행기의 움직임이 공항의 도착 구역에 돌풍을 일으키는 바람에 앞머리가 이마에 찰싹 달라붙어 있다.

"무슨 말인지 모르겠는데."

"기억나? 우리 처음 여름휴가 갔을 때 그렇게 했잖아. 밴쿠버에 갔을 때. 그땐 나이 제한 때문에 렌터카를 못 빌렸잖아."

알렉스는 나를 빤히 바라본다.

"왜, 내가 15년쯤 전에 가입한 페이스북 여성 여행 커뮤니티 말이야. 거기서 사람들이 서로 자기 집이나 차를 빌려주고 그랬잖아? 기억 안 나? 그때 차가 있는 도시 외곽까지 가느라고 버스도 타고, 또 내려서 짐 들고 거의 8킬로미터 가까이 걸었잖아."

"기억나. 그때부터 지금까지 어째서 사람들이 낯선 사람한테 차를 빌려주는 건지 계속 궁금했거든."

"뉴욕 사람들 중 대다수가 겨울에 뉴욕을 떠나고, 로스앤젤레스 사람들 중 대다수가 여름에 거길 떠나니까 그렇지."

나는 어깨를 으쓱하며 말을 잇는다. "자기 차가 한 달째 놀고 있다는 사람이 있어서 70달러 주고 일주일간 빌렸어. 차가 있는 데까지는 택시로 가면 돼."

"좋네."

"그치."

그렇게 이번 여행에 처음으로 어색한 침묵이 찾아온다. 지난주 내내 쉬지 않고 문자 메시지를 주고받았는데도 소용없다. 아니, 그래서 더 어색한 건지 모르겠다. 머릿속에 도무지 아무 생각도 떠오르지 않는다. 그래서 나는 휴대폰 앱 속 느릿느릿 다가오는 택시 아이콘만 들여다본다. 소형 밴 한 대가 우리 쪽으로 다가오는 걸 보고 나는 그쪽을 향해 턱짓한다.

"저 차 타면 돼."

"좋네." 알렉스는 또 그렇게 말한다.

택시 운전사가 짐을 실어주고, 우리는 이미 두 명의 다른 승객이 타고 있는 차 안으로 비집고 들어간다. 커플룩인 듯 똑같이 생긴 스팽글 장식 바이저를 쓴 중년 부부다. 핫핑크색 바이저에는 아내, 라임그린색 바이저에는 남편이라고 적혀 있다. 둘 다 플라밍고 패턴 셔츠를 입었고, 피부는 이미 알렉스가 신은 가죽 부츠만큼이나 갈색으로 그을려 있다. 남편은 머리를 박박 밀었고 아내는 새빨간 염색 머리다.

"안녕하세요!" 우리가 가운데 줄에 앉자 아내가 느릿한 말투로 인사한다.

"안녕하세요." 알렉스가 의자에 앉은 채 몸을 틀어 진심으로 착각할 만한 미소를 지어 보인다.

"우린 신혼여행 중이랍니다. 두 사람은요?" 아내가 자신과 남편을 가리키며 말하자, 알렉스는 망설인다.

"아, 음⋯⋯."

"저희도요!" 나는 얼른 알렉스의 손을 잡고 중년 부부에게 씩 웃어 보인다.

아내는 탄성을 내지른다. "어머나, 밥. 우린 사랑꾼들로 가득한 차를 탄 거네."

밥이라고 불린 남편이 고개를 주억거린다. "축하해요, 어린 부부."

"두 사람은 어떻게 만난 거예요?"

아내는 알고 싶은 게 많은 모양이다. 나는 알렉스를 슬쩍 넘겨다본다. 지금 그의 표정이 알려주는 두 가지 감정은 겁에 질린 동시에 엄청 신났다는 거다. 우린 오래전부터 부부인 척하는 놀이를 해왔으니까. 지금은 그와 손을 잡고 있는 게 예전보다 어색하게 느껴지기는 해도, 늘 했던 것처럼 여행 중에 다른 사람인 척하고 있으면 어쩐지 안심이 된다.

"디즈니랜드에서요." 알렉스는 그렇게 말하면서 몸을 돌려 뒷자리의 부부를 본다.

아내의 눈이 휘둥그레진다. "꼭 마법 같네요!"

"정말 그랬어요."

나는 알렉스에게 애정이 듬뿍 담긴 눈길을 보낸 다음 그의 손을 잡지 않은 다른 한 손으로 그의 코를 콕 누른다.

"이이는 VS로 일하고 있었어요, 보미트 스쿠퍼(vomit scooper)의 약자죠. 새로 나온 3D 놀이기구 바깥에서 대기하고 있다가 할머니 할아버지들이 기구에서 내린 뒤 쏟아낸 토사물을 치우는 일이었답니다."

"우리 파피는 마이크 와조스키 역할이었고요." 알렉스는 웃음기 없는 목소리로 한술 더 뜬다.

"마이크 와조스키가 누군데요?"

"〈몬스터 주식회사〉에 나오는 주인공 괴물이잖아, 여보."

"어떤 괴물?"

"키 작은 괴물요." 알렉스는 부부에게 그렇게 대답해준 뒤 다시 내 쪽으로 몸을 돌려 그 어느 때보다 홀딱 빠진 것 같은 몽롱한 눈빛을 발사하며 덧붙인다. "첫눈에 반했죠."

"어머나!" 아내가 심장을 두 손으로 움켜쥐는 흉내를 내며 감탄사를 외친다.

남편은 미간을 찌푸리더니 묻는다. "괴물 인형 탈을 뒤집어쓰고 있는데 첫눈에 반했다고요?"

알렉스의 얼굴이 분홍색으로 물드는 걸 보고 내가 얼른 끼어든다. "제 다리가 장난 아니게 근사하거든요."

택시 기사는 하이랜드 파크, 재스민으로 둘러싸인 스투코 주택들로 이루어진 거리에 우리를 내려준다. 차에서 내려 뜨겁게 달아오른 아스팔트 위로 발걸음을 내딛는 우리를 향해 부부가 다정하게 손을 흔들어 작별 인사를 건넨다. 택시가 시야에서 사라지자마자 알렉스는 잡았던 손을 놓고, 나는 집들의 번지수를 살펴보다 불그레하게 녹이 슨 어느 집 철조망을 향해 고갯짓을 한다.

"저 집이야."

알렉스가 게이트를 열고, 우리는 마당 안으로 들어선다. 모서리란 모서리는 다 까져서 녹이 슬어 있는 흰색 해치백 박스카 한 대가 진입로에 서 있다.

알렉스가 차를 보며 말한다. "저게 70달러라 이거지."

"바가지 쓴 거 같아."

나는 차 주인인 사샤라는 도예가가 차 키를 넣은 자석 상자를 숨겨두겠다고 했던 운전석 쪽 앞바퀴 위로 손을 넣어 더듬는다.

"내가 차 도둑이라도 여기부터 확인하겠지?"

"고작 이런 차를 훔치는데 그렇게까지 몸을 숙이는 것도 과하지."

내가 키를 찾아 일어서자 알렉스는 차 뒤편으로 다가가 트렁크도어에 적힌 차종 이름을 읽는다.

"포드 아스파이어."

그 말에 나는 웃으면서 차 문을 열며 말한다. "아스파이어(aspire, 포부-옮긴이)라니 《R+R》이 중시하는 가치랑 딱 맞네."

알렉스는 휴대폰을 꺼내더니 뒤로 물러선다. "자, 차랑 같이 사진

한 장 찍어줄게."

나는 운전석 문을 열고 한 발을 차체에 올리며 포즈를 잡는다. 알렉스가 무릎을 구부리려는 순간 나는 외친다. "알렉스, 안 돼! 밑에서 찍지 마!"

"미안. 너 이런 거에 예민하다는 걸 깜박했어."

"내가 예민하다고? 넌 아빠들이 아이패드로 찍는 것처럼 사진을 찍잖아. UC 베어캐츠 티셔츠 입고 코끝에 안경 걸치면 진짜 아빠들이랑 구별도 안 될걸."

그러자 그는 휴대폰 든 손을 최대한 높이 뻗는 시늉을 한다.

"설마, 그렇다고 2000년대 초반 감성 사진 각도로 찍겠다고? 도대체가 중간은 없어?"

알렉스는 고개를 설레설레 저으면서도 대강 중간 높이에서 사진을 몇 장 찍은 뒤 나에게 다가와 보여준다. 맨 마지막 사진을 보는 순간 나는 헉 하고 숨을 토해내며 비행기 안에서 알렉스가 옆자리 80대 노인 승객의 팔을 붙잡는 것처럼 그의 팔을 꽉 움켜쥔다.

"왜?"

"네 휴대폰에 인물 사진 모드가 있어."

"맞아."

"게다가 인물 사진 모드를 실제로 사용했어."

"맞아."

"네가 인물 사진 모드를 안단 말이야?" 난 여전히 경악에 가득한 목소리다.

"하하. 재미있네."

"어떻게 인물 사진 모드를 알게 된 거야? 손자가 추수감사절에 와서 가르쳐주기라도 한 거야?"

그러자 그는 무표정으로 대답한다. "와, 이런 말 진짜 오랜만에 듣는다."

"미안, 미안. 진짜 놀라서 그래. 너 변했구나." 그러곤 나는 황급히 덧붙인다. "나쁜 쪽으로 말고! 그러니까 너 원래 변화를 좋아하는 편은 아니었잖아."

"지금은 좋아하는지도 모르지."

"그럼 아직도 매일 아침 5시 반에 일어나서 운동해?"

내가 가슴 앞에 팔짱을 끼고 묻자 그는 어깨를 으쓱하더니 대답한다.

"그건 변화를 두려워하는 게 아니라 자기 관리지."

"똑같은 그 체육관에서?"

"맞아."

"6개월마다 가격 인상하는 그 체육관이지? 온 종일 뉴 에이지 명상 음악 CD만 반복 재생하는 거기? 2년 전에도 불평했던 거기?"

"불평한 건 아니지. 다만 러닝머신 위에서 명상 음악이 어떻게 동기 부여가 되는지 이해가 안 된다고 했던 거지. 그건 사유한 거야. 고찰한 거라고."

"넌 어차피 체육관에 가도 네 휴대폰에 있는 플레이리스트만 들으니까 스피커에서 무슨 음악이 나오든 상관없지 않아?"

알렉스는 어깨를 으쓱하더니 내 손에서 차 키를 가져가 트렁크를 연다. "그건 원칙의 문제야."

그 말을 남긴 뒤 그는 우리 두 사람의 짐을 트렁크에 싣고 문을 쾅 닫는다. 조금 전까지는 농담 같았는데, 지금은 잘 모르겠다.

그가 내 옆을 지나치는 순간 나는 팔을 뻗어 "저기" 하면서 그의 팔꿈치를 잡는다. 그가 걸음을 멈추더니 눈썹을 치켜올린다. 하고 싶은 말이 있지만, 자존심 때문에 입이 쉽게 떨어지지 않는다. 하지만 우리의 우정을 처음 망가뜨린 게 바로 그 자존심이잖아. 같은 실수를 반복하긴 싫다. 그가 먼저 말하길 기다리면서 하고 싶은 말을 참고 싶지 않다.

"왜?"

나는 자존심을 꿀꺽 삼켜버리고 대답한다. "네가 많이 변하지 않아서 좋아."

그는 잠시 나를 바라보다가(그 역시 뭔가를 꿀꺽 삼키는 것 같았던 건 내 착각일까?) "너도 그래"라고 말하면서 내게 손을 뻗더니 포니테일로 묶은 머리에서 빠져나온 곱슬머리 한 가닥을 살짝 건드린다. 섬세하기 그지없는 손길이지만 두피에서부터 찌릿한 감각이 슬며시 목을 타고 내려온다.

"머리 모양 예쁘네."

얼굴이 달아오른다. 배 속도, 심지어 두 다리까지 체온이 몇 도 올라가는 기분이다.

"넌 휴대폰의 최신 기능 사용하는 법을 배웠고, 난 머리 모양을 바꿨네. 온 세상 사람들, 똑똑히 보라고!"

"이 정도면 급진적인 변화지." 알렉스가 맞장구친다.

"진정한 탈바꿈이라 볼 수 있지."

"그런데, 운전 실력은 좀 늘었어?"

그 말에 나는 한쪽 눈썹을 치켜올리며 가슴 앞에 팔짱을 낀다.

"넌 어떤데?"

×

"에어컨을 작동시키겠다는 포부(아스파이어라는 차 이름을 가지고 한 말장난-옮긴이)를 가지라고."

알렉스의 말에 나도 응수한다.

"담배 냄새도 풍기지 않겠다는 포부를 가져야 해."

고속도로를 타고 사막을 향하기 시작하고부터 우리는 이 차의 이름을 가지고 말장난을 했다. 도예가 사샤가 올린 포스팅에 에어컨 작동이 되었다 안 되었다 한다고 쓰여 있긴 했지만, 지난 5년간 매번 과열 상태로 차를 써왔다는 이야기는 적혀 있지 않았다.

"이 차가 인류의 고통이 끝나는 그 순간을 지키는 순간까지 오래 살아남겠다는 포부를 가지길."

그러자 알렉스는 "이 차는 스타워즈 마지막 편이 나올 때까지도 못 버틸걸" 한다.

"그건 우리도 다 마찬가지 아냐?"

내가 운전하는 차에 탈 때마다 알렉스는 멀미를 호소하기에 운전대는 그가 잡았다. 멀미만 하는 것이 아니라 무서워하기도 한다. 어차피 난 운전을 좋아하지 않기에 웬만해선 알렉스가 운전을 도맡곤 했다. 알렉스 같은 안전 운전자에게 로스앤젤레스의 교통 환경은

크나큰 도전이었다. 붐비는 길에서 우회전을 하려고 거의 10분을 기다리는 바람에 결국 우리 뒤에서 기다리던 차 세 대가 경적을 울려대기도 했으니까.

하지만 도시 외곽으로 나온 지금은 문제없다. 심지어 창문을 열어 달달한 꽃향기가 묻은 바람을 느끼는 이 순간에는 고장 난 에어컨도 다 괜찮게 느껴진다. 하지만 더 큰 문제는 이 차에 오디오 입력 단자가 없어서 계속 라디오만 들어야 한다는 사실이다.

"라디오에 원래 빌리 조엘 노래가 이렇게 많이 나왔던가?"

광고 중간에 채널을 돌렸다가 세 번째로 〈피아노 맨〉이 나오자 알렉스가 묻는다.

"태초부터 그랬어. 동굴에 살던 원시인들이 최초의 라디오를 만들었을 때부터 이미 그 노래가 나오고 있었대."

"역사학 지식이 뛰어난 줄 몰랐네. 내 수업에 한번 강의하러 와."

알렉스가 뻔뻔한 표정으로 농담을 하자 나는 코웃음을 친다.

"이스트 린필드 고등학교 반경 8킬로미터 안에 있는 트랙터를 전부 다 동원해도 날 그 학교로 끌고 들어갈 순 없을걸, 알렉스."

"어차피 너 괴롭히던 애들은 다 졸업했잖아."

"그야 모르지."

그러자 그가 갑자기 심각한 표정을 짓고 나를 바라본다. "내가 그녀석들 혼쭐내줄까?"

나는 한숨을 쉰다. "아냐, 너무 늦었어. 이젠 걔들도 다 커서 애도 낳고, 그 애들한테 큼직하고 귀여운 아기용 선글라스 씌워서 데리고 다닐걸. 대부분 하느님의 품을 찾았거나 립글로스 파는 다단계 회사에 들어갔을 때고."

나를 바라보는 알렉스의 얼굴은 햇볕을 받아 분홍색이다.

"혹시 마음 바뀌면 말만 해."

당연히 알렉스는 린필드에 살던 시절 내 학창 생활이 힘겨웠다는 사실을 알고 있지만, 난 그때 생각을 잘 하지 않는다. 고향에서의 내 모습보다 알렉스를 만난 뒤 내 모습이 더 마음에 들어서다. 지금의 파피는 세상이 무섭지 않다. 알렉스와 함께니까. 그리고 알렉스는 마음속 깊은 곳에서는 나랑 비슷한 사람이니까.

그러나 알렉스는 웨스트 린필드 고등학교에서 그 자매 학교에 다니던 나와는 상당히 다른 학창 시절을 보냈다. 난 그가 학교 농구팀뿐 아니라 가족이 모두 다니는 교회 농구팀에서도 활약한 운동선수였다는 점, 그리고 잘생긴 얼굴이 한몫했다고 생각하지만, 알렉스는 자기가 말이 없어서 괴짜보다는 신비주의로 통한 덕분이라고 우긴다. 차라리 우리 부모님이 오빠들과 내가 남들과 따로 노는 걸 걱정하는 사람이면 좋았을 텐데. 내가 오빠들처럼 학교에서 적응하고 다른 사람들에게 맞춰가며 서로의 공통점을 찾아가는 성격이면 좋았을 텐데.

하지만 나처럼, 언젠가는 다른 아이들이 진정한 내 모습을 참아주는 것을 넘어 존중할 수도 있을 거라는 잘못된 기대감을 끝까지 버리지 못하는 사람들도 있다.

다른 사람에게 잘 보이는 데 신경 쓰지 않는 것처럼 보이면 다른 아이들의 심기를 거스르게 된다. 어쩌면 그 애들은 억울해져서 난 공공의 이익을 위해 규칙대로 행동하는데 넌 왜 그러는 거야? 남들한테 신경 좀 쓰라고라는 생각을 하는 건지도 모르겠다.

그러나 나도 속으로는 신경을 썼다, 그것도 아주 많이. 모욕을 당하고 나서 상처받지 않은 척하고 집에 와 베개에 얼굴을 묻고 엉엉 우느니, 차라리 학교에서 대놓고 울었으면 더 나았을까? 엄마가 바느질로 자수 패치를 달아준 데님 멜빵바지를 입고 갔다가 놀림받은 뒤, 마치 목숨을 걸고 이 바지를 수호하려는 열한 살짜리 잔다르크처럼 굴며 철판 깔고 그 옷을 계속 입고 다니지 않았더라면 더 나았을까?

알렉스는 학교에서 살아남는 방법을 알았다. 반면 나는 온 세상이 활활 불타는 가운데 가이드북을 거꾸로 읽는 기분으로 학교생활을 했다. 그러나 알렉스와 함께일 때면 그런 건 하나도 중요하지 않았다. 이게 진짜 내 모습이라고 생각하면 다른 건 아무래도 좋았다. 꼭 오해에 시달리던 외톨이 아이인 적이 한 번도 없었던 것 같은, 태어날 때부터 난 알렉스 닐슨에게 이해받고, 사랑받고, 전적으로 받아들여지는 지금의 나였던 것 같은 느낌이 들었다.

난 알렉스에게 '린필드 파피'를 보여주고 싶지 않았다. 그 사실이 우리 둘의 세계에 끼어들면 우리 사이가 달라질 것 같았다. 학창 시절 기억을 그에게 털어놓은 밤이 아직도 기억난다. 3학년 마지막 수업이 종강한 날 밤, 파티가 끝나고 함께 알렉스의 기숙사 방으로 갔더니 그의 룸메이트는 이미 집으로 떠난 뒤였다. 그래서 그날 밤 나는 알렉스의 티셔츠와 담요를 빌려서 빈 침대에서 잤다.

친구 집에서 밤을 보내는 건 여덟 살 이후로 처음이었다. 졸려서 눈이 가물가물해도 멈추지 않고 대화를 하다가 결국 스르르 곯아

떨어져버리는 그런 밤 말이다.

그날 밤 우리는 여태 한 번도 한 적 없는 이야기들을 서로에게 털어놓았다. 알렉스의 어머니가 돌아가신 뒤 아버지는 몇 달간 잠옷 차림으로 지냈다는 이야기, 그래서 알렉스가 동생들에게 땅콩버터 샌드위치를 만들어주고, 아기 분유 타는 법까지 배웠다는 이야기.

이미 알렉스와 친해진 지 2년이나 지났는데도, 마치 지금까지 어느 누구에게도 보인 적 없는 내 마음속 꽁꽁 닫힌 문을 열어 보이는 기분이 들었다.

그러다 알렉스가 나에게 린필드에서 무슨 일이 있었는지, 왜 내가 여름방학 때 집에 가는 걸 두려워하는지 물었다. 방금까지 알렉스한테서 들은 이야기를 생각하면 내 이야기는 창피할 정도로 별것 아니었지만, 어쩐지 알렉스 앞에서는 절대 내 문제가 초라하거나 사소하다고 느껴지지 않았다.

비밀을 털어놓기에 이보다 안전할 수 없을 것만 같은 밤을 샌 뒤 찾아온 아침이었다. 그렇게 나는 7학년 때부터 시작된 모든 일의 전말을 알렉스에게 털어놓았다.

보기 흉한 교정기를 꼈던 것, 킴 리들스가 내 머리에 껌을 붙였던 것, 그래서 머리를 바가지 모양으로 잘라야 했던 것. 킴이 우리 학년 아이들한테 나랑 말을 섞는 사람은 생일 파티에 초대하지 않겠다고 선언한 뒤부터 견디기 더 힘들어졌다. 그때 킴의 생일은 5개월이나 남았었지만 그 애 집 수영장엔 미끄럼틀이 있고 지하실엔 영화관이 있었기에 다들 그럴 만한 가치가 있다고 생각된 거다.

그러다 9학년이 되고 마침내 내게 붙은 주홍글씨가 지워진 뒤, 갑자기 가슴이 생기는 바람에 난 단 3개월이라는 짧은 기간 동안 인기를 누렸다. 그 인기가 끝난 건 제이슨 스탠리가 나한테 억지로 키스를 하고 나서 내가 내켜하지 않자 청소용구함 안에서 내가 자기한테 부탁하지도 않은 오럴 섹스를 해줬다고 떠벌리고 다니기 시작한 뒤였다.

그 뒤로 1년도 넘게 축구팀 남자애들이 나를 포르노 파피라고 불러댔다. 아무도 나와 친해지고 싶어 하지 않았다. 그러다 내 인생 최악의 시기, 10학년이 됐다.

처음에는 괜찮았다. 같은 학교에 다니던 파커 오빠가 연극부 친구들을 소개시켜주는 바람에 친구도 생겼다. 그러나 그 역시 친구들이 우리 집에서 하룻밤을 보내러 온 내 생일날에 끝나버렸다. 친구들이 우리 부모님을 창피해했으니까. 그 순간, 난 내가 생각만큼 친구가 생기길 간절히 바랐던 건 아니라는 사실을 깨달았다.

난 알렉스에게 가족을 정말 사랑한다는 걸, 가족을 지켜주고 싶다는 걸, 그럼에도 가족과 함께일 때 조금 외로웠다는 걸 털어놓았다. 모두가 누군가의 1순위였다. 엄마와 아빠. 파커 오빠와 프린스 오빠. 심지어 우리 집 허스키 두 마리도 항상 붙어 다니는 데다 테리어 믹스견과 고양이는 매일같이 해 드는 마당에서 함께 웅크리고 누워 있었다. 알렉스를 만나기 전까지 나한테는 가족뿐이었지만, 가족 안에서도 나는 외톨이였다. 이케아에서 책꽂이를 사면 쓸데없이 딸려오는 여분의 볼트 같은 존재. 고등학교를 졸업한 뒤로 나는 오로지 그런 기분으로부터, 그 시절의 나로부터 벗어나려고 애써왔다.

이런 마음을 터놓고 이야기하면서도, 지금은 내가 알렉스 곁에서 안정감을 느낀다는 말은 하지 않았다. 친구로 지낸 지 고작 2년인데 그가 너무 부담스럽게 느낄 것 같아서였다. 이야기를 마쳤을 때 난 알렉스가 중간에 잠들어버린 줄 알았다. 하지만 잠시 후, 알렉스가 어둠 속에서 모로 누워 내 쪽을 보더니 나직하게 입을 열었다.

"너 바가지 머리였을 때도 귀여웠겠다."

절대로 그렇지는 않았지만, 알렉스의 말만으로도 오래된 아픔이 누그러지는 것만 같았다. 알렉스가 나라는 사람을 봐준다는, 또 나를 사랑한다는 사실만으로.

"파피?"

알렉스의 목소리에 나는 다시금 사막을 달리는 뜨겁고 끈끈한 차 안으로 돌아온다.

"무슨 생각해?"

나는 차창 밖으로 손을 내밀어 바람을 그러쥐며 대답한다. "이스트 린필드 고등학교 복도를 걸으면서 아이들이 **포르노 파피! 포르노 파피!** 외쳐대는 소리를 듣고 있었지."

"알았어. 내 수업에 와서 빌리 조엘 라디오의 역사를 강의해달라는 부탁은 안 할게, 하지만……." 그가 나를 진지한 표정으로 빤히 보며 심각한 목소리로 말을 잇는다. "내가 가르치는 3학년생들이 널 포르노 파피라고 부른다면 혼쭐을 내줄 거야."

"태어나서 누가 나한테 해준 말 중에서 제일 섹시하다."

내 말에 그는 웃지만 곧 시선을 돌린다.

"농담 아니야. 집단 괴롭힘은 절대 용서 못 해." 그러더니 또 생각에 잠긴 듯 고개를 갸웃한다. "나는 예외겠군. 녀석들 나를 끊임없이 고문하거든."

나는 웃지만 그 말을 믿진 않는다. 알렉스는 AP 수업과 아너스 과목을 듣는 우등생들을 가르치고, 젊고 잘생긴 데다 웃기기까지 하고, 말도 안 되게 똑똑하다. 학생들에게 인기가 엄청 많을 게 분명하다.

"걔들이 널 포르노 알렉스라고 부르지는 않잖아."

"제발 그런 일만은 없어야 할 텐데."

"죄송합니다, 포르노 선생님."

"이러지 마, 포르노 선생님은 우리 아버지한테나 어울리는 호칭이라고."

"너 짝사랑하는 학생들 정말 많겠다."

"어떤 여학생이 나한테 라이언 고슬링 닮았다더라고."

"말도 안 돼."

"······벌에 쏘인 라이언 고슬링 같다나."

"너무 심한 거 아니야?"

"그렇지. 쓰라리지만 맞는 말이야."

"라이언 고슬링이 탈수 상태가 된 너를 닮은 게 아닐까? 그렇게는 생각 안 해봤어?"

"그러니까 말야. 제시카 매킨토시, 잘 들었어?"

"요망한 계집애." 나는 그렇게 뱉어놓고 곧바로 고개를 젓는다. "안 돼, 어린애한테 그런 말을 쓰면 안 되는데 농담이 과했다."

그러자 알렉스가 얼굴을 찌푸린다. "자책하지 말라고 하는 얘긴데, 난 제시카를······ 그렇게까지 아끼지는 않아. 하지만 곧 극복하겠지."

"내가 보기엔 걘 바가지 머리로 살아가는 인생을 벗어나려고 나름 애를 쓰는 중일걸. 제시카한테도 기회를 줘."

"넌 제시카랑 다르지."

그의 자신만만한 단언에 나는 한쪽 눈썹을 치켜올린다.

"그걸 네가 어떻게 알아?"

"왜냐하면." 알렉스는 다시 강한 햇살에 하얗게 바랜 도로 위로 눈길을 돌린다. "넌 처음부터 파괴였으니까."

×

데저트 로즈 아파트먼트는 풍선껌을 닮은 분홍색으로 칠해진 스투코 건물로, 아파트 이름이 미드센추리풍의 굴곡진 필체로 새겨져 있다. 정원에 가득한 키 작은 선인장 주변에는 거대한 다육식물들이 포진해 있으며 흰색 말뚝 울타리 너머로 반짝이는 청록색 수영장이 보인다. 햇볕에 몸이 갈색으로 익어버린 사람들이 헤엄치는 수영장 주변으로 야자수며 선베드가 둥글게 배치되어 있다.

알렉스가 시동을 끄더니 안심한 말투로 내뱉는다. "괜찮네."

차에서 내리자마자 샌들 바닥을 뚫고 아스팔트의 열기가 그대로 올라온다. 고층 빌딩 표면에 태양 빛이 핀볼처럼 끝없이 반사되는 뉴욕의 여름도, 자연이 만들어낸 습도의 덫인 오하이오주 리버밸리의 여름도 겪어봤기에 난 내가 더운 게 뭔지 잘 안다고 생각했다.

하지만 그건 착각이었다.

인정사정없이 내리쬐는 사막의 태양빛 때문에 피부는 따끔거리고 가만히 서 있어도 발이 활활 타는 것 같다.

"젠장." 알렉스는 이마에 달라붙은 머리카락을 걷으며 숨을 몰아쉰다.

"이래서 비수기였나 봐."

"도대체 데이비드와 탬은 어떻게 이런 곳에 산다는 거지?"

"오하이오에서 사는 너랑 똑같이 살지 않을까? 서글픈 마음으로 술을 들이부으면서." 농담으로 던진 말이었는데 그는 표정이 싸늘해지더니 대답도 없이 차 트렁크를 향한다.

나는 헛기침을 한다. "농담이야. 또, 걔들은 주로 로스앤젤레스에 살지 않아? 거긴 여기만큼 안 더워."

"받아."

그가 가방을 꺼내 건네자 나는 꾸지람이라도 들은 기분으로 받아든다.

잊지 말 것: 오하이오 험담 하지 않기.

짐과 함께 주유소에 딸린 편의점에서 산 식료품 봉투 두 개까지 들고 계단으로 3층까지 올라왔을 무렵 우리는 땀으로 샤워한 상태가 되어 있다.

문 옆에 달린 열쇠함 비밀번호를 누르는 내 옆에서 알렉스가 말한다. "녹아내리는 것 같아, 샤워 먼저 해야겠다."

열쇠함이 열리자, 나는 안에서 열쇠를 꺼내 문고리에 집어넣고 집주인에게서 받은 굉장히 특이한 지시 사항에 따라 이리저리 비틀고 돌리며 그에게 말한다. "밖에 나가자마자 어차피 다시 녹아내릴 텐데, 샤워는 자기 전에 하는 게 낫지 않겠어?"

열쇠가 마침내 맞물리며 잠금이 풀린다. 문을 밀어 열고 비틀비틀 집 안으로 들어가는 순간 나는 우뚝 제자리에 멈춰 선다. 경고 벨 두 개가 찢어지는 소리로 울려대는 기분이다.

땀에 흠뻑 젖어 열기를 뿜어내는 알렉스의 몸이 내 몸에 가까워지는 게 느껴진다.

"파피, 왜……." 그는 말을 멈춘다.

방금 알렉스가 알아차린 사실이 둘 중 무엇인지는 잘 모르겠다. 집 안이 미친 듯이 덥다는 것 때문일까, 아니면…… 딱 하나만 빼고 모든 게 완벽한 이 원룸 아파트 한가운데에는 침대가 딱 하나만 놓여 있기 때문일까.

"안 돼." 알렉스는 저도 모르게 마음의 소리를 입밖으로 내뱉은 것 같다.

"분명 침대가 두 개랬어. 확실하다고." 나는 그렇게 말하고는 예약 내역을 미친 듯이 뒤적인다.

이번 여행을 내가 이렇게 망쳐버릴 리 없잖아. 설마 그랬을 리는 없어. 한때는 한 침대를 쓰는 게 우리한테 그렇게 별일이 아닌 시절도 있었다. 하지만 모든 게 어색하고 잘못하면 깨져버릴 것만 같은 이번 여행에선 안 된다. 망가진 우리 사이를 회복할 기회는 이번 한 번뿐이니까.

"확실해?"

그렇게 묻는 알렉스의 목소리에 담긴 의심보다, 말투에 묻어 있는 짜증이 더 가슴 아프다.

"사진 봤었어? 침대 두 개가 있는 사진을 확인했냐고?"

받은 편지함을 뒤지던 나는 고개를 들며 외친다. "당연하지!"

그런데, 정말 확인했나? 마지막 순간 다른 예약이 취소된 덕분에 말도 안 되게 저렴한 가격으로 빌릴 수 있었던 아파트였다. 원룸이라는 건 알고 있었지만, 사진 속에서 반짝이는 청록색 수영장, 행복한 춤을 추는 야자수를 확인했다. 집이 깔끔하다는 것도, 주방이 작지만 세련됐다는 것도 후기를 보고 확인했는데…….

침대 두 개가 있는 걸 확실히 봤던가?

머리가 빙글빙글 도는 것 같다.

"집주인이 이 건물에 여러 호실을 갖고 있어. 호실 번호를 잘못 알려줬나 봐." 예약 메일을 열어 사진들을 확인하던 나는 방 사진을 찾아 고함을 지른다. "여기 있네! 봐."

한 발짝 다가온 알렉스가 고개를 숙여 사진을 본다. 흰색과 회색으로 밝게 칠해진 아파트 안, 한쪽 구석에 무성하게 자란 떡갈잎 고무나무 화분이 두 개 놓여 있고. 방 한가운데에는 커다란 흰색 침대 하나, 그 옆에 조금 작은 침대 하나가 놓여 있다.

그래, 집이 커 보이게 사진을 보정한 것 같기는 하다. 사진 속 큰 침대는 킹사이즈로 보이지만 우리 눈앞에 있는 침대는 퀸사이즈니까. 그렇다면 작은 침대 역시 고작해야 더블 사이즈일 것이다. 하지만 있기는 있어야 했다.

"이해가 안 되는데."

알렉스는 고개를 들고 두 번째 침대가 마땅히 있어야 할 자리를 본다. 그리고 다음 순간, 우리는 사태를 파악하고 동시에 "아" 한다.

그가 방을 가로지르더니 팔걸이 없는 널찍한 산호색 인조 스웨이드 의자로 다가가 장식용 쿠션을 바닥에 내려놓고 의자 솔기 부분에 손을 가져간다. 좌판을 끌어당기고 등받이를 밀자 의자가 평평하게 퍼지더니 세 부분으로 접을 수 있는 좁고 긴 침대로 변신한다.

"접이식…… 소파구나."

"내가 소파에서 잘게."

내가 얼른 나서자 알렉스가 내게 경고의 표정을 보낸다.

"안 돼, 파피."

"왜? 내가 여자라서? 성별 규범을 고수하지 않으면 중서부 지역 특유의 남성성이 박탈되기라도 할까 봐?"

"아니, 넌 소파에서 자면 편두통 생기니까."

"딱 한 번 있었던 일이잖아. 또 그때 에어매트리스에서 잔 게 편두통 원인이었다는 보장도 없어. 레드와인 때문이었을 수도 있어."

그러나 나는 말을 잇는 동안에도 눈으로는 온도조절기를 찾는다. 머리가 깨질 것같이 아프다면 분명 이렇게 더운 데서 잠들어서일 거다. 온도조절기는 주방에 있다.

"세상에, 집주인이 온도를 26도로 맞춰놨어."

"그게 말이 돼?"

알렉스가 한 손으로 머리카락을 훑으며 이마에 배어나기 시작한 땀방울을 훔친다.

"어쩐지 100도는 안 될 거 같더라니."

온도조절기를 돌려 실내 온도를 20도로 낮추자 환기팬이 돌아가는 소리가 들리지만 온도 변화는 느껴지지 않는다.

"최소한 수영장 전망은 좋네."

그렇게 말하며 뒷문으로 다가가 암막 커튼을 확 걷는 순간 마지막 남아 있던 한 줌의 낙관마저도 쉭 소리를 내며 증발해버린다.

뉴욕의 내 아파트 발코니보다 훨씬 큰 데다 귀여운 빨간색 커피 테이블과 의자 두 개 세트까지 놓인 발코니다. 문제는 발코니의 4분의 3이 플라스틱판으로 막혀 있다는 것, 그리고 머리 위 어딘가에서 기계가 굉음을 내며 돌아가는 소리가 아수라장을 방불케 한다는 사실이다.

알렉스가 곁으로 다가와 묻는다. "공사 중인가?"

"지퍼백 안에 들어온 기분이야. 아니, 남의 몸 안에 들어와 있는 것 같아."

"몸에 불 붙은 사람인가 보다."

그러면서 알렉스는 잠깐 웃는다. 애써 명랑한 척하고 싶을 때 그는 이런 지독한 소리로 웃는다. 그러나 알렉스는 명랑한 사람이 아니다. 그는 그저, 알렉스다. 스트레스를 잘 받고, 청결한 걸 좋아하고, 개인 공간이 필요한, 또 여행을 떠날 때 옷가지 수를 줄이면서까지 '목이 적응한 높이'라며 집에서 쓰던 베개까지 챙겨오는 사람이고, 이 여행에서 난 무엇보다 우리가 가진 약점을 자극하는 일만은 없길 바랐다.

문득 앞으로 남은 엿새라는 나날이 말도 안 되게 길게만 느껴진다. 일정을 사흘로 잡을걸. 결혼식 행사가 이어질 사흘 동안엔 완충 장치도 많았을 테고, 공짜 술, 동생을 위한 신랑 파티 등등으로 바쁜 알렉스와 떨어져 있는 시간도 있었을 텐데.

"수영장 가볼까?" 나는 너무 큰 목소리로 묻는다.

심장이 쿵쿵 내달리는 바람에 고함을 질러야 내 귀에 내 목소리가 들릴 것 같아서다.

"그러자." 알렉스는 문 쪽을 향하려다 우뚝 멈추더니, 입을 벌린 채 한참 생각한 끝에 다시 말을 잇는다. "난 욕실에서 옷 갈아입을 테니까, 다 갈아입으면 큰 소리로 불러줄래?"

맞아, 여기 원룸이었지. 욕실 문 말고는 문이라고는 하나도 없이 뻥 뚫린 공간.

사실 우리가 이렇게까지 미친 듯이 어색하게 굴지만 않는다면 그렇게까지 어색할 일도 아니겠지만.

"으흠, 그럴게." 나는 대답한다.

10장

≈≈≈

10년 전 여름

우리는 발이 아프고 등이 쑤셔올 때까지 빅토리아 시티를 돌아다닌다. 비행기 안에서 잠시도 눈을 붙이지 못한 탓에 몸이 무겁고 머리는 어질어질하다. 그러다가 금빛 산과 숲과 둥그스름한 언덕을 타고 굽이굽이 흐르는 강이 그려진 빨간 벽과 선팅된 창문을 가진 어느 아늑한 만둣집을 우연히 발견하고 들어간다.

만둣집 안에는 손님이 우리뿐이다. 오후 3시 저녁을 먹기에는 이른 시간이지만 에어컨이 빵빵하게 나오는 데다 음식이 너무 맛있고, 우리 둘 다 피곤한 나머지 사소한 일에도 자꾸만 웃음이 터진다.

예를 들면 오늘 아침 비행기가 착륙하던 순간 알렉스가 쉰 목소리로 토해낸 거친 비명 소리. 옆구리에 양팔을 딱 붙인 채로 최고 스피드로 식당 앞을 달려 지나치던 정장 차림의 남자.

누더기 같은 여행가방을 질질 끌고 호텔 앞을 지나가는 우리를

30분이나 붙잡고 15센티미터 크기의 곰 조각상을 2만 1,000달러에 팔아보려던 미술관 여자.

"우린 사실…… 그만한…… 돈이 없어요."

알렉스가 정중하게 거절하자, 여자는 열심히 고개를 끄덕인다.

"그만한 돈을 가진 사람은 별로 없죠. 하지만 예술이 당신의 가슴에 말을 건다면 어떻게든 방법을 찾아볼 수 있는 거잖아요."

어쩐지 우리 둘 다 2만 1,000달러짜리 곰 조각상은 우리의 가슴에 말을 걸지 않는다는 말을 감히 할 수 없었다. 하지만 그 순간부터 우리는 온종일 중고 레코드가게에서 발견한 백스트리트보이스 사인 앨범, 자갈 깔린 골목에 있던 작은 서점에서 발견한 『내 지스팟이 당신에게 해주는 이야기』라는 소설책, 알렉스를 당황하게 만들려고 억지로 끌고 들어간 성인 용품점에서 찾은 인조가죽 고양이 의상에 이르기까지 온갖 물건들을 집어 들고 서로에게 물었다.

얘가 네 가슴에 말을 거니?

그래, 파피. 바이 바이 바이라고 하네.

아니, 알렉스. 네 지스팟한테 좀 크게 말해달라고 전해줄래?

그래, 2만 1,000달러에 살게, 그 이하로는 한 푼도 안 깎아!

우리는 돌아가며 서로에게 그런 질문을 하고 또 대답했다. 검은 옻칠을 한 테이블에 엎드리다시피 앉아 있는 지금도 우리는 반쯤 넋이 나간 채로 숟가락이며 냅킨을 들고 서로에게 말을 거느냐고 묻고 있다.

주문을 받으러 온 종업원은 귀에는 피어싱을 잔뜩 달고 있는 우리 또래 여자였는데, 살짝 발음은 샜지만 뛰어난 유머 감각을 지닌 사람이었다. "혹시 양념이 하는 말이 너무 톡 쏘거든 말해주세요, 그 친구 악명 높거든요" 하고 한마디 거들기까지 했으니까.

알렉스는 팁으로 음식값의 30퍼센트를 냈고, 가게를 나와 버스 정류장까지 걸어오는 길에 난 종업원과 눈이 마주치는 순간마다 얼굴이 빨개졌다며 그를 놀려댔고, 그는 내가 레코드가게 계산원에게 눈길을 주더라고 놀렸는데, 그건 사실이었으니 반박할 말은 없었다.

"이렇게 꽃이 많은 도시는 처음이야." 내가 말한다.

"이렇게 깨끗한 도시도 처음이고." 그가 말한다.

"우리 캐나다로 이민 올래?"

그러자 알렉스는 이렇게 받아친다. "글쎄, 캐나다가 네 가슴에 말을 거니?"

버스를 갈아타고 정류장과 정류장 사이는 걸어서 이동하다 보니, 내가 WWT, 즉 여행하는 여자들(Women Who Travel)이라는 온라인 커뮤니티를 통해 비공식적으로 빌린 차가 있는 곳까지 두 시간이나 걸린다. 차는 약속한 자리에 진짜 있다. 차 주인인 에스메랄다가 말한 대로 뒷좌석 바닥 매트 안에서 차 키를 찾은 나는 안심하며 차를 향해 박수를 보낸다.

"와, 이 차가 네 가슴에 말을 거나 보지?" 알렉스가 말한다.

"그래, 알렉스한테 운전 맡기지 마라고 말하네."

그러자 그는 상처받은 척 눈을 크게 뜨고 입을 동그랗게 벌린다. 나는 "하지 마!"라고 고함을 지른 뒤 그가 마치 살아 있는 수류탄이라도 되는 것처럼 그를 피해 운전석 안으로 달려 들어간다.

"뭘 하지 마?" 그가 다시 슬픈 강아지 표정을 내 눈앞에 들이대며 말한다.

"하지 말라니까!"

나는 또 한 번 외친 다음 마치 그의 몸에서 개미떼라도 쏟아져 나온다는 듯이 이리저리 몸을 피한다. 그러나 나는 결국 조수석으로 자리를 옮기고, 그는 차분하게 운전석을 차지한다.

"그 표정 진짜 싫어."

"거짓말."

알렉스 말이 옳다. 난 알렉스가 짓는 이상한 표정이 너무 좋다.

또, 난 운전이 싫다.

"네가 반대 심리라는 게 뭔지 몰라서 다행이다." 내가 말한다.

"음?"

"아무것도 아니야."

우리는 내가 미리 찾아둔 섬 동쪽의 모텔을 목적지로 삼고 북쪽을 향해 두 시간 달린다. 고대의 숲처럼 울창한 나무들 사이 널찍한 길이 뻗어 있는 이 섬은 꼭 신비로운 안개의 나라 같다. 시내에 놀거리는 별로 없지만, 우리가 묵는 산장처럼 생긴 단층 건물로 된 숙소는 앞쪽에 자갈 깔린 주차장, 뒤편으로는 안개로 뒤덮인 푸르른 숲이 펼쳐져 있고, 고작 몇 킬로미터 떨어진 곳에 삼나무 숲, 호수로 이어지는 하이킹 등산로, 그리고 도넛 커피전문점 팀 호턴스가 있다.

"나 여기가 좀 마음에 들어."

알렉스의 말에 나도 맞장구친다.

"나도 좀 그래."

일주일 내내 비가 내려도, 하이킹을 나갈 때마다 흠뻑 젖어서 돌아와도, 이 동네엔 우리 예산으로 갈 만한 식당이 두 곳뿐이다. 그런 탓에 결국 두 식당에 각각 세 번씩 가게 되어도, 또 동네에서 마주치는 사람이 거의 모두 60대 이상이고 알고 보니 이 동네는 은퇴자들이 모여 사는 지역이라는 걸 서서히 알게 되어도, 우리는 이곳이 좋다. 모텔 방이 언제나 눅눅해도, 할 일이 없는 나머지 근처에 있는 챕터스 서점에서 온종일을 보내도 좋다. 서점 안 카페에서 아무 말 없이 아침에 이어 점심까지 먹고, 알렉스가 무라카미 하루키를 읽는 동안 나는 론리플래닛 가이드북을 쌓아놓고 앞으로의 여행에 참고할 메모를 써내려간다.

모든 게 다 괜찮다. 나는 일주일 내내 여긴 내 심장에 말을 걸어, 라고 생각한다.

이게 바로 내가 남은 평생 하고 싶은 일이야. 새로운 곳을 찾아가는 거, 새로운 사람들을 만나는 거, 새로운 일들을 해보는 거. 여기선 막막한 심정도, 외톨이가 된 기분도 들지 않는다. 벗어나고 싶은 린필드도, 돌아가기 싫은 길고 지루하기만 한 수업도 없이, 오로지 지금 이 순간에만 존재하는 기분이다.

"앞으로도 계속 이렇게 살고 싶지 않아?"

내가 묻자 알렉스는 책에서 눈을 들어 나를 보더니 입술 한끝을 일그러뜨린다.

"그럼…… 책 읽을 시간이 없잖아."

"여행하는 도시마다 서점에 데려다준다고 약속하면? 그럼 학교 그만두고 같이 밴 타고 돌아다니면서 살 수 있겠어?"

그는 생각에 잠긴 척 고개를 갸우뚱하고 있다가 "아마 안 되겠는데" 한다. 그 대답이 놀랍지 않은 이유는 엄청나게 많지만, 그중 하나는 성적표에 가득한 C를 붙들고 씨름하는 나와는 달리 알렉스는 공부를 너무 좋아하는 나머지 벌써부터 영문학 대학원 진학을 알아보는 중이라는 사실이다.

"뭐, 그냥 물어나 본 거야."

내가 한숨을 쉬자 그가 읽던 책을 내려놓는다.

"이러면 어때? 내 여름휴가를 너한테 주는 거야. 매년 여름은 널 위해 비워둘 테니까, 네가 원하는 곳, 우리가 갈 수 있는 곳이면 어디든 가자."

"진심이야?" 나는 반신반의하며 묻는다.

"약속할게." 그가 손을 내민다. 악수를 하자 마치 인생을 완전히 바꾸게 될 엄청난 계약을 마친 것 같은 기분이 들어서 함께 씩 웃는다.

여행이 이틀 남은 날, 우리는 이슬비가 똑똑 떨어지는 가운데 떠오르는 해가 숲에 황금색 빛을 던지는 시간에 고요한 커시드럴 그로브로 가서 하이킹을 한다. 그다음에는 곧장 초가지붕 오두막과 지붕 위에 올라가 풀을 뜯는 염소떼로 유명한 쿰스라는 마을을 향한다. 우리는 염소 사진을 찍고, 판대기에 대강 그린 염소 머리 부분에 구멍을 뚫어 얼굴을 집어넣을 수 있게 만든 사진판에 고개를 들이밀고 사진을 찍는다. 그 뒤에는 두 시간이나 시장을 돌아다니며 시식용 쿠키와 사탕, 잼을 잔뜩 먹는 호사스러운 시간을 보낸다.

여행 마지막 날, 우리는 토피노 반도를 향해 출발한다. 예산이 충분했더라면 우리가 머물렀을 지역, 블로그에서 본, 우림 속 오솔길을 따라가면 온천이 있다던 그 섬으로 가는 수상 택시 티켓을 꺼내자 알렉스는 놀라는데, 아마 너무 싸서 불안해진 것 같다.

수상 택시 운전사는 우리보다 몇 살 많은 벅이라는 남자로, 모자 뒷부분의 메시 망 사이로 햇볕에 노랗게 탈색된 머리카락이 삐죽삐죽 튀어나와 있다. 지저분하기 짝이 없는 외모지만 무척 잘생긴 그에게서는 특이하게 파촐리 향이 섞인 비릿한 체취가 풍긴다. 역겨울 법도 한데 이상하게 그 냄새가 어울린다.

수상 택시의 움직임은 난폭하고, 모터 소리가 하도 시끄러워서 알렉스에게 말을 걸려면 귀에 대고 소리를 질러야 하고, 그럴 때마다 내 머리카락이 바람에 날려 그의 얼굴을 사정없이 후려친다.

"물수제비를 뜰 때 돌멩이가 딱 이런 기분일 거야." 시커멓고 거친 파도를 맞아 배가 리드미컬하게 요동칠 때마다 목소리가 끊긴다.

벅은 (엄청나게 길게만 느껴지는) 항해 내내 우리 쪽으로 양손을 흔들어대며 자꾸 뭐라고 말하지만, 무슨 말인지 하나도 들리지 않는다. 알아들을 수 없는 독백이 20분째 이어진 뒤부터 우리는 너무 많이 웃어서 미칠 지경이다.

"혹시 지금 범죄를 자백하고 있는 중인 건 아니겠지?"

알렉스가 고함을 치며 묻자 나도 이렇게 묻는다.

"사전을 거꾸로 외우는 거 아닐까?"

"복잡한 수학 방정식을 푸는 걸까?"

"죽은 사람과 소통하나 봐."

"이건 정말……."

때마침 벅이 배의 시동을 끄는 바람에 알렉스는 얼른 목소리를 낮춘 뒤 내 귀에 대고 속삭인다.

"비행기 타는 것보다 더 무섭다."

"설마 우릴 여기서 죽이려고 배를 세운 건 아니겠지?" 나도 속삭인다.

그러자 알렉스가 목소리를 한층 낮춘다. "아까부터 그렇게 말하고 있었던 건 아닐까? 이젠 공황에 빠질 때가 온 거야?"

"저기 좀 봐요." 벅이 앉은 자리에서 왼쪽으로 몸을 틀어 앞을 향해 손짓한다.

"우릴 저기서 죽이려나?"

알렉스가 그렇게 중얼거리는 바람에 나는 터지려는 웃음을 참으려고 재채기를 하는 척한다. 벅이 우리 쪽으로 돌아앉아서는 비뚤어진 이를 드러내며 근사하다고밖에 말할 수 없는 미소를 짓는다.

"수달 가족이에요."

그 말에 벌떡 일어나서 물속을 내려다보자 털이 비쭉비쭉 솟은 수달들이 마치 엄청나게 귀여운 해양 생물로 만들어진 그물이라도 되는 것처럼 서로 손을 맞잡고 파도 위를 떠다니고 있는 모습이 보인다. 나도 모르게 순도 100퍼센트의 감탄이 담긴 비명이 절로 터진다. 알렉스가 내 뒤로 다가와 내 팔을 살짝 붙들고 내 머리 너머로 물속을 내려다본다.

"와, 진짜 공황 오려고 한다. 귀여워서 미치겠네."

"한 마리 데려가면 안 되겠지? 얘들이 내 심장에 말을 걸어!"

섬에 도착한 우리는 우림 속 무성한 고사리 숲속에서 하이킹을 하고, 근사하고 뜨겁고 흙냄새가 풍기는 온천수에 몸을 담그지만 등줄기가 다 찌릿했던 수상 택시에 비할 바는 아니다.

알렉스는 수영복 차림으로 바위 틈 흐리고 따뜻한 물이 고인 온천으로 들어가며 말한다. "오늘 우리 손잡은 수달 가족 봤어."

"온 우주가 우릴 예뻐하나 봐. 정말 완벽한 하루였어."

"완벽한 여행이었고."

"아직 끝이 아니잖아. 오늘 밤이 남았는걸."

그날 밤 벽의 수상 택시로 안전하게 항구에 도착한 우리는 요금을 내려고 바삐 걸음을 옮겨 세월의 흔적이 역력한 택시 회사의 오두막을 향한다.

벽은 내가 출력해온 쿠폰을 받아든 다음에 번호를 수동으로 컴퓨터에 입력하며 묻는다. "어디서 묵어요?"

"섬 반대쪽요. 나누스 베이 외곽요."

알렉스의 대답에 벽이 푸른 눈을 들어 우리를 평가하듯 번갈아 본다. "저희 할머니 할아버지가 나누스 베이에 사시는데요."

"브리티시컬럼비아주의 노인들은 다 거기 사시는 것 같더라고요."

내가 그렇게 대답하자 벽은 껄껄 웃음을 터뜨리며 묻는다.

"거기서 뭐하고 놀아요? 어린 커플이 할 게 없을 텐데."

"아, 저흰 커플은 아니고……." 알렉스가 불편한 듯 두 발을 꿈지럭거리는 바람에 내가 대신 대답한다. "생물학적, 법적으로는 엮이지 않은 남매 같은 사이랄까요."

알렉스는 날 창피하게 여기기라도 하는 것처럼 얼른 "그냥 친구예요" 하고 내 말을 통역했는데, 사실 나를 빤히 바라보는 벽의 시선에 내 뺨이 로브스터처럼 새빨개지고 가슴이 두근거리기 시작한 걸 나조차 느꼈으니 창피할 만도 했다.

벅은 다시 알렉스를 보더니 미소를 짓는다. "혹시 오늘 그 노인들 동네로 돌아갈 마음 없으면 하우스메이트 여러 명이 같이 사는 우리 집에 마당도 있고, 남는 텐트도 있으니 거기 와도 좋아요. 이렇게 손님을 초대해서 재우는 일이 원체 많아서요."

나는 알렉스가 땅바닥에서 잘 생각은 추호도 없을 거라 확신하지만, 그는 나를 딱 한 번 쳐다본 것만으로도 내가 벅의 제안에 완전히 꽂혔다는 사실을 눈치챈 것 같다. 이런 일이야말로 내가 이번 여행에서 바랐던, 충동적으로 벌어진 갑작스러운 전개니까. 알렉스는 거의 들리지 않을 정도로 작게 한숨을 쉬더니 억지 미소를 띠고 벅을 바라보며 대답한다.

"그래요, 정말 좋겠네요. 고맙습니다."

"좋아요, 그쪽이 마지막 손님이었으니 정리할 때까지 잠시 기다렸다가 같이 갑시다."

부둣가를 걸어가는 동안 알렉스가 GPS에 입력할 주소를 묻지만 벅은 "에이, 걸어가면 돼요" 한다.

알고 보니 벅의 집은 부둣가에서 딱 반 블록 가파른 언덕을 올라가면 있는 곳이다. 기우뚱하게 생긴 회색빛 이층집, 2층 발코니엔 널어놓은 수건과 수영복, 싸구려 접이식 의자가 잔뜩 있다. 아직 저녁 6시인데 벌써 앞마당 한가운데 모닥불이 타고 있고, 덕트테이프가 도배된 채 포치에 놓인 스피커 두 대가 트랜스 음악을 쏟아내는 가운데, 벅이랑 비슷한 느낌으로 너저분한 사람들 수십 명이 샌들이나 하이킹 부츠 또는 흙투성이 맨발로 모여 맥주를 마시거나 풀밭에서 아크로 요가를 하고 있다. 집 전체에서 마리화나 냄새가 풍기는 게, 마치 저렴한 소규모 버닝맨 축제에 온 기분이다.

앞장서서 언덕을 올라온 벅이 큰 소리로 외친다. "여러분, 여긴 파피와 알렉스예요. 두 사람은……."

그가 어깨 너머로 우리를 눈짓하며 말을 끝마쳐주길 기다린다.

내가 "시카고에서 왔어요"라고 말하는 것과 동시에 알렉스는 "오하이오에서 왔어요" 한다.

"오하이오와 시카고에서 왔답니다."

벅이 한 번 더 되풀이한다. 사람들이 마시던 맥주를 들어 보이며 반갑다고 외치고, 근육이 잘 잡힌 마른 체구에 뜨개 크롭톱을 걸친 여자가 다가와 우리에게 맥주를 한 병씩 건넨다. 알렉스가 여자의 드러난 배에 시선을 주지 않으려 쩔쩔매는 사이 벅은 불가에 모인 사람들 쪽으로 다가가 포옹을 하기도 하고 등짝을 두드리기도 한다.

맥주를 가져온 여자가 입을 연다. "토피노에 잘 왔어요. 난 데이지예요."

"저처럼 꽃 이름이네요! 하지만 당신은 아편 재료가 아니군요."

그러자 데이지는 생각에 잠긴 듯 말을 잇는다. "전 아편은 안 해봤어요. LSD랑 환각버섯만 하거든요. 아, 당연히 마리화나는 하죠."

"수면 유도 젤리는 먹어봤어요? 끝내주는데."

알렉스가 헛기침을 하며 끼어든다. "맥주 고마워요, 데이지."

그러자 데이지가 그에게 윙크를 한다. "고맙긴요. 전 환영 위원회예요. 투어 가이드이기도 하고요."

"여기 살아요?"

데이지가 대답한다. "가끔은요."

"여기 사는 사람들도 있어요?"

"음……." 알렉스가 묻자 데이지는 모여 있는 사람들을 살펴보며 손가락으로 여기저기를 가리켜 보인다. "마이클, 칩, 태라, 카비르, 루." 그녀가 등을 덮는 머리카락을 추슬러 한쪽 목 옆으로 넘기며 말을 잇는다. "뭐, 가끔은 퀸시도요. 리타는 여기 한 달째 살고 있지만 아마 곧 떠날 것 같아요. 콜로라도에서 래프팅 가이드로 일하게 됐거든요. 시카고에서 콜로라도는 가깝나요? 나중에 콜로라도 가게 되면 연락해보세요."

"좋네요, 그러죠." 알렉스가 대답한다.

벅이 조인트 한 대를 물고 다시 나와 알렉스 사이로 들어오더니 친근하게 양팔로 우리 둘을 감싼다.

"데이지가 구경은 시켜줬어요?"

"지금 가려고요." 데이지가 대답한다.

하지만 왠지 이 후줄근한 집 안을 구경하고 싶은 생각이 들지 않는다. 그래서 모닥불 앞에 놓인 금이 간 플라스틱 정원 의자에서 벅과 칩, 그리고 곧 래프팅 가이드가 된다는 리타와 함께 여러 가지 기준으로 니컬러스 케이지가 출연한 영화들의 순위를 매긴다. 그러는 동안 푸른색과 보라색으로 물든 노을이 서서히 어두워져 짙은 청색과 검은색이 되고 머리 위엔 마치 빛 구멍을 뚫은 거대한 담요처럼 별이 총총한 밤하늘이 펼쳐진다.

리타는 잘 웃고, 난 그게 말도 안 되게 저평가되는 자질이라고 늘 생각해왔다. 또 벅의 느긋한 성격 덕분에 그저 한 의자에 앉아 있을 뿐인데도 나까지 간접적으로 마리화나에 취하는 기분이 든다. 그러다가 나는 벽의 조인트를 얻어 태어나서 처음으로 마리화나에 취해본다.

"정말 좋죠?"

내가 조인트를 몇 모금 빨아들이자 벽이 잔뜩 기대하며 묻는다.

"완전 좋아요."

솔직히 말하면 그냥 그렇다. 심지어 여기가 아닌 다른 곳에서 피웠다면 싫어했을지도 모르겠다. 하지만 오늘 하루가 이렇게 완벽하고, 여행이 완벽하니까, 마리화나도 오늘 밤엔 완벽하다.

집 구경을 마친 알렉스가 내가 잘 있는지 확인했을 때 나는 벽의 무릎 위에서 시린 어깨에 그의 스웨터를 걸친 채 몸을 둥글게 말고 있다.

괜찮아? 알렉스가 모닥불 건너편에서 입 모양으로 묻는다.

나는 고개를 끄덕인다. 너는?

그도 고개를 끄덕이지만, 때마침 데이지가 그에게 뭔가를 묻는 바람에 그는 돌아서서 대화를 시작한다. 나는 고개를 뒤로 젖히고 수염 난 벽의 턱선 너머 높이 펼쳐진 밤하늘의 별을 본다.

이 밤이 사흘쯤 더 계속되더라도 괜찮을 것 같다. 하지만 결국 하늘빛이 다시 바뀌고 저 먼 곳 어디선가 지평선 위로 해가 솟아나면서 축축한 풀밭 위에 아침 안개가 드리운다. 알렉스를 포함해 모여 있던 사람들 대부분이 어디론가 사라지고 모닥불도 잉걸불만 남아 있을 무렵, 벽은 내게 안으로 같이 들어가겠느냐고 묻고, 나는 좋아요, 그리고 싶어요, 하고 대답한다.

벅에게 안으로 들어가는 게 내 심장에 말을 걸어요라고 말하려다가, 이 농담은 다른 누구도 알아듣지 못하는 나와 알렉스만의 것이라는 생각이 들어 벅에게 이런 말을 해주고 싶지 않아진다.

집 안으로 들어간 나는 벅이 방을 혼자 쓴다는 걸 알고 마음이 놓인다. 비록 그 방이라는 게 벽장만 한 크기에 바닥에는 매트리스 위에 이불도 없이 지퍼 열린 침낭 두 개만 달랑 놓여 있는 것에 불과한데도 말이다. 벅이 내게 키스하기 시작하고, 그의 키스는 거칠고 까끌거리고 마리화나와 맥주 냄새가 난다. 하지만 난 지금까지 키스를 딱 두 번 해봤고 그중에 한 번은 제이슨 스탠리가 억지로 했던 거니까, 벅과의 키스는 자서전에 써도 좋을 만한 특별한 사건 같다. 그의 손길은 그의 다른 모든 것과 마찬가지로 느릿하지만 자신 있게 움직이고, 우리는 곧 바닷물에 젖어 엉킨 서로의 머리를 손으로 움켜쥐고 하반신을 밀착한 채 매트리스 위로 올라간다.

몸이 좋네. 나는 생각한다. 벅의 몸은 활동적인 생활 방식 덕분에 대체로 탄탄하면서도 관리하지 않아 약간의 지방이 붙어 있다. 체육관에서 몇 년간 엄격한 자기 관리를 통해 만든 알렉스의 몸과는 다르다. 물론 알렉스의 몸이 별로라는 건 아니다. 그의 몸도 엄청나다. 물론 벅과 알렉스의 몸을, 아니, 그 누구의 몸이라도 서로 비교해서는 안 되는 거지만. 그런 생각이 머릿속에 떠올랐다는 것 자체가 내가 지금 제정신이 아니라는 뜻이겠지.

하지만 그건 내게 익숙한 남자의 몸이 알렉스의 몸뿐이기 때문이고, 또 난 영영 그의 몸을 만질 일이 없을 것이다. 알렉스같이 신중·하고, 성실하고, 체육관에서 만든 몸을 가진 차분한 남자들은 주로 세라 토발 같은 여자를 좋아한다. 세라는 알렉스가 도서관에서 만나 짝사랑하게 된, 신중하고 성실하며 요가에 미쳐 있는 사람이다.

반면 나 같은 사람은 매트리스에 놓인 지퍼 열린 침낭 위에서 벅 같은 사람이랑 키스를 하는 거고.

벅의 혀와 손이 내 온몸을 더듬지만, 나는 모르는 사람과 키스를 하고, 열에 들뜨고, 그의 몸을 마음껏 만질 수 있는 이 상황이 그저 재미있다. 꼭 연습 같다. 여행지에서 만난, 내 진짜 인생에서 다시는 만날 일 없는 아무 남자와 하는 완벽하고 재미있는 연습. 그는 '지금 이 순간의 파피' 말고는 모르고, 더 알고 싶어 하지도 않는 사람이다. 입술이 부르트고 둘 다 상의를 벗을 때까지 키스를 한 뒤 나는 어스름한 새벽빛 속에서 몸을 일으켜 앉은 뒤 숨을 고른다.

"섹스는 하기 싫어요, 괜찮죠?"

"아, 그래요." 벅은 아무렇지도 않게 벽에 등을 기대앉는다. "괜찮아요. 부담 갖지 말아요."

벅은 전혀 어색한 기미를 보이지 않지만, 그렇다고 다시 나를 끌어당겨 키스하지도 않는다. 마치 무언가를 기다리듯 그대로 가만히 앉아 있는다.

"왜 그래요?"

"아." 벅이 문 쪽으로 눈길을 주었다가 다시 나를 바라본다. "그냥, 만약 생각이 없는 거면……."

그제야 나는 상황을 파악한다. "나가라고요?"

"음……." 그는 나름대로 머쓱한 듯 슬쩍 소리 내 웃는다. "그러니까, 우리가 섹스를 안 할 거면, 난……."

그가 말끝을 흐리는 순간, 나는 번득 떠오른 생각에 깜짝 놀라 묻는다. "다른 사람이랑 하겠다고요?"

그러자 벅은 진심으로 걱정하는 표정을 지으며 말한다. "혹시 기분 나빠요?"

나는 3초 정도 그를 빤히 쳐다본다.

"있잖아요, 당신이 섹스할 마음이 있었더라면, 그럼…… 나도 하고 싶었을 거예요. 진심으로요. 그런데 당신은 그럴 생각이 없으니까…… 화났어요?"

"아뇨." 나는 웃음을 터뜨리며 옷을 입는다. "진짜, 전혀, 하나도 화 안 났어요. 솔직하게 말해줘서 고마워요."

진심이었다. 왜냐하면 이 사람은 벅, 여행지에서 만난 모르는 아무 남자일 뿐이니까, 또 그런 점을 감안하면 신사적으로 군 편이다.

"좋아요, 그럼. 괜찮죠?" 벅이 느긋한 미소를 짓자 어둠 속에서 그의 하얀 이가 빛난다.

"괜찮아요. 그런데…… 텐트가 있다고 하지 않았어요?"

"아, 맞아요." 그가 손바닥으로 자기 이마를 탁 때린다. "앞마당에 빨간색이랑 검은색으로 된 텐트가 있는데 편하게 쓰면 돼요."

"고마워요, 벅. 전부 다요."

나는 그 말을 남기고 자리에서 일어선다.

"저기, 잠깐만요."

그가 몸을 뻗어 매트리스 옆 바닥에 놓인 잡지를 한 권 집더니 바닥을 더듬어 마커를 찾아서 잡지 귀퉁이 빈 부분에 뭐라고 끄적거린 다음 찢어서 나에게 내민다.

"혹시 다음에 또 이 섬에 오면 노인들 동네 가지 말고 그냥 여기로 와요. 자리는 항상 있으니까."

그 말을 끝으로 나는 벌써 (어쩌면 아직도) 음악 소리가 나는 방들, 나른한 한숨과 신음 소리를 가둔 문들을 지나쳐 집 밖으로 나온다. 이슬 내린 포치 계단을 내려와 벅이 말한 텐트로 향한다. 분명 알렉스는 몇 시간 전에 데이지와 함께 집 안으로 들어갔을 줄 알았는데, 텐트의 지퍼를 열자 알렉스가 안에서 자고 있다. 나는 조심조심 텐트 안으로 기어 들어간다. 그의 옆에 눕자 그는 졸려서 부은 눈을 간신히 열고 쉰 소리로 "왔네" 한다.

"깨워서 미안해."

"괜찮아. 어젯밤 어땠어?"

"괜찮았어. 벅이랑 좀 뒹굴었어."

그의 녹갈색 눈이 잠깐 커졌다가 다시 졸음에 못 이겨 가늘어진다. 그는 "우아" 하더니 잠에 취한 웃음소리를 애써 감춘다.

"방 안의 커튼도 저 꼴사나운 천들이랑 똑같이 생겼어?"

나도 웃으며 내 발로 그의 다리를 쿡 찌른다. "놀리라고 해준 말 아니거든."

그는 또 한 번 웃으면서 묻는다. "아까 수상 택시 안에서 자기가 뭐라고 계속 떠들었는지 혹시 알려줬어? 그 해먹에 몇 명이나 같이 있었어?"

그 말에 나는 눈가에서 눈물이 줄줄 흐를 정도로 격하게 웃기 시작한다.

"개…… 나를……." 터져 나오는 웃음 때문에 제대로 말을 이을 수가 없지만, 그래도 나는 결국 털어놓는다. "쫓아냈어. 섹스하기 싫다고 했을 때."

"세상에." 알렉스가 팔꿈치를 세우며 몸을 벌떡 일으키는 바람에 맨가슴을 덮고 있던 침낭이 흘러내리고 그의 머리카락엔 정전기가 인다. "나쁜 자식."

"아냐. 괜찮았어. 걘 그냥 섹스가 하고 싶었던 거고, 내가 하기 싫다고 했으니까. 이 주변 숲속 2,000제곱미터만 뒤져봐도 자기랑 섹스할 여자 400명은 있을 테니 상관없었나 봐."

알렉스는 다시 베개 위로 털썩 머리를 떨어뜨린다.

"뭐, 그래. 그래도 좀 개 같은 경우다."

"여자 이야기가 나왔으니까 말인데⋯⋯." 내가 심술 맞은 웃음을 흘린다.

"음, 뭐가⋯⋯?"

"데이지랑 재미 좀 봤어?"

그러자 알렉스는 눈을 굴린다. "너 진짜 내가 데이지랑 재미 좀 봤을 거라고 생각해?"

"방금 전까지는 그렇게 생각했어."

알렉스는 베개 밑에 밀어 넣은 한 팔을 뒤척인다.

"데이지는 내 취향 아니야."

"맞아, 세라 토발이랑은 하나도 안 닮았더라."

알렉스는 눈을 굴리더니 이번엔 완전히 감아버린다. "잠이나 자."

나는 하품을 하며 대답한다. "잠이 내 심장에 말을 걸어."

11장

올해 여름

다들 물속에 들어가 있는 바람에 데저트 로즈 아파트의 수영장에는 빈 선베드가 엄청나게 많다. 알렉스와 나는 비치타월을 들고 구석에 있는 선베드 두 개를 찾아간다.

선베드에 앉으려던 알렉스가 얼굴을 찌푸린다. "플라스틱이 뜨거운데."

"여긴 안 뜨거운 게 없어."

나도 알렉스 옆자리에 털썩 주저앉아 수영복 위에 덧입고 나온 커버업을 벗는다. 그다음에는 부모와 함께 수영장 계단에 햇빛 가리개 모자를 쓰고 앉아 물장구를 치는 아기들 쪽으로 고갯짓을 하며 묻는다.

"지금쯤 저 수영장 물의 몇 퍼센트가 오줌일까?"

알렉스가 얼굴을 찌푸린다. "그런 말 하지 마."

"못할 건 뭐야?"

"너무 더워서 어차피 물에 들어가야 하는데 그런 생각 하고 싶지 않다고."

그는 다른 데를 보며 입고 있던 흰색 티셔츠를 머리 위로 벗은 뒤 둘둘 말아 바닥에 내려놓고, 그러는 과정에서 그의 가슴과 배에 잡힌 근육이 넘실거린다.

"어떻게 몸이 예전보다 더 탄탄해질 수가 있지?"

"안 그래." 그가 내 비치백에서 선크림을 꺼내 손바닥에 짠다.

나는 딱 맞는 형광 오렌지색 비키니 하의 위로 볼록 나온 내 배를 내려다본다. 지난 몇 년간 기내에서 칵테일을 마시고 야식으로 부리토며 기로스(그리스식 케밥-옮긴이), 국수를 먹어대는 생활을 한 덕에 나는 통통하고 말랑말랑해졌다.

"좋아, 그럼 넌 예전이랑 똑같은데 다른 사람들의 눈가랑 가슴이랑 목살이 처지고, 튼살이며 곰보 자국이며 흉터가 더 많이 생긴 건가 보다."

"영원히 18세 때 외모로 살 순 없잖아."

그는 그렇게 말한 뒤 팔과 가슴에 선크림을 문지르기 시작한다. 나도 선크림을 집어 어깨에 바른다.

"그치, 그래도 25세 때 외모 정도로는 살고 싶어."

알렉스는 고개를 설레설레 젓고 나서 고개를 숙여 뒷목에 선크림을 듬뿍 바르며 말한다. "파피, 너 그 시절보다 지금이 나아."

"정말? 내 인스타그램 댓글들이랑은 의견이 다르네."

"다 헛소리야. 인스타그램 쓰는 사람들 중에서 절반은 보정한 사진밖에 없는 세상을 살아왔다고. 실제로 널 보면 기절할걸. 내가 가르치는 학생들은 아예 CG로 만든 '인스타그램 모델'한테 푹 빠졌어. 움직이기도 하는 그런 CG. 게임 캐릭터처럼 생겼는데 그 계정에 사진 올라올 때마다 다들 예쁘다며 난리를 치더라."

"아, 걔. 나도 걔 알아. 뭐, 진짜 사람이 아니니까 실제로 아는 사이라는 건 아니지만, 계정은 알아. 어쩌다 보니 나도 모르게 댓글까지 열심히 읽었어. 걔 CG로 만든 다른 모델이랑 라이벌 사이던데? 등 좀 내밀어볼래?"

"뭐?"

알렉스가 당황한 표정으로 고개를 들기에 나는 선크림 통을 들어 보인다.

"네 등에 직사광선이 닿잖아."

"아, 그래. 고마워."

그가 나를 등지고 고개를 숙여주지만, 앉은키가 큰 덕분에 그의 어깨뼈 사이에 선크림을 발라주려니 무릎을 세우고 앉아야 한다.

그가 헛기침을 하더니 입을 연다. "어쨌든 내가 불쾌한 골짜기(인간과 인간이 아닌 존재를 볼 때, 그것이 인간과 더 많이 닮을수록 호감도가 높아지지만 일정 수준에 다다르면 오히려 불쾌감을 느낀다는 이론-옮긴이) 볼 때마다 역겨워하는 걸 애들이 알게 돼서, 내가 질겁하는 모습을 보려고 자꾸 나한테 그 가짜 여자 사진을 보여줘. 내가 너한테 몇 년 동안 슬픈 강아지 표정 지어 보인 게 미안한 기분이 들 정도야."

햇볕에 타 주근깨가 흩뿌려진 그의 따뜻한 어깨 위를 움직이던 내 손이 멈춘다. 배 속이 따끔거리는 기분이 든다.

"네가 그 표정을 더 이상 안 짓게 되면 슬플 거 같은데."

알렉스가 어깨 너머로 나를 돌아본다. 역광을 받은 그의 옆얼굴이 서늘한 푸른 그늘을 드리운다. 1,000분의 1초만큼 짧은 시간이지만 나는 우리가 너무 가까워서, 내 손에 닿은 그의 어깨 근육의 감촉 때문에, 달달한 코코넛 향 선크림에 섞인 그의 향수 냄새 때문에, 나를 빤히 바라보는 그의 녹갈색 눈 때문에 두근거린다.

그 1,000분의 1초는 우리 사이 5퍼센트의 가능성에 속한 순간이다. 만약 지금 내가 몸을 뻗어 그의 입술에 키스한다면, 그의 아랫입술을 미끄러지듯 내 이 사이에 문다면, 양손으로 그의 머리카락을 그러쥔다면, 그래서 그가 몸을 돌려 나를 가슴팍에 안아준다면.

하지만 이제 우리에겐 가능성이 자리할 공간이 없다는 사실을 나는 잘 안다. 헛기침을 하고 시선을 피하는 걸 보면 알렉스 역시 알고 있나 보다.

"네 등에도 발라줄까?"

"으흠."

그렇게 우리 둘은 다시 돌아앉고, 이번에는 그가 내 등에 선크림을 발라준다. 그동안 나는 그의 손이 내 등에 닿아 있다는 사실을 무시하려고 온 힘을 다한다. 그의 손바닥이 부드럽게 내 몸을 쓰다듬는 동안, 내 배꼽에 모여드는 팜스프링스의 뙤약볕보다 더 뜨거운 감각을 느끼지 않으려고 애쓴다.

아기들이 빽빽 울어대고, 사람들의 웃음소리가 나고, 10대 초반 아이들이 그렇게 크지도 않은 수영장 안에 양 무릎을 끌어안고 뛰어드는 놀이를 하고 있는데도 도움이 안 된다. 북적거리는 이 수영장의 그 어떤 자극도 내 신경을 분산시키기엔 부족해서, 나는 결국 급히 화제를 돌린다.

평소보다 한 옥타브는 높은 목소리로 묻는다. "요즘 세라랑 대화는 해?"

그러자 내 몸에 닿아 있던 알렉스의 손이 떨어진다. "음, 가끔씩. 그건 그렇고 선크림 다 발랐어."

"고마워." 나는 몸을 돌려 다시 내 선베드로 돌아가고, 덕분에 우리 사이의 거리는 벌어진다.

"세라도 아직 이스트 린필드에서 근무해?"

요즘 교사 자리를 얻는 게 하늘의 별 따기라던데, 알렉스와 세라는 꿈만 같게도 같은 학교의 교사로 채용되어 함께 오하이오주로 돌아갔다. 그런데 그 뒤에 둘은 헤어졌다.

"응. 세라도 아직 거기서 일해."

우리는 편의점에서 마가리타 슬러시를 사서 물병에 넣어왔는데, 알렉스가 내 비치백에서 물병 두 개를 꺼내 하나를 나에게 건넨다.

"그럼 자주 보겠네. 어색하진 않아?"

"아니, 딱히."

"자주 안 본다는 뜻이야? 아니면 어색하지 않다는 뜻이야?"

알렉스는 물병에 입을 대고 마가리타를 길게 한 모금 들이켜며 시간을 번 뒤에야 대답한다. "어, 둘 다인 것 같아."

"혹시…… 세라한테 다른 사람 생겼어?"

"왜? 너 전부터 세라 별로 안 좋아했던 거 같은데."

"그치." 부끄러운 감정이 내 핏줄을 타고 약효 빠른 약처럼 퍼진다. "하지만 넌 세라 좋아했으니까, 괜찮은 건가 싶어서."

"난 괜찮아."

하지만 알렉스의 대답에 불편한 기색이 역력해 나는 이쯤에서 이 이야기는 그만두기로 한다.

오하이오 험담하지 말 것, 말도 안 되게 근사한 알렉스의 몸 이야기를 입에 올리지 말 것, 10센티미터 정도의 가까운 거리에서 그의 눈을 빤히 바라보지 말 것, 세라 토발 이야기는 꺼내지 말 것.

할 수 있을 거다. 아마도.

"물에 들어갈까?" 내가 묻는다.

"좋아."

하지만 흰 칠이 된 계단에 포진한 아기들을 피해 수영장에 들어가자마자, 나는 우리 사이에 좀처럼 사라지지 않는 미묘한 어색함이 물에 들어간다고 해결될 리 없다는 사실을 깨닫는다. 우선, 수많은 사람이 서 있는 (어쩌면 서서 오줌을 누고 있을지도 모르는) 수영장 물은 바깥 공기와 다를 바 없이 뜨겁고, 물 밖에 서 있을 때보다 어쩐지 더 불쾌하게 느껴진다.

뿐만 아니라, 사람이 너무 많아 바짝 붙어 서 있는 바람에 알렉스와 내 몸의 3분의 2가 닿을락 말락 하는 것도 문제다. 위장 무늬 모자를 쓴 다부진 체격의 남자가 나를 밀치며 지나가는 바람에 나는 알렉스의 몸 쪽으로 쓰러지고, 그의 미끈한 배와 내 배가 맞닿는 순간 공황감이 번개처럼 내리꽂히는 기분이다. 알렉스가 내 골반 쪽을 잡아 지탱해주지만 내가 몸을 일으키자마자 얼른 손을 거둬간다.

"괜찮아?"

"으흠."

사실 머릿속에 골반뼈를 붙잡던 그의 두 손 말고는 아무것도 떠오르지 않는다. 이런 일이 이번 여행 내내 일어나겠지. 아니, 알렉스의 커다란 손이 내 골반을 움켜쥐는 일 말고, 내가 **으흠** 하고 대답을 얼버무려야 하는 일들 말이다.

알렉스가 고개를 길게 빼며 우리의 선베드가 있는 쪽을 바라본다. "사람이 좀 적어질 때까지 책이나 읽으며 기다릴까?"

"좋은 생각이야."

나는 알렉스를 뒤따라 지그재그로 사람들을 피해 가며 수영장 계단을 올랐다. 그리고 타오르는 듯 뜨거운 시멘트 바닥을 지나 선베드로 돌아간 뒤 길이가 너무 짧은 비치타월을 깔고 그 위에 눕는다. 알렉스는 세라 워터스의 소설을 꺼내고, 다 읽은 뒤에는 오거스터스 에버렛의 책을 읽기 시작한다. 나는 《R+R》 최신호를 꺼내 내가 쓰지 않은 기사를 전부 훑어보기로 한다. 반짝하는 영감을 얻어 돌아가면 스와프나도 화가 풀리겠지.

수영장이 거의 텅 빌 때까지 두 시간 동안 나는 땀을 뻘뻘 흘리며 잡지를 읽는 척한다.

×

아파트 문을 열자마자 나는 상황이 더 나빠졌다는 사실을 깨닫는다.

알렉스가 나를 뒤따라 안으로 들어오며 말한다. "이게 무슨……
어떻게 더 더워질 수가 있어?"

나는 온도조절기로 황급히 다가가서는 표시된 숫자를 읽는다.
"28도?"

"최소한 27도로는 다시 낮춰보자." 알렉스가 내 옆으로 다가오며
말한다.

"27도가 28도보다야 낫겠지, 알렉스. 하지만 27도인 방에서 잠들
면 오늘 밤 서로를 죽이게 되는 건 마찬가지일 거야."

"사람을 불러야 할까?"

"그래! 당연히 불러야지! 좋은 생각이야!"

나는 비치백을 뒤져 휴대폰을 꺼낸 뒤 집주인 번호를 찾는다. 통
화 버튼을 누르자 신호음이 세 번 울리더니 탁하고 걸걸한 목소리
가 전화를 받는다.

"여보쇼?"

"니콜라이?"

잠깐 침묵.

"누구시죠?"

"파피 라이트예요. 4B에서 숙박하는."

"그런데요?"

"온도조절기에 문제가 있어요."

이번에는 아까보다 침묵이 길어진다. "구글 검색은 해봤어요?"

나는 니콜라이의 질문을 무시하고 밀어붙인다. "처음에 온도조절
기가 27도로 맞춰져 있었어요. 몇 시간 전에 22도까지 낮춰놨는데

지금은 28도라고요."

"아, 그건 그쪽이 너무 무리하게 조절해서 그런 거고요."

알렉스도 니콜라이의 말을 들은 건지, 그럴 줄 알았어 하듯 고개를 끄덕인다.

"그럼…… 온도가…… 22도 미만으로는 안 내려간다는 뜻이에요? 포스팅엔 그런 말 없었는데요. 바깥에서 공사를 하고 있다는 이야기도……."

그러자 니콜라이는 답답하다는 듯 한숨을 쉬며 말한다. "아가씨, 한번에 1도씩만 내려가는 거예요. 온도조절기를 20도까지 확 내리고 그러면 안 되죠! 게다가 세상에 집 온도를 20도로 맞추는 사람이 어딨답니까?"

알렉스와 나는 눈빛을 교환한다.

"난 19도로 맞추는데." 알렉스가 속삭인다.

나는 나를 가리키며 입 모양으로 난 18도, 한다.

"어쨌든……."

그런데 니콜라이가 또 내 말에 끼어든다. "저기요, 저기요, 저기, 아가씨. 일단 27도로 낮춰요. 27도가 되면 그다음에 26도, 또 26도가 되면 25도……."

"……죽고 싶다."

알렉스가 중얼거리자 나는 니콜라이에게 내 웃음소리가 들리지 않도록 휴대폰을 멀찍이 떼어놓는다. 다시 휴대폰을 귓가로 가져가자 니콜라이는 아직까지도 27부터 숫자를 거꾸로 세는 중이다.

"알았어요, 고마워요."

그러자 니콜라이는 또 한숨을 쉰다. "됐어요, 그럼 잘 지내요, 아 가씨."

전화를 끊자 알렉스가 온도조절기로 다가와 다시 실내 온도를 27도로 올린다.

"아무 일도 안 일어나는데."

"온도조절기가 작동 안 하면……."

나는 우리가 처한 상황을 생각하며 말끝을 흐린다. 처음에 나는 온도조절기가 작동하지 않으면 그냥 《R+R》 카드로 호텔을 예약하자고 말할 생각이었다.

하지만 물론 그럴 수는 없다.

사실 나는 뉴욕에서 과분하게 좋은 아파트에 살고 있기는 하지만 그렇게 돈을 많이 벌지는 못한다. 직업에 딸려오는 복지가 내 수입 중 가장 큰 부분을 차지한다고 볼 수 있다. 물론 홍보를 대가로 숙소를 제공해달라고 해볼 수는 있겠지만, 요즘 난 SNS도 블로그도 게을리하고 있는 데다가, 아직도 나한테 그만한 영향력이 있는지는 잘 모르겠다. 또, 인플루언서의 홍보를 달가워하지 않는 호텔도 많다. 홍보를 해주겠다며 보낸 이메일을 캡처해 인터넷에 올려 망신을 주는 곳도 있다. 게다가 내가 조지 클루니라도 되는 건 아니잖아? 난 그냥 사진을 예쁘게 찍는 블로거일 뿐이다. 할인을 받을 수는 있을지 몰라도 공짜 숙소까지는 가능성이 없을 것 같다.

"무슨 방법을 찾아보자. 일단 샤워부터 할래? 내가 먼저 할까?" 알렉스가 말한다.

양팔을 몸에서 슬쩍 떼어놓고 있는 자세만 봐도 얼른 씻고 싶어

안달이 나 있다는 걸 알겠다. 또, 알렉스가 먼저 샤워하러 들어간 사이에 내가 실내 온도를 좀 낮춰볼 수도 있을 것 같다.

"먼저 해."

내 말에 알렉스는 욕실로 들어간다.

물 흐르는 소리가 들리는 내내 난 방 안을 서성거린다. 침대는 접이식에, 발코니에는 비닐이 칭칭 둘러져 있고, 온도조절기까지 고장이라니. 실내 온도가 드디어 27도가 되자 나는 목표 온도를 26도로 조정하고 또다시 서성거리기 시작한다.

에어비앤비에 이 사태를 신고하고 부분 환불을 받아야겠다는 생각이 들어서 접이식 소파와 발코니 사진을 찍는다. 감사하게도 오늘 치 공사가 끝난 건지 위층에서 들려오던 소음은 멎고 이제 수영장에서 올라오는 작은 말소리며 물 튀는 소리 말고는 조용하다. 나는 온도조절기로 다가가 이 또한 사진으로 남긴다.

목표 온도를 25도로 지정하는 순간 물소리가 멎어서, 나는 여행 가방을 접이식 소파 위에 끌어올린 뒤 저녁 먹으러 나갈 때 입을 얇은 옷을 찾는다.

욕실 문이 열리며 뜨거운 김과 함께 허리에 수건을 두른 알렉스가 나타난다. 한 손은 수건이 풀리지 않게 여미고 있고, 다른 한 손으로는 삐죽삐죽한 젖은 머리를 털고 있다.

"네 차례야."

알렉스가 말하지만, 그의 길고 늘씬한 상체와 뾰족하게 튀어나온 왼쪽 골반뼈에 정신이 팔려 멍해진 내 머릿속엔 그의 말이 들어오지 않는다.

수영복을 입은 모습도 봤는데 수건 두른 모습은 왜 이렇게 다르게 느껴질까? 굳이 따지자면 30분 전 수영장에서 본 모습이 좀 더 나체에 가까웠는데, 어쩐지 지금 내 눈에 들어오는 그의 몸 선이 훨씬 더 낯부끄럽게 느껴진다. 마치 내 몸속의 피가 전부 피부를 향해 솟구치기라도 하는 것처럼 온몸이 예민해져온다.

예전엔 이렇지 않았는데.

전부 크로아티아 여행 때문이다.

망할 크로아티아, 예쁘기만 하면 다야?

"파피?" 알렉스가 다시 한번 나를 부른다.

"으흠." 나는 그제야 정신을 차리고 "응" 하고 덧붙인 다음 가방에서 얼른 원피스와 속옷을 손에 집히는 대로 끄집어낸다.

"그럼 넌 편하게 옷 갈아입어."

그 말을 남긴 뒤 김이 자욱한 욕실로 들어가 문을 닫고 비키니 상의를 벗던 나는 욕실 한쪽 벽을 가득 메우고 있는 푸른 색조의 거대한 유리 캡슐을 보고 딱 굳어버린다. 캡슐 양쪽에 뒤로 젖혀지는 의자까지 하나씩 있어서 무슨 〈우주 가족 젯슨〉에 등장하는 샤워실처럼 생겼다.

"이게 뭐야."

분명 이런 건 사진에 없었다. 웹사이트에 올라와 있던 사진 속 연푸른빛이 도는 회색 욕실이 번쩍거리는 푸른색과 멸균실을 연상시키는 새하얀 색으로 이루어진 초현대적 욕실로 탈바꿈한 것이다.

나는 수건걸이에서 수건 한 장을 꺼내 몸에 두르고 문을 벌컥 연다. "알렉스, 대체 왜 욕실이……."

그 순간 알렉스가 황급히 수건을 집어 하반신에 두르고, 나는 아무렇지도 않은 척 말을 더듬지 않으려 온 힘을 기울이며 질문을 끝맺는다. "……우주선같이 생겼다고 말 안 했어?"

"알고 있을 줄 알았지, 예약은 네가 했잖아." 그가 잠긴 목소리로 대답한다.

"그건…… 리모델링하기 전 사진이었나 봐. 너 욕실 사용법은 어떻게 알았어?"

"솔직히 〈2001 스페이스 오디세이〉 스타일 인공지능 시스템을 붙잡고 씨름할 때 제일 힘들더라. 그다음으로 힘든 건 여섯 번째 샤워기 헤드 작동시키는 버튼이랑 발 마사지 버튼이 자꾸 헷갈리는 거였고."

그 말에 우리 사이의 긴장은 풀려버린다. 나는 웃음을 터뜨리고, 알렉스도 마찬가지다. 이제 우리가 맨몸에 수건만 두른 채 마주 서 있다는 것도 그렇게 어색하지는 않다.

"여기 지옥인가 봐." 내가 말한다.

모든 것이 갈수록 태산이다.

"니콜라이는 사디스트야." 알렉스도 거든다.

"그래, 그래도 우주선 욕실을 가진 사디스트네."

나는 다시 욕실로 들어가 의자 두 개와 수많은 샤워기 헤드가 달린 캡슐 안을 연구하기 시작한다. 그러다 또다시 웃음이 터지는 바람에 욕실 밖으로 뛰쳐나간다. 알렉스는 방 안에 서서 웃고 있다. 젖은 몸에 티셔츠를 걸치기는 했지만 다행히 아직도 허리에 수건을 그대로 두르고 있다.

나는 다시 욕실로 들어가려 돌아서며 그에게 말한다. "좋아, 이제 자유롭게 방 안을 돌아다니면서 나체로 춤춰도 돼. 시간을 알뜰하게 쓰라고."

"네가 평소에 그런단 뜻이야? 내가 다른 방으로 갈 때마다 벌거벗고 춤추며 돌아다녔어? 진짜?"

나는 빙글 돌아서서 욕실로 들어가 문을 꽉 닫는다. "그게 그렇게 궁금해, 포르노 알렉스?"

12장

≈≈≈

9년 전 여름

대학교 3학년이 된 뒤 알렉스는 수업이 없는 시간마다 도서관에서 일을 했지만(따라서 나는 수업이 없는 시간마다 안내 데스크 뒤 바닥에 앉아 트위즐러를 먹으면서, 세라 토발이 수줍게 지나가는 모습이 보일 때마다 알렉스를 놀려댔지만) 올해는 근사한 여름휴가를 갈 만한 여유가 없다. 알렉스의 남동생 브라이스가 내년에 장학금 없이 전문대학에 진학할 예정이고, 하찮은 인간으로 넘실거리는 이 세상의 성자 알렉스는 도서관에서 일하며 번 돈을 전부 브라이스의 학비로 모으는 중이라서다.

그 소식을 내게 전하면서 알렉스는 말했다. "나 없이 혼자 파리에 가도 괜찮아."

그 말을 듣자마자 나는 대답한다. "파리는 나중에 가. 그 대신 올해는 미국의 파리에 가는 게 어때?"

알렉스가 눈썹을 치켜올리며 묻는다. "거기가 어딘데?"

"그것도 몰라? 내슈빌이잖아."

알렉스가 웃음을 터뜨린다. 난 알렉스를 웃기는 게 너무 좋다, 그게 내 인생의 목표다. 그 금욕적인 표정이 무너지며 웃음을 터뜨리는 순간이 이렇게 보람찬데, 그 모습을 보는 게 꽤나 오랜만이다.

내슈빌은 린필드에서 차로 딱 네 시간 거리에 있고, 기적적인 일이지만 알렉스의 낡은 스테이션왜건도 아직 고장 나지 않았다. 그렇게 우리는 내슈빌에 가게 된다.

여행을 떠나는 날 아침 알렉스가 데리러 왔을 때 나는 아직도 짐을 싸는 중이었고, 그사이 아빠가 그를 앉혀놓고 온갖 질문을 쏟아붓는다. 엄마가 등 뒤에 무언가를 숨긴 채 내 방으로 들어오면서 "안녀어엉, 우리 딸" 하고 노래하듯 나를 부른다.

알록달록한 옷가지들을 가방에 집어넣고 있던 내가 고개를 든다. "왜요?"

그러자 엄마가 등 뒤에 숨기고 있던 상자를 내민다. 그 상자를 보는 순간 난 꽥 비명을 지르며 상자를 쳐서 바닥에 떨어뜨려버린다.

"파피!"

"파피? 파피는 무슨, 엄마! 대체 왜 대용량 콘돔 상자를 등 뒤에 숨기고 돌아다니는 거예요?"

엄마가 몸을 숙여 콘돔 상자를 집어 든다. 아직 개봉하지 않은 상자라 (다행인가?) 내용물이 바닥에 쏟아지지는 않았다.

"우리도 이제 이런 대화를 나눌 때가 됐잖니."

그 말에 나는 고개를 젓는다. "으으, 지금 아침 9시 20분이에요.

이런 이야기를 나눌 때가 아니라고요."

엄마는 한숨을 쉬더니 이미 짐으로 차고 넘치는 내 더플백 위에 상자를 올려놓는다.

"엄마는 그저 너희 둘이 안전하길 바란다. 네 앞날은 아직 창창하 잖아. 우리 딸, 엄마 아빠는 네가 무슨 꿈이건 다 이룰 수 있기만을 바란다고!"

그 말에 심장이 철렁한다. 엄마가 우리가 섹스를 하는 사이라고 생각한다는 것 때문이 아니라(이제 와서 생각해보면 당연히 그렇게 생각하고도 남겠지) 엄마가 내게 대학교를 꼭 졸업해야 한다고 말하고 싶어 한다는 것 때문이다. 난 학교를 그만둘 거라는 이야기를 아직 부모님께 하지 않았다.

여름방학이 끝나고 학교로 돌아가지 않을 거란 이야기는 오직 알렉스에게만 털어놓았다. 혹시라도 계획에 차질이 생길까 봐 부모님께는 이번 여행을 다녀온 뒤에 할 생각이었다.

부모님은 내 대학 생활을 적극적으로 지원하지만, 그건 두 분 다 자신이 대학 진학을 꿈꿨으나 사정상 그러지 못하셨기 때문이기도 하다. 부모님은 내가 가진 꿈이 무엇이건 학사 학위가 있으면 도움이 될 거라고 생각한다.

그러나 나는 학기 중에도 여행에 모든 꿈과 에너지를 쏟아부었다. 주말에도, 수업이 없는 기간에도 짧은 여행을 떠났다. 대부분 혼자 갔지만 때로는 알렉스와 함께 갔고(우리의 자금 사정이 허락하는 캠핑) 때로는 지난 학기 말 교환학생 설명회에 갔다가 만난 뒤 내 룸메이트가 된, 히피 타입의 부잣집 딸 클래리사와 함께 가기도 했다(그

애의 부모님이 각자 가지고 있는 호숫가 별장으로). 클래리사는 졸업을 앞둔 내년에 비엔나로 교환학생을 떠나 예술사 학점을 따오겠다지만, 나는 점점 더 교환학생 프로그램에 흥미를 잃었다.

나는 호주까지 가서 온종일 강의실에 틀어박혀 있고 싶지도, 베를린에 가서 학술적 경험을 쌓겠다며 학자금 대출에 수천 달러를 추가하고 싶지도 않다. 나에게 여행이란 떠도는 것, 낯선 사람을 만나는 것, 평생 한 번도 해보지 못한 경험을 하는 것이다. 뿐만 아니라, 주말마다 여행을 다닌 보람이 슬슬 생기고 있었다. 고작 8개월 전에 시작한 여행 블로그에 구독자가 이미 몇 천 명이나 생겼으니까.

그 와중에 생물학 필수 과목에서 낙제하는 바람에 추가로 한 학기를 더 다녀야 한다는 사실을 알게 되자 졸업을 하겠다는 생각이 완전히 사라져버렸다.

나는 이 모든 이야기를 부모님께 털어놓고, 학교는 알렉스 같은 사람과는 달리 나에게는 맞지 않는다고 어떻게든 설득해볼 생각이다. 하지만 오늘은 아니다. 우린 오늘 내슈빌에 갈 거고, 한 학기를 마친 지금 내가 원하는 건 오직 자유를 누리는 게 전부다.

물론 엄마가 생각하는 그런 자유는 아니지만.

"엄마, 나 알렉스랑 섹스 안 해요."

"엄마한테 뭐든지 다 털어놓을 필요는 없어."

엄마는 냉정하고 차분하며 침착하게 고개를 끄덕이지만, 다음 말을 잇는 순간 그 태도는 온데간데 없이 사라져버린다.

"그저 네가 책임감 있게 행동하고 있는지 확인하고 싶었단다. 아이고, 언제 이렇게 다 커버렸을까 생각하면 눈물이 절로 나는구나.

그래도 책임감을 가져야지! 물론, 당연히 잘하고 있겠지만 말이야. 넌 똑똑하잖니. 네 자신을 잘 알잖니. 우리 딸, 네가 정말 자랑스럽단다."

나는 엄마 생각보다 더 책임감 있게 행동하고 있다. 지난해 몇 명의 남자들을 만났고 그중 한 명과는 진도를 나가기도 했지만 아직 선을 넘은 적은 없다. 미시건 호숫가에 있는 클래리사 어머니의 별장에 갔을 때 술김에 이 사실을 털어놓자, 클래리사는 마치 수정구슬이라도 들여다보는 양 눈을 휘둥그레 뜨더니 그 애 특유의 대수롭지 않다는 말투로 내게 말했다.

"왜 그렇게 미적거려?"

그 말에 나는 그저 어깨만 으쓱했을 뿐이다. 사실 나도 잘 모르겠다. 그 순간이 오면 알게 될 거라고 생각할 뿐이다.

어쩌면 내가 너무 현실적인 걸까? 물론, 다른 사람들 눈에 내가 현실적으로 보이는 일은 거의 없지만, 이 문제에 한해서만은 마치 내가 완벽한 순간에 첫 경험을 하고 싶어서 기다리고 있는 것 같은 기분이다. 때로는 내가 어린 시절 포르노 파피라고 불렀던 것 때문에 이러는 것 같기도 하다. 그런 일을 겪었기 때문에 어떤 순간이나 어떤 사람에게 완전히 몸을 맡길 수 없는 게 아닐까?

어쩌면 알렉스와 파티에 갈 때면 마주치곤 하는 적당히 호감 가는 남자들 중에서 한 명을 선택하기만 되는 문제일지도 모른다. 알렉스의 영문학부 동기들이나, 커뮤니케이션학부의 내 동기들 중 누구건, 우리 인생에 정기적으로 등장하는 남자 중 한 명을 고르기만 하면 말이다. 그러나 난 아직까지도 운명의 상대를 만나는 마술 같은 순간이 있을 거라는 희망을 버리지 않고 있다.

그 사람이 알렉스는 아닐 거다.

아니다, 솔직히 말해 내가 누군가를 선택한다면 아마 알렉스를 택할 것이다. 알렉스에게 내가 무엇을 왜 하고 싶은지를 분명히 설명하고 나서, 이번 일은 딱 한 번뿐이고 다시는 입에 올리지도 않는다는 각서에 둘 다 피로 서명해야 한다고 우기겠지. 하지만 만에 하나 그런 상황이 생기더라도, 절대 엄마가 내 여행 가방 안에 쑤셔 넣은 대용량 콘돔은 쓰지 않을 거라고 나는 속으로 엄숙히 맹세한다.

"엄마, 저 이런 거 진짜, 진짜 필요 없다니까요."

그러자 엄마는 일어서서 상자를 툭툭 친다. "당장은 필요 없을지 몰라도 챙겨는 가렴. 혹시 모르잖아. 참, 혹시 배고프니? 오븐에 쿠키가 있는데. 아이고, 깜빡하고 식기세척기를 안 돌렸네."

엄마는 급히 방을 나서고 나는 짐을 다 싼 뒤 1층으로 가방을 끌고 내려간다. 엄마는 아일랜드 조리대 위에다 쿠키를 식히면서 바나나브레드를 만들 갈색 바나나를 썰고 있고, 알렉스는 아빠 옆에 경직된 자세로 앉아 있다.

"준비됐어?"

내가 묻자 알렉스는 마치 위압적인 우리 아빠 옆에서 벗어날 날만 평생 기다렸던 사람처럼 스툴에서 튀어 오르듯 일어선다.

"그래." 알렉스는 바지에 손을 문지르다가 내가 겨드랑이에 끼고 나온 콘돔 상자의 존재를 알아차린다.

"이거? 혹시라도 너랑 나 사이에 무슨 일 있을까 봐 우리 엄마가 챙겨주신 콘돔 500개야."

알렉스의 얼굴이 시뻘겋게 달아오른다.

"파피!" 엄마가 외친다.

아빠는 당황한 얼굴에 어깨 너머로 이쪽을 보며 묻는다. "너희 둘, 언제부터 사귄 거냐?"

"전…… 저희는…… 아니에요, 라이트 씨."

알렉스는 쩔쩔매고, 나는 조리대 위에 콘돔 상자를 올려놓고 아빠를 향해 밀어 보낸다.

"여기요. 이거 아빠가 차까지 좀 갖다주실래요? 들고 있느라 팔이 아파서요. 숙소에 이 많은 콘돔을 다 실을 만한 대형 카트가 있긴 하려나."

알렉스는 아직도 우리 아빠 얼굴을 못 보고 있다. 엄마가 양 허리에 손을 얹는다.

"이런 건 사적인 거야. 봐라, 너 때문에 알렉스가 당황하잖니. 파피, 알렉스를 창피하게 하지 말아라. 알렉스, 넌 창피해하지 말고."

"조만간 사적인 선을 넘을 것 같은데요. 이 상자가 트렁크에 안 들어가면 끈으로 차 지붕에 묶어서 가져가야 할 테니까요."

아빠가 콘돔 상자를 협탁으로 가져가더니 눈살을 찌푸려가며 상자 옆면 글자를 읽기 시작한다. "이거 **진짜** 양가죽으로 만든 거냐? 재사용할 수 있어?"

그 말을 들은 알렉스가 몸서리를 친다.

엄마가 얼른 대꾸한다. "둘 중 누가 라텍스 알레르기라도 있을까 봐 그랬지!"

"알았어요, 이제 저흰 출발할게요. 작별 인사로 포옹 한 번 하자

고요. 다음에 볼 땐 할아버지 할머니가 되어 있을지도 모르니까."
나는 장난스럽게 내 배를 문지르며 말하다가 알렉스의 표정을 보고
금방 입을 다문다. "농담이었어요! 우린 그냥 친구라고요. 다녀올게
요, 엄마. 안녕, 아빠!"

"그래, 재미있는 시간 보내려무나. 다녀와서 다 얘기해주렴."

엄마가 조리대 뒤에서 나와 나를 끌어안는다. "안전하게 다녀오
렴. 도착하면 오빠들한테 전화해라. 네 소식이 궁금해 안달복달하고
있더라."

엄마의 어깨 너머로 알렉스를 향해 안달복달이래, 하자 드디어 알
렉스도 미소를 짓는다.

아빠가 스툴에서 내려와 나를 꽉 안으며 "사랑한다, 우리 딸" 하
더니 이번에는 알렉스를 끌어당겨 안고 "우리 꼬맹이 잘 챙겨줘라,
알겠지?" 하며 등을 철썩 때리자 알렉스는 처음 있는 일도 아닌데
흠칫 놀란다.

"파피가 어느 컨트리 가수랑 약혼을 한다거나 로데오 기구 타다
떨어져 목 부러뜨리지 않게 잘 감시하라고."

"알겠습니다." 알렉스가 대답한다.

"그거야 모르는 일이죠." 나는 대답한다.

부모님이(콘돔 박스는 아일랜드 조리대 위에 놔둔 채) 바깥으로 나
와 우리에게 손을 흔들어 인사하는 가운데 우리는 차에 올라 진입
로를 벗어난다. 환하게 웃으며 부모님을 향해 손을 흔들던 알렉스는
두 분이 시야에서 사라진 뒤에야 나를 보며 퉁명스레 말한다.

"나 너한테 진짜 화났어."

나는 만화에 나오는 섹시한 고양이처럼 속눈썹을 깜빡거리면서 대꾸한다. "내가 어떻게 보상해줄까?"

그는 눈을 굴리지만, 다시 도로를 바라보는 그의 입가에는 미세한 웃음기가 감돈다. "일단, 로데오 기구를 타."

나는 두 발을 대시보드에 훌쩍 올리고 몇 주 전 중고품 가게에서 발견한 카우 걸 부츠를 뽐낸다.

"그럴 줄 알고 내가 이미 준비했지."

그의 눈길이 내 다리를 타고 내려가다 새빨간 부츠에 멈춘다. "이걸 신으면 로데오 기구에서 안 떨어져?"

나는 부츠 굽을 딱 부딪치며 대답한다. "아니, 그냥 바에서 노래하는 컨트리 가수를 유혹한 다음에 매트에 떨어진 나를 일으켜 농장 일로 다져진 두 팔로 끌어안게 만드는 용도야."

"농장 일로 다져지다니." 알렉스는 내 생각이 탐탁지 않다는 듯 코웃음을 친다.

"넌 체육관에서 다져진 사람이면서."

내 말에 그는 얼굴을 찌푸린다. "난 불안감을 없애려고 운동하는 것뿐이야."

"그치, 넌 몸 만드는 거 전혀 관심 없잖아. 운동하다 보니 우연히 몸이 좋아진 것뿐이지."

도로만 바라보고 있는 그의 턱이 움찔거린다.

"외모에 신경 쓰는 게 뭐가 어때서." 마치 그게 죄라도 돼?라고 덧붙이는 것만 같은 말투다.

"나도 마찬가지야. 당연하잖아." 그러면서 나는 빨간 부츠가 그의 시야에 들어갈 때까지 그를 향해 한쪽 발을 미끄러뜨린다.

알렉스는 내 다리에서 시선을 거두고는 중앙 콘솔 위에 깔끔하게 말린 채 놓여 있는 오디오 케이블을 집어 내게 건넨다. "자, 이제 시작하자."

요즘 우리는 이 차에 탈 때마다 번갈아가며 노래를 선곡한다. 하지만 알렉스는 늘 내게 먼저 선택권을 준다. 왜냐하면 그는 알렉스니까. 최고니까.

나는 내슈빌까지 가는 동안 컨트리 음악만 틀자고 우긴다. 내 재생 목록은 샤니아 트웨인, 레바 매킨타이어, 캐리 언더우드, 돌리 파튼으로 가득 차 있다. 알렉스의 재생 목록에는 팻시 클라인, 윌리 넬슨, 글렌 캠벨, 조시 캐시, 그리고 태미 와이넷과 행크 윌리엄도 조금 들어 있다.

몇 달 전 우리가 그루폰에서 미리 찾아놓은 호텔은 독특한 분위기를 가진 곳으로, (빈 방 있음이라는 글자 위에 만화체로 그린 카우보이 모자가 얹혀 있는) 분홍 네온사인 간판을 보니 왜 내슈빌의 별명이 내슈베이거스인지 알겠다.

체크인을 한 뒤 짐을 들고 방으로 들어간다. 이 호텔의 객실은 전부 내슈빌 출신의 유명한 뮤지션을 테마로 꾸며두었다. 즉 방 안에는 뮤지션 사진이 든 액자가 잔뜩 걸려 있고, 침대마다 촌스러운 꽃무늬 요와 조밀한 플리스로 된 황갈색 이불이 놓여 있다는 소리다. 나는 키티 웰스 객실을 요청했지만 그루폰을 통해 싸게 예약한 탓에 선택권이 없다.

우리에게 배정된 방은 빌리 레이 사이러스 객실이다.

"뮤지션들한테 사용료는 지불하는 걸까?" 나는 침구를 걷어 매트리스 바닥면에 빈대가 없는지 확인하고 있는 알렉스에게 묻는다.

"글쎄, 그루폰에서 나오는 프로즌 요거트 쿠폰이나 가끔 던져준다면 모를까." 그는 침대 시트를 다시 덮어놓고는 번쩍이는 네온 간판을 쳐다보다가 회의적으로 묻는다. "이 호텔 대실도 하는 건가?"

"상관없어. 어차피 콘돔 상자는 집에 두고 왔으니까."

내 말에 알렉스는 진저리를 치면서도 빈대가 없다는 사실에 안도한 듯 두 개의 침대 중 하나에 주저앉는다.

"그걸 내 눈으로 보지만 않았더라면 참 좋았을 텐데."

"나는 봤잖아, 알렉스. 나는 그런 거 봐도 상관없다는 소리야?"

"그래도 넌 그 집 딸이잖아. 내가 부모님한테 섹스에 관해서 들은 이야기라고는, 우리가 열세 살이 될 때마다 아빠가 침대에 사춘기에 관한 책을 한 권씩 갖다놓은 게 전부였어. 난 열여섯 살이 될 때까지는 자위를 하면 암에 걸리는 줄 알았다고."

그 말에 가슴이 미어지는 기분이 든다. 때로 난 알렉스가 지난 시간을 얼마나 힘들게 견뎌왔는지 잊곤 한다. 알렉스의 어머니는 막냇동생 데이비드를 낳다가 난산으로 돌아가셨고, 닐슨 씨와 닐슨 집안 네 아들은 그 뒤로 아내도 어머니도 없이 살아왔다. 알렉스의 아버지는 지난해 드디어 교회에서 한 여성분을 만났지만 석 달 만에 헤어지셨다. 먼저 헤어짐을 고했음에도 너무 힘들어해서 알렉스가 학기 중 평일인데도 집에 다녀와야 할 정도였다. 동생들 역시 문제가 생길 때마다 가장 먼저 알렉스를 찾았다. 그가 집안의 정신적 지주니까.

그래서 우리가 서로에게 끌리는 것 같기도 하다. 알렉스는 든든한 첫째 노릇에 익숙하고, 나는 성가신 막내 노릇에 익숙하니까. 우리는 이런 역학 관계를 잘 안다. 나는 그에게 애정 어린 장난을 치고, 그는 내가 온 세상이 안전하다고 느낄 수 있게 해준다.

하지만 이번 주에 나는 알렉스에게 아무런 부탁도 하지 않을 계획이다. 알렉스의 긴장을 풀어주는 것, 과로와 지나친 긴장에 시달리는 알렉스한테서 다시 나사 빠진 모습을 이끌어내는 것이 이번 여행의 목표니까.

나는 침대에 앉아 입을 연다. "있잖아. 혹시 부담스러운 우리 부모님이 필요할지도 몰라서 하는 이야긴데, 우리 부모님은 널 되게 좋아하셔. 그러니까 진짜 좋아하셔. 우리 엄마는 심지어 네가 내 첫 경험 상대가 되어주기를 바랄 정도라니까?"

그러자 그는 뒤통수에 깍지를 끼고 고개를 젖힌다. "설마 너희 어머니는 네가 아직 섹스를 안 해봤다고 생각하시는 거야?"

그 말에 나는 멈칫한다. "나 섹스 한 번도 안 해봤어. 너도 알고 있는 줄 알았는데."

알렉스와 내가 무슨 이야기든 다 하는 사이라고 생각했는데, 그러고 보니 아직 서로에게 말하지 않은 것들이 있기는 하구나.

알렉스가 당황한 듯 기침을 한다. "아니, 난 몰랐어. 너 파티에서 가끔 다른 사람이랑 나가곤 했잖아."

"그렇긴 하지만 심각한 일은 한 번도 없었어. 그 남자들이랑 사귄 적도 없고."

"그건 네가…… 누굴 사귈 마음이 없어서 그런 줄 알았는데."

"그런 것 같아." 나는 대답한다. 적어도 지금까지는 그랬다. "잘 모르겠어. 첫 경험이 특별하길 바라서 그런가 봐. 그렇다고 보름달이 뜬 밤 장미 정원에서 하고 싶은 건 아니지만."

"야외에서 하는 섹스는 생각보다 별로던데."

알렉스가 얼굴을 찌푸리고 그렇게 말하는 바람에 나는 고함을 지른다.

"얌전한 고양이가 어쩐다더니! 지금까지 날 속였어!"

어깨를 으쓱하는 그의 귀가 새빨갛게 달아오른다.

"나 이런 이야기는 원래 잘 안 해. 아무한테도. 왠지 그런 말을 꺼내는 것만으로도 상대한테 실례인 것 같은 죄책감이 들어서."

"어차피 상대가 누군지도 말 안 해줬잖아." 나는 그를 향해 몸을 가까이 가져가서는 목소리를 잔뜩 낮추어 묻는다. "세라 토발이야?"

그러자 그가 희미하게 웃으며 자기 무릎으로 내 무릎을 툭 친다. "너 세라 토발한테 너무 집착하는 거 아니야?"

"아니야, 바보야. 세라 토발한테 집착하는 건 너지."

"다른 사람이야. 도서관에서 일하는 리디아라는 애."

"이게, 대체 무슨…… 일이야……." 나는 잔뜩 들떠버리고 만다. "인형처럼 커다란 눈에, 헤어스타일은 세라 토발이랑 완전 똑같은 그 애 말이야?"

"그만 좀 해." 신음하듯 내뱉는 알렉스의 두 뺨이 분홍색으로 물들어간다. 그가 베개를 들어 나를 향해 휘두른다. "창피하다고!"

"하지만 너무 재미있잖아!"

그러자 그가 얼굴에 잔뜩 힘을 주어 금방이라도 울음을 터뜨릴 것 같은 슬픈 강아지 표정을 짓는 바람에 나는 비명을 질러대며 침대 위에 벌렁 드러눕는다. 베개를 집어 얼굴을 가릴 때는 너무 많이 웃어서 몸에 힘이 다 빠져나간 것 같다. 내 옆에 알렉스가 앉자 침대가 움푹 파인다. 그는 내 얼굴에서 베개를 떼어내더니 내 머리가 움직이지 못하게 양쪽에서 꽉 잡은 다음 내 눈앞에 슬픈 강아지 표정을 들이댄다.

"세상에, 왜 난 이 표정에 이렇게 약한 걸까?" 울고 웃느라 숨조차 쉴 수 없어진 내가 간신히 내뱉는다.

"나야 모르지, 파피." 그러면서 그는 아까보다 더 슬픈 표정을 짓는다.

"그 표정이 내 심장에 말을 거나 봐!" 내가 웃으며 소리치자 그의 입가에 슬며시 미소가 번진다.

그리고 바로 그 순간.

나는 처음으로 알렉스 닐슨에게 키스하고 싶어진다.

그 느낌이 발끝까지 번져가는 아주 짧은 시간 동안 나는 숨조차 쉴 수가 없다. 그러나 나는 곧바로 그 느낌을 꽉 붙잡아 가슴속 깊은 곳, 죽을 때까지 열어 보이지 않기로 맹세한 곳에 숨겨버린다.

"가자." 그가 나직하게 말한다. "너 로데오 기구 타고 싶다며."

13장

≈≈≈

올해 여름

실내 온도가 26도까지 내려가서 목표 온도를 25도로 맞춰놓은 뒤 우리는 트립어드바이저 평점이 높고 달러 기호는 딱 하나만 붙어 있던 카사 데 샘이라는 멕시코 식당으로 간다.

음식도 맛있지만 오늘 밤의 MVP는 단연 빵빵한 에어컨이다. 알렉스는 연신 부스 좌석에 등을 기대고 눈을 감은 채 만족스러운 한숨을 내뱉는다.

"여기서 잠은 자면 안 되겠지?" 내가 묻는다.

"문 닫을 때까지 화장실에 숨어 있지."

"술을 너무 마셔서 더위 먹을까 봐 걱정돼." 그러면서 나는 피처로 주문한 할라피뇨 마가리타를 한 모금 더 마신다.

"나는 술을 너무 적게 마셔서 자다 깨버릴까 봐 걱정되는데."

뜨겁게 달아오른 방 안으로 돌아간다는 생각만 해도 뒷목에 땀이 배어나는 것만 같다.

"숙소 일은 정말 미안해. 후기에는 에어컨이 작동 안 한다는 이야기가 없었어."

하지만 이제 와서 생각해보니 한여름에 거기서 숙박한 사람들이 얼마나 있을까 싶다.

"넌 잘못한 게 없어. 다 니콜라이 잘못이지."

나는 고개를 끄덕이지만, 어색한 침묵이 사라지지 않아 마침내 다시 입을 연다. "아버지는 어떠셔?"

"음, 잘 계셔. 괜찮으시고. 범퍼 스티커 얘기했었나?"

나는 미소를 짓는다. "응."

그러자 그는 민망하다는 듯 짧게 웃더니 한 손으로 머리를 흐트러뜨린다. "나이가 들면 이렇게 시시해진다니까. 아빠가 범퍼 스티커 샀다는 이야기나 하고."

"그 얘기 되게 재미있어."

그러자 알렉스는 고개를 한쪽으로 갸웃하며 말한다. "그래? 그럼 내 식기세척기 이야기도 들어볼래?"

나는 감탄하듯 숨을 몰아쉰 뒤 가슴을 꼭 움켜쥔다. "세상에, 너만의 식기세척기가 있어? 이름도 적혀 있어?"

"음, 보통 이름까지는 등록 안 하지만, 맞아, 식기세척기를 샀어. 집이 생긴 직후에."

그 순간 이름 붙일 수 없는 감정이 내 가슴을 칼처럼 찌르는 것 같다. "너…… 집 샀어?"

"내가 말 안 했던가?"

나는 고개를 젓는다. 당연히 말한 적 없다. 말할 기회가 없었으니까. 그래도 마음이 아프다. 지난 2년간 내가 놓친 모든 사소한 일들이 아프다.

"조부모님이 사시던 집이야. 할머니가 돌아가시면서 아빠한테 물려주셨는데, 아빠는 집을 손봐서 팔고 싶어 하셨지만 시간도 돈도 여의치 않아서 내가 고쳐가며 살고 있어."

"베티 할머니?"

나는 목으로 솟구쳐 오르는 복잡한 감정을 삼킨다. 알렉스의 할머니를 만난 적은 몇 번이 다였지만 난 그분이 정말 좋았다. 나보다도 키가 작고, 살인 미스터리와 코바늘뜨기, 매운 음식과 현대미술을 좋아하는 강렬한 개성을 가진 분이셨다. 신부님과 사랑에 빠졌고, 그 신부님은 그분과 결혼하기 위해 교단을 등졌다("그렇게 우리는 개신교를 믿게 됐단다!"). 그 뒤에는 (할머니는 내게 눈을 찡긋하며 덧붙였다, "여덟 달 뒤였지") 할머니의 숱 많은 까만 머리와 할아버지의 '우뚝한' 코를 닮은 알렉스의 어머니가 태어났다.

베티 할머니의 집은 1960년대 초반에 지은 고풍스러운 쿼드레벨(2층으로 이루어진 집 두 개가 나란히 붙어서 네 개의 공간을 이루는 형태-옮긴이) 주택이었다. 거실에는 집을 처음 지었을 때 그대로 오렌지색과 노란색 벽지가 붙어 있고, 할머니가 몇 년 전 넘어져 엉치뼈를 부러뜨린 뒤엔 온 집 안의 하드우드와 타일 바닥에(심지어 욕실까지도) 못생긴 갈색 카펫을 깔았다.

"베티 할머니가 돌아가셨어?" 나는 작은 목소리로 묻는다.

알렉스는 나를 바라보지 않은 채로 대답한다. "평화롭게 가셨어.

너도 알겠지만 나이가 정말 많으셨잖아."

그러면서 그는 빨대 포장지를 아주 작은 사각형으로 정교하게 접기 시작했다. 아무런 감정도 드러내지 않지만, 나는 알렉스가 가족 중 데이비드만큼이나 할머니를 좋아했다는 사실을 안다.

"너무 안타깝다." 떨지 않는 목소리를 내려고 온 힘을 다하는데도 감정이 해일처럼 솟구친다.

"플래너리 오코너 일도, 베티 할머니 일도. 말하지 그랬어."

알렉스가 녹갈색 눈을 들어 나를 바라본다. "네가 내 연락을 기다리는지 모르니까."

나는 눈을 깜박이며 눈물을 참은 뒤에 고개를 돌리고 얼굴에 붙은 머리카락을 떼는 척 눈물을 훔친다. 다시 그에게 시선을 돌리자 그는 나를 빤히 바라보고 있다.

"기다렸어." 젠장, 결국 떨리는 목소리로 말하고 만다.

식당 안쪽에서 마리아치 밴드가 연주하는 소리마저 은은하게 잦아든 듯, 손으로 조각한 알록달록한 테이블이 놓인 빨간 부스 좌석엔 지금 우리 둘만 남은 것만 같다.

"응." 알렉스가 나직하게 말한다. "이젠 알아."

나는 지난 2년 동안 알렉스가 나와 대화하고 싶었는지, 메시지를 썼다가 보내지 못했던 적 있는지, 아니면 전화를 하는 상상을 하다가 자신도 모르게 다이얼을 누른 적이 있는지 묻고 싶어진다.

알렉스 역시도 지난 2년이라는 시간을 잃어버린 기분이 드는지, 왜 먼저 연락하지 않았는지도 묻고 싶다. 모든 걸 2년 전, 서로에게 아무것도 숨기지 않아도 되던, 함께 있는 게 혼자 있는 것만큼이나 편안하고 자연스럽던, 하지만 외롭지는 않았던 그때로 되돌릴 수 있다고 그가 말해주면 좋겠다.

하지만 그때 종업원이 계산서를 가지고 나타난다. 나는 본능적으로 알렉스보다 먼저 계산서에 손을 뻗는다.

"《R+R》 카드는 아닐 테고?" 알렉스는 질문하듯 끝을 올린다.

나는 나도 모르게 거짓말을 한다. "이제는 나중에 청구하면 돼."

거짓말을 하는 게 불편해 두 손이 따끔따끔해오지만 방금 한 말을 취소하기엔 너무 늦었다.

식당을 나오자 바깥은 깜깜하고 하늘엔 별이 총총하다. 한낮의 열기가 식자 아직 20도를 훌쩍 넘는 기온일 테지만 40도를 웃돌던 대낮과는 비교할 바가 아니다. 심지어 산들바람까지 분다. 우리는 말없이 주차장을 가로질러 차를 세워놓은 곳으로 간다. 크로아티아에서 있었던 일을 건드린 탓에 우리 사이엔 무거운 기운이 감돈다.

지난 일을 과거로 묻어둘 수 있을 줄 알았는데, 내가 모르는 사이 알렉스에게 있었던 일들을 하나하나 알아갈 때마다 가슴에 난 상처가 계속 짓눌리는 것만 같다.

분명 알렉스도 같은 기분이겠지. 하지만 그는 원래 남들에게 말하고 싶지 않은 감정을 억누르는 데 능했다.

차를 타고 숙소로 돌아가는 내내 나는 이렇게 말하고 싶다.

내가 다 없던 일로 할게. 그걸로 우리 사이를 되돌릴 수 있다면, 없던 일로 할게.

아파트에 도착하자 집 안이 바깥보다 더운 게 확실해진다. 우리 둘 다 곧바로 온도조절기가 있는 곳으로 간다.

"27도? 온도가 또 올라갔어?"

알렉스가 그렇게 말하고, 나는 콧등을 문지른다. 술기운 때문인지, 스트레스 때문인지, 아니면 둘 다 때문인지 두통이 시작되는 것만 같다.

"그래, 그래. 다시 26도로 내리자. 그다음에 온도가 내려갈 때까지 기다렸다가 25도로 내리면 되는 거지?"

알렉스는 마치 방금 아이스크림콘을 바닥에 떨어뜨린 사람처럼 황망한 얼굴로 온도조절기를 쳐다본다. 의도한 게 아닐 텐데도 얼굴에 슬픈 강아지 표정이 자리 잡기 시작한다.

"한번에 1도씩. 니콜라이가 그랬잖아."

그가 온도조절기를 26도로 조절하는 사이에 나는 발코니로 이어지는 문을 연다. 그러나 비닐 시트로 막혀 있는 탓에 신선한 공기는 조금도 들어오지 않는다. 나는 주방으로 가 서랍을 뒤져 가위를 꺼낸다.

"뭐하려고?" 알렉스가 나를 따라 발코니로 나온다.

"조금이라도 숨통을 터보려고." 나는 비닐 시트 한가운데 가위집을 내며 대답한다.

"아이고, 니콜라이가 알면 노발대발하겠다." 그가 나를 놀리듯 말한다.

"나도 니콜라이 마음에 안 들거든." 나는 크게 잘라낸 비닐에 느슨하게 매듭을 지어 바람이 통할 자리를 만든다.

"니콜라이가 우릴 고소할지도 몰라." 그는 진지한 표정으로 농담을 한다.

"덤벼보시든가, 니키."

알렉스가 킥킥 웃는다.

몇 초간 침묵이 흐른 뒤 내가 입을 연다. "내일 같이 미술관에 갔다가 트램 타러 갈까 해. 전망이 아주 좋대."

알렉스는 고개를 끄덕인다. "좋네."

또다시 침묵이 흐른다. 아직 10시 반인데 너무 어색해서 차라리 이걸로 하루를 끝내자고 해야 할 것 같다.

"네가 먼저 씻고 싶으면……."

"아니, 먼저 씻어. 난 그동안 이메일 좀 확인할게." 알렉스가 대답한다.

나 역시 이곳에 도착한 뒤로 한 번도 이메일을 확인하지 않았다. 레이철이 보낸 메시지도 여러 개 쌓여 있고, 오빠들과의 단체 메시지 창에는 언제나 읽지 않은 메시지가 흘러넘친다. 사실 메시지 대부분은 오빠들이 아무런 결론도 없이 떠오르는 아이디어들을 브레인스토밍하듯 쏟아내는 것이 전부다. 지난번에 확인했을 땐 〈크리스마스 전쟁〉이라는 보드게임을 만들겠다며 나한테도 게임에 쓰일 말장난을 지어내라고 요구하고 있었다.

그러니 접이식 소파에서 한숨도 못 자고 누워 있는 동안에도 적어도 할 일이 있는 셈이다. 두통이 가시지 않는 바람에 나는 일단 머리를 포니테일로 대충 묶고 홈이 잔뜩 난 나무 바닥을 가로질러 우주선 같은 욕실을 향한다. 낯선 푸른 조명 아래서 세수를 한다. 하지만 세수를 끝낸 뒤에는 레이철이 끝도 없이 가져다주는 고급 로션이나 세럼을 바르는 대신 얼굴에 찬물을 끼얹고 관자놀이와 목에도 찬물을 묻혀 문지른다.

거울 속 내 얼굴은 내 기분만큼이나 스트레스에 짓눌려 처참한 모습이다. 어서 상황을 반전시켜 알렉스가 우리의 예전 기억을 떠올리게 만들어야 한다. 남은 일정은 고작 닷새, 그나마 그중 사흘은 결혼식 행사로 바쁠 테니까.

내일 하루만은 꼭 근사해야 한다. 내일은 괴짜 파피, 상처 입은 파피가 아니라 재미있는 파피가 되어야 한다. 그래야 알렉스도 긴장을 내려놓고 상황도 나아지겠지. 실크로 된 반바지 잠옷과 탱크톱으로 갈아입고 이를 닦은 뒤 욕실을 나오자 운동복 반바지와 티셔츠 차림을 한 알렉스는 집 안의 불을 다 끄고 침대 옆 램프 하나만 켜둔 채로 접이식 소파에 누워 아까 읽던 책을 읽고 있다.

알렉스가 이렇게 끔찍하게 더운 날이 아니라도 잘 때는 상의를 입지 않는다는 걸 알고 있기는 하지만, 중요한 건 그게 아니다. 원래 저 소파에선 내가 자기로 했잖아.

"내 침대에서 비켜!"

"네가 숙소를 예약했으니까 네가 침대에서 자야지."

"《R+R》 돈으로 결제했어."

이렇게 또 한 발짝 더 거짓말에 빠진다. 해로운 거짓말은 아니지만 그래도 거짓말은 거짓말이다.

"난 소파에서 잘게. 성인 남성이 이렇게 보송보송한 소파에서 잘 날이 얼마나 자주 있겠어, 파피?"

그의 옆에 걸터앉아 과장된 동작으로 그를 밀어내는 척하지만, 그는 꿈쩍도 하지 않는다. 나는 몸을 돌리고 두 발로 바닥을 힘주어

딛고 무릎을 소파에 지지하면서 이를 악물고 그의 골반 오른쪽을
밀어낸다.

"그만해, 이 괴짜야."

"난 괴짜 아니야." 난 아예 옆으로 몸을 돌려 내 엉덩이와 옆구리
로 그를 밀어낸다.

"너야말로 이 미심쩍은 침대에 누워서 잘 수 있다는 내 인생 단
하나의 기쁨을 앗아가려는 중이잖아."

내가 엉덩이에 온 힘을 싣고 있던 그때, 그가 문득 힘을 빼는 바
람에 옆으로 밀린다. 나는 비틀거리며 소파베드로 굴러떨어지며 그
의 가슴에 안기고 만다. 알렉스가 읽고 있던 책은 바닥에 떨어져버
린다. 알렉스가 웃음을 터뜨리자 나도 웃지만, 그의 가슴팍에 엎드
려 있는 지금 나는 얼얼하고, 무겁고, 또 솔직히 말하면 흥분되기까
지 한다. 설상가상인 건, 이대로 꼼짝도 못 할 것 같다는 생각이 든
다는 거다. 그는 한 팔로 나를 감싼 채 내 허리 뒤쪽 옴폭한 곳에
손을 대고 있다. 그의 웃음이 잦아들자 나는 그의 가슴팍에 턱을
대고 시선을 들어 그를 본다.

"너 나 속인 거지? 애초에 답장할 이메일 같은 거 없었잖아."

"미안하지만 난 이메일 계정도 없거든." 알렉스가 날 놀려댄다.
"화났어?"

"엄청나게."

그가 나와 겹쳐진 자세 그대로 웃음을 터뜨리자 몸에 소름이 돋
아 등줄기까지 찌릿해진다. 방 안의 더위가 모두 내 살갗에 스며들
어 내 다리 사이에 모이는 것 같다.

"언젠가는 용서해줄게. 난 용서를 잘하는 사람이거든."

그러자 그도 맞장구친다. "맞아. 난 늘 너의 그런 면이 좋았거든."

그 순간, 그의 손이 내 탱크톱 아랫단과 반바지 허리 부분 사이에 드러난 살을 아주 살짝 스치고 지나간다. 그의 가슴에 안긴 채 몸을 움직이자 마치 이대로 우리 두 사람이 서로에게 녹아들기라도 할 것 같다.

내가 지금 뭘 하고 있는 거야?

나는 벌떡 일어나 앉아 머리를 풀었다가 다시 묶는다.

"너 진짜 소파에서 자도 괜찮겠어?" 나에게서 이상하리만치 높은 목소리가 나온다.

"당연하지."

나는 일어서서 터벅터벅 침대를 향한다. "그래, 알았어, 그럼……
잘 자."

나는 불을 끄고 침대 위로 기어 올라간다. 이불 속이 아니라 위로. 이불을 덮기에는 너무 더우니까.

14장

올해 여름

화들짝 놀라 잠에서 깬 순간 분명 강도가 들었다는 생각이 든다.

"젠장, 젠장, 젠장." 이유는 알 수 없지만 강도는 고통스러운 목소리로 그렇게 내뱉는 중이다.

사실도 아니고 계획한 것도 아니지만 나는 "경찰 불렀어!" 하고 고함을 지르고 침대 가장자리로 엉금엉금 기어가 불을 켠다.

"뭐?" 방이 갑자기 환해지자 알렉스가 인상을 쓴다.

그는 잘 때 입고 있던 검은 반바지에 상의는 벗은 채로 어둠 속에서 있다. 상체를 숙이고 두 손으로 허리 뒤쪽을 움켜쥐고 있다. 잠기운이 달아나고 나니, 그가 인상을 쓰고 있는 게 단순히 갑자기 불이 켜져서가 아닌 거라는 직감이 든다.

알렉스는 고통으로 숨을 몰아쉬고 있다.

"무슨 일이야?" 나는 고함을 지르며 침대에서 구르듯 내려가 그에게 달려간다. "괜찮아?"

"근육 경련이야."

"뭐?"

"경련이라고." 그가 힘겹게 내뱉는다.

아직 무슨 상황인지 잘 모르겠지만, 알렉스가 엄청나게 아파하는 중인 것만은 분명히 알 수 있어서, 더 이상 묻지 않고 그냥 "앉을래?"라고 말한다.

그가 고개를 끄덕이자 나는 그를 침대로 데려간다. 얼굴을 일그러뜨리며 조심조심 침대에 앉자 고통이 약간은 누그러지는 모양이다.

"누울래?"

내 물음에 그는 고개를 젓는다.

"이럴 땐 일어났다 누웠다 하는 게 제일 힘들어."

이럴 때라고? 그런 생각이 들지만 나는 아무 말도 하지 않는다. 죄책감이 가슴을 찌른다. 이런 순간 역시 나 없이 보낸 지난 2년간 일어난 일 중 하나겠지.

"자, 등에 베개 받쳐줄게."

그가 고개를 끄덕이는 걸 보니 그렇게 해도 더 아파지는 건 아닌가 보다. 베개 여러 개를 팡팡 부풀려 침대 머리맡에 쌓자 알렉스는 고통에 일그러진 얼굴로 천천히 베개에 등을 기댄다.

"알렉스, 어쩌다 이렇게 됐어?"

침대 옆 협탁에 놓인 알람 시계를 보니 오전 5시 30분이다.

"일어나서 조깅을 하려고 했는데 일어나 앉을 때 삐끗했나? 아니면 너무 급하게 일어났는지 갑자기 허리 근육이 경련하더니……."

그는 다시 눈을 질끈 감으며 고개를 뒤로 젖혀 베개에 기대며 말한다. "젠장, 파피. 정말 미안해."

"미안하다고? 네가 왜 미안해?"

"다 내 잘못이야. 이 간이침대가 얼마나 낮은지를 깜빡했어. 아무 생각 없이 벌떡 일어나면 허리에 무리가 올 걸 예상했어야 하는데."

"그걸 네가 무슨 수로 예상해?"

"예상했어야지." 그는 이마를 꾹꾹 누르면서 말한다. "이렇게 된 지 거의 1년은 됐거든. 아침에 일어나면 최소한 30분은 돌아다녀야 허리를 숙여서 신발을 집을 수 있어. 그런데 거기까지 생각이 안 미친 거야. 네가 소파에서 자다가 편두통 생기면 안 되니까……."

"바로 그래서 영웅처럼 굴면 안 된다는 거야."

장난스레 말하지만 그의 괴로운 표정은 누그러질 줄 모른다.

"아무 생각이 없었던 거지. 네 여행을 망칠 생각은 없었는데."

"알렉스." 나는 그의 몸 다른 부분까지 영향을 미치지는 않게 아주 살짝 그의 팔에 손을 대며 말한다. "여행을 망친 건 네가 아냐. 알겠지? 니콜라이가 망친 거라고."

그제야 그는 희미하게 입꼬리를 올린다.

"필요한 거 있어? 내가 어떻게 도와주면 돼?"

알렉스가 한숨을 쉰다. 알렉스 닐슨이 무엇보다 못 견디는 건 무력한 상태다. 남의 도움을 받는 것도 마찬가지로 싫어한다. 대학 시절 인두염에 걸렸을 때 그는 일주일이나 나를 피해 다녔다(내가 처음으로 그에게 진심으로 화가 난 게 그때다). 알렉스가 열에 시달리며 누워 있다는 사실을 그의 룸메이트한테 전해 들은 뒤 기숙사 주방에서 정말 맛없는 치킨 누들 수프를 만들어서 그의 방을 찾아갔다.

그때 그가 인두염이 나에게 옮을까 봐 문을 걸어 잠그고 열어주지 않으려 하는 바람에 나는 그가 두 손 들고 포기할 때까지 "난 우리 아기 포기 못 해, 알겠어?" 하고 고함을 질러댔다.

그는 다른 사람들이 자신을 두고 수선을 피우는 걸 불편해한다. 거기까지 생각이 미치자, 슬픈 강아지 표정을 볼 때같이 저항할 수 없는 감정이 밀려온다. 그를 향한 사랑이 파도가 아니라 순식간에 솟아오르는 강철로 된 고층 건물처럼 모든 걸 무너뜨리며 내 한가운데에 우뚝 선다.

"알렉스, 제발 내 도움 좀 받아."

그는 졌다는 듯 한숨을 쉰다. "내 노트북 가방 앞주머니에 근육이완제가 있어."

"알았어." 나는 약병을 꺼낸 뒤 주방에서 물을 한 잔 따라와 그에게 함께 건넨다.

"고마워." 그는 미안하다는 듯 말한 뒤 약을 삼킨다.

"고맙긴. 이제 또 뭐가 필요해?"

"아무것도 안 해줘도 돼."

"있잖아." 나는 심호흡을 한 뒤 말을 잇는다. "내가 해줄 수 있는 일을 어서 말해줘야 너도 얼른 낫고 이 사태도 빨리 끝나지."

알렉스가 이로 도톰한 아랫입술을 훑고, 나는 홀린 듯 그 모습을 바라본다. 그러다 그의 눈이 다시 나를 보는 바람에 흠칫 놀란다.

"그럼, 아이스 팩이 있으면 좋겠어. 보통은 냉찜질과 온찜질을 번갈아 해. 하지만 제일 중요한 건 꼼짝 않고 가만히 앉아 있는 거야."

알렉스는 수치스러운 듯 털어놓는다.

"알았어." 나는 샌들을 신고 핸드백을 챙긴다.

"뭐해?"

"약국 다녀와야지. 이 집 냉장고에는 아이스 팩은커녕 얼음 트레이 들어갈 자리도 없어. 게다가 니키한테 온열 패드가 있겠어?"

"그러지 않아도 돼. 정말이야. 가만히 앉아 있으면 괜찮아져. 그러니까 그냥 다시 자."

"네가 어둠 속에 뻣뻣하게 앉아 있는 동안에 자라고? 당연히 안 되지. 일단 엄청 소름 끼친다고. 게다가 어차피 잠도 깬 김에 뭐라도 하게 해줘."

"네 휴가잖아."

"아니, 우리의 여름휴가지. 돌아올 때까지 나체로 춤추지만 마. 알겠지?" 나는 문을 향해 걸어가며 말한다. 그가 뭐라고 말한들 날 멈추게 할 순 없으니까.

그는 겨우 얕은 한숨을 토해낸다. "고마워, 파피. 진심이야."

"고맙다는 말 그만해. 벌써 너한테 어떻게 보답을 받을지 다 생각하고 있으니까."

그제야 그가 희미한 미소를 짓는다. "그래, 내가 도움이 된다니 다행이네."

"그럼." 나는 대답한다. "난 늘 너의 그런 면이 좋았거든."

15장

≋

8년 전 여름

새벽 2시 30분, 시내의 호텔 방으로 돌아왔을 때 우리는 상당히 취해 있다. 평소에는 이 정도로 술을 많이 마시지 않지만, 이번 여행은 축하 여행이니까. 알렉스의 대학 졸업을, 그리고 조만간 인디애나 대학교의 문예창작 석사과정에 입학하게 된 것을 축하하기 위해서. 인디애나주는 그리 멀지 않다. 사실 내가 대학교를 자퇴한 뒤부터 지금까지보다 알렉스와 나의 거리는 가까워질 것이다.

그러나 문제는 아무리 여행을 자주 다녀도 얼른 린필드의 부모님 집을 떠나고 싶어 근질거린다는 거다. 나는 다른 도시에 방을 구할 수 있을지 알아보며 바텐더나 식당 종업원 같은 유연한 일자리를 전전하고 있다. 지쳐빠질 만큼 일한 뒤 몇 주간 여행을 떠날 수 있는 일자리다.

부모님과 함께 시간을 보낸다는 건 좋지만, 고향에 살고 있자니 린필드 교외가 그물처럼 점점 나를 바짝 조여와 꽁꽁 묶어버릴 것 같아 폐소공포증이 느껴질 지경이다.

우연히 옛날 학교 선생님들과 마주치면 그들은 내가 무슨 일을 하느냐고 묻고, 대답을 듣고 나면 날 재단하듯 입매를 일그러뜨린다. 오래전 날 괴롭히던 녀석들도 마주친다. 아무리 살갑게 말을 붙여오더라도 숨어버린다. 나는 린필드에서 남쪽으로 40분 떨어진 신시내티의 고급 바에서 일하고 있는데, 내 첫 키스를 빼앗아간 장본인 제이슨 스탠리가 화이트칼라 정규직들이나 입는 옷차림에 치과에서 완벽하게 관리한 치아를 갖추고 등장하자마자 화장실로 달려가 숨어버렸다. 사장에게는 토했다는 핑계를 댔다. 그렇게 몇 주가 지나자 사장이 나에게 몸은 괜찮으냐고 물었는데, 내가 임신한 줄 아는 게 분명한 목소리였다.

난 임신하지 않았다. 줄리언과 나는 그 문제에 있어 신중하다. 아니, 적어도 나는 그렇다. 줄리언은 신중함과는 거리가 먼 성격이다. 그는 세상이 무얼 요구하든 예스라고 대답하는 그런 사람이다. 내가 일하는 바에 찾아오면 바에 남은 술을 마셔 없애는 사람, (헤로인만 제외하면) 거의 모든 약을 한 번씩 해본 사람. 내가 주말에 레드리버고지나 호킹힐로 여행을 가자고, 아니면 60달러로 저렴한 가격이지만 화장실은 갖추지 않은 야간 버스에 올라 조금 더 긴 일정으로 뉴욕에 가자고 할 때마다 줄리언은 무조건 찬성한다. 그는 나만큼이나 유연한 스케줄을 가진 사람이다. 나처럼 대학교를 자퇴했지만, 신시내티대학교를 딱 1년만 다니고 그만뒀다.

줄리언은 대학에서 건축설계를 전공했지만 진심으로 바라는 건

활발하게 활동하는 예술가로 사는 삶이다. 도시 곳곳의 대안 공간에서 그림을 전시하고, 토피노에서 만난 벅처럼 다른 예술가 세 명과 함께 낡은 하얀 집에서 산다. 가끔 맥주에 취한 뒤 그들이 마리화나며 정향 담배를 피우며 예술가로서의 포부를 논할 때 포치에 혼자 앉아 있자면 나는 향수에 젖어 도저히 알 수 없는 비율로 뒤섞인 기쁨과 슬픔 때문에 울음이 터질 것 같은 기분이 된다.

깡마른 체격의 줄리언은 쑥 들어간 광대뼈와, 엑스레이로 상대를 꿰뚫어 보는 것 같은 날카로운 눈빛을 가졌다. 시내에 있는 바 중에서 그가 제일 좋아하는, 내부에 자전거 수리점을 갖춘 빈티지 바 앞에서 첫 키스를 했을 때, 그는 자신이 결혼할 생각도, 아이를 가질 생각도 없다고 했다.

"상관없어. 나도 너랑 결혼할 생각 없으니까."

내 대답에 그는 걸걸한 웃음을 터뜨리더니 다시 내게 키스하기 시작했다. 줄리언의 입술에선 늘 담배나 맥주 맛이 나고, 일을 쉬고 (그는 동네 외곽 UPS 창고에서 일하고 있다) 집에서 그림을 그릴 때면 작업에 몰입한 나머지 며칠간 먹는 것도 마시는 것도 잊어버린다. 그 뒤에 만나면 한동안은 예민하지만 음식이 입에 들어가고 나면 다시 다정하고 감수성 풍부한 남자친구의 모습으로 돌아와 내게 육감적으로 키스하고 스킨십을 한다. 그럴 때마다 나는 이게 영화 속 장면이었더라면 아름다웠겠다고 생각한다. 그에게 이 말을 하면서 카메라로 우리 모습을 찍어보자고 제안할까 하는 생각을 하자마자 그런 생각을 떠올렸다는 사실 자체가 부끄러워진다.

줄리언은 나와 두 번째로 섹스한 상대지만 그는 그 사실을 모른다. 그는 아무것도 묻지 않았으니까. 나의 첫 경험 상대는 아직도 내가 일하는 바에 가끔 찾아와 나에게 수작을 걸지만, 사실 우리가 처음에 느꼈던 약간의 끌림은 두 번의 짧은 섹스 후에 사그라졌다. 조금은 어색하지만 결국은 잘된 일이라는 생각이 드는 건, 어쩐지 줄리언은 내가 경험이 적다는 사실을 알았더라면 질겁해서 가까이 오지도 않을 사람인 것 같아서다. 내가 자기한테 집착할까 봐 겁을 냈을 것이다. 어쩌면 이미 집착하는 건지도 모르지만, 그 역시 나에게 집착하고 있기에 우리는 일하지 않는 시간에 항상 붙어 지낸다.

크리스마스를 맞아 알렉스가 집에 돌아왔을 때, 내가 일하는 바에서 줄리언을 소개시켜줬다. 그들의 두 번째 만남은 봄방학 때 줄리언이 좋아하는 빈티지 바이크 바에서였다. 세 번째 만남은 알렉스와 나의 여름휴가를 앞두고 셋이서 와플하우스에서 아침을 먹었던 날이다. 줄리언이 알렉스를 깔보는 것 같아 조금은 실망스러웠다. 마찬가지로 알렉스가 줄리언을 경멸하는 것도 알 수 있었지만, 별로 놀라운 일은 아니었다.

알렉스의 눈에 줄리언은 무모하고 생각 없는 남자다. 매번 약속에 지각하고, 나와 며칠간이나 연락이 끊겼다가도 다시 나타나서 몇 주 떨어지지 않고 붙어 있는 것도, 한 도시에 살면서 내 부모님을 만날 생각이 없다는 것도 마음에 안 들어 한다.

"난 괜찮아. 우린 이대로도 좋아."

며칠 전, 샌프란시스코행 비행기 안에서 알렉스가 솔직한 심정을 털어놓았을 때 나는 그렇게 대답했다. 난 심지어 줄리언이 내 부모님을 만나길 바라는 것도 아니니까.

"그 녀석은 몰라." 알렉스가 말했다.

"뭘 모른단 거야?"

"널 말이야. 자기가 얼마나 운이 좋은지 모른다고."

알렉스의 말은 다정하면서도 아프다. 나와 줄리언의 관계에 대한 알렉스의 시각이 나를 부끄럽게 만든다. 알렉스의 말이 맞는다는 보장도 없는데 말이다.

"운 좋은 건 나도 마찬가지야. 줄리언은 정말 특별해, 알렉스."

알렉스는 한숨을 쉬며 말한다. "그래, 그럼 내가 아직 줄리언을 잘 모르는 거겠지."

그러나 그의 목소리만 들어도, 서로를 더 안다고 해서 문제가 해결될 거라고 생각지 않는다는 건 알겠다.

나는 두 사람이 친해질 수도 있을 거라고 상상했다. 정말 친해져서 줄리언도 여름휴가에 함께할 수 있을지 모른다고 말이다. 그러나 두 사람이 함께 있는 모습을 본 뒤 그 상상은 없던 일로 하는 게 낫다는 걸 깨달았다.

그렇게 알렉스와 나는 둘이서 샌프란시스코에 도착했다. 왕복 항공권 한 장은 지금까지 내가 모은 신용카드 포인트로 해결했고, 나머지 한 장은 알렉스와 반씩 부담했다.

여행의 시작은 나흘 동안 와인 컨트리에서 보낸다. 소노마의 비앤비에서는 2만 5,000명의 팔로워들에게 홍보해주는 대가로 2박의 무료 숙박을 제공했다. 너그럽게도 알렉스는 내가 하는 온갖 진기한 행동을 사진으로 찍어주기로 했다.

거대한 밀짚모자를 쓴 채, 숙소에서 손님용으로 빌려주는 고물

빨간 자전거 핸들에 달린 바구니에 갓 꺾은 꽃을 한 아름 싣고 안장에 걸터앉아 있는 나.

관목과 앙상한 나무가 우거진 들판에 난 자연 오솔길을 걷는 나.

테라스에서 커피를, 응접실에서 차가운 올드패션드 칵테일을 마시는 나.

와인을 시음할 때도 운이 좋았다. 가장 먼저 방문한 와인 양조장은 와인 한 병을 사면 시음할 수 있는 곳이라 미리 인터넷으로 가장 저렴한 와인을 찾아두었다. 반짝이는 로제 와인이 담긴 잔을 들고 포도나무 사이에 서서 한 다리를 옆 차기 하듯 들어 올려 우스꽝스럽게 생긴 보라색과 노란색 줄무늬 점프수트를 뽐내는 내 모습을 알렉스가 사진으로 남겼다. 이미 알딸딸하게 취해 있던 나는 벌써 연한 회색 바지 무릎에 흙이 말라붙어 있는 알렉스가 기묘한 각도로 내 사진을 찍겠다며 무릎을 꿇은 모습을 보고 웃겨서 쓰러질 뻔했다.

"와인을 몇 개나 마셨는지 모르겠어." 나는 숨이 넘어가게 웃었다.

"와인을 '몇 개'라고 세고 있는 거야?"

그가 어처구니가 없다는 듯 반문하는 걸 본 나는 그대로 포도나무 사이에 쪼그리고 앉아 고개를 뒤로 젖히며 웃어대고, 그는 낮은 각도에서 내 사진을 몇 장 더 찍었다. 분명 내 모습은 발칙하게 차려입은 삼각형처럼 보일 거다.

그가 계속 이상한 사진을 찍는 건 나를 화나게 만들고 싶어서가 아니라 웃기고 싶어서였다. 슬픈 강아지 표정과 마찬가지로 알렉스가 오로지 나한테만 하는 행동이었다.

두 번째 와인 양조장에 도착했을 땐 이미 술기운과 햇빛 때문에 나른했고, 나는 그의 어깨에 고개를 기댔다. 우리는 건물 안에 있었지만 이 건물은 뒷벽 전체가 차고 문처럼 열려 격자 버팀대가 부겐빌레아로 뒤덮인 테라스에서 6미터 높이의 천장에서 커다란 실링팬이 자장가 같은 리듬으로 느릿느릿 돌아가는 뻥 뚫린 환한 바를 자유롭게 오갈 수 있는 구조였다.

"두 사람은 사귄 지 얼마나 됐어요?" 시음을 진행하는 붙임성 있는 중년 여성이 이번에 맛볼 가볍고 산뜻한 샤도네이를 가지고 돌아와 물었다.

"아."

알렉스가 입을 여는 순간 나는 하품을 하다가 그의 위팔을 꽉 붙잡고 대신 대답했다.

"신혼이에요."

그 말을 들은 바텐더는 기쁜 기색으로 우리를 향해 눈을 찡긋했다. "그럼 이 샤도네이는 제가 사죠."

바텐더의 이름은 마틸드로, 프랑스에서 태어났지만 인터넷에서 아내를 만나 미국으로 왔다고 한다. 두 사람은 소노마에 살지만 신혼여행은 샌프란시스코 외곽으로 떠났다.

"블루 헤론 인이라는 곳에서 묵었답니다. 그토록 목가적인 풍경은 처음 봤어요. 모닥불이랑 예쁜 테라스가 있는 낭만적으로 아늑한 곳인 데다가, 근처에 뮤어 해변도 있답니다. 꼭 가보세요. 신혼부부에게 딱 맞는 곳이거든요. 마틸드가 소개했다고 하세요."

우리는 무료로 시음한 와인 가격에 조금 더 붙여 마틸드한테 팁을 주고 떠났다. 그 뒤로 이틀 동안 나는 신혼부부 카드를 계속 써먹었다. 덕분에 공짜 와인을 한 잔씩 받기도 했다. 때로는 상대가 미소를 짓는 걸로 그치기도 했지만, 그조차 의미와 진심이 담긴 미소였다.

"죄책감 들기 시작한다." 어느 포도원에서 신혼부부 카드를 써먹은 뒤 알렉스가 말했다.

"내친김에 결혼하고 싶으면 못할 건 없지."

"줄리언이 알면 기분 나빠할 텐데."

"상관 안 할 거야. 줄리언은 어차피 결혼할 생각 없대."

그 말에 알렉스는 걸음을 멈추고 나를 내려다보았다. 다음 순간, 오직 술기운이 올라온 탓에 울음이 터졌다. 그가 내 얼굴을 두 손으로 감싸더니 자기 얼굴을 향하게 돌렸다.

"괜찮아, 파피. 너 줄리언과 결혼하고 싶은 마음 없잖아, 안 그래? 그 녀석한테 넌 과분해. 너한테는 부족한 녀석이야."

참으려 애쓸수록 눈물은 자꾸만 쏟아졌다. 나는 목소리를 짜내 대답했다. "날 사랑하는 사람은 우리 부모님뿐이야. 난 쓸쓸히 혼자 죽겠지."

바보 같은, 신파극 같은 말이기는 하지만, 알렉스 앞에서는 감정을 숨기기 어려워 속마음을 털어놓게 된다. 무엇보다 최악인 건 이제야 진짜 내 감정을 알았다는 거다. 알렉스 옆에 있는 것만으로도 숨겨왔던 진실이 수면 위로 드러나는 것 같다.

알렉스는 고개를 젓고 나를 가슴에 꼭 끌어안더니, 나를 흡수하기라도 할 것처럼 바짝 들어올렸다.

"내가 널 사랑하잖아." 그 말과 함께 그가 내 머리에 입을 맞추고는 말을 이었다. "너만 괜찮다면 쓸쓸하게 같이 죽자."

나는 눈물을 닦으며 나지막이 웃음을 터뜨렸다. "내가 결혼을 하고 싶은 마음이 있는 건지도 잘 모르겠어. 아마 생리 직전이라 이런가 봐."

그는 잠시 읽을 수 없는 표정으로 나를 내려다보았다. 그의 눈은 나를 꿰뚫는 엑스레이 같은 줄리언의 눈빛과는 다르다. 그가 나를 정말로 바라보고 있다는 느낌이 드는 그런 눈빛이었다.

"와인을 몇 개나 마신 건지." 내 말에 그는 드디어 살짝 웃었다. 우리는 다시 술이 깰 때까지 걷기 시작한다.

묵고 있던 비앤비에서 일찍 체크아웃한 우리는 샌프란시스코로 돌아가면서 블루 헤론 인에 스피커폰으로 전화를 걸었다. 평일이라 빈 방이 아주 많았다.

"혹시 친애하는 마틸드가 이쪽으로 전화할 거라고 했던 그 파피 씨인가요?"

전화를 받은 여자가 묻자 알렉스가 내게 의미심장한 눈빛을 던지는 바람에 나는 무거운 한숨과 함께 대답했다.

"네, 그런데 문제가 있어요. 마틸드 씨한테는 저희가 신혼부부라고 했지만 그건 장난이었거든요. 그러니까 아무것도 무료로 제공해주시지 않아도 돼요."

내 말을 들은 상대는 사레들린 듯 기침을 했지만 그 기침은 곧 웃음소리로 바뀌었다.

"어머나, 걱정 말아요. 마틸드는 그렇게 순진하지 않답니다. 다들 그런 수법을 쓰거든요. 마틸드는 그저 두 사람이 좋았던 거예요."

"저희도 그분이 좋았어요."

내가 알렉스를 바라보며 씩 웃자 그도 나를 향해 씩 웃어 보였다.

"어차피 저한테는 무료 숙박을 제공해드릴 권한이 없답니다. 그래도 뮤어 숲 연간 입장권은 두 장 드릴 수 있죠."

"그러면 정말 감사하죠." 나는 대답했다.

그렇게 우리는 30달러를 아낄 수 있었다.

좁다란 길 한편에 위치한 블루 헤론 인은 흰색으로 칠해진 아름다운 튜더 양식의 별장이었다. 기와를 올린 지붕, 시간의 흔적으로 휘어진 창문을 따라 하얀 화분이 줄지어 늘어서 있고, 굴뚝 연기는 낭만적으로 구불거리며 안개와 뒤섞이고, 창문들이 부드러운 빛을 뿜어내고 있었다.

우리는 이틀 동안 해변과 삼나무 숲, 숙소 안 아늑한 도서실, 어두운색 목제 식탁과 벽난로가 있는 식당을 오가며 시간을 보냈다. 우노, 하츠, 그리고 퀴들러라는 보드게임을 했다. 거품이 잔뜩 이는 맥주를 마시고 푸짐한 잉글리시 브렉퍼스트로 배를 채웠다.

알렉스와 함께 사진도 찍었지만, 블로그에는 올리지 않았다. 이기적인 일일지 몰라도 2만 5,000명의 팔로워에게 이곳을 알려주고 싶지 않았다. 이곳이 앞으로도 지금 모습 그대로였으면 해서였다.

마지막 날 밤에는 내 팔로워 중 한 사람의 아버지가 운영하는 현대식 호텔에서 묵었다. 샌프란시스코 여행에 조언을 부탁한다는 포스팅을 올렸을 때 그 사람은 무료로 방을 제공해준다며 내게 쪽지를 보내왔다.

당신 블로그를 정말 좋아해요. 또 종종 등장하는 '괴팍한 남사친' 이야기도 너무 재미있어요.

괴팍한 남사친이란 내가 블로그에 알렉스 이야기를 쓸 때마다 사용하는 별명이다. 알렉스 역시 블루 헤론 인과 마찬가지로 수많은 사람들과 공유하고 싶지 않은 존재이기에 나는 블로그에 그에 대한 이야기를 잘 쓰지 않는다. 하지만 때로 알렉스가 한 말이 너무 웃겨서 혼자만 알고 싶지 않을 때가 있었다. 그렇게 은연중 그의 존재가 스며 나온 모양이다.

앞으로는 알렉스 이야기를 쓰지 않아야지, 결심하면서도 무료 숙박 제안은 받아들였는데, 돈 때문이었다. 또, 이 호텔은 숙박객에게 무료 주차도 제공했다. 샌프란시스코에서 무료 주차란 공짜 신장 이식이나 다름없다.

샌프란시스코 시내에서 보내는 딱 하루의 일정을 알차게 쓰고 싶었던 우리는 호텔에 짐만 두고 곧장 밖으로 나갔다. 차는 주차장에 두고 택시를 탔다.

우선 골든게이트브리지를 걸어서 건넜다. 근사한 경험이지만 생각보다 추운 데다 바람이 심하게 불어 서로의 목소리가 들리지 않을 지경이었다. 우리는 10분 정도 복작거리는 보행자 통로를 따라 힘차게 걸으면서 두 팔을 과장스레 흔들어대고 말도 안 되는 소리를 쏟아내며 대화하는 흉내를 냈다.

그러다 보니 밴쿠버에서 탔던 수상 택시가, 환자의 입에 손을 집어넣고 있는 동안에 자꾸만 대답이 필요한 질문을 던지는 치과 의사처럼 알 수 없는 손짓을 해대던 벅이 떠올랐다.

다행히 날씨가 쨍쨍했던 터라 골든게이트브리지 위에서 저체온
증에 걸릴 일은 없었다. 다리 중간에서 걸음을 멈췄을 때 나는 난간
을 타고 올라가는 시늉을 했다. 알렉스는 특유의 찌푸린 표정으로
고개를 젓더니 내 손을 난간에서 떼어놓으며 몸을 가까이 가져와
귀에 대고 속삭였다.

"너 때문에 설사할 것 같은 기분이 든다고."

나는 웃음을 터뜨렸고, 우리는 다시 걷기 시작했다. 알렉스가 안
쪽에서 걷고 나는 난간 가까운 쪽에서 걸으며 알렉스한테 장난치고
싶은 강한 충동을 억눌렀다. 혹시라도 진짜 실수로 떨어져버리면 죽
는 게 다가 아니라 가엾은 알렉스 닐슨에게 트라우마까지 남길 테
니까. 다리 끝에는 라운드하우스 카페라는 창문이 많은 둥근 건물
이 있었다. 우리는 커피도 마실 겸, 바람 소리 때문에 먹먹해진 귀도
쉴 겸 안으로 들어갔다.

샌프란시스코에는 서점과 빈티지 가게가 수십 개는 있었지만 우
리는 각각 두 곳씩만 가보기로 했다. 먼저 택시를 타고 비트 시대의
전성기에 운영을 시작한 서점 겸 출판사 '시티 라이츠'를 찾았다. 우
리 둘 다 비트 시대 작가들을 그리 좋아하지는 않았지만, 이 서점은
알렉스의 취향에 딱 맞는 고색창연한 곳이었다. 그다음에는 '세컨드
찬스 빈티지'라는 가게에 갔고, 거기서 나는 시퀸으로 장식된 1940년
대 핸드백을 18달러에 건졌다.

원래 다음 계획은 헤이트 애시베리에 있는 '북스미스'에 가는 것이
었지만, 블루 헤론 인에서 먹은 푸짐한 아침식사가 다 소화된 뒤인
데다 라운드하우스에서 마신 커피 덕분에 우리 둘 다 조금 예민해

져 있었다.

"다음에 또 오자."

저녁 먹을 곳을 찾아 나서며 알렉스에게 말하자 그도 맞장구를 쳤다. "그러자, 아마 우리 50주년 결혼기념일쯤?"

그가 나를 내려다보며 미소 짓자 내 심장이 부풀어 올라 온몸이 둥둥 뜰 것 같은 기분이었다.

"그냥 알고 있으라고 하는 말이지만, 다시 만나도 당신과 결혼하겠어요, 알렉스 닐슨."

내 농담에 그는 머리를 한쪽으로 기울이며 슬픈 강아지 표정을 지어 보였다.

"공짜 와인을 노리고 하는 말은 아니지?"

가볼 만한 곳이 너무나 많은 샌프란시스코에서 식당을 고르는 건 쉽지 않은 일이었지만, 내가 미리 찾아온 식당 목록을 샅샅이 살펴보며 고민하기에는 배가 너무 고팠기에 우리는 고전적인 선택을 하기로 했다.

'패럴론'은 저렴한 곳이 아니다. 하지만 와인 컨트리에서 보낸 둘째 날, 알렉스는 "로마에선 로마법을 따라야지!" 하고 외치며 두 잔째 와인을 주문했다. 그때부터 우리는 돈을 쓸까 말까 망설여지는 순간마다 서로 "로마에선 로마법을 따라야지!"라고 말해주기 시작했다. 여태 그런 식으로 산 물건이래봤자 커다란 아이스크림콘, 중고 페이퍼백 책, 그리고 많은 와인이 전부였다.

그러나 '패럴론'은 샌프란시스코에서 명성 높은 고급 음식점으로 가격 또한 엄청나게 비쌌다. 식당 안으로 들어가 호화로운 둥근 천장과 도금이 된 조명, 테두리에 금장식을 입힌 부스 좌석들을 보자마자 난 "후회 없어" 하고 말하며 알렉스에게 강제로 하이파이브를 했다.

"하이파이브를 할 때마다 독초라도 먹은 기분이 들어." 알렉스가 중얼거렸다.

"해산물 알레르기가 있다는 사실을 지금부터 알게 될지도 모르니까 그런 생각은 넣어둬."

최상급 인테리어에 넋이 나간 나는 자리를 찾아가는 길에 세 번이나 발을 삐끗했다. 만화가 아니고 모두 옷을 입고 있다는 점만 빼면 꼭 〈인어공주〉에 나오는 성에 들어온 기분이었다.

종업원이 메뉴판을 주고 가자 알렉스는 메뉴를 펼쳤고, 곧바로 놀란 말처럼 눈을 휘둥그레 뜨며 짐짓 비틀거리는 흉내를 냈다.

"진짜? 그 정도야?"

"뭘 시키느냐에 따라 다르지. 혹시 캐비어를 반 온스 이상 먹을 건 아니지?"

'패럴론'의 가격이 린필드 출신 중상층으로서는 꿈도 못 꿀 정도는 아니지만, 우리 둘한테는 비싼 건 사실이었다.

우리는 2인분으로 나온 굴과 게, 새우 한 접시를 주문하고 칵테일을 한 잔만 주문해 나눠 마셨다. 담당 종업원은 우리가 정말 싫었을 것이다. 식사를 마치고 나갈 때 알렉스가 종업원을 지나치며 입속말로 "죄송해요" 하는 게 들리는 것만 같았다.

우리는 그대로 야외 피자 가게에 가서 둘이서 라지 사이즈 치즈피자 한 판을 허겁지겁 먹어치운 다음 길을 걷기 시작했다.

"과식해버렸네. '패럴론'에서 그 조그만 접시가 나오는 순간 중서부 사람의 본능이 발동되더라. 아빠가 '안 돼, 이건 낭비야' 하는 소리가 들리는 것만 같았어."

알렉스의 말에 나도 맞장구를 쳤다. "나도야. 반쯤 먹었을 땐 코스트코에 달려가서 5달러짜리 국수 한 봉지를 사면 한 가족이 몇 주는 먹고 살 텐데, 하는 생각이 들었다고."

"난 휴가 보내는 데 소질이 없는 것 같아. 사치를 부릴 때마다 죄책감이 들거든."

"아니야. 넌 어차피 온갖 상황에서 죄책감을 느끼니까 사치가 문제인 건 아니지."

"한 방 먹었네. 그래도 줄리언이랑 왔더라면 네가 더 즐거웠을 텐데."

질문은 아니었지만, 그가 내게 눈길을 보냈다가 다시 앞을 보는 걸 보고 대답을 듣고 싶어 한다는 걸 알 수 있었다.

"사실 줄리언한테도 같이 오자고 할까 생각했었어." 나는 이실직고했다.

"그래?" 알렉스가 주머니에 넣었던 한 손을 꺼내 머리카락을 매만졌다. 이 깜깜한 인도 위, 머리 위로 내리쬐는 가로등 불빛 때문에 왠지 키가 더 커 보였다. 평소에 내 눈높이에 맞춰 몸을 숙이거나, 나를 그의 눈높이에 맞게 끌어올리는 때가 많아 자각하지 못했던 사실이었다.

"응." 그러면서 나는 그의 팔에 팔짱을 꼈다. "하지만 안 부르길 잘했어. 우리 둘이 와서 정말 좋아."

그는 어깨 너머로 나를 내려다보다가 걸음을 늦췄다. 나도 그에게 맞추어 걸음을 늦췄다.

"너 줄리언이랑 헤어질 거야?"

허를 찌르는 질문이었다. 날 바라보는 알렉스의 눈빛, 찌푸린 눈썹과 꾹 다문 입술 때문에 경계를 늦출 수밖에 없었다. 심장이 쿵쾅거리며 뛰었다.

응. 나는 곱씹어보지도 않고 곧바로 그렇게 생각한다. 하지만 "모르겠어, 어쩌면"이라고만 대답한다.

우리는 계속 걷다가 헤밍웨이를 테마로 한 바에 들어간다. 헤밍웨이 테마라니 애매할 것 같았지만, 미끈한 다크우드, 호박색 조명뿐 아니라 천장에 그물(그물 스타킹이 아니라 물고기를 잡는 진짜 그물)까지 걸어서 그럴싸했다. 이곳에서 파는 술은 전부 럼이 들어간 칵테일로 이름은 헤밍웨이의 소설에서 따와 붙인 것들이었다. 우리는 두 시간 동안 각자 칵테일 세 잔, 샷 한 잔씩을 마셨다. 나는 계속 "오늘은 축하하는 날이잖아! 달려야지, 알렉스!" 하고 외쳤지만, 솔직히 말하면 애써 잊고 싶은 무언가가 있는 기분이었다.

비틀거리며 호텔로 돌아온 지금, 잊고 싶은 게 무엇이었는지 기억나지 않는 걸 보니 술을 진탕 마신 효과가 있는 것 같다.

내가 신발을 걷어차듯 벗고 나서 제일 가까운 침대 위에 몸을 던지자, 욕실에 들어갔던 알렉스가 물 두 잔을 들고 나온다.

"마셔."

알렉스의 말에 나는 볼멘소리를 내며 그의 손을 뿌리친다.

"파피." 그가 목소리에 힘을 주자 나는 내키지 않지만 애써 몸을 일으켜 물잔을 받아든다. 그는 내가 물을 다 마시기를 기다린 뒤 돌아가서 물잔을 다시 채워온다.

그가 몇 번이나 그러길 반복했는지는 잘 모르겠다. 점점 더 잠이 쏟아져서다. 기억나는 건 결국 그가 물잔을 치우고 자리에서 일어섰다는 것, 만취한 채로 반쯤 잠에 취한 내가 그의 팔을 붙들고 "가지 마" 했다는 것이다.

그는 침대 위로 돌아와 내 옆에 눕는다. 나는 몸을 둥글게 말아 그의 옆구리에 딱 붙은 채로 잠든다. 다음 날 아침 알람 소리에 눈을 뜨자 그는 이미 샤워 중이다.

전날 밤 알렉스를 억지로 내 옆에서 자게 만든 게 떠오르자 순식간에 부끄러움에 얼굴이 달아오른다. 그리고 돌아가는 즉시 줄리언과 헤어져서는 안 된다는 사실도 깨닫는다. 내가 혼란스럽지 않을 만큼의 시간이 필요하다. 알렉스가 두 사건이 연관 없다고 생각할 정도로 긴 시간이.

알렉스 때문이 아니야, 하고 나는 생각한다. 분명 아닐 것이다.

16장

≈≈≈≈

올해 여름

나는 팜스프링스의 24시간 약국을 검색한 뒤 부드러운 동이 터오는 가운데 약국을 향해 차를 몬다. 웬만한 가게들이 문을 열기도 전에 나는 다시 숙소로 돌아온다. 벌써 데저트 로즈의 주차장은 뜨겁게 달아올라 있고, 쇼핑백을 잔뜩 들고 계단을 오르고 있자니 동트기 전 서늘하던 시간은 머나먼 기억이었던 것만 같다.

"좀 어때?" 나는 집 안으로 들어와 문을 닫으며 묻는다.

"한결 나아. 고마워." 그는 억지 미소와 함께 대답한다.

거짓말. 그의 얼굴에 아픈 기색이 역력하다. 감정을 숨기는 데 그토록 능한 알렉스도 고통을 숨기기는 어려운 모양이다. 나는 방금 사온 아이스 팩 두 개를 냉동실에 집어넣은 다음 침대 쪽으로 가서 온열 패드의 전원을 꽂는다.

"몸을 앞으로 숙여봐." 내 말에 알렉스는 아주 살짝 몸을 기울이고, 나는 그의 등과 베개 무더기 사이의 작은 틈으로 온열 패드를 밀어넣어 등 한가운데에 밀착시킨다. 다시 베개에 등을 기대는 알렉스의 어깨를 붙들고 너무 급히 움직이지 않게 지탱해준다. 그의 몸이 뜨겁다. 온열 패드가 편할 리야 없겠지만 따뜻하게 근육을 이완시켜주면 좋겠다. 30분 뒤, 아이스 팩을 꺼내와 다시 열을 식혀주면 된다. 조용한 약국 선반 앞에 선 채, 형광등 불빛에 의지해 요통을 달래는 법을 찾아보았던 것이다.

"진통 연고도 사 왔어. 도움이 되려나?"

"그럴지도."

"그럼 한 번 발라보자. 네가 다시 베개에 편하게 기대기 전에 생각했어야 하는데."

"괜찮아." 그는 아픔에 얼굴을 찡그리며 대답한다. "어차피 이런 상황에서는 편할 수가 없거든. 약 기운에 잠들 때까지 기다리는 게 최선이야. 그러다가 잠에서 깨면 한결 나아 있지."

나는 침대 밑으로 내려가 남은 쇼핑백들을 그러모은 뒤 알렉스 앞에 가져다놓는다.

"통증이 보통 얼마나 지속되는데?"

"움직이지 않고 가만히 있으면 하루면 끝나. 내일은 조심하면서 돌아다니면 되고. 오늘은 너 혼자 내가 싫어할 만한 일을 하러 가면 되겠네."

나는 그의 말을 무시하고 쇼핑백을 뒤져 진통 연고를 찾는다.

"다시 몸 숙이게 도와줄까?"

"아니, 괜찮아."

그러나 표정은 말과는 정반대여서, 나는 옆으로 자리를 옮겨 양손으로 그의 어깨를 잡고 천천히 일으켜준다.

"너 꼭 간호사 같네." 그는 괴로운 말투다.

"핫하고 섹시한 간호사?" 나는 그의 마음을 가볍게 해주려고 농담으로 응수한다.

"자기 몸 하나 건사 못하는 불쌍한 노인네 돌봐주는 간호사."

"넌 집도 있잖아. 욕실에 깔린 카펫은 당연히 뜯어냈겠지?"

"뜯어냈지."

"그럼 스스로를 충분히 잘 보살피고 있는 거네. 난 화분 하나도 못 기르는걸."

"그건 네가 집에 있는 시간이 거의 없으니까 그렇지."

나는 진통 연고 뚜껑을 열어 손가락에 조금 짠다.

"아닌 것 같아. 스킨답서스, 금전초, 산세베리아같이 빛 안 드는 쇼핑몰에 몇 달씩 놔둬도 죽지 않는 강한 식물들만 샀거든. 그런데도 우리 집에만 오면 바로 죽어버리더라고."

나는 한 손으로는 그의 갈비뼈 부분을 잡고 몸이 흔들리지 않게 지탱하면서 다른 한 손으로 조심스레 등에 연고를 발라준다.

"여기 맞아?"

"왼쪽으로 좀 더 위에, 내 왼쪽 말이야."

"여기?" 내가 올려다보며 묻자 그는 고개를 끄덕인다.

나는 그의 시선을 급히 피한 뒤 다시 그의 등에 집중하며 환부에 부드럽게 손가락으로 원을 그리며 연고를 바른다.

"너한테 이런 걸 부탁해서 너무 미안해."

그 말에 고개를 들자 알렉스는 미간을 찌푸린 채 진지한 눈빛으로 나를 바라보고 있다.

심장이 가슴에서 뚝 떨어졌다가 다시 튀어오를 것 같다.

"알렉스, 내가 너 돌봐주는 거 좋아할지도 모른다는 생각은 안 해봤어? 그러니까, 네가 아픈 건 당연히 싫고, 널 저 끔찍한 의자에서 자게 내버려둔 것도 후회되지만, 그래도 누가 널 간호해줘야 한다면 그게 나일 수 있어 영광인걸."

그가 입을 꽉 다물고는 아무 말 하지 않는 바람에 몇 분간 우리 사이에는 침묵이 흐른다.

나는 그에게서 손을 떼고 "배고파?" 하고 묻는다.

"괜찮아."

"그렇다면 안타깝네." 나는 부엌으로 가서 손에 남은 연고 잔여물을 씻어내고는 유리컵을 두 개 꺼내 얼음을 채워 침대로 돌아온다. 그다음에는 쇼핑백을 한 줄로 늘어놓는다. "왜냐하면⋯⋯."

그 말과 함께 나는 모자에서 토끼를 꺼내는 마술사처럼 과장된 손짓으로 도넛 상자를 끄집어낸다. 알렉스는 어정쩡한 표정이다. 알렉스는 당 섭취를 즐기는 사람이 아니다. 아마 그래서 항상 좋은 체취를 풍기는 거겠지. 청결함에 집착한다는 점을 빼도, 왠지 그의 숨결과 몸에서는 늘 좋은 냄새가 나고, 나는 그게 알렉스는 열 살짜리 같은, 또는 라이트 집안 사람들 같은 식습관을 갖고 있지 않아서라고 생각한다.

"그리고 이건 네 거."

그 말과 함께 요거트, 그래놀라 한 상자, 베리 믹스, 그리고 콜드

브루 한 병을 꺼냈다. 드립 커피를 마시기에는 안이 너무 더워서다.

"진짜 영웅이다." 그가 씩 웃는다.

"당연하지." 그러다가 나는 덧붙인다. "그러니까, 고맙다고."

우리는 소풍이라도 온 것처럼 침대에 앉아 음식을 먹기 시작한다. 나는 도넛, 그리고 알렉스의 요거트도 몇 입 먹는다. 알렉스는 요거트 위주로 먹지만 스트로베리 도넛을 반 개나 먹어치운다.

"평소에 이런 거 절대 안 먹는데." 알렉스가 말한다.

"알지."

"꽤 맛있다."

"도넛이 심장에 말을 걸지."

나는 그렇게 말하지만, 우리의 첫 여름휴가에서 나온 이 농담을 그가 못 알아들은 건지 아니면 모르는 척한 건지 그는 아무 반응이 없고, 내 가슴은 철렁 내려앉는다. 내겐 그토록 소중했던 사소한 순간들이 그에게는 별 의미가 없는지도 모른다. 지난 2년간 내게 다가오지 않은 것 역시, 그는 나처럼 소중한 무언가를 잃은 기분이 아니어서인지도 모른다.

오늘을 포함해 여행은 닷새가 남았고, 그중에서 결혼식 행사가 없는 날은 오늘과 내일이 전부다. 이제는 우리 사이 어색한 분위기뿐 아니라 더한 무언가가 두렵다.

내 마음이 부서져버리면 어떡하지. 지금 느끼는 이 감정이 쉬지도 사라지지도 않고 점점 커지며 며칠이나 계속되면 어떡하지. 마음이 작고 작게 부서져 가루만 남는데도 아무렇지 않은 척해야 하는 닷새가 남았는지도.

알렉스가 콜드브루를 침대 옆 협탁에 내려놓더니 나를 바라본다.

"넌 나가봐야지."

"안 갈래."

"가고 싶잖아. 네 여행이잖아, 파피. 아직 기삿거리 취재할 거 많이 남았잖아."

"기사는 나중에 써도 돼."

그러자 알렉스는 망설이듯 고개를 한쪽으로 기울이며 말한다. "부탁이야, 파피. 하루 종일 내 옆에 있어주느라 아무것도 못 하는 모습 보면 내가 너무 괴로울 거야."

네 곁을 떠나는 게 더 괴롭다고 말하고 싶다. 이번 여행에서 내가 바라는 건 온종일 네 곁에 있는 것뿐이야. 아니면 바깥 기온이 37도인데 팜스프링스를 돌아다녀서 뭐해. 아니면 널 너무 사랑해서 때로는 가슴이 아파. 그렇게 말하고 싶지만 나는 그저 "알았어"라고 한다.

그렇게 나는 자리에서 일어나 욕실로 가서 외출 준비를 한다. 나가기 전 알렉스에게 아이스 팩을 건네주고 온열 패드를 갈아준다.

"혼자 할 수 있겠어?"

"그냥 자려고. 파피, 난 너 없어도 괜찮아."

내가 세상에서 가장 듣고 싶지 않았던 말이다.

×

팜스프링스 미술관에 억하심정이 있는 건 아니지만 난 정말 이곳에 아무런 관심도 없다. 다른 때였다면 몰라도 지금 이 상황에선 나뿐 아니라 미술관 모든 직원들 눈에도 내가 그저 시간을 죽이고 있다는 게 빤히 보인다. 사실 난 이끌어줄 사람이 없이는 예술을 어떻게 감상해야 하는 건지 잘 모른다.

첫 번째 남자친구 줄리언은 예술 작품 앞에서는 무언가가 느껴지거나, 안 느껴진다고 했지만, 줄리언은 뉴욕 현대미술관이나 메트로폴리탄 미술관은 물론(야간 버스로 뉴욕 여행을 갔을 때 우린 이런 곳은 아예 찾지 않았다) 신시내티 미술관에조차 나를 데려가준 적이 없다. 그가 나를 데려간 미술관들은 전부 피에프창 식당 안에서 녹음한 소음이 최고 볼륨으로 울려 퍼지는 가운데 예술가들이 사타구니에 타르와 깃털을 바르고 바닥에 누워 있는 대안 갤러리였다.

그런 곳에서는 '무언가를 느끼기'가 더 쉬웠다. 수치심, 혐오감, 불안감, 유쾌함 같은 감정들. 그 정도로 과한 작품 앞에서는 너무 많은 것들이 느껴지기에 아주 작은 세부 요소만으로도 방향을 찾을 수 있다. 그러나 어지간한 시각예술은 나한테서 그 정도로 본능적인 반응을 이끌어내지 못한다. 그래서 나는 한 그림 앞에 얼마나 오래 서 있어야 하는지, 어떤 표정을 지어야 하는지, 혹시 내가 이 미술관에 걸린 그림 중 가장 시시한 작품을 고르는 바람에 도슨트들이 말없이 날 재단하고 있는 건 아닌지 알 수가 없다.

미술관 관람이 한 시간도 안 되어 다 끝나버린 걸 보니 난 예술 작품을 의미 있게 바라보는 데 적절한 시간을 다 채우지 못했나 보다. 아파트로 돌아가고 싶은 생각뿐이지만 알렉스가 오지 말라고 했으니 안 된다.

그래서 나는 미술관을 한 바퀴 더 돈다. 그다음에 또 한 바퀴 돈다. 이번에는 작품 설명을 전부 읽는다. 열심히 들여다볼 뭔가가 있어야 하니 안내데스크에 비치된 작품 설명서도 집어든다. 피부가 종이처럼 얄팍해 보이는, 머리가 벗어져가는 도슨트가 내 쪽으로 매서운 눈길을 던진다.

그는 내가 미술관을 털기 위해 사전 답사 중이라고 생각할지도 모른다. 하긴, 이곳에서 보낸 시간을 생각하면 답사를 끝내고도 남았을 것 같다. 일석이조라고 해야 하나.

마침내 다들 내가 이곳을 떠나주길 바란다는 사실을 받아들인 나는 앤티크 쇼핑의 거리라는 팜 캐니언 드라이브를 향한다.

소문대로였다. 한 줄로 나란히 이어지는 갤러리며 전시장, 앤티크 가게는 미드센추리 모더니즘 특유의 선명한 색으로 장식되어 있다. 울새의 알을 닮은 푸른색, 선명한 오렌지색, 시큰한 초록색, 생동감 넘치는 겨자색으로 된 그림 같은 램프, 스푸트니크 패턴의 소파, 온 사방으로 쇠살대가 뻗어나와 있는 세련된 철제 조명기구.

1960년대에 상상한 미래 속으로 휴가를 온 기분이다.

내 관심을 붙들어두기에 충분한 풍경이다. 단 20분 동안에 불과하지만 말이다. 결국 나는 어쩔 수 없이 레이철에게 전화를 건다. 두 번째 신호음이 울리자마자 전화를 받은 레이철이 "여보세요오오오" 하고 외치는 바람에 나는 깜짝 놀라 묻는다.

"술 마셨어?"

"아니? 넌?"

"마시고 싶다."

"나는 네가 멋진 시간 보내느라 바빠서 답장 안 하는 줄 알았지!"

"답장 못 한 건 숙소가 엄청 뜨거운 1미터짜리 신발 상자 같은 곳이라서 상황이 얼마나 최악으로 치닫는 중인지 자세히 설명해줄 만한 공간도 정신도 없어서였어."

그러자 레이철은 한숨을 쉰다. "어떡하니, 돌아올래?"

"못 가. 결혼식이 있다니까."

"긴급 상황이라고 하고 오면 되지."

"아냐, 괜찮아."

난 집에 돌아가고 싶지 않다. 그저 상황이 나아지길 바라는 것뿐이다.

"너 차라리 산토리니에 갈 걸 그랬다고 후회하고 있겠다."

"알렉스가 요통으로 숙소에 드러누운 것만 아니었으면 좋겠다고 생각하고 있는걸."

"뭐라고? 네가 말하던 어리고 탄탄하고 몸매 끝내주는 알렉스?"

"그 알렉스 맞아. 그런데 내 도움은 받기 싫대. 숙소에서 나가 있으라고 하는 바람에 나 오늘 미술관을 네 번이나 돈 거 있지."

"네…… 번?"

"나갔다가 돌아오는 걸 네 번이나 했다는 뜻은 아니야. 그냥 7학년 체험 학습을 연속으로 네 번 한 것 같은 기분이야. 에드워드 러샤에 관해 아무거나 물어볼래? 다 대답할 수 있으니까."

"아! 에드워드 러샤가 《아트포럼》 매거진을 기획할 때 쓰던 가명이 뭐였게?"

"됐어, 아무것도 묻지 마. 내내 팸플릿을 쳐다봤는데 읽지는 않았나 보다."

그러자 '예술 전공 레이철'이 불쑥 튀어나온다. "에디 러시아였어. 이유는 기억이 안 나네. 어차피 발음이 똑같은데 왜 본명을 쓰지 않았을까?"

"내 말이." 나는 레이철의 말에 맞장구를 치면서 차를 향한다. 겨드랑이와 오금에 땀이 배어나기 시작하고, 커피숍 차양 아래 서 있는데도 화상을 입을 정도로 뜨겁다.

"나도 팝 라이트라는 이름을 필명으로 쓸까 봐. W가 안 들어간 라이트로."

"1990년대 디제이가 되면 어울리겠네. 디제이 팝 라이트."

"아무튼 넌 어떻게 지내? 뉴욕은 어때? 강아지들은?"

"잘 있어. 덥지만 괜찮아. 오티스가 오늘 아침에 간단한 종양 제거 수술을 했어. 다행히 양성이었지. 지금 데리러 가는 길이야."

"나 대신 뽀뽀해줘."

"그럴게. 나 동물병원에 거의 도착해서 이만 끊어야겠다. 그래도 돌아오고 싶으면 언제든지 내가 다쳤다는 핑계를 대도 돼."

나는 한숨을 쉰다. "고마워. 너도 엄청 비싼 미드센추리풍 가구 필요하면 나한테 알려줘."

"음, 알았어."

전화를 끊고 시간을 확인한다. 4시 30분까지 잘 버텼다. 이제는 샌드위치를 사서 데저트 로즈로 돌아가도 될 것 같다.

아파트로 돌아오니, 닫혀 있는 발코니 문이 바깥의 열기를 막고는 있지만 방 안은 여전히 토 나오게 덥다. 회색 티셔츠를 입은 알렉스는 내가 떠났을 때 모습 그대로 앉아 책을 읽고 있고, 매트리스

위에 책 두 권이 더 놓여 있다.

"돌아왔네, 재미있었어?"

"응." 나는 거짓말을 한 뒤 일어나서 발코니 문 쪽으로 턱짓을 한다. "일어나서 움직였구나."

그러자 그는 죄책감을 느끼는 듯 입매를 일그러뜨린다. "약간. 화장실도 가고 약도 먹어야 했으니까."

나는 샌드위치 봉투와 함께 침대 위로 올라가 앉는다.

"좀 어때?"

"훨씬 나아. 아직 움직일 순 없지만 아픈 건 덜해."

"다행이다. 샌드위치 사 왔어."

봉투를 거꾸로 쏟자 종이에 싸인 샌드위치가 미끄러져 나온다. 그는 자기 몫의 샌드위치를 집어 들고 포장지를 벗기며 살짝 미소를 짓는다.

"루벤 샌드위치네?"

"네가 드랄로 선생한테서 훔친 것만큼은 못하겠지만, 원한다면 냉장고에 놔두고 욕실에 가 있을 테니까 훔쳐."

"괜찮아. 내 마음속에서는 드랄로 선생한테서 훔친 샌드위치나 다름없으니까. 중요한 건 마음이지."

"이번 여행엔 정말 교훈이 많다." 나는 그렇게 말한 뒤 덧붙인다. "참, 집에 오는 길에 니콜라이한테 음성 메시지로 에어컨 이야기 남겨놨어. 내 전화를 일부러 피하는 것 같더라."

"아!" 알렉스의 얼굴이 밝아진다. "깜박하고 말 안 했네! 내가 실내 온도 25도까지 낮춰놨어."

"진짜?" 나는 침대에서 벌떡 일어나 온도조절기 쪽으로 가서 실내 온도를 확인한다. "대단하다, 알렉스!"

알렉스가 웃는다. "이런 일로 칭찬씩이나 받다니 좀 머쓱한데."

"가진 것에 만족하는 게 이번 여행의 테마라고." 나는 다시 그의 옆자리에 앉으며 말한다.

"난 이번 여행의 테마가 포부라고 생각했는데."

"24도에 다가가고자 하는 포부."

"언젠가는 수영장에 들어갈 수 있으리라는 포부."

"니콜라이를 죽이고도 무사히 빠져나갈 수 있을 거라는 포부."

"침대 밖으로 나가겠다는 포부."

"가여워라." 그 말에 나는 어르는 소리를 낸다. "책 한 권 들고 침대에 갇혀 있다니 지옥이 따로 없겠다. 내가 등에다가 연고도 발라주지, 좋아하는 메뉴로 아침에다가 점심까지 갖다주지."

알렉스가 강아지 표정을 짓는다.

"너무해! 지금은 아무리 그런 표정을 지어도 내가 아무것도 못하는 거 알면서!"

"알았어. 네가 다시 나한테 신체적 위해를 가할 수 있게 될 때까지는 참을게."

"언제부터 이런 증상이 생긴 거야?"

"잘 모르겠어. 크로아티아에 다녀오고 두어 달 뒤쯤인가?"

그의 입에서 크로아티아라는 단어가 나오는 순간 가슴 한가운데에서 폭죽이 터지는 기분이다. 무표정을 유지하고 싶은데, 잘하고 있는지 알 수가 없다. 한편 알렉스의 얼굴에는 불편한 기색이 전혀 없다. 나는 다시 마음을 가다듬는다.

"원인을 알아?"

"등을 구부리고 다녀서겠지? 특히 책 읽거나 컴퓨터 할 때 그래. 마사지 치료사 말로는 내 골반 근육이 짧아져서 허리를 당기고 있을 거래. 잘 모르겠어. 의사는 그냥 근육이완제만 처방해주고 내가 질문을 하기도 전에 나가버리더라."

"이런 경련이 자주 있어?"

"그렇게 자주는 아니야. 이번이 네 번째인가 다섯 번째인가 그래. 운동을 꾸준히 하면 덜한데, 이번엔 비행기랑 차 안에 오래 앉아 있기도 했고…… 또 소파에서 자서 그런 것 같아."

"그렇겠다."

잠시 후, 그가 묻는다. "넌 괜찮아?"

"난 그냥……." 나는 내가 어디까지 말하고 싶은지 확신이 없어 말끝을 흐리다가 말을 잇는다. "내가 너의 너무 많은 부분을 놓친 것만 같은 기분이 들어."

그는 고개를 뒤로 젖혀 베개에 기댄 채 눈으로 내 얼굴을 살피더니 대답한다. "나도 그래."

나는 시들한 웃음을 터뜨린다. "아냐, 내 인생은 예전이랑 달라진 게 하나도 없어."

"그럴 리가. 머리도 잘랐잖아."

이번에는 아까보다는 진심에 가까운 웃음이 터져 나온다. 알렉스의 입가에도 절제된 미소가 떠오른다. 나는 내 드러난 어깨에서부터 팔을 따라 그의 무릎 옆 침대를 짚은 내 손까지 이동하는 그의 눈길에 얼굴을 붉히지 않으려고 애쓰며 대답한다.

"뭐, 그렇긴 하지만, 집을 사거나 나만의 식기세척기를 갖게 된 것도 아니잖아. 난 아마 영영 그런 것들은 못 살 거야."

그러자 그가 눈썹을 둥글게 휘더니 내 얼굴을 빤히 바라보며 나직하게 말한다. "넌 그런 거 원하지 않잖아."

"그래, 아마 그렇겠지."

나는 그렇게 대답하지만, 솔직히 말하면 잘 모르겠다. 그게 문제다. 난 이제 예전에 내가 원하던 것들을 원하지 않는다. 인생의 커다란 결정을 내리던 시절에 내가 원했던 것들을 말이다. 나는 졸업하지도 못한 대학 학자금 대출을 아직도 갚고 있고, 대학을 그만두면서 비록 1년 반치 학자금을 아낄 수는 있었지만 요즘은 그게 올바른 결정이 맞았는지 의심할 때가 있다.

난 린필드에서 도망쳤다. 시카고대학교에서도 도망쳤고, 솔직히 말하자면, 모든 일이 벌어진 그때 알렉스한테서 도망친 것이나 마찬가지다. 알렉스 역시 나한테서 도망쳤지만 그건 그의 잘못이 아니다. 난 무서웠다. 그래서 도망쳤다. 그다음에는 뒷수습을 그에게 떠맡겼다.

"우리 샌프란시스코에 갔을 때, 뭔가를 사고 싶을 때마다 '로마에선 로마법을 따라야지' 했던 거 기억나?" 내가 묻는다.

"기억나는 것 같아." 그는 애매한 말투로 대답했지만, 내가 상처받은 표정을 지었던 건지 미안한 듯 덧붙인다. "내가 기억력이 그렇게 좋지는 못하잖아."

"그래, 그렇겠지."

그러자 그는 헛기침을 하며 묻는다. "같이 영화라도 볼래, 아니면 다시 나갈래?"

"안 나갈래. 그냥 영화 보자. 내가 또 팜스프링스 미술관에 가면 이번엔 FBI 요원들이 기다리고 있을걸."

"왜, 값비싼 작품이라도 훔쳤어?"

"감정을 받아봐야 알 것 같네." 나는 농담으로 응수한다. "클로드 모네라는 이 사람 알고 보면 거물이면 좋겠는데."

알렉스가 웃으며 고개를 설레설레 젓는다. 하지만 그 작은 움직임 조차 순식간에 고통을 유발하는 모양이다.

"젠장, 나 웃기지 좀 마."

"미술관 털었다는 게 농담이 아닐 수도 있잖아?"

그는 눈을 감고 입을 꾹 다물어 웃음을 가라앉힌다. 잠시 후 그는 눈을 뜨더니 말한다. "그럼 나 일어나서 오늘 밤 마지막으로 화장실 좀 갔다가 약 먹고 와야겠다. 가방에 노트북 있으니까 넷플릭스 틀 어도 돼."

그는 조심스레 몸을 돌리더니 두 발을 바닥에 딛고 일어선다.

"알았어. 가방 안에 있는 누드 잡지는 그대로 놔둘까, 아니면 같이 꺼낼까?"

그러자 그는 돌아보지도 않고 이를 악문 듯 말한다. "파피, 농담 좀 하지 말라니까."

나는 침대에서 내려가 알렉스의 노트북 가방을 의자 위에 올린 다음 노트북을 꺼내 침대로 가져가는 길에 열어본다. 노트북을 종 료한 게 아닌지, 마우스패드에 손을 가져다 대자마자 화면이 살아

나며 로그인 화면이 나타난다.

나는 욕실을 향해 외친다. "비밀번호 뭐야?"

"플래너리 오코너." 그가 그렇게 대답하더니 변기 물을 내리고 세면대의 물을 튼다.

공백이나 대문자, 구두점을 어떻게 쓰느냐고 물을 필요는 없다. 알렉스는 순수주의자니까. 화면에 'Flannery O'Connor'라고 입력하자 로그인 화면이 사라지더니 열려 있던 인터넷 창이 나타난다. 나도 모르게 화면이 내 눈에 들어온다.

심장이 쿵쿵 뛴다.

그때 세면대의 물소리가 멎고 욕실 문이 열리더니 알렉스가 나온다. 알렉스가 열어둔 구인 공고를 못 본 척했더라면 좋았을 텐데, 무언가가 내 머리에 쿵 떨어지기라도 한 것처럼 여과 없는 질문이 입에서 튀어나온다.

"너 버클리 캐럴 교사로 지원하려고?"

그의 얼굴에 당황스러운 빛이 떠오르더니 금세 죄책감 비슷한 무언가로 바뀐다.

"아, 그거."

"그 학교 뉴욕에 있잖아."

"응, 웹사이트에 그렇게 적혀 있더라고."

"그러니까 뉴욕 시에 있잖아." 나는 한층 더 분명하게 정리한다.

"잠깐만, 진짜 그 뉴욕이라고?" 알렉스는 뻔뻔한 척 응수한다.

"너 뉴욕으로 이사해?"

그렇게 묻는 내 목소리가 고함을 지르는 것처럼 지나치게 큰 것 같다. 하지만 그건 아드레날린이 분출하는 바람에 온 세상이 솜으로 틀어막히기라도 한 것처럼 조용하게 느껴진 탓이다.

"아직은 모르지. 그냥 구인 공고를 본 게 다야."

"하지만 너가 뉴욕에 오면 정말 좋을 텐데. 그러니까…… 너 서점 좋아하잖아."

그러자 그는 즐거움과 슬픔이 반반 섞인 듯한 미소를 짓더니 침대로 돌아와 천천히 몸을 낮춰 내 옆에 앉는다.

"모르겠어. 그냥 한 번 살펴본 거야."

"귀찮게 안 할게. 나한테 무슨 일이 생길 때마다 너희 집으로 찾아갈까 봐 걱정하는 거라면 절대 안 그럴게."

내 말에 알렉스는 못 믿겠다는 듯 눈썹을 치켜든다.

"내가 오늘처럼 허리가 아플 때 우리 집에 도넛이랑 진통 연고 들고 들이닥칠 거야?"

"아니?" 찔리는 마음 때문에 말끝이 절로 높아진다.

그의 미소가 점점 크게 번지지만, 그래도 어쩐지 쓸쓸해 보인다.

"왜 그러는데?"

그는 내 눈을 잠시 바라보더니 한숨을 쉬며 한 손으로 마른세수를 한다. "모르겠어. 그렇게 큰 결정을 내리기 전에 린필드에서 해결해야 할 문제가 있어."

"집 문제?" 나는 추측을 던진다.

"그것도 있고. 난 그 집이 정말 좋아서 팔 수 있을지 잘 모르겠어."

"임대하면 되지!" 그러자 그가 흘겨보는 바람에 나는 덧붙인다. "하긴, 넌 집주인이 되기에는 너무 예민해."

"다른 사람들이 세입자가 되기에 너무 해이한 게 아니고?"

"동생한테 빌려주면 되잖아. 아니면 그냥 집은 갖고 있어. 어차피 할머니 집이잖아. 집에 담보 같은 거 잡혀 있어?"

"재산세만 내면 돼."

알렉스는 나에게서 노트북을 가져가더니 구인 공고 창을 닫는다.

"집 때문에만 망설이는 건 아니야. 또, 아빠나 동생들 때문만도 아니고." 내가 입을 쩍 벌리자 그가 말을 잇는다. "물론 조카들이 정말 보고 싶겠지. 그래도 내가 린필드에 사는 다른 이유들도 있거든. 아니, 잘 모르겠지만 그런 것 같아. 그래서 그냥…… 상황을 지켜보는 중이야."

그 순간 깨달음이 서서히 찾아온다.

"그러니까…… **여자친구** 얘기지?"

그는 계속 말해보라는 듯 내 눈을 똑바로 응시하지만 내가 눈을 깜박이지 않자 먼저 웃음을 터뜨린다.

"이런 얘기 꼭 해야 해?"

방금까지 느끼던 생생한 흥분감이 얼어붙으며 몸속 깊은 곳으로 가라앉는 게 느껴진다.

"세라 때문이구나. 너희 둘 다시 만나는 거지."

그는 고개를 숙이고 이마를 훔친다. "모르겠어."

"세라가 다시 만나자고 해? 아니면 네가?"

"모르겠다니까."

"알렉스."

"그만해." 그가 시선을 든다. "나한테 뭐라고 하지 마. 새로운 사람을 만나는 건 힘든데, 세라와 나 사이엔 그간 쌓인 세월이 있잖아."

"맞아. 아주 지저분한 세월이지. 그래서 헤어진 거잖아, 그것도 두 번이나."

"그래서 사귄 거기도 하고." 그가 내게 쏘아붙인다. "모두가 너처럼 과거를 돌아보지 않는 건 아니라고."

"그건 무슨 소리야?"

내가 따져 묻자 그는 곧바로 말한다. "아냐, 그냥 너랑 나는 다르다고."

나는 방어적으로 항변한다. "너랑 내가 다른 건 나도 알아. 새로운 사람을 만나기가 힘든 것도 알지. 나도 혼자라고, 알렉스. 그렇다고 해도 헤어진 애인이랑 다시 만나는 건 좀 아니야."

"다르다니까."

"뭐가 다른데?"

"넌 내가 원하는 것들을 원하지 않잖아." 그는 고함치다시피 내뱉는다.

알렉스한테서, 평생 들어본 것 중 가장 큰 소리다. 화가 난 목소리가 아니라, 좌절한 목소리. 내가 주춤 물러나자 그는 당황한 듯 움츠러든다. 그러더니 다시금 나직하고도 절제된 목소리로 말을 잇는다.

"난 내 동생들이 가진 것들을 다 갖고 싶어. 결혼해서 아이를 낳고 손자도 갖고, 아내와 함께 우리 집에 우리 냄새가 밸 때까지 더럽게 오래 살고 싶단 말이야. 그러니까, 빌어먹을 가구를 고른다든가 페인트칠을 한다든가 하면서 네가 싫어하는 린필드 사람들이 하는 일들을 모조리 다 하고 싶다고. 알아들었어? 난 그렇게 살고 싶어.

이제 더는 미루고 싶지 않아. 얼마나 오래 걸릴지도 모르는 일인데, 이대로 10년을 더 흘려보내다가 고환암 같은 거라도 걸려서 늦어버리고 싶지 않아. 나한테 정말 중요한 건 그런 거라고."

이제 알렉스는 쌓인 말들을 다 터뜨린 듯 차분해 보이지만 나는 여전히 불안과 상처, 그리고 수치심 때문에 덜덜 떨린다. 알렉스는 보잘것없는 우리 고향을 추켜세우거나 세라 이야기가 나올 때마다 화제를 돌렸고, 그때마다 이런 생각을 했다는 걸 여태 몰랐다는 부끄러운 감정이 들었다.

"알렉스." 금방이라도 눈물이 터질 것 같지만, 나는 고개를 저어 먹구름처럼 밀려오는 감정을 걷어낸다. "나 그런 게 지긋지긋하다고 생각 안 해. 그렇게 생각한 적 없어."

그가 무거운 표정으로 나를 보다가 곧바로 고개를 돌린다.

나는 그가 아프지 않게 조심조심 다가가 그의 손을 잡고 깍지를 낀다. "알렉스?"

"미안." 그는 나를 내려다보며 웅얼거린다. "미안해, 파피."

나는 고개를 저으며 입을 연다. "나도 베티 할머니 집 좋아해. 그 집이 이제 네 집이라는 사실도 좋아. 또 난 학교가 정말 싫었지만, 네가 그곳에서 선생님으로 일해서 좋아. 네가 가르치는 학생들은 정말 행운이라고 생각해. 넌 정말 좋은 형이자 아들이고, 그래서……." 목이 메어 말이 잘 나오지 않아 나머지는 울먹이며 간신히 말을 잇는다. "그래서 난 네가 세라랑 결혼하지 않았으면 좋겠어. 세라는 너한테 고마워할 줄도 모르잖아. 안 그랬더라면 애초에 너랑 헤어질 일도 없었겠지. 솔직히 말하면 그 문제를 떠나서도 난 네가

228

세라랑 결혼 안 했으면 좋겠어. 걘 나 계속 싫어했으니까, 만약 두 사람이 결혼하면……."

흐느낌이 터져 나올 것 같아 나는 그쯤에서 말끝을 흐린다.

네가 세라와 결혼하고 나면, 난 너를 영원히 잃게 될 테니까.

그러다가 이런 생각이 든다.

네가 누구랑 결혼하건 결국 난 널 영원히 잃게 되겠지.

"알아, 내가 이기적이란 거. 하지만 그 이유 때문만은 아니야. 넌 분명 더 좋은 사람을 만날 수 있을 거야. 세라는 다른 누군가에게는 천생연분이겠지만 너한테는 아냐, 알렉스. 세라는 노래방도 싫어하잖아."

마지막 말과 함께 울음이 커진다. 그는 입가에 슬며시 번지는 미소를 애써 참으며 나를 내려다본다. 그러더니 깍지 낀 손을 풀고 나를 두 팔로 살짝 끌어안지만, 나는 혹시라도 그가 아플까 봐 덥석 안길 수가 없다.

알렉스가 아픈 건 그에게는 정말 안된 일이지만 사실 알렉스의 요통은 우리 사이의 완충재 역할을 하고 있다. 그와 몸이 닿을 때마다 꼭 내 온 신경이 그를 갈구하기라도 하는 것처럼 온몸이 짜릿해져오니까. 그가 내 머리 꼭대기에 살짝 입을 맞추는 순간 마치 누가 내 머리에 달걀을 깨뜨린 것처럼 따뜻한 무언가가 뚝뚝 흘러내리는 기분이 든다.

크로아티아에서의 알렉스의 입술이 떠오르는 바람에 나는 희미한 기억을 억누르려 애쓴다.

"더 나은 사람을 만날 거란 확신이 안 들어." 다행히 그 순간 알렉스가 입을 연 덕분에 나는 낯부끄러운 기억 속에서 빠져나온다. "틴더에 들어갈 때마다 자신감이 꺾이거든."

"진짜? 너 틴더 계정까지 있어?"

알렉스는 눈을 굴리며 대답한다. "그래, 파피. 이 할아버지가 틴더도 깔았단다."

"보여줘."

그의 귀가 빨개진다. "아니, 됐어. 지금은 너한테 잔인하게 난도질당하고 싶은 기분 아니거든."

"내가 도와줄게. 난 이성애자 여자잖아. 여자 눈에 남자의 틴더 프로필이 어떻게 보이는지 잘 안다고. 뭐가 문제인지 알려줄게."

"틴더에서 의미 있는 관계를 찾으려고 하는 게 문제 같은데."

"그야 그렇지만 문제가 그뿐만은 아닐걸."

"알았어." 알렉스는 한숨을 쉬더니 주머니에서 휴대폰을 꺼내 건넨다. "그래도 관대한 눈으로 봐줘, 파피. 나 지금 상처받기 쉬운 상태라고."

그 말과 함께 그는 슬픈 강아지 표정을 짓는다.

17장

〰️

7년 전 여름

뉴올리언스.

알렉스는 건축물에 흥미를 보인다. 연철 발코니가 달린 색색의 건물들과 인도를 향해 구불구불 뻗어 나온 오래된 나무들. 온 사방으로 몇 미터씩 뻗은 나무뿌리는 시멘트 따위 아무것도 아니라는 듯 뚫고 나온다. 나무는 시멘트보다 훨씬 오래전부터 이 자리에 있었고, 시멘트보다 훨씬 오래 살아남을 테니까.

난 슬러시로 만들어 파는 술이며 저속하고 초현실적인 가게들을 보고 잔뜩 들떠 있다. 이곳엔 그런 것들이 차고 넘친다.

버번 스트리트에서 그리 멀지 않은 곳에 널찍한 원룸 아파트를 찾은 것도 신난다. 짙은 색 스테인을 칠한 바닥 위에 묵직한 목제 가구들이 놓여 있고 벽돌을 그대로 노출시킨 벽에는 알록달록한 색으로 재즈 뮤지션들을 그린 그림이 걸려 있다. 침대도, 침구도 싸구려가 분명하지만 그래도 퀸 사이즈고, 숙소는 깨끗하고, 에어컨 성능이 너무 좋아서 뜨거운 바깥에서 온종일을 보내고 돌아왔을 때는 이가 딱딱 부딪쳐 실내 온도를 높여야 할 지경이다.

뉴올리언스에서 할 만한 일이라고는 걷기, 먹기, 술 마시기, 구경하기, 그리고 귀를 기울이기가 전부인 것 같다. 물론 여행을 갈 때마다 우리는 주로 그런 일들을 하지만 아무리 작은 골목에도 수백 개의 식당과 바가 즐비한 이곳에서는 특히 그렇다. 수천 명의 관광객이 길쭉한 형광색 플라스틱 컵에 어울리지 않는 색 빨대를 꽂아 들고 도시를 어슬렁거린다. 이 도시에서는 구미가 당기는 튀김 냄새가 풍기다가도 한 블록만 지나면 습기 찬 하수처리장에 고인 고약한 썩는 냄새로 바뀌기도 한다.

모든 게 어지간한 미국 도시보다 오래된 것처럼 보이는 이 도시에서 풍기는 악취가 1700년대의 쓰레기장 냄새라고 생각하면 이상하게도 견딜 만한 기분이 든다.

"꼭 남의 입속을 걷고 있는 것 같아."

알렉스가 습도가 높다고 그렇게 불평한 뒤로 나는 악취가 풍길 때마다 어금니 사이에 낀 음식물이 떠오른다. 그러나 악취는 결코 오래가지 않는다. 산들바람이 불어 악취를 쓸어갈 때도 있고, 문을 전부 열어놓은 식당이 나타나기도 하고, 모퉁이를 돌자마자 머리 위 발코니에서부터 보랏빛 꽃이 넘쳐흐르듯 아래로 늘어지고 있는 아름다운 골목길이 나타나기도 한다.

게다가 나는 뉴욕에 살기 시작한 지 다섯 달이 되었다. 지난 두 달간 겪은 뉴욕의 여름을 떠올려보면, 어차피 뉴욕의 지하철역에서도 장미향이 풍기는 건 아니니까. 나는 지하철역 계단에 오줌을 누는 남자를 세 명이나 봤고, 그중 한 명은 다음 주에 또 봤다.

뉴욕을 사랑하지만, 뉴올리언스를 돌아다니고 있자니 여기 살아도 행복할 것 같다. 아니, 여기서 살면 더 행복하지 않을까. 알렉스가 더 자주 놀러 오지 않을까.

지금까지 알렉스는 딱 한 번, 대학원 첫해를 마치고 몇 주 뒤에 뉴욕에 나를 보러 온 게 전부였다. 부모님 집에서 가져온 내 물건들을 차에 한가득 실은 채로 브루클린의 우리 집을 찾아왔었다. 마지막 날에 우리는 서로 일정을 비교하며 다음에 언제 만날지 정했다.

당연히 여름휴가 때겠지. 어쩌면(아마 아니겠지만) 추수감사절. 내가 일하는 식당에서 휴가를 낼 수 있다면 크리스마스. 하지만 크리스마스에는 모든 직원이 쉬고 싶어 한다. 그래서 나는 알렉스에게 뉴욕에서 함께 크리스마스를 보내면 어떻겠느냐고 물었고, 우리는 나중에 다시 생각해보자고 한다.

이번 여행에서 우리는 아직 크리스마스 이야기는 한 번도 꺼내지 않았다. 알렉스와 함께 있을 땐 알렉스를 그리워하는 생각은 하고 싶지가 않다. 이 시간을 낭비하는 것 같으니까.

"영영 못 만나게 되더라도 여름휴가만은 평생 함께하자."

그의 농담에 나는 위안을 느끼려고 힘겹게 애써야 했다.

우리는 이른 아침부터 늦은 밤까지 떠돌아다닌다. 버번 스트리트, 프렌치멘, 캐널, 에스플라나드. (알렉스는 특히 에스플라나드의 위풍당당한 주택들이며 꽃이 만발한 화단, 거칠거칠한 껍질이 달린 나무들 옆에 솟아 있는 볕에 바랜 야자수에 매료된다.)

우리는 노천 카페에서 설탕 뿌린 폭신폭신한 도넛을 먹고, 길가에서는 악어 머리 모양 열쇠고리라든지 문스톤이 박힌 은반지 한 쌍 같은 잡다한 장신구들을 팔고, 안쪽에서는 갓 구운 빵이며 냉장 보관 중인 지역 특산물, 키위, 딸기, 버번에 절인 체리와 초콜릿을 (상상할 수 있는 온갖 모양새로) 올린 빽빽한 작은 케이크를 파는 프렌치 마켓을 돌아다니며 몇 시간을 보낸다.

우리는 어디를 가든 사제라크, 허리케인, 다이커리를 마신다. 내가 진 토닉을 주문하려 들자 알렉스가 "테마에 충실한 게 중요해"라고 해서다. 그렇게 우리는 이번 주 우리의 좌우명, 그리고 또 다른 자아를 만든다.

우리는 브로드웨이에서 유명세를 떨치는 글래디스와 키스 비번트가 되기로 한다. 뼛속까지 진정한 연기자일 뿐 아니라 세상은 무대대라는 커플 타투까지 한 부부다.

글래디스와 키스는 매일 아침을 연기 연습으로 시작하고, 때로는 인물에 더 잘 몰입하기 위해 일주일간 그 인물로 살아가기도 한다.

당연히 테마는 필수적이다.

알렉스의 말처럼 중요하다고 할 수도 있고.

상대가 썩 내켜하지 않는 일을 하고 싶을 때마다 우리는 발을 구르며 "테마가 중요하다고!" 하고 고함친다.

이곳에는 단 한 번도 청소를 하지 않은 것 같은 빈티지 가게가 엄청나게 많고, 내가 그런 가게 중 한 곳에서 스웨이드 가죽 바지를 골라 입어보라고 하자 알렉스는 심드렁해한다. 그가 미술관에서 여섯 시간을 보내고 싶어 할 때 내가 심드렁해했던 것과 마찬가지다.

테마파크에서 파는 '씽 1', '씽 2'(《닥터 수스 과학탐험대》에 나오는 인물-옮긴이) 티셔츠처럼, '술 취한 계집애 1', '술 취한 계집애 2'라고 적힌 티셔츠를 사고 싶지 않다고 말하자 알렉스는 "테마가 중요하다니까!" 하고 외쳤고, 결국 우리는 입고 있던 옷 위에 그가 사자는 티셔츠를 겹쳐 입은 채로 가게를 나선다.

"난 네가 괴짜처럼 굴 때가 좋더라."

내 말에 그는 술기운이 흠뻑 묻은 눈으로 나를 흘겨본다.

"네가 나를 괴짜로 만드는 거야. 다른 사람들이랑 있을 때는 안 이래."

"나도 너랑 있을 때면 괴짜가 돼." 그러면서 나는 덧붙인다. "우리 진짜 세상은 무대다! 타투를 해야 하려나?"

"글래디스와 키스라면 하겠지." 알렉스는 물병을 집어 들어 길게 한 모금 들이켜며 대답한다.

그가 내게 물병을 건네자 나는 탐욕스럽게 절반을 꿀꺽꿀꺽 마셔 버린다.

"그럼 찬성하는 거지?"

"제발 이러지 마."

"하지만 알렉스, 테마가……."

그가 내 입을 막으려고 물병을 내 입에 댄다. "너 술 깨고 나면 더 이상 그 말이 안 웃기다고 할걸."

"난 언제나 내가 하는 농담은 뭐든지 웃기다고 생각해. 그래도 무슨 말인지 알아들었어."

우리는 해피 아워를 찾아 여러 바를 차례차례 쏘다니고 매번 다른 결과물을 얻는다. 어떤 곳의 술은 맛이 없고 도수가 낮다. 어떤 곳의 술은 맛있고 도수가 높다. 대부분은 맛도 없고 도수도 낮다. 우리는 어느 호텔 안, 회전목마가 설치된 바에 가서 15달러짜리 칵테일을 한 잔 산다. 또, 루이지애나에서 아직도 지속적으로 운영되는 바 중 두 번째로 오래되었다는 곳에도 간다. 오래된 대장간을 개조해 만든 곳으로 바닥이 끈끈해서 쩍쩍 달라붙는, 구석에 놓인 거대한 트리비아 게임기만 아니면 꼭 엉성하게 꾸며놓은 박물관 같다.

우리는 함께 산 술 한 잔을 천천히 나누어 마시면서 순서를 기다린다. 기록을 깨지는 못하지만 점수표에 이름을 올린다.

여행 닷새째 밤, 우리는 화려한 무대에 레이저 쇼까지 등장하는 남학생 클럽 분위기의 노래방 바에 간다. 파이어볼을 두 잔 마신 알렉스는 비번트 부부인 척 소니 앤 셰어의 〈아이 갓 유 베이비(I Got You Babe)〉를 부르자는 내 제안에 응한다.

노래 중간쯤 우리는 알렉스가 메이크업 담당자 셸리와 바람을 피우고 있다는 걸 내가 알고 있다는 내용으로 마이크에 대고 말다툼을 벌인다.

"그 빌어먹을 가짜 턱수염 붙이는 데 한 시간씩이나 걸릴 이유가 뭐가 있냐고, 키스!"

노래가 끝나자 작고 불편한 박수가 터져 나온다. 우리는 이곳에서 술을 한 잔 더 마신 뒤, 기예르모가 알려준 프로즌 커피 칵테일을 파는 곳으로 간다. 뉴올리언스에서 우리가 찾은 장소 중 절반은 기예르모가 추천한 곳이었고, 전부 마음에 들었지만 그중에서도 좁고 어둑어둑한 포보이 샌드위치 가게가 제일 좋았다. 셰프를 남자친구로 둔 혜택이겠지.

알렉스와 함께 루이지애나에 간다고 말했을 때 기예르모는 종이를 한 장 꺼내더니 지난번 여행에서 다녀온 장소들을 줄줄 써내려간 뒤 가격이 어떤지, 무엇을 주문해야 할지도 메모해주었다. 꼭 먹어야 하는 음식에는 별표까지 쳐주었지만 그걸 전부 다 먹어보는 건 무리였다.

기예르모를 만난 건 뉴욕으로 온 뒤 두 달 뒤였다. 새로 생긴 (뉴욕에서 처음으로 만든) 친구 레이철에게 SNS에 사진을 올리는 조건으로 새로 생긴 식당에서 무료 식사를 제공받을 기회가 생겼다. 레이철에겐 이런 기회가 아주 잦고, 나 역시 SNS를 많이 하는 사람이기에 이런 행사가 있을 때면 함께 갔다. 레이철의 주장에 따르면 "덜 부끄럽고 서로 홍보도 되니까"였다.

레이철이 나와 함께 찍은 사진을 올릴 때마다 내 팔로워가 수백 명씩 늘어났다. 지난 6개월간 내 팔로워는 3만 6,000명대에서 머물러 있었는데 레이철이라는 브랜드와의 제휴만으로도 금세 5만 5,000명으로 불어났다.

그렇게 나는 레이철과 함께 식당에 갔다. 식사를 마친 뒤 셰프가 나와서 우리에게 식사는 어땠느냐고 물었다. 셰프는 눈이 연갈색이고 검은 머리를 뒤로 넘겨 이마를 드러낸 잘생기고 다정한 남자였는데, 웃음소리가 부드럽고 꾸밈없었다. 그날 밤, 내가 내 계정에 사진을 올리기도 전에 그가 인스타그램 메시지를 보내왔다.

레이철의 계정에서 나를 찾았다고, 부끄러워하지 않고 솔직하게 털어놓는 게 마음에 들었다. 기예르모는 거의 매일 저녁에 일을 했기에 첫 데이트는 아침 식사였는데, 그는 나를 집에 데려다줄 때까지 기다리는 대신 나를 데리러 오자마자 키스했다.

처음에는 나도, 그도, 만나는 사람들이 여럿 있었지만 몇 주 뒤엔 둘 다 다른 사람은 더 이상 만나고 싶지 않아졌다. 그렇게 말하며 그는 웃었고, 그의 곁에 있으며 함께 웃는 습관이 생긴 나 역시 웃었다. 기예르모와의 연애는 줄리언과 했던 모든 것을 다 쏟아붓는 예측불허의 연애와는 달랐다. 우리는 일주일에 두세 번 만났는데, 그렇게 내 인생에 다른 일을 할 수 있는 여유가 생겨 좋았다.

레이철과 스피닝 수업을 다니고, 녹아서 뚝뚝 흐르는 아이스크림 콘을 든 채 센트럴파크 쇼핑몰을 오랫동안 걸어 다니고, 갤러리 오픈 행사며 동네 바에서 열리는 영화 상영회에 갈 수 있는 여유였다. 뉴욕 사람들은 뉴욕 바깥의 사람들이 경고했던 것보다는 친절했다.

그 이야기를 하자 레이철은 이렇게 말했다. "뉴욕 사람들은 싸가지가 없는 게 아니야. 그냥 바쁜 거지."

하지만 같은 말을 기예르모에게 하자 그는 내 턱을 부드럽게 손으로 감싸며 웃더니 말했다. "정말 귀엽다. 뉴욕이 널 변하게 하지 않았으면 좋겠어."

다정한 말이지만 걱정스러웠다. 기예르모가 나를 좋아하는 이유들이 나의 본질이 아니라 변할 수 있는 것들이라는 생각, 특정한 상황에서 몇 년을 보내면 사라져버릴 수도 있는 면들이라는 생각이 들어서였다.

뉴올리언스의 거리를 떠도는 동안, 기예르모가 했던 말을 알렉스에게 해볼까 하는 생각을 여러 번 하지만, 그때마다 나는 마음을 다

잡는다. 알렉스가 기예르모를 좋아하면 좋겠는데, 이 말을 들으면 날 보호하려는 알렉스가 그에게 날을 세울 것이 걱정되어서다.

그래서 나는 다른 이야기만 한다. 기예르모가 침착하다고, 잘 웃는다고, 셰프라는 직업은 물론 음식 자체에도 열정을 갖고 임한다고 말이다.

"만나면 마음에 들 거야." 나는 진심을 담아 말한다.

"분명 그럴 거야. 네가 좋아하면 나도 좋아하겠지."

"잘됐다."

그때 알렉스는 내게 대학생 때 짝사랑하던 세라 이야기를 털어놓는다. 몇 주 전 시카고에 친구를 만나러 갔다가 우연히 세라를 마주쳤고 둘이 함께 술을 마셨단다.

"그다음엔?"

"그다음엔 아무 일도 없었어. 세라는 시카고에 살잖아."

"시카고가 무슨 화성이라도 돼? 인디애나대학교에선 가깝잖아."

그러자 그가 털어놓는다. "세라한테서 문자 메시지가 좀 오기는 했어."

"당연히 그렇겠지. 넌 매력 덩어리니까."

그는 수줍고 귀여운 미소를 짓는다. "잘 모르겠어. 다음에 시카고에 가면 또 만날 것 같아."

"꼭 만나." 내가 부추긴다.

내가 기예르모와 행복하니까, 알렉스 역시 행복할 자격이 있다. 우리 사이에 자리한 5퍼센트의 가능성이 가진 긴장감도 이제는 다 해소된 것 같다.

프렌치 쿼터에 있는 숙소는 에어비앤비에서 예약할 땐 이상적으로 보였지만 막상 묵어보니 밤 시간대 소음이 심하다. 새벽 3~4시까지 음악 소리가 잦아들지 않다가, 말도 안 되게 이른 시간부터 다시 시작된다. 결국 우리는 주말에 무료로 이용할 수 있는 에이스 호텔 루프탑 수영장을 찾아가 선베드에 누워 해를 쬐며 낮잠을 잔다.

일주일간 제대로 잠을 잔 것이라고는 그날의 낮잠이 전부여서, 여행 마지막 날 묘지 투어를 떠날 땐 피곤해 들뜬 상태다. 알렉스와 나는 투어에서 유령 이야기를 듣게 될 줄 알고 기대하고 있었다. 하지만 투어 가이드가 들려주는 이야기는 가톨릭 성당에서 수백 년 전에 '영구 관리'를 돈으로 산 사람들의 묘지를 잘 돌봐주고 있으며 가루가 되어 사라지게 내버려둔다는 것뿐이다.

투어는 엄청나게 지루하고 뙤약볕에 몸이 타는 것 같다. 게다가 한 주 내내 샌들을 신고 돌아다녀 허리가 아픈 건 물론 잠이 부족해 피곤하기까지 하다. 점점 더 지루해지기만 하는 투어 가이드의 설명 중간쯤 알렉스는 내가 힘들어하는 걸 알아차리고, 다음 무덤 앞에 멈출 때마다 손을 들고 가이드에게 질문한다.

"그럼 이 무덤에는 유령이 나오나요?"

처음에는 가이드도 질문을 웃어넘기지만, 알렉스가 집요하게 질문을 계속하자 점점 기분이 나빠진 모양이다. 맨 마지막 무덤, 프랑스나 스페인 양식으로 차곡차곡 쌓인 다른 직사각형 무덤과는 확연히 다르게 생긴 거대한 흰색 대리석 피라미드 앞에서 알렉스가 또다시 질문을 하자 결국 발끈한 가이드가 외친다.

"나오지 않기를 바랍니다. 여긴 니컬러스 케이지가 묻힐 무덤이라고요!"

그 말에 알렉스와 나는 정신없이 웃기 시작한다. 그런데 알고 보니 농담이 아니다. 투어의 하이라이트를 우리가 망친 셈이다.

알렉스는 "죄송합니다"라고 한 뒤 자리를 떠날 땐 가이드에게 팁을 준다. 바에서 일하는 사람은 나인데 늘 현금을 들고 다니는 사람은 알렉스다.

"너 혹시 남몰래 투잡으로 스트리퍼 일이라도 하는 거야? 그래서 늘 현금이 있는 건가?"

"스트리퍼가 아니라 이그조틱 댄서라고 해야지."

"너 진짜 이그조틱 댄서야?"

"아니, 그냥 현금을 들고 다니면 쓸모가 많아서야."

해가 저물 무렵엔 우리 모두 지친 상태지만, 여행 마지막 밤이니만큼 씻고 또다시 달리기로 한다. 나는 전신거울 앞 바닥에 주저앉아 화장을 하면서 기예르모가 써준 목록 중 가보고 싶은 곳들을 큰소리로 외친다.

"으음." 내가 읽는 장소마다 알렉스는 그렇게 대답하더니 한참 뒤 내 뒤로 다가와 거울 속 나와 눈을 마주치며 묻는다. "그냥 돌아다녀보는 건 어때?"

"그러자." 사실 나도 그러고 싶었다.

우리는 우중충한 바 두 군데에 갔다가 마침내 좁다란 골목길 맨끝에 있는 작고 깜깜한 고딕 스타일의 '던전'이라는 곳에 당도한다. 문지기는 사진 촬영은 일절 금지라고 경고한 다음 우리를 붉은 조명이 있는 전실로 안내해준다. 사람이 너무 많아서 나는 알렉스의 팔꿈치를 붙들고 2층으로 올라간다. 벽에는 플라스틱 해골들이 매달려 있고, 사진 배경으로 쓰면 딱 좋을 것 같은 빨간색 새틴 안감을 가진 관도 세워져 있지만 어차피 사진 촬영은 금지다.

테마에 집중하는 게 이번 여행의 좌우명인데도, 내가 여태 그를 위해 공짜로 퍼스널 쇼퍼 노릇까지 도맡았는데도, 알렉스는 여전히 테마 파티나 이벤트를 싫어한다. 테마가 있는 바 역시도 혐오하는 것 같다.

"여기 진짜 끔찍하다. 물론 넌 마음에 들지?"

내가 고개를 끄덕이자 그가 씩 웃는다. 우리 둘은 너무 바짝 붙어 서 있어서 고개를 한껏 젖혀야 그가 올려다보인다. 그는 내 눈가의 머리카락을 걷어주더니 마치 내 고개를 똑바로 세워주려는 듯 내 목 뒤쪽을 손으로 받친다.

"키가 너무 커서 미안해." 그가 바 안에 크게 울리는 메탈 음악에 묻히지 않게 큰 소리로 말한다.

"너무 작아서 미안해."

"난 네가 작은 게 좋아. 작다고 미안해하지 마."

나는 그에게 몸을 기댄다. 팔로 끌어안는 것을 생략한 포옹처럼. 그다음에 "있잖아" 하고 입을 연다.

"왜?"

"아까 지나친 컨트리 웨스턴 바에 가도 돼?"

알렉스는 그곳에 가기 싫을 게 분명하다. 그곳에서 안절부절못할 것이다. 그런데도 그는 이렇게 대답한다.

"가야지. 테마는 중요하다고, 파피."

그렇게 우리의 다음 행선지는 '던전'과는 정반대에 가까운, 좌석 대신 말안장이 있고 케니 체스니의 곡이 울려퍼지는, 손님이라고는 오로지 우리밖에 없는 널찍하고 개방적인 바가 된다. 알렉스는 말 안장을 보자마자 괴로운 표정을 짓지만 나는 안장 위에 폴짝 뛰어 올라 앉은 다음 그의 슬픈 강아지 표정을 흉내 낸다.

"왜 이러는 거야? 너 괜찮아?" 그가 묻는다.

"가련한 척하는 거야. 그래야 네가 이 말 안장 위에 앉아서 날 루이지애나에서 제일 행복한 여자로 만들어주지."

"널 기쁘게 만들기가 너무 쉬운 건지 어려운 건지 알 수가 없다."

그러면서 그는 한 다리를 훌쩍 들어 내 옆 안장에 걸터앉은 뒤 검은 가죽 조끼를 입은 건장한 바텐더에게 말을 건넨다.

"저기요, 이 기억을 잊을 수 있을 만한 거 한 잔 주시죠."

바텐더가 유리잔을 닦던 손을 멈추지 않고 고개를 돌려 그를 노려본다. "제가 독심술사라도 되는 줄 압니까? 젊은 친구, 원하는 걸 말해요."

알렉스는 얼굴을 붉히더니 헛기침을 한다. "맥주 주세요. 아무 거나 상관없어요."

"두 잔 주세요. 같은 걸로 두 잔요." 내가 덧붙인다.

바텐더가 술을 준비하려 몸을 돌리자 나는 알렉스에게 몸을 기대느라 안장에서 하마터면 떨어질 뻔한다. 그가 나를 붙잡고 다시 안장 위에 앉혀주며 속삭인다.

"저 바텐더, 테마에 완전 몰입했어."

바를 나설 땐 아직 밤 11시 30분이지만 어쩌나 피곤한지 살면서 이렇게 술 생각이 안 나는 순간은 처음인 것 같다. 그래서 우리는 다른 취객들에 뒤섞여 거리를 걷는다. 단체 티셔츠를 맞춰 입은 가족들, 흰 드레스에 미혼녀라고 적힌 매끄러운 분홍색 어깨띠를 두른 차림으로 높다란 하이힐을 신고 걷는 예비신부들, 미혼녀 어깨띠를 두른 여자들이 지나갈 때 드레스 끈에 지폐를 끼워 넣으며 작업을 거는 술 취한 중년 남자.

머리 위, 바며 식당의 2층 발코니에서 사람들이 보라색과 금색과 초록색의 구슬 목걸이를 흔들어댄다. 한 남자가 휘익 휘파람을 불며 나를 향해 목걸이 한 줌을 흔들자 나는 목걸이를 잡으려 팔을 뻗는다. 남자는 고개를 젓더니 셔츠를 걷어보라는 시늉을 한다.

"혐오스럽다." 내가 알렉스에게 말한다.

"나도." 그가 맞장구를 친다.

"그래도 저 남자가 테마에 충실한 건 인정해야지."

내 말에 알렉스는 웃음을 터뜨린다. 우리는 딱히 목적지도 없이 계속 걷는다. 서서히 군중들의 발걸음이 느려지는 곳에 금관악 밴드가 길 한가운데 진을 친 채 나팔을 불고 드럼을 두들겨댄다. 우리는 걸음을 멈추고 연주를 구경하고, 몇몇 커플은 춤을 춘다. 믿기지 않게도 알렉스가 내게 손을 내민다. 내가 그 손을 잡자 그는 한 팔을 내 등 뒤에 두르고 다른 손으로는 내 손에 깍지를 끼더니 느릿느릿 원을 그리듯 나를 돌리고 끌어당긴다. 그가 나를 앞뒤로 흔들자 잠에 취한 우리 둘은 낄낄 웃는다. 박자가 하나도 맞지 않지만 상관없다. 여긴 우리 둘뿐이니까.

알렉스가 공공장소에서 애정 표현을 할 수 있는 것도 그래서인 것 같다. 알렉스 역시도 나처럼, 우리가 함께일 땐 꼭 세상에 우리뿐인 것처럼, 다른 사람들은 전부 배경으로 지나가는 유령인 것처럼 느끼는 건지도 모른다.

제이슨 스탠리처럼 과거에 나를 놀려대고 괴롭히던 사람들이 이곳에서 메가폰을 들고 나를 조롱한다 해도 나는 지금 이 거리에서 알렉스와 함께 추는 서툰 춤을 멈추지 않을 것이다. 알렉스가 나를 바깥으로 돌렸다가 안쪽으로 다시 반 바퀴 돌린 뒤, 내 허리를 뒤로 눕히려 하마터면 나를 떨어뜨릴 뻔한다. 나는 비명을 지르고 그 다음에는 코까지 킁킁거리며 신나게 웃는다. 그가 나를 다시 붙잡고 일으켜 세우더니 또다시 흔들어댄다.

연주가 끝나자 우리는 손을 놓고 환호하는 군중들 속으로 돌아간다. 알렉스가 잠시 바닥에 쪼그려 앉더니 금이 간 마디그라스 구슬 목걸이를 들고 일어난다.

"바닥에 있던 거네." 내가 말한다.

"싫어?"

"아니, 가질래. 그래도 바닥에 있던 거잖아."

"그렇지."

"그럼 흙이 묻었겠네. 흘린 술이랑. 어쩌면 토사물도."

내 말에 그는 얼굴을 찌푸리며 목걸이를 다시 바닥에 내려놓으려 한다. 나는 그의 손목을 꽉 붙들고 움직이지 못하게 잡는다.

"고마워. 날 위해 이렇게 더러운 목걸이를 만져줘서 정말 고마워, 알렉스. 진짜 마음에 들어."

그는 눈을 굴리더니 고개를 숙인 내 목에 목걸이를 걸어준다. 다시 고개를 들자 그가 나를 보며 환하게 웃고 있다. 나는 생각한다.

지금 이 순간, 그 어느 때보다도 널 사랑해.

어째서 그와 함께 있으면 자꾸만 이런 생각이 들까?

"같이 사진 찍을까?"

하지만 그렇게 말하면서도 나는 지금 이 순간을 병에 담아 향수처럼 뿌리고 싶다고 생각하고 있다. 그러면 이 순간은 늘 나와 함께이겠지. 내가 어딜 가든 그와 함께인 기분일 테니, 난 항상 나 자신으로 사는 느낌이 들 거다.

그가 휴대폰을 꺼낸다. 우리가 서로 가까이 붙자 그는 사진을 찍는다. 결과물을 보고 그는 캑 소리를 낸다. 졸려 보이고 싶지 않았는지 셔터를 누르는 순간 그가 눈을 휘둥그레 뜬 것이다.

"플래시가 터지는 순간 끔찍한 장면을 목격한 사람 같다." 내가 말한다.

그가 내 손에서 휴대폰을 빼앗으려 들지만 나는 몸을 돌려 저쪽으로 도망치며 사진을 문자 메시지로 나에게 전송한다. 그는 웃음을 참으며 따라온다.

"어차피 내가 갖고 있으니 지우든지 말든지." 나는 그에게 휴대폰을 돌려주며 말한다.

"안 지울 거야. 하지만 이 사진을 보는 내 표정을 아무한테도 들키고 싶지 않으니까 집에 혼자 있을 때만 볼 거야."

"내가 볼 거야." 내가 말한다.

"넌 예외지."

"알아." 나도 맞장구친다.

예외가 되는 한 사람이라는 게 너무 좋다. 알렉스의 모든 순간을 볼 수 있는 단 한 사람. 그를 괴짜로 만들 수 있는 한 사람.

숙소로 돌아온 뒤 나는 알렉스가 요즘 쓰고 있는 단편소설을 보여달라고 부탁한다. 그는 안 된다고 한다. 내 눈에 그 소설이 별로라면 너무 창피할 거라나.

"너 대단한 석사과정에 들어갔잖아. 그러니까 당연히 잘 쓰겠지. 소설이 별로라는 느낌이 들면 내가 틀린 거 아니야?"

그는 내 눈에 그 소설이 별로라면 인디애나대학교가 틀린 거라고 대답한다.

"제발."

"알았어." 결국 그는 노트북을 꺼낸다. "그래도 내가 샤워하러 들어가고 나서 읽어, 알겠지? 소설 읽는 네 모습 보고 싶지 않으니까."

"알았어. 그런데 혹시 장편소설은 없어? 알렉스 닐슨이 샤워하는 동안 시간 때우려면 단편소설은 너무 짧은 것 같아서."

그는 내게 베개를 집어던진 뒤 욕실로 들어간다.

알렉스의 소설은 정말 짧다. 날개를 지니고 태어난 소년이 나오는 9쪽짜리 단편소설이다. 아이는 평생 동안 사람들한테 날개가 있으니 날아야 한다는 말을 들으며 산다. 하지만 아이는 겁이 난다. 그리고 마침내 2층 건물 지붕에서 날아보려고 시도했을 때 아이는 추락하고 만다. 다리와 날개가 부러져 고칠 수 없고, 회복한 뒤에는 뼈가 뒤틀린 형태로 붙어버린다. 사람들은 더 이상 너는 날기 위해 태어났다는 말을 하지 않는다. 드디어 아이는 행복해진다.

알렉스가 샤워를 마치고 나왔을 때 나는 울고 있다. 그는 내게 왜 그러냐고 묻는다.

난 대답한다. "모르겠어. 그냥 이 소설이 내 심장에 말을 걸어."

그는 농담이라고 생각했는지 웃는다. 하지만 난 이번만큼은 우리한테 2만 1,000달러짜리 곰 조각상을 팔려던 그 미술관 여자의 말을 인용한 게 아니다. 난 줄리언이 예술에 대해 했던 이야기를 떠올리고 있었다. 예술 작품 앞에서는 무언가가 느껴지거나 안 느껴진다는 말.

내가 왜 울었는지는 알렉스한테조차 정확히 설명할 수 없다.

어린 시절, 내가 나 아닌 다른 사람이 될 수 없다는 생각이 들 때마다 공황이 몰려오곤 했다. 난 엄마처럼, 아빠처럼 될 수 없고, 그 누구도 진정으로 이해할 수 없는 이 몸속에 평생 동안 갇혀 살아야 한다고 생각할 때마다. 그럴 때면 외롭고, 혼자가 된 기분이 들고, 절망스러웠다. 부모님께 이 이야기를 털어놓았을 때, 나는 두 분이 내 기분을 이해해줄 줄 알았지만 아니었다.

"우리 딸, 그런 기분이 드는 건 이상한 게 아니란다!" 엄마는 그렇게 말했다.

"그럼 너 말고 누가 되고 싶은 거니?" 아빠는 아빠답게 대놓고 그렇게 물었고.

두려움은 갈수록 사그라졌지만 그 기분이 완전히 사라지지는 않았다. 나는 때때로 그 기분을 끄집어내 콕콕 찔러본다. 언젠가는 외로움이 사라질지, 언젠가는 나를 정말로 알아주는 사람이 나타날지 생각해본다. 다른 사람의 뇌를 들여다볼 수는 없는 노릇이니까.

내가 지금 울고 있는 건 이 소설을 읽는 순간 처음으로 내가 내 몸에 갇힌 게 아닌 것 같은 기분이 들어서다. 커다란 비눗방울이 나와 알렉스를 둘러싼 것 같은 느낌, 그렇게 우리가 라바 램프 속 서로 다른 색깔의 기름방울처럼 자유롭게 각자의 춤을 추며 뒤섞이는 것 같은 느낌이 들어서다.

　내가 울고 있는 건 마음이 놓여서다. 어린 시절의 긴긴 밤만큼 외로운 시간이 다시는 오지 않을 테니까. 알렉스가 내 옆에 있는 한 다시는 외롭지 않을 테니까.

18장

올해 여름

"알렉스, 이건 아니야!"

나는 그의 틴더 프로필을 보자마자 비명을 지른다.

"왜? 뭐가? 설마 벌써 다 읽었을 리는 없잖아."

"음, 다른 건 다 그렇다 치고." 나는 그의 휴대폰을 마구 휘두르며 말한다. "이게 왜 문제인지 모르겠어? 네 자기 소개, 무슨 이력서인 줄 알았어. 틴터 프로필을 이렇게 길게 쓸 수 있는 줄도 처음 알았네. 글자 수 제한 같은 거 있지 않아? 이렇게 길면 누가 읽어?"

"나한테 관심이 있으면 읽어보겠지." 그는 내 손에서 휴대폰을 가져가며 대답한다.

"네 장기를 적출하고 싶은 사람이라도 맨 끝으로 내려가서 혈액형 적혀 있는지부터 확인할 것 같은데, 너 설마……."

"안 썼어." 그가 상처받은 목소리로 농담을 덧붙인다. "그냥 키, 체중, BMI 지수, 사회보장번호 정도. 그래도 그건 잘했지?"

"아무튼 그 얘기는 일단 나중에 하기로 하고." 나는 다시 그의 손에서 휴대폰을 빼앗아 화면을 그에게 보여주며 프로필 사진을 확대한다. "우선 제일 큰 문제는 이거야."

그러자 그가 얼굴을 찌푸린다. "난 이 사진 마음에 드는데."

"알렉스……." 나는 차분하게 말을 잇는다. "이 사진 속에 인물이 총 네 명이잖아."

"근데?"

"그게 첫 번째 문제이자 제일 큰 문제야."

"나한테 친구가 있는 게 문제라고? 난 도움이 될 줄 알았는데."

그 말에 나는 어르는 듯한 말투가 된다. "지구에 갓 도착한 순진하고 불쌍한 아기 같으니라고."

"여자들은 친구 많은 남자를 싫어하는 거야?"

"당연히 좋아하지. 그런데 여자들이 무슨 룰렛 돌리는 것도 아니고 이 네 명 중에 누가 너인지 무슨 수로 알겠어? 맨 왼쪽에 있는 이 남자, 거의 여든 살은 된 거 아냐?"

"생물 선생님이야." 그의 미간 주름이 짙어진다. "독사진 찍는 거 별로 안 좋아해서."

"나한테 슬픈 강아지 셀카는 보냈으면서." 내가 지적한다.

"그건 다르지. 그건 널 위해 찍은…… 그럼 그 셀카라도 올리는 게 나을까?"

"아니, 그건 절대 안 되지. 그래도 이상한 표정 안 지은 사진을 새로 찍든지, 아니면 이 사진에서 너 아닌 사람은 다 잘라내고 너만

남길 수는 있잖아."

"이 사진에서 표정 이상해. 사실 사진 찍을 때마다 항상 그래."

나는 그 말에 웃음을 터뜨리지만, 사실 몸속에서 따뜻한 애정이 서서히 솟아나는 게 느껴진다.

"넌 사진파가 아니라 동영상파야."

"무슨 뜻이야?"

"실물은 엄청 잘생겼는데 그 잘생긴 얼굴이 움직이고 있을 때는 보기 좋지만 순간 포착되면 가끔 저렇게 이상한 표정이 된다고."

"그럼 틴더 지우고 휴대폰은 바다에 던져버려야겠다."

"잠깐만!" 나는 침대에서 벌떡 일어나 조리대 위에 두었던 내 휴대폰을 낚아챈 뒤 다시 침대 위 알렉스 옆으로 다가가 무릎을 꿇고 앉는다.

"나한테 방법이 있어."

내가 내 휴대폰 앨범 속 사진들을 훑는 모습을 그는 미심쩍은 눈으로 바라본다. 난 우리가 크로아티아에 가기 전에 토스카나 여행을 갔을 때 찍은 사진을 찾는 중이다. 그때 우린 늦은 밤 저녁 식사를 마치고 야외 테라스에 앉아 늦은 저녁을 먹고 있었는데, 그는 아무 말 없이 자리를 벗어나버렸다. 난 그가 화장실에 간 줄 알았지만, 디저트를 가지러 안에 들어갔다가 부엌에 서서 입술을 잘근잘근 물어뜯으며 휴대폰으로 이메일을 확인하는 중이었다.

그때 알렉스는 걱정스러운 표정이었고 내가 그의 팔을 건드리며 이름을 불렀을 때에야 내 존재를 알아차렸다. 올려다보는 그의 얼굴이 하얗게 질려 있었다.

"무슨 일이야?"

그렇게 묻는 순간 내 머릿속에 가장 먼저 뛰어 들어온 생각은 베티 할머니인가 봐였다. 알렉스의 할머니는 점점 나이가 들고 있었다. 아니, 내가 그분을 처음 알았을 때부터 이미 늙은 분이었지만. 하지만 지난번 알렉스의 할머니 댁에 갔을 때 할머니는 자리에서 거의 일어나지도 않고 뜨개질만 하고 있었다. 그전에는 늘 부산스럽게 돌아다니는 분이었다. 레모네이드를 만들어주겠다며 부엌으로 갔다가, 다시 소파로 가서 우리가 앉기 전에 쿠션을 팡팡 부풀려주기도 했다. 하지만 내가 그 생각을 채 입밖에 내기도 전에 알렉스의 희미한 미소가 나타났다.

"틴하우스에서 온 이메일이야. 내 단편소설 한 편을 싣겠대."

그 말을 한 다음에 알렉스가 놀랍다는 듯 웃고, 나는 두 팔로 그를 꽉 끌어안고, 그도 나를 자기 쪽으로 꼭 끌어당긴다. 나는 무슨 생각을 하기도 전에 그의 뺨에 입을 맞추지만, 나만큼이나 그 역시 이 일이 자연스럽게 느껴진 모양인지 그는 불편해하는 기색이 없었다. 그는 나를 공중에서 반 바퀴 돌린 다음 웃는 얼굴로 나를 내려놓고 다시 휴대폰을 본다. 감정을 숨기는 것을 잊은 표정이었다. 감정이 그의 얼굴에서 마구 날뛰고 있었다. 나는 주머니에서 휴대폰을 꺼내 카메라를 켜고 "알렉스" 하고 불렀다.

그가 고개를 드는 순간 나는 알렉스 닐슨에게서 내가 가장 좋아하는 모습을 사진으로 남겼다. 보정하지 않은 행복한 얼굴. 벌거벗은 알렉스의 모습을.

나는 "자" 하면서 사진을 보여준다. 언제나처럼 아무렇게나 뻗친 머리를 하고 손에 휴대폰을 건성으로 든 채 카메라를 똑바로 보며 웃고 있지만 입을 살짝 벌린, 따뜻한 금빛이 도는 토스카나의 부엌에 서 있는 그의 모습.

"이 사진을 올려."

그가 휴대폰에서 시선을 들어 나를 본다. 언제나와 같이 우리의 얼굴은 바짝 붙어 있고, 그는 입가에 슬며시 미소를 띤 채 나를 내려다보고 있다.

"완전히 잊고 있던 사진이네."

"내가 제일 좋아하는 사진이야."

그리고 한참 동안 우리 둘 다 움직이지 않는다. 이토록 가까운 침묵의 순간 속에 우리는 그대로 머무른다.

"너한테 전송할게." 나는 힘없이 말하며 그에게서 시선을 거두고는 메시지 창을 열어 사진을 첨부한다.

내가 그의 무릎에 떨어뜨린 휴대폰이 진동한다. 그는 휴대폰을 집어들더니 캑 하고 웃는.

"고마워."

"그럼, 자기 소개는."

"출력해서 빨간 펜으로 고쳐야 하나?" 그가 농담을 던진다.

"안 되지. 지구가 죽어가고 있는데 종이를 낭비하면 쓰나."

"하. 하. 하. 철저하게 하려는 것뿐이었어."

"도스토옙스키처럼 철저하게."

"그게 무슨 잘못이야?"

"쉿…… 나 읽고 있잖아."

난 이미 알렉스를 알고 있으니 사실 이 자기 소개가 매력적으로 느껴진다. 이 자기 소개에는 그의 사랑스러운 할아버지 같은 면이 담겨 있으니까. 하지만 그와 내가 모르는 사이고, 내 친구가 알렉스의 자기 소개를 본다면, 난 이 남자가 분명 연쇄살인마라고 주장했을 것이다.

너무한가? 그럴 수도 있고.

그렇다고 변하는 건 없다. 알렉스는 출신 학교들과 졸업 연도를 나열하고 전공 분야며 예전 직업들을 상세하게 밝힌 다음 그 직업에서 자신이 보였던 강점, 또 결혼을 하고 아이를 가지고 싶다는 소망, 게다가 자신이 '세 명의 남동생, 그리고 그들의 배우자와 아이와 가깝게 지내며', 또 '재능 있는 고등학생들에게 문학을 가르치는 것을 좋아한다'고 썼다.

그가 한숨을 지으며 "그 정도야?" 하는 걸 보니 내가 얼굴을 잔뜩 찌푸린 모양이다.

"아니?" 내가 대답한다.

"그거 질문이야?"

"아니! 그러니까 아니, 그 정도로 나쁘진 않다고. 사실 좀 귀엽기도 하지만. 알렉스, 너에 대해 이렇게 많은 걸 이미 알고 있는 여자랑 만나서 대체 무슨 얘길 할 거야?"

그러자 그는 어깨를 으쓱한다. "글쎄, 아마 상대방에 관한 질문을 하겠지."

"면접 보는 게 아니잖아. 사실 틴더에서 만난 사람이 상대에 대해 묻는 멋진 일 같은 건 잘 일어나지 않긴 하지만, 그래도 아예 할 말이 없는 건 좀 다르잖아."

그가 이마에 잡힌 주름을 문지른다. "아, 진짜 이런 걸 해야 하다니. 사람을 자연스럽게 만나는 건 왜 이렇게 힘들까?"

"아마…… 다른 도시에선 더 쉬울걸?"

내가 뾰족하게 말하자 그가 나를 흘끗 보더니 눈을 굴리지만 그래도 웃는 표정이다.

"그래, 하지만 네가 남자라면 뭐라고 자기를 어필하겠어?"

"글쎄, 난 좀 다르지. 솔직히 네 자기 소개, 난 관심 생기거든."

그가 웃는다. "못되게 말하지 마."

"아냐. 자기 소개만 보면 넌 꼭 섹시한 육아 로봇 같아. 〈우주 가족 젯슨〉에 나오는 하녀한테 복근이 있는 셈이랄까."

"파피이이이." 그가 목을 긁는 소리를 내며 웃더니 위팔로 얼굴을 가린다.

"알았어, 알았어. 내가 도와줄게."

나는 다시 그의 휴대폰을 받아 그가 쓴 글을 지우지만 혹시라도 그가 다시 복원하고 싶을지도 모르니 머릿속에 최대한 기억한다. 그 다음에는 잠시 생각에 잠긴 뒤 자기 소개를 써서 다시 그의 휴대폰을 돌려준다.

그는 한참 화면을 보다가 큰 소리로 내가 쓴 걸 읽는다. "정규직이고 침대 깔판도 가지고 있음. 집에 타란티노 포스터를 도배하지 않았으며 두어 시간 내로 답장함. 또 색소폰을 혐오함?"

"아, 내가 물음표 썼어? 마침표 들어가야 하는데." 나는 그의 어깨 너머로 휴대폰을 보며 말한다.

"마침표는 제대로 들어가 있어. 다만 이게 진심으로 쓴 글인지 잘 몰라서 하는 말이야."

"당연히 진심이지!"

"침대 깔판을 갖고 있다는 얘기를 왜 써?"

"그건 네가 책임감 있는 사람이고 유머 감각도 있다는 걸 보여준 거야."

"사실 네 유머 감각이잖아."

"하지만 너도 유머 감각은 넘쳐. 그냥 그걸 너무 어렵게 생각하는 거지."

"설마 사진 한 장에다가 침대 깔판이 있다는 사실만으로 나한테 관심을 보이는 여자가 있을 거라고?"

"아, 알렉스. 너 틴더 세상이 얼마나 암울한지 잘 알잖아."

"그러니까 내가 이 얼굴을 하고, 직업이랑 침대 깔판이 있는데도 아직까지 딱히 누굴 못 만난 거군."

"그렇지. 네 자기 소개가 너무 부담스러우니까."

그러면서 나는 자기 소개를 저장하고 다시 여자들 프로필을 옆으로 넘기기 시작한다.

"그래, 그러네."

"그래, 알렉스. 바로 그거야."

"무슨 소리야?"

"클래리사 기억나? 시카고대학교에서 내 룸메이트였던 애 있잖아."

"그 신탁 기금 받던 히피?"

"또 내 2학년 때 룸메이트였던 이저벨은 어때? 아니면 커뮤니케이션학부 친구 재클린은?"

"그래, 파피. 네 친구들 다 기억나. 무슨 20년 전 일도 아니잖아."

"너 걔들이 가진 공통점이 뭐였는지 알아? 다들 널 좋아했었어. 전부 다."

알렉스가 얼굴을 붉힌다. "장난치지 마."

"아냐. 진짜야. 클래리사랑 이저벨은 너한테 계속 작업을 걸었고 재클린은 네가 우리 방에 올 때마다 '커뮤니케이션 기술'을 썼지만 항상 실패했지."

"그걸 내가 어떻게 알아?" 그가 묻는다.

"보디랭귀지, 너무 긴 아이콘택트. 네 몸을 만질 구실을 계속 찾고, 대놓고 성적인 신호를 던지고, 보고서 쓰는 것까지 도와달라고 부탁했잖아."

그러자 알렉스는 마치 내 논리에서 허점을 찾았다는 듯이 말한다. "항상 이메일로만 도와줬는걸."

"알렉스." 내가 침착한 말투로 말한다. "과연 그게 누구 아이디어였을까?"

그 순간 그의 얼굴에서 승리의 빛이 사라진다. "잠깐만, 진짜야?"

"진짜야. 그러니까 그 사실을 염두에 두면서 일단 사진이랑 자기소개 바꿔볼래?"

그는 당황한 표정을 짓는다. "난 우리 여름휴가 동안에 누굴 만날 생각이 없어."

"당연히 그건 안 되지! 그래도 한 번 해볼 수는 있잖아. 또 난 네가 어떤 여자들을 선택하는지가 궁금해."

"수녀랑 자선 사업가."

"와, 정말 좋은 사람이야." 나는 마릴린 먼로처럼 공기 반 소리 반 목소리로 말한다. "그럼 부디 내 감사의 표시를 받아⋯⋯."

"알았어, 그만해. 너 그러다가 천식 발작 일어나겠다. 내가 한 번 해볼 테니까 대신 나한테 심하게 말하지 마, 파피."

나는 "당연하지"라고 말하면서 어깨로 그를 살짝 친다.

"절대 하면 안 돼."

그의 말에 난 얼굴을 찌푸린다. "혹시 내가 너 기분 나쁘게 한 적 있으면 말해줘."

"아냐, 괜찮아."

"내가 가끔 농담이 심할 때가 있지만 너한테 상처를 주려고 한 적은 한 번도 없어."

그는 미소를 짓는 대신 내 말을 흡수하기라도 하는 것처럼 가만히 나를 쳐다본다.

"알아."

"그래, 그럼 이제 해보자." 나는 그의 휴대폰으로 시선을 돌린다. "오, 이 여자 어때?"

화면 속 여자는 잘 그을린 피부에 예쁜 얼굴이고 무릎을 구부린 채 카메라를 향해 키스를 날리고 있다.

"키스하는 사진은 싫어." 그러면서 그가 화면을 옆으로 밀어 여자의 사진을 없애버린다.

"그건 인정."

이번에는 입술에 링 피어싱을 하고 검은색 눈 화장을 한 여자가 나타난다. 자기 소개에는 오직 메탈뿐이라고 적혀 있다.

"좀 과하네."

알렉스는 이번에도 그 사진을 밀어 없앤다. 다음에는 초록색 레프라혼 모자를 쓴 여자가 초록색 탱크톱 차림으로 초록색 맥주를 들고 웃는 사진이다. 가슴이 크고 미소는 더 크다.

"오, 끝내주는 아일랜드 여자네." 내가 농담을 한다.

알렉스는 아무 말 없이 이 여자의 사진도 옆으로 밀어 없앤다.

"잠깐만, 이번엔 뭐가 문제야? 저 여자 진짜 괜찮잖아."

"내 취향은 아니야." 알렉스가 대답한다.

"흐음, 알았어. 계속해."

그는 암벽등반가, 후터스 종업원, 화가, 알렉스 뺨치는 몸을 가진 힙합 댄서를 차례차례 거절한다.

"알렉스, 왠지 문제는 자기 소개가 아니라 너라는 생각이 든다."

"그냥 다들 내 취향이 아닌 걸 어떡해. 또 나도 그 사람들 취향이 아니고."

"그걸 어떻게 알아?"

"아, 여기. 이 여자 귀엽다."

"말도 안 돼. 농담이지?"

"왜? 예쁘지 않아?"

화면 속 딸기색 금발을 가진 여자는 반들반들한 마호가니 책상 뒤에 앉아 미소를 짓고 있다. 머리는 반묶음을 하고 남색 블레이저를 입고 있다. 자기 소개에 따르면 요가, 햇살, 컵케이크를 사랑하는 그래픽 디자이너란다.

"알렉스, 이 여자 세라잖아."

알렉스가 멈칫한다. "세라랑 하나도 안 닮았는데."

"얼굴이 닮았다는 뜻이 아니야." 나는 코웃음을 친다. 그런데 사실은 얼굴도 닮았다. "이 여자가 세라라는 뜻이야."

"세라는 교사잖아, 그래픽 디자이너가 아니라고. 세라는 이 여자보다 키도 크고, 머리도 더 짙은 색이고, 제일 좋아하는 디저트는 컵케이크가 아니라 치즈케이크거든."

"옷도 완전히 똑같이 입고, 웃는 얼굴도 진짜 똑같아. 어째서 남자들은 비누에 조각해놓은 것처럼 생긴 여자들을 좋아하는 거지?"

"대체 그게 무슨 소리야?"

"그러니까 여기 나온 쿨하고 섹시한 여자들한테는 아무런 관심을 안 보이다가 누가 봐도 훌륭한 유치원 교사처럼 생긴 사람이 등장하니까 처음으로 관심이 생긴 거잖아. 너무…… 전형적이야."

"애초에 유치원 교사도 아니잖아. 너 이 여자한테 무슨 악감정이라도 있어?"

"악감정은 무슨!"

하지만 내 말투에 짜증스러운 기색이 역력해서 나조차 내 말이 안 믿길 것 같다. 나는 방금 보인 과한 반응을 수습해보려고 입을 열지만, 정반대의 말이 나온다.

"여자가 문제가 아니야. 문제는…… **남자들이야.** 남자들은 다들 자기가 섹시하고 독립적인 힙합 댄서를 좋아한다고 생각하지만 막상 그런 여자가 실제로 눈앞에 나타나면 부담스러워하면서 터틀넥 입은 귀여운 유치원 교사를 택한다고."

"왜 자꾸 이 여자가 유치원 교사라고 말하는 거냐고."

"이 여자는 세라니까." 내가 툭 내뱉는다.

"나 세라랑 다시 사귈 생각 없어, 알겠어? 게다가 세라는 유치원이 아니라 9학년 교사고, 또." 알렉스가 점점 흥분한다. "파피, 너 말은 그럴싸하게 하지만 너도 막상 틴더를 할 때는 분명 소방관, 응급실 외과의사, 스케이트보드 타는 게 직업인 남자들을 선택할걸. 그러니까, 아니, 난 다정해 보이는 여자가 내 취향인 거 부끄럽지 않아. 뭐, 그래, 너한테는 시시해 보일지 모르지. 너 같은 여자들은 내가 시시하다고 생각할 거라는 생각은 꿈에도 안 해봤나 봐."

"헛소리 하지 마."

"뭐라고?"

"헛소리 말라고 했어. 난 네가 시시하다고 생각지 않으니까 지금 이 말다툼은 의미가 없어."

"우린 친구잖아. 너라면 틴더에서 날 선택 안 할걸."

"할 거야."

"안 할걸."

여기에서 이 이야기를 그만둘 기회가 생기지만, 난 흥분하고 화가 난 나머지 그의 말이 옳다고 생각하게 놔두고 싶지 않다.

"난 너 선택할 거야."

"뭐, 나도 너 선택할 거야." 마치 이 모든 게 말다툼의 일환이라는 듯 그는 쏘아붙인다.

"진심이 아닌 말은 하지 마." 나는 경고한다. "난 블레이저도 안 입고 책상 뒤에 앉아서 미소 짓고 있지도 않을 거거든."

알렉스가 입을 꾹 다문다. 그가 무언가를 꿀꺽 삼키듯 턱 근육이 움찔거린다. "그래, 그럼 보여줘."

나는 내 휴대폰의 틴더 앱을 열어서 그에게 내 사진을 보여준다. 나는 외계인 같은 은색 드레스에 페이스페인팅을 한 채 머리띠에 글루건으로 붙인 알루미늄 안테나를 달고 졸린 눈으로 웃고 있다. 분명 핼러윈에 찍은 사진일 거다. 아, 아닌가? 〈엑스파일〉을 테마로 했던 레이철 생일 파티에서 찍었나?

알렉스는 사진을 진지하게 쳐다보더니 화면을 내려 내 자기 소개를 읽는다. 잠시 후, 그는 내게 휴대폰을 돌려주며 나를 빤히 바라본다.

"너 선택할래."

온몸을 작은 바늘들이 콕콕 찌르는 것 같다. 간신히 아주 작게 "알았어" 하고 덧붙인다.

"그럼 이제 화 좀 풀렸어?"

무슨 말이라도 하고 싶지만 혀가 너무 묵직하게 느껴진다. 온몸이 무겁게 느껴진다. 특히, 내 골반이 그의 골반과 맞닿아 있는 지금은. 그래서 난 그저 고개를 끄덕인다.

알렉스가 요통을 앓아서 정말 다행이야. 안 그랬다면 지금 무슨 일이 일어날지 모르겠다.

그는 나를 잠시 쳐다보더니 잊고 있던 노트북을 향해 손을 뻗는다. 그러더니 쉰 목소리로 입을 연다. "그럼, 영화 뭐 볼까?"

19장

≈≈≈

6년 전 여름

콜로라도 베일에 있는 한 리조트에서 우리에게 무료 숙박을 제안했을 때 알렉스와 나는 둘 다 돈이 부족했다. 그 시점에 여름휴가를 갈 수 있을지도 애매한 상황이었다.

우선, 큰맘 먹고 기예르모의 집에서 동거를 시작한 지 6주 뒤, 그가 나와 헤어지고 자기 식당에 새로 들어온 여자 지배인(네브라스카에서 갓 뉴욕에 온 파란 눈의 깡마른 여자)으로 갈아타는 바람에 나는 새집을 찾으려고 있는 돈을 다 긁어모았다. 그러다가 내가 가진 예산의 한계에 가까운 아파트를 선택해야만 했고, 두 달 만에 두 번째로 이사 업체를 부를 돈까지 내야 했다.

동거를 시작하며 두 개가 되어서 버린 것들을 대신할 새 가구를 사야 했다. 소파, 매트리스, 덴마크 디자인처럼 생긴 식탁에 이르기까지 기예르모가 가진 가구들이 내 것들보다 좋은 것이었다. 그의 서랍장은 다리가 부러져서 내 서랍장은 남기기로 했고, 그에게는 침대 옆 협탁이 하나뿐이었기 때문에 내 것도 남겼지만, 그밖에 우리 집에 있던 것들은 대부분 그의 물건이었다.

우리가 헤어진 건 엄마 생일을 맞아 우리가 함께 린필드에 다녀온 직후였다. 고향을 찾아가기 몇 주 전부터 나는 기예르모에게 미리 경고해두어야 하는 걸까 하고 치열하게 갈등했다.

예를 들어 〈비버리 힐빌리즈〉 스타일의 쓰레기장 같은 우리 집 앞마당. 아니면 오빠들과 내가 엄마가 만든 '어린 시절 박물관'이라고 부르는 우리 집 전체. 우리가 머무는 내내 엄마는 빵이며 쿠키를 구워 부엌에 온통 쌓아두었고 대부분 프로스팅을 두껍게 올려 라이트 집안 사람들이 아니면 먹다가 기침이 나올 만큼 달다는 것, 아니면 우리 집 차고에는 아빠가 용도를 찾을 수 있을 거라고 생각해서 덕트 테이프를 덕지덕지 붙여둔 폐품이 가득하다는 것. 그리고 고향 집에 가면 오빠들과 내가 어린 시절 〈킬러 토마토의 습격〉에서 영감을 받아 만든 며칠짜리 보드게임을 해야 할 거라는 사실을.

부모님이 얼마 전 늙은 고양이 세 마리를 입양했고 그중 한 마리는 오줌을 지려서 기저귀를 차야 할 지경이라는 사실, 우리 집 벽이 얇고, 또 앞서 이야기했듯 라이트 가족은 모두 목소리가 커서 우리 부모님이 섹스하는 소리를 그가 듣게 될지도 모른다.

주말이 오면 모두가 집에 오기 직전부터 익히기 시작한 새로운 장기를 선보여야 하는 일종의 장기 자랑을 해야 한다는 사실을. (지난번에 집에 갔을 때 프린스 오빠가 선보인 장기는 우리가 아무 영화에 나오는 이름을 외치면 그 사람을 여섯 단계 안에 키아누 리브스와 연결시키는 것이었다.)

그러니까 난 기예르모에게 그가 맞닥뜨리게 될 우리 집이 어떤 곳인지 설명해야 마땅했지만, 그건 어쩐지 배신처럼 느껴졌다. 마치 우리 가족이 어딘가 잘못됐다고 설명하는 것처럼 말이다. 분명 우리 가족은 시끄럽고 지저분하지만 한편으로는 멋지고 친절하고 재미있는 사람들이기에, 나는 내가 우리 식구들을 부끄러워할 거라고 생각한다는 사실만으로도 나 자신이 싫었다.

기예르모는 우리 가족을 좋아할 거야, 하고 나는 스스로를 설득했다. 그는 나를 사랑하고, 내 가족은 나를 만든 장본인들이잖아.

우리 집에서 보낸 첫날 밤, 둘이서 내가 어린 시절 쓰던 방에 들어와 문을 닫았을 때 그는 말했다. "그 어느 때보다 더 너를 잘 알게 된 것 같아."

그의 목소리는 늘 그렇듯 부드럽고 따뜻했지만 사랑이 아니라 동정처럼 들렸다.

"네가 왜 뉴욕으로 왔는지 알겠어. 여기 사는 거 힘들었겠다."

심장이 철렁하면서 아프게 조여왔지만 나는 그의 말을 고쳐주지 않았다. 이번에도 부끄러움을 느끼는 나 자신이 싫었다.

내가 뉴욕으로 떠난 것은 사실이지만, 난 가족을 떠난 건 아니다. 또 만약 앞으로도 내가 내 삶과 내 가족을 분리한다면 그건 다른 사람들이 내 가족을 판단하지 못하게 지키려고, 또 이 익숙한 거절의 느낌에서 스스로를 보호하기 위해서일 뿐이다.

린필드에서의 나머지 일정도 불편했다. 언제나 친절한 그는 우리 가족에게 친절했지만 나는 그가 우리 가족과 나누는 모든 의사소통을 경멸과 동정의 렌즈로 보기 시작했다.

그와 함께 린필드에 다녀왔던 사실 자체를 잊고 싶었다. 우리는 뉴욕에서의 **진짜 삶**에서 행복하잖아. 그러니까 그가 내 가족을 이해하지 못한다고 해도 무슨 상관이야? 그가 날 사랑하는데.

몇 주 뒤, 우리는 기예르모의 친구가 소유한 브라운스톤 주택에서 열리는 디너파티에 갔다. 그가 보딩 스쿨 시절부터 알고 지내던 친구로 신탁 기금을 받고 식당 테이블 위에 데미언 허스트 그림을 걸어놓고 사는 친구였다. 내가 그 사실을 아는 것은 (영영 잊지 못할 기억이다) 누군가가 그 그림과는 상관없이 데미언 허스트라는 이름을 말했을 때 내가 "누구?"라고 묻자 모두가 웃음을 터뜨려서다. 날 비웃는 건 아니었다. 다들 진심으로 내가 농담을 하는 거라고 생각해서였다.

나흘 뒤 기예르모는 내게 헤어지자고 했다.

"화학 작용에 이끌렸지만 장기적으로 봤을 때 우리가 원하는 건 너무 달라."

내가 데미언 허스트를 모른다는 이유로 기예르모에게 차였다는 말은 아니다. 하지만 그렇지 않다는 말 또한 아니다.

기예르모의 집에서 나올 때 나는 그의 값비싼 요리용 칼들 중 하나를 훔쳐왔다. 전부 다 훔칠 수도 있었겠지만, 내 작은 복수는 그저 그가 이 칼을 찾아 온 사방을 뒤지면서 혹시 그 칼을 어느 디너파티에 가져갔었는지, 아니면 거대한 냉장고와 부엌 조리대 사이 틈에 떨어뜨렸는지 고민하는 모습을 상상하는 것이다.

솔직히 말하면 나는 그를 괴롭히기 위해 이 칼을 훔친 거다.

헤어진 여자친구가 〈위험한 정사〉 속 글렌 클로즈처럼 구는 사태를 만들려는 건 아니지만, '사라진 칼이 강렬한 메타포를 자아내는 것 같은데 무슨 뜻인지는 모르겠어'라고 생각하게 만들고 싶은 거였다.

새 아파트에서 일주일을 보낸 뒤(다 울고 난 뒤) 나는 죄책감을 느끼기 시작했고, 우편으로 칼을 돌려보낼까 생각했지만 그러면 그가 오해할 것 같았다. 소포를 들고 경찰서에 가는 모습을 상상한 뒤 나는 그냥 그가 새 칼을 사게 내버려두기로 했다.

훔친 칼을 인터넷에서 팔아볼까 생각했지만 익명의 구매자가 알고 보니 그인 사태가 벌어질까 걱정되어서 나는 그냥 그 칼을 내가 갖기로 한 뒤 다시 울기 시작했고 그 울음은 3주쯤 갔다.

핵심은, 그 이별이 최악이었다는 거다. 엄청 비싼 도시에서 동거하던 연인과 헤어지는 건 특히 더 최악이라서, 올해 여름휴가를 갈 돈이 있을지조차 걱정됐다.

또, 세라 토발도 문제였다. 사랑스럽고, 하늘하늘하지만 강인한, 피부가 깨끗하고 늘 갈색 아이라이너를 하는 세라 토발.

알렉스가 9개월 전부터 진지하게 사귀기 시작한 세라. 알렉스가 시카고에 친구를 만나러 갔다가 우연히 만난 이래 둘은 문자 메시지를 주고받다가 오래지 않아 통화를 하게 됐고, 그러다 또 한 번 시카고로 갔다. 그 뒤에 두 사람은 금세 진지한 사이가 되었고, 6개월간 장거리 연애를 한 끝에 세라는 교사 자리를 얻어서 알렉스가 석사과정을 끝내는 동안 함께 있으려고 인디애나주로 이사했다. 알렉스가 박사학위를 받으려 노력하는 동안 세라는 그곳에 머무를 것이고, 그 뒤에 그가 어디로 가건 아마 그를 따라갈 것이다.

나 역시 행복할 줄 알았다. 어쩐지 세라가 나를 미워하는 것 같다는 의혹이 점점 더 커지는 것만 빼면. 세라가 갓 태어난 알렉스의 아기 조카를 안은 사진에 가족과의 시간, 꼬마 사랑둥이 같은 글을 써서 올릴 때면 나는 사진에 좋아요를 누르고 댓글을 쓰지만 세라는 나를 맞팔로우하지 않는다. 나는 혹시 내가 세라를 팔로우했다는 사실을 그녀가 모를까 봐 팔로우를 취소했다가 다시 한 적도 있다.

"세라가 우리 여름휴가를 좀 못마땅하게 생각하는 것 같아."

알렉스는 (이제 점점 뜸해진) 전화 통화에서 그렇게 털어놓았다. 알렉스가 내게 전화를 거는 건 항상 그가 체육관에 가는 길이나 오는 길 차 안에서라고 나는 거의 확실했다. 세라가 없는 틈을 타서 나한테 전화하는 건 도움이 안 될 거라는 말을 하고 싶었다.

하지만 솔직히 말하면 나는 다른 사람이 듣고 있는 상황에서 그와 통화하고 싶지 않다. 그래서 우리의 우정은 이런 모습이 되었다. 2주에 한 번 15분간 전화 통화, 문자 메시지도, 어떤 메시지도 주고받지 않기. 이따금 알렉스가 자기가 사는 아파트 단지 쓰레기통에서 발견한 조그만 검은 고양이 사진을 일방적으로 보내오는 것 외에는 이메일도 주고받지 않기.

고양이는 아기 같았는데 수의사의 말에 따르면 다 큰 고양이지만 덩치가 작을 뿐이라고 한다. 알렉스는 고양이가 자기 신발과 모자와 밥그릇에 들어가 있는 사진을 보내며 측정 중이라고 적어 보내지만 사실 나는 알렉스가 고양이가 하는 모든 일을 귀여워한다는 걸 안다. 또, 고양이가 무언가를 깔고 앉는다는 사실은 그냥 귀엽다. 하지만 알렉스가 고양이 사진을 계속 찍는다는 사실이 더 귀엽다. 알렉스는 아직 고양이 이름을 지어주지 않았다. 시간을 들여 고심하는 중이다. 다 큰 고양이를 잘 알지도 못하면서 아무렇게나 이름을 붙여주면 안 될 것 같다며 아직은 고양이, 꼬맹이, 작은 친구라고 부르고 있다.

세라는 고양이에게 세이디라는 이름을 붙여주고 싶어 하지만 알렉스는 그 이름이 어울리지 않는다고 생각해 좀 더 시간을 달라고 했단다. 요즘 우리의 대화 주제는 고양이뿐이다. 그래서 나는 우리의 여름휴가를 세라가 탐탁지 않아 한다는 걸 알렉스가 솔직하게 말한 게 좀 놀랍다.

"당연히 그렇겠지. 나라도 그럴 거야."

난 세라가 그렇게 말하는 게 억울하지 않다. 만약 내 남자친구에게 나 같은 여자 사람 친구가 있었다면 난 〈누런 벽지〉 주인공이 되고 말 테니까. 물론 나는 우리 사이가 절대적으로 플라토닉할 뿐이라고 생각하지는 않는다. 우리 사이의 5퍼센트(에서 15퍼센트)의 가능성까지도 받아들일 만큼 오랫동안 친구로 지냈으니까.

"그럼 어떡하지?" 그가 묻는다.

"모르겠어." 나는 괴로워하는 기색을 보이지 않으려고 말한다. "세라도 같이 가는 건?"

그는 한동안 가만히 있다가 입을 연다. "그건 좋은 생각이 아닌 것 같아."

"그러게……." 그리고 그 어느 때보다도 긴 침묵 끝에 나는 말한다. "그럼 그냥…… 취소해야 하려나?"

알렉스는 한숨을 쉰다. 방향지시등이 깜박이는 소리가 들리는 걸 보니 스피커폰인 것 같다.

"모르겠어, 파피. 확신이 없어."

"그래, 나도 잘 모르겠어."

우리는 전화를 끊지 않지만 그가 차를 모는 내내 우리 둘 다 아무 말이 없다. 결국 그가 "집에 도착했어"라고 말한다.

"몇 주 뒤에 다시 이야기하자. 그땐 상황이 바뀔 수 있으니까."

무슨 상황? 나는 묻고 싶지만, 묻지 않는다. 내 가장 친한 친구가 누군가의 남자친구인 이상, 해도 되는 말과 하면 안 되는 말 사이의 선은 다른 경우보다 더 굳건하니까.

전화를 끊은 밤 나는 밤새도록 생각한다. 세라랑 헤어진다는 뜻인가? 아니면 세라한테 차일 거라는 뜻인가?

세라를 설득한다는 뜻인가?

아니면 그가 나와 관계를 끊는다는 걸까?

베일의 리조트에서 무료 숙박 제안을 받았을 때 나는 한 달 만에 처음으로 그에게 문자 메시지를 보낸다.

안녕! 시간 있을 때 전화 좀 줘.

오전 5시 30분, 전화벨 소리에 잠을 깬다. 어둠 속에서 눈을 가늘게 뜨니 화면에 뜬 그의 이름이 보여서 간신히 전화를 받자 방향지시등 소리가 자아내는 리듬이 들린다. 그는 체육관에 가는 길이다.

"무슨 일이야?"

"졸려 죽겠어." 내가 신음한다.

"그 외에는?"

"콜로라도에 가자." 나는 말한다. "베일에."

20장

≋

올해 여름

나는 알렉스 옆에서 눈을 뜬다. 니콜라이의 에어비앤비에 놓인 침대는 두 사람이 누워도 충분할 만큼 크니까 우리 둘 중 누구도 접이식 소파에서 자는 위험을 감수해선 안 된다고 알렉스가 주장한 덕분이었지만, 아침이 오자 우리는 매트리스 한가운데에 모여 나란히 자고 있다.

난 그를 마주하며 오른쪽으로 누워 있다. 그는 나를 마주보고 왼쪽으로 누워 있고. 우리 사이에는 15센티미터쯤 되는 거리가 있지만 내가 왼 다리를 그의 몸에 올린 채 허벅지로 그의 골반께를 감고 있고 그 위에 그의 손이 올라와 있다.

집 안이 지옥불처럼 뜨거워서 우리 둘 다 땀에 흠뻑 젖은 채다. 알렉스가 일어나기 전에 몸을 빼내야 할 텐데 머리가 어떻게 된 건지 그 자리에 계속 누워 어젯밤 내가 올린 틴더 프로필을 보며 그가 내게 "너 선택할래"라고 했을 때의 표정과 목소리를 자꾸만 되뇌고 싶다.

나한테 어디 한번 도전해보라는 것처럼.

하지만 생각해보면 그때 그는 근육이완제를 먹은 상태였잖아.

오늘 기억이 떠오르면 알렉스는 분명 후회하고 또 부끄러워할 거야. 어쩌면 나란히 앉아 끔찍하게 재미없는 더 킨크스 다큐멘터리를 보는 내내 팔이 스칠 때마다 전류라도 흐르듯 짜릿했던 것을 기억해낼지도 모른다.

"너 평소에는 이런 거 보다가 잠들잖아."

그는 온화한 미소와 함께 자기 다리로 내 다리를 밀어내지만, 나를 바라보는 그의 녹갈색 눈은 완전히 다른 감정을 띠고 있었다. 모서리가 날카로우면서도 심지어 허기가 담긴 것만 같은 그런 감정이었다. 나는 어깨를 으쓱하며 "그냥 피곤하지가 않아서" 같은 말로 상황을 무마한 다음 영화에 집중하려 애썼다. 시간은 끔찍하리만치 느리게 지나갔고 거의 두 시간 동안 그의 옆에 있는 모든 순간은 팔이 스칠 때마다 꼭 처음처럼 놀랍게도 짜릿했다.

영화가 일찍 끝나는 바람에 우리는 집중 안 되는 지루한 다큐멘터리를 또 한 번 튼다. 그저 우리가 하는 아슬아슬한 줄타기를 하는 동안 마음을 달래줄 배경 소음처럼.

줄타기, 적어도 나한테는 그런 생각이 들었다.

지금 내 허벅지 위에 놓인 그의 팔 때문에 또다시 짜릿한 욕망이 온몸에 퍼진다. 우리의 몸이 닿을 때까지 그의 품에 바짝 파고 들어가면, 그러다 그가 눈을 뜨면 어떻게 될지 알고 싶다는 말도 안 되는 생각이 든다.

크로아티아에서의 모든 기억이 거품을 일으키며 내 정신의 수면으로 솟아오르는 바람에 또다시 간절한 불꽃이 온몸을 훑고 지나간다. 그의 몸에 올라가 있던 다리를 거두자 그의 손이 반사적으로 나의 몸을 움켜쥐지만, 내가 몸을 완전히 빼자 다시 그의 손에서는 힘이 빠진다. 몸을 굴려 일어나 앉자 그가 내 기척에 잠을 깬다. 눈은 잠에 취해 가늘게 뜨고 머리는 엉망이 되어 있다.

그가 쉰 목소리로 "안녕" 한다.

내 목소리도 쉰 목소리인 건 마찬가지다. "잘 잤어?"

"그런 것 같아. 너는?"

"나도. 허리는 어때?"

"좀 살펴볼게." 그는 천천히 몸을 팔로 지탱해 일으키더니 몸을 돌려 긴 다리를 침대 밖으로 내민다. 그러더니 조심스레 일어선다. "훨씬 나아."

그의 중심부가 우뚝 솟아 있다는 사실을 우리는 동시에 알아차린 것 같다. 그는 두 손을 앞섶에 모은 다음 눈을 가늘게 뜬 채 방 안을 둘러본다.

"어젯밤에 잘 때 이렇게 더웠을 리 없는데."

그의 말이 맞겠지만 사실 어젯밤이 얼마나 더웠는지에 대한 기억은 없다. 더위를 인지할 만큼 사고가 명료하지 않았으니까.

오늘은 어제처럼 되면 안 된다.

방 안에서 느긋하게 시간 보내기 금지. 침대에 나란히 앉아 있기 금지. 턴더 이야기 금지. 같이 잠들었다가 의식이 없는 그를 몸으로

274

덮친 채로 깨어나기 금지.

내일은 데이비드와 탬의 결혼식 행사들이 시작된다(신랑 파티, 결혼식 전날 만찬, 결혼식). 오늘은 알렉스와 나는 복잡하지도 혼란스럽지도 않은 즐거움이 가득한 하루를 보내야 한다. 그래야 돌아간 뒤 알렉스가 2년이나 나와 거리를 두는 일이 없을 테니까.

"니콜라이한테 다시 전화해볼게. 그래도 일단 나갈 준비하자. 오늘은 할 일이 많거든."

내 말에 그는 이마로 손을 뻗어 머리카락을 넘기며 묻는다. "나 샤워할 시간은 있는 거지?"

심장이 빠르게 뛰더니 곧바로 그와 함께 샤워를 하는 상상이 시작된다. 나는 간신히 입을 연다.

"하고 싶으면 해. 하지만 몇 초 만에 다시 땀범벅이 될걸."

그는 어깨를 으쓱한다. "이렇게 더러운 상태로는 도저히 밖에 나갈 수 없어."

"너 더러운 거 하루 이틀이야?" 할 말 안 할 말이 가려지지 않는 바람에 나는 그런 농담을 하고 만다.

"네가 더 더럽지."

그러더니 그는 내 옆을 스치면서 내 머리를 헝클어뜨린 다음 욕실로 들어간다. 샤워기가 켜지기를 기다리는 동안 다리가 젤리처럼 흐물흐물해지는 기분이다. 물소리가 들린 다음에야 움직이기 시작한 다리로 처음 걸어간 곳은 온도조절기 앞이다.

30도?

어젯밤부터 실내 온도를 쭉 26도로 맞춰놨는데 30도라는 말도 안 되는 온도라니. 드디어 에어컨이 완전히 고장 난 거라고 공식적으로 판정할 수 있는 상황이다.

발코니로 걸어가 니콜라이에게 전화를 걸지만 세 번째 신호음에서 음성 사서함으로 넘어간다. 또 한 번, 이번에는 더 큰 분노를 담아 음성 메시지를 남긴 다음 이메일에 문자 메시지까지 보내놓고는 다시 안으로 들어가 챙겨온 것 중 가장 얇은 옷을 찾는다.

헐렁한 나머지 종이가방을 입고 있는 것처럼 늘어지는 체크무늬 민소매 원피스다. 물소리가 멎고, 이번에는 알렉스도 타월만 두르고 욕실을 나오는 실수를 범하지 않는다. 옷을 전부 챙겨 입고 젖은 머리를 뒤로 넘긴 그의 이마와 목에는 아직도 물방울이(굳이 덧붙이자면, 육감적으로) 맺혀 있다.

"그럼 오늘 계획은 뭐야?"

"서프라이즈야. 그것도 아주 많지."

나는 과장된 손짓으로 차 키를 그에게 던지지만, 키는 고작 60센티미터 떨어진 바닥에 떨어지고 만다. 그는 열쇠가 떨어진 자리를 내려다본다.

"와, 방금 이것도…… 그 서프라이즈야?"

"응, 맞아. 그래도 다른 서프라이즈가 더 재미있으니까 키 챙겨서 어서 나가자."

그의 입매가 씰룩거린다. "내가 좀……."

"아, 맞다. 너 허리 아프지!" 나는 얼른 달려가 키를 주운 다음 평범한 성인 인간답게 그에게 건넨다.

데저트 로즈 외부 계단으로 나서자마자 알렉스는 말한다. "최소한 우리 숙소만 사탄의 항문 속인 것처럼 뜨거운 건 아니네."

"그치, 차라리 온 도시가 불경하리만치 더운 게 낫지."

"부자들이 여기로 휴가를 많이 온다면 도시 전체에 에어컨을 틀 수 있을 만한 돈이 생기지 않을까?"

"지금 바로 시의회에 가서 그 끝내주는 아이디어를 발표하는 건 어때?"

내 말에 계단을 조심조심 내려가고 있던 알렉스가 웃음기라고는 없이 말한다. "시의원님, 돔을 설치하자고 건의하고 싶습니다."

"잠깐만, 스티븐 킹 소설에 나오는 어떤 남자가 그런 거 한 적 있는데." 내가 끼어든다.

"그럼 발표에서 그 부분은 뺄게."

"나 좋은 아이디어가 있어."

주차장으로 걸어가는 길, 나는 또 한 번 그에게 슬픈 강아지 표정을 지어 보이고, 그는 웃으면서 내 얼굴을 밀어버린다.

"너 이거 잘 못하네."

"그런 것치곤 너무 격하게 반응하는데."

"솔직히 똥 누는 표정처럼 보여."

"그런 표정 아닌데, 이런 표정이지."

그러면서 나는 마릴린 먼로 포즈를 잡는다. 다리를 벌리고 한 손으론 허벅지를 짚고 다른 손으로는 벌린 입을 가린다.

"그거 괜찮네, 블로그에 올려야겠다." 그가 잽싸게 휴대폰을 꺼내 사진을 찍는다.

"야!"

"휴지 회사가 홍보 모델로 써줄지도 모르지."

"나쁘진 않네. 네 사고방식이 맘에 들어."

"나 좋은 아이디어가 있어."

그는 내가 한 말을 따라하더니 조수석 문을 열어주고 운전석에 타고, 나는 조수석에 올라탄 뒤 차 안에 배어버린 마리화나 냄새를 들이마신다. 그가 뜨거운 시트에 앉으며 신음 소리를 낸 뒤 안전벨트를 채우는 모습을 보면서 나는 말한다. "나한테 운전 안 맡겨줘서 고마워."

"운전을 싫어해준 덕분에 이 드넓고 예측 불가능한 우주에서 내 인생에 대한 최소한의 통제권을 허락해줘서 고마워."

나는 그에게 눈을 찡긋한다. "별것도 아닌데 뭐."

그가 웃는다. 이상한 일이지만 알렉스는 이번 여행 중 가장 편안해 보이는 모습이다. 어쩌면 내가 그 어느 때보다 평소같이 수다를 떨어댄 덕분인지 모르겠다. 예전과 같은 파피와 알렉스의 여름휴가를 성공적으로 보내기 위한 비밀이 바로 그것인지도.

"행선지를 알려줄 거야, 아니면 내키는 대로 달려?"

"아니, 길은 내가 알려줄게."

창문을 완전히 내리고 최고 속도로 달리고 있는데도 꼭 용광로 앞에 서 있는 것처럼 뜨거운 열기가 우리의 머리카락과 옷을 뒤흔든다. 오늘의 기온에 비하면 어제 날씨는 초봄이나 마찬가지였다.

오늘 우리는 야외에서 오랜 시간을 보낼 예정이기에 나는 가게가 보이자마자 커다란 물병을 사야겠다고 머릿속에 새겨 넣는다.

"다음에 좌회전해."

그리고 표지판이 나오는 순간 나는 "짜잔!" 하고 외친다.

"리빙 데저트 동물원 및 식물원." 알렉스가 표지판을 읽는다.

"세계 10대 동물원 중 하나래."

"음, 과연 그런지 지금부터 우리가 평가해줘야겠네."

"맞아. 우리가 열사병 때문에 정신이 혼미해지는 바람에 순순히 인정해줄 줄 알았다면 오산이라고."

"그래도 여기서 밀크셰이크를 판다면 왠지 좋은 평가를 남겨주고 싶은걸." 그는 그렇게 중얼거린 뒤 시동을 끈다.

"뭐, 우리가 그렇게 각박한 사람들은 아니잖아."

우리가 동물원을 특별히 좋아하는 편은 아니지만, 이 동물원은 특히 사막에 서식하는 동물들이 많고, 동물들을 야생으로 돌려보내려는 목표로 여러 재활 활동을 펼치고 있는 곳이다. 또, 기린에게 먹이를 줄 수도 있는 곳이다.

알렉스를 깜짝 놀라게 하고 싶은 마음에 나는 그 이야기를 해주지 않는다. 비록 가슴속엔 어린 고양이 한 마리를 품고 있지만 기본적으로 모든 동물을 사랑하는 알렉스가 분명 마음에 들어할 거라는 기대가 든다. 먹이 주기 체험은 오전 11시 30분까지기에, 기린이 있는 곳을 찾을 때까지 자유롭게 돌아다녀도 시간이 충분할 것 같고, 그러다가 우연히 기린을 발견하면 더 좋을 것 같다.

알렉스는 아직 허리를 조심해야 하기에 우리는 천천히 움직인다. 교육적인 파충류 쇼를 관람한 뒤 조류 쇼를 보다가 그는 내게 다가와 속삭인다.

"나 방금 조류공포증 생긴 거 같아."

"새로운 취향이 생기는 건 좋지!" 나도 그에게 목소리를 낮추어 대답한다. "고인 물로 살아가지 않는다는 거잖아."

그 말에 알렉스에게서 조용하지만 억눌리지 않은 웃음이 터져나오자 나는 또 어쩔한 기분이 든다. 물론 너무 더워서 어지러운 걸 수도 있고.

조류 쇼가 끝난 다음에는 체험 동물원으로 가서 다섯 살짜리 꼬마들 사이에 서서 특수 빗으로 나이지리아 드워프 염소의 털을 빗겨본다.

"염소(goats)라는 글자를 유령(ghosts)이라고 잘못 읽어서 약간 실망했어." 알렉스는 중얼거리며 얼굴을 찌푸려 보인다.

"요즘 세상에 전시할 만큼 괜찮은 유령을 찾는 게 얼마나 힘든지 몰라?"

"맞는 말이야." 그가 맞장구친다.

"뉴올리언스에서 만났던 묘지 투어 가이드 기억나? 그 사람 우리 진짜 싫어했는데."

"하."

그렇게 내뱉는 알렉스의 목소리가 기억나지 않는다는 뜻으로 들려서 하루 종일 공중제비를 돌아대던 내 심장은 벽에 부딪혀 뚝 떨어지는 것만 같다. 그가 기억했으면 좋겠다. 그 기억들이 나한테 소중한 만큼 그에게도 소중했으면 좋겠다. 하지만 옛 기억이 알렉스한테 그만큼 소중하지 않다면 최소한 이번 여행은 소중한 기억으로 남길 수 있겠지. 난 이번 여행을 멋지게 끝마치기로 굳게 다짐한다.

체험 동물원에는 다른 아프리카 동물들도 있고 그중에는 시칠리아 드워프 당나귀도 있다.

"사막에는 난쟁이 동물들이 많이 사나 봐."

내 말에 알렉스는 "너도 여기로 와서 살아야겠다" 하고 나를 놀린다.

"날 뉴욕에서 쫓아내고 내 아파트를 차지하려는 계략인 거지?"

"무슨 소리야, 난 그 아파트 유지비 감당 못 해."

체험 동물원을 나온 우리는 밀크셰이크를 사러 간다. 내가 "바닐라 맛은 맛이 아니라니까?" 하고 아무리 빌어도 알렉스는 바닐라 맛 셰이크를 산다.

"바닐라 맛도 맛이야. 바닐라빈 맛이라고, 파피."

"헤비 크림 얼려서 먹는 거랑 똑같은 맛이잖아."

그는 잠깐 생각하더니 "나중에 한 번 해볼게" 한다.

"최소한 초콜릿 맛으로 해주면 안 돼?"

"네가 초콜릿 맛 먹으면 되잖아."

"안 돼. 난 딸기 맛 먹을 거거든."

"내 말이 맞지? 어젯밤에 말한 것처럼 넌 내가 시시하다고 생각한다니까."

"난 바닐라 맛 밀크셰이크가 시시하다고 생각하는 거야. 넌 그저 잘못된 길을 가는 거고."

"자." 알렉스가 종이컵을 내 앞에 내민다. "한 모금 마실래?"

나는 한숨을 쉬며 "좋아" 하고는 알렉스의 밀크셰이크를 한 모금 마신다. 그가 미간을 찌푸리고 내 반응을 기다리는 걸 보고 난 "괜찮네" 한다.

그가 웃는다. "그래, 솔직히 그렇게 맛있진 않지만 그건 바닐라 맛이 잘못한 게 아니라니까."

밀크셰이크를 한 방울도 남김없이 먹어치우고 컵을 버린 뒤 나는 '멸종위기종 회전목마'를 타러 가자고 한다. 하지만 막상 도착해보니 회전목마는 기온 때문에 운영이 중지된 상태다.

"지구온난화가 멸종위기종을 심각하게 위협하는군." 알렉스는 생각에 잠긴 듯 말하더니 팔로 이마에 송골송골 맺힌 땀을 닦아낸다.

"물 좀 마실래? 너 힘들어 보여."

"그래, 그게 좋겠다."

우리는 물을 두 병 사서 그늘에 놓인 벤치에 앉는다. 물을 몇 모금 마신 알렉스는 상태가 더더욱 안 좋아 보인다. "젠장, 나 어지러운데." 그러면서 그는 상체를 숙여 고개를 떨어뜨린다.

"뭐 좀 사다 줄까? 아니면 뭘 좀 먹을래?"

"그게 좋겠다."

"여기 가만히 앉아 있으면 내가 가서 샌드위치 같은 거 사 올게, 알겠지?"

자기가 다녀온다고 우기지 않는 걸 보니 정말 몸이 안 좋은 게 분명하다. 나는 마지막으로 지나친 카페로 돌아간다. 점심시간이 가까워서 줄이 길다.

휴대폰으로 시간을 확인한다. 11시 3분. 기린 먹이를 줄 수 있는 시간이 30분도 남지 않았다. 10분 동안 줄을 서서 미리 만들어놓은 터키 클럽 샌드위치를 산 다음에 종종걸음으로 알렉스가 있던 자리로 돌아가자 그는 고개를 양손에 파묻고 있다.

"나 왔어."

그러자 그가 고개를 들고 유리 같은 눈으로 나를 본다.

"좀 나아졌어?"

"잘 모르겠어." 그가 샌드위치를 받아들고 포장을 벗긴다. "나눠 먹을까?"

그가 나에게 샌드위치 절반을 주자 나는 두 입 정도 먹고는 그가 느릿느릿 자기 몫의 샌드위치를 먹는 동안 재촉하지 않으려고 온 힘을 다해 참는다. 11시 22분이 되자 내가 묻는다.

"좀 나아졌어?"

"그런 것 같아. 최소한 이제 어지럽지는 않아."

"걸어도 될 것 같아?"

"혹시…… 우리 지금 서둘러서 어디 가야 해?" 그가 묻는다.

"아니, 당연히 아니지. 그냥, 내가 서프라이즈라고 했던 거 있잖아, 그게 좀 있으면 끝나거든."

그는 고개를 끄덕이지만 속이 안 좋은 것 같은 표정이라 나는 그에게 서두르자고 재촉해야 할지 앉아서 쉬라고 해야 할지 치열하게 갈등한다. 그는 괜찮다고 하면서 자리에서 일어선다.

"신경 써서 물을 많이 마시면 되겠지."

기린이 있는 곳에 도착하니 11시 35분이다.

10대 청소년 직원이 "죄송해요, 오늘의 기린 먹이 주기는 끝났어요"라고 한다.

직원이 자리를 떠나자 알렉스가 멍한 표정으로 나를 본다.

"미안해, 파피. 너무 실망하지 않았으면 좋겠다."

"실망은 무슨."

난 어차피 기린한테 먹이 주는 덴 (그렇게까지는) 관심이 없다. 내가 바라는 건 그저 이번 여행을 즐겁게 만드는 게 다. 앞으로도 매년 함께 여름휴가를 보낼 수 있다는 걸 증명하는 것. 우리가 다시 좋은 친구가 되는 것.

내가 실망한 이유는 그것 때문이다. 오늘의 첫 실패니까.

휴대폰에 문자 메시지가 왔다는 진동이 울린다. 적어도 이건 좋은 소식이다. 니콜라이의 메시지다.

당신이 보낸 메시지 전부 확인했어요. 방법을 찾아보죠.

알았어요. 그럼 확인하고 알려줘요.

나는 니콜라이에게 답장을 보낸 뒤 알렉스를 향해 가자고 한다. "다음 행선지로 가기 전까지 에어컨이 있는 곳에서 좀 쉬자."

21장

〜〜〜

6년 전 여름

베일 여행을 갈 때 알렉스가 세라를 어떤 말로 설득했는지는 모르지만, 결국에는 성공했다. 뭐라고 설득한 건지 물어보면 안 될 것 같다. 요즘 우리는 여러 화제로 대화를 나누지만 알렉스는 세라가 부끄러울 만한 이야기는 하지 않으려 조심한다.

질투심과는 상관없는 이야기다. 어쩌면 세라가 느끼는 건 질투심이 아닐 수도 있다. 그녀가 우리 두 사람의 여행을 꺼림칙하게 여기는 데는 다른 이유가 있는지도 모르겠다. 그러다 세라는 마음을 바꿨고, 우리는 여행을 왔다. 알렉스와 함께하게 된 순간 나는 걱정 같은 건 다 잊어버린다. 나와 알렉스 사이는 다시 평소로 돌아간 것 같고, 15퍼센트쯤 되던 가능성은 충분히 감당할 수 있는 2퍼센트로 줄어든다.

우리는 자전거를 빌려 자갈 깔린 거리를 덜컹거리며 달리고, 곧

돌라를 타고 산을 오르고, 등 뒤의 널찍한 푸른 하늘을 배경으로 사진 포즈를 잡고, 웃고 있는 얼굴 위에 거센 바람이 머리카락을 덮는다. 더워지기 전 이른 아침 시간이면 테라스에 앉아 차가운 녹차나 커피를 마시고, 낮에는 긴팔 티셔츠를 벗어 허리에 묶은 채로 오랫동안 산길을 걷지만 나중에는 또 어느 야외 테라스에 앉아 레드와인을 마시며 다진 마늘이며 파르메산 치즈를 갈아 뿌린 세 가지 종류의 감자튀김을 나눠 먹는다. 우리는 온몸에 소름이 돋고 덜덜 떨 때까지 바깥에 앉아 있다가 다시 옷을 껴입는다. 나는 무릎을 세워 후드 티셔츠 안에 집어넣은 자세로 앉는다. 이럴 때마다 알렉스는 내 머리에 후드를 씌워준 다음 후드 끈을 단단히 조여서 바람에 아무렇게나 엉킨 금발 머리카락에 가려지다시피 한 내 얼굴 한가운데만 드러날 정도로 내 머리를 꽁꽁 여민다.

처음 내게 이렇게 후드를 씌워줄 때 그는 "귀여워"라고 말하지만, 그저 오빠 같은 말로 느껴진다.

어느 날 밤, 머리 위에 신입생 시절 우리가 처음 만났던 때를 떠올리게 하는 둥근 조명들이 줄줄이 매달린 야외 테이블에서 저녁을 먹고 있었다. 그때 라이브 밴드가 밴 모리슨의 곡을 연주하기 시작하고, 우리는 다른 커플들을 따라 손을 마주 잡고 댄스 플로어로 나간다. 우리는 뉴올리언스에서처럼 춤을 춘다. 서툴고 박자도 맞지 않지만 행복하게 웃으면서.

시간이 지난 지금은 뉴올리언스에서의 그날 밤은 달랐다는 사실을 인정할 수 있다.

도시의 마법과 음악, 냄새, 반짝이는 불빛 속, 나는 여태까지는 알렉스를 상대로 한 번도 느낀 적 없는 감정을 느꼈다. 그보다 더 무서운 건, 알렉스가 내 눈을 바라보며 내 팔을 쓸어내리고 내 뺨에 자기 뺨을 가져다 대던 그때, 그 역시도 같은 감정을 느꼈다는 걸 알 수 있어서였다. 하지만 〈브라운 아이드 걸(Brown Eyed Girl)〉에 맞춰 춤을 추는 지금 그때의 열기는 간 데 없다. 그리고 나는 행복하다. 알렉스와의 시간을 잃고 싶지 않으니까.

단 한순간 알렉스를 완전히 내 것으로 만들고 그 기억을 혼자 곱씹으며 살아가느니 그의 작은 조각 하나를 평생 간직하고 싶다. 난 절대 알렉스를 잃고 싶지 않다. 그럴 수 없다. 그러니까 불꽃 같은 건 느껴지지 않는 이 평온한 춤이 좋다. 불꽃이라고는 튀지 않는 이번 여행이 마음에 든다.

알렉스는 하루에 두 번, 아침과 밤에 세라에게 전화를 걸지만 내 앞에서는 절대 통화하지 않는다. 아침이면 그는 내가 잠에서 깨기도 전 조깅하러 나가서 통화를 했고 리조트의 클럽하우스에 있는 카페에서 커피와 페이스트리를 사서 돌아와 나를 깨운다. 밤이면 발코니로 나가 문을 닫고 통화한다.

"통화할 때 목소리 듣고 놀릴까 봐 그래." 그가 말한다.

"와, 나 진짜 못됐나 보다."

내 말에 그는 웃지만 그래도 왠지 기분이 나쁘다. 알렉스와 나는 언제나 서로를 놀려댔고 난 그게 우리 둘만의 일이라고 생각했다. 그런데 이제는 그가 내 앞에서는 하지 않는 일이 생겼고, 나를 믿지 않는 마음이 생겼고, 그게 그리 기쁘지는 않다.

다음 날, 조깅과 통화를 마친 그가 숙소로 돌아왔을 때 나는 잠에 취해 일어나 커피와 크루아상을 받아들고는 말한다. "알렉스, 난 통화할 때 네 목소리가 진짜 근사할 거라고 생각해."

그는 얼굴을 붉히며 뒤통수를 문지른다. "아니야."

"버터처럼 부드럽고 따뜻하고 달콤하고 완벽할 거야."

"나한테 하는 말이야, 크루아상한테 하는 말이야?" 그가 묻는다.

"사랑해, 크루아상." 나는 그렇게 말한 뒤 크루아상 한 조각을 떼어 입에 넣는다. 그는 주머니에 손을 넣은 채 서서 씩 웃는다. 그런 그의 모습을 바라보는 것만으로도 가슴이 부풀어 오른다. "그래도 너한테 한 말이야."

"너도 그래, 파피. 부드럽고 따뜻하고 기타 등등. 하지만 그래도 통화할 땐 혼자 있고 싶어."

"알았어."

나는 고개를 끄덕인 뒤 내 크루아상을 그에게 내민다. 그는 크루아상을 아주 작게 떼어 입 안에 던져넣는다.

그날 점심을 먹으러 갔을 때 끝내주는 아이디어가 떠오르는 바람에 나는 문득 "리타!" 하고 외친다.

"너 괜찮아?"

"리타 기억나? 토피노의 그 우중충한 집에 벅이랑 같이 살고 있던 여자 말이야."

알렉스가 눈을 가늘게 뜬다. "혹시 나한테 집 구경 시켜준다는 핑계로 내 바지 위를 더듬으려고 하던 그 여자?"

"어, 일단 너 그 이야기 나한테 한 적 없어. 그리고, 그 여자 아니야. 리타는 나랑 벅이랑 같이 있었거든. 그때 곧 떠난다고 했던 거

기억나? 래프팅 가이드로 일하러 베일로 간다고 했잖아!"

"아, 그래. 기억나."

"리타가 아직 여기 살고 있을까?"

그는 눈살을 찌푸린다. "우리가 사는 이 세속적인 세상에 살고 있는 거냐고 묻는 거면, 토피노에서 만난 그 사람들은 진작 떠났을 것 같은데."

"나 벅 전화번호 있어."

"그런 게 있었어?" 알렉스가 나를 날카롭게 바라본다.

"한 번도 연락한 적은 없지만 갖고는 있어. 연락해서 리타 번호 있는지 물어볼게."

그렇게 나는 벅에게 문자 메시지를 보낸다.

안녕, 벅! 나 기억할지 모르겠는데 5년 전쯤 당신이 나랑 내 친구 알렉스를 수상 택시로 온천까지 데려다줬었어요. 당신 친구 리타가 콜로라도로 떠나기 직전요. 어쨌든 베일에 왔는데 리타가 아직 여기에 있는지 물어보려고요! 잘 지내고 있기를, 그리고 토피노가 여전히 지구상에서 가장 아름다운 그 모습 그대로이기를 바라요!

점심을 다 먹었을 무렵 벅으로부터 답장이 왔다.

맙소사, 섹시한 꼬마 파피가 맞나요? 이제야 연락하다니. 당신을 내 방에서 쫓아내지 말걸 그랬네요.

내가 코웃음을 치자 알렉스가 테이블 너머로 몸을 뻗어 벅의 메시지를 읽어 내리더니 눈을 굴리며 "자식아, 그걸 이제 알았냐?"라고 한다.

아니에요, 그런 걱정은 하지 마세요. 그날 밤 재미있었어요. 정말 좋은 시간 보냈잖아요.

다행이네요. 리타와는 몇 년간 연락이 끊겼지만 원한다면 당신 연락처를 전해줄게요.

그럼 정말 고맙고요.

토피노에 다시 오면 연락할 거죠?

당연하죠. 난 수상 택시 모는 법을 모르니까 얼마나 당신 도움이 필요하겠어요.

ㅋㅋㅋ 당신 진짜 괴짜네요, 맘에 들어요.

그날 밤 우리는 래프팅을 예약했다. 리타는 우리를 기억하지 못했지만 통화에서 분명 우리가 좋은 시간을 보냈을 거라고 우겼다.

"솔직히 말하면 그 시절엔 약에 흠뻑 취해 살았거든요. 그러니까 언제나 좋은 시간을 보냈는데, 거의 아무것도 기억이 안 나요."

리타와의 통화를 건너 들은 알렉스는 불안과 질문이 담긴 표정을 짓는다. 나는 알렉스가 하고 싶은 질문이 무엇인지 곧바로 알아차리고 최대한 아무렇지도 않은 목소리로 리타에게 묻는다.

"그럼, 리타는 아직도…… 그…… 약을 하고 있어요?"

"끊은 지 3년 됐답니다. 그래도 사고 싶으면 옛날 거래처랑 연결해줄 수 있죠."

"아뇨, 아뇨, 괜찮아요. 우리는 그냥…… 저희가…… 집에서 가져온…… 거 할게요."

알렉스는 내 말에 어처구니없다는 듯 고개를 설레설레 저어댄다.

"그래요, 그럼. 내일 아침 일찍 만나요."

전화를 끊자 알렉스가 묻는다. "벽이 수상 택시를 몰던 그때 약에 취해 있었던 거 같아?"

나는 어깨를 으쓱한다. "그때 벅이 혼자 고래고래 고함을 지를 때 우린 하나도 못 알아들었잖아. 물에 둥둥 떠 있는 짐 모리슨의 환영이라도 본 거 아닐까?"

"그때 안 죽은 게 정말 다행이다." 알렉스가 말한다.

다음 날 아침 우리는 래프팅 장비를 빌려주는 곳에서 리타를 만난다. 기억 속 모습과 거의 비슷하지만 손가락에 결혼반지 타투를 하고 임신해서 배가 불러 있다.

"4개월 됐어요." 리타가 배를 톡톡 두드리며 말한다.

"그런데…… 이런 일을 해도 안전해요?" 알렉스가 묻는다.

"첫째 때도 괜찮았어요." 리타가 우리를 안심시킨다. "왜, 노르웨이에서는 추운 밖에다가 아기들을 내놓고 잠을 재운다잖아요."

"그렇……군요." 알렉스가 말한다.

"노르웨이에 꼭 가보고 싶어요." 내가 끼어든다.

"아, 꼭 가보세요. 아내의 쌍둥이 자매가 노르웨이 사람이랑 결혼해서 거기 살거든요. 제 아내 게일은 자꾸 저한테 법적으로 이혼한 다음에 점잖은 노르웨이 남자 두 명을 구해보자더군요. 그 사람들이랑 결혼해서 시민권을 얻어 거기서 살자고 말이에요. 좀 보수적으로 보일지 모르겠지만 그래도 **돈까지** 내고 사기결혼이라니 전 내키지 않더라고요."

"그러면 휴가 때 노르웨이를 찾는 정도로 만족하셔야겠네요." 내가 말한다.

"그렇겠죠?"

우리는 조심하느라 초보자용 루트를 선택하는데, '초보자 래프팅 코스'라는 건 주로 일광욕, 뗏목을 타고 조류에 몸을 맡긴 채 둥둥 떠다니기, 바위에 너무 가까워지면 노를 들고 밀어내기, 주변에 다른 뗏목이 있으면 노 젓는 속도를 높이기가 전부라는 사실을 알게 된다.

알고 보니 리타는 벅을 비롯해 토피노의 집에 살던 사람들에 대해 생각보다 많은 것을 기억하고 있었다. 그렇게 그녀는 그 사람들이 지붕에서 트램펄린으로 뛰어내린 이야기라든지 술에 취해 빨간색 잉크로 서로의 몸을 찔러 타투를 새겨준 이야기를 해준다.

"나중에야 몇 명이 빨간 잉크에 알레르기가 있다는 사실을 알게 됐죠. 그걸 무슨 수로 알았겠어요?"

그녀가 늘어놓는 이야기는 점점 더 터무니없어지고, 코스가 끝난 뒤 강둑으로 뗏목을 끌어올릴 무렵이 되자 나는 너무 웃어서 복근이 당길 지경이다. 리타는 이제 막 주름이 잡히기 시작한 눈가에서 웃느라 생긴 눈물을 훔쳐내더니 만족스러운 한숨을 토해낸다.

"살아 있으니까 웃을 수도 있네요. 벅도 잘 지낸다니 기분이 좋고요." 그녀가 배를 문지른다. "있잖아요, 세상이 얼마나 좁은지 깨달을 때마다 행복해져요. 그러니까 우린 한때 같은 공간에 있었는데, 지금 또 함께 있잖아요. 인생의 각기 다른 지점에 있는데도 여전히 연결되어 있다고요. 양자 얽힘이라든가 뭐라든가 그런 것처럼요."

"저도 공항에 갈 때마다 똑같은 생각이 들어요. 여행을 정말 좋아하는 이유 중 하나죠." 나는 거기까지 말한 뒤 머릿속에 있는 길고도 흐릿한 생각을 어떻게 정확한 단어로 표현할지 잠시 머뭇거리다가 말을 잇는다. "어린 시절 전 외톨이였거든요. 그래서 어른이 되면 고향을 떠나 어딘가에서 저 같은 사람들을 만날 거라고 생각했어요. 또 실제로 그렇게 됐죠. 하지만 누구나 때로는 외로워지잖아요. 그래서 그럴 때마다 비행기 티켓을 사서 공항으로 가요. 그러면······ 모르겠어요. 어쩐지 더는 외롭지 않다는 기분이 들어요. 이토록 다른 수많은 사람들이 저마다 누군가를 찾으려고 어디론가 가고 있다는 생각이 들어서요."

알렉스가 나를 이상한 표정으로 쳐다보는데, 그 표정에 담긴 의미를 읽을 수가 없다.

"아, 젠장, 나 울리지 말아요. 망할 임신 호르몬 같으니. 아야화스카(아마존에 서식하는 환각 식물-옮긴이)보다 더 직빵이라니까."

헤어지기 전 리타는 우리 둘을 차례로 한참이나 끌어안아준다.

"만약 언젠가 리타가 뉴욕에 오게 되면······."

내 말에 리타는 눈을 찡긋하며 말한다. "두 사람이 언젠가 진정한 래프팅을 즐기고 싶어지면."

리조트로 돌아가는 차 안, 알렉스는 몇 분간 말이 없다가 걱정스럽다는 듯 눈썹을 찌푸리더니 입을 연다. "네가 외롭다고 생각하니 속상하다."

내가 당황스러운 표정을 지은 모양인지 그는 방금 한 말을 다시 설명해준다.

"외로울 때마다 공항에 간다는 그 이야기 말이야."

"나 이제는 별로 외롭지 않아."

난 파커 오빠, 프린스 오빠와 단체 메시지를 주고받는다. 요즘은 돈을 안 들이고 〈죠스〉 뮤지컬을 제작하는 계획을 짜는 중이다. 또 일주일에 한 번씩 부모님과 스피커폰으로 통화를 한다. 게다가 기예르모와 헤어진 뒤 나를 운동 수업에도, 와인 바에도, 동물 보호소 봉사활동에도 데려가며 챙겨준 레이철도 있다.

알렉스와 내가 예전만큼 자주 대화하지는 않지만 그는 내게 포스트잇에 손 글씨로 쓴 짤막한 쪽지를 덧붙인 단편소설을 보내주기도 한다. 이메일로 보낼 수도 있지만 굳이 우편으로 보낸다. 나는 알렉스의 원고를 다 읽고 나면 소중한 것들을 모아두는 신발 상자에 넣는다. (미래에 내 부모님처럼 자식들이 그린 용 그림으로 가득한 거대한 플라스틱 통을 여러 개 쌓아두고 살고 싶지 않기에 신발 상자는 딱 하나로 제한한다.) 그의 글을 읽고 있으면 외롭지 않다. 포스트잇을 손에 쥐고 이 쪽지를 쓴 사람을 생각하면 외롭지 않다.

"내가 네 곁에 없었던 것 같아서 미안해." 알렉스가 나직하게 말한다. 그는 말을 이으려는 듯 입을 열었다가 고개를 젓더니 다시 입을 닫는다.

리조트에 도착하자 그는 주차를 하려고 속도를 낮추었고, 내가 그를 향해 돌아앉자 그 역시 고개를 돌려 나를 바라본다.

"알렉스……." 다음 말을 잇기까지는 몇 초의 시간이 필요하다. "널 만난 뒤로는 외로운 적이 없었어. 네가 있는 한 이 세상에 완전히 혼자라는 기분은 들지 않을 것 같아."

그의 눈빛이 부드러워지더니 잠시 동안 그대로 나를 바라본다. "부끄러운 이야기 하나 해도 돼?"

처음으로 나는 농담으로 응수하지도, 냉소적인 답을 던지지도 않고 싶은 기분이 든다. "뭐든 해."

그는 느릿느릿 한 손으로 운전대를 돌리며 입을 연다. "난 널 만나기 전까지 내가 외롭다는 사실을 몰랐어." 그러더니 그가 다시 고개를 젓는다. "엄마가 돌아가시고 아빠가 힘들어하실 때, 난 모두가 괜찮아지기만을 바랐어. 아빠한테, 또 어린 동생들한테 필요한 사람이 되고 싶었어. 또 학교에서는 모두의 마음에 드는 사람이 되고 싶어서 차분하고 책임감 있고 성실한 모습을 보이려고 노력했지. 그러다가 열아홉 살이 되었을 때 처음으로, 이렇게 살지 않는 사람도 있다는 걸 알게 됐어. 어떤 사람이 되려고 노력하는 게 아니라, 그저 자기 자신으로 존재하는 사람이 있다는 걸 말야. 널 처음 만났을 때, 솔직히…… 처음엔 난 네가 모든 걸 연기하는 줄 알았어. 화려한 옷에, 이상한 농담에."

"말이 너무 심한 거 아니야?"

내가 농담을 던지자 그의 입가에 벌새의 날갯짓처럼 작은 미소가 살짝 어린다.

"린필드로 처음 함께 차를 타고 갈 때 넌 내가 좋아하는 것과 싫어하는 걸 엄청나게 많이 물어댔지. 잘 모르지만. 꼭 네가 진심으로 나를 궁금해하는 것 같더라."

"당연하지."

알렉스는 고개를 끄덕인다. "알아. 넌 내가 어떤 사람인지를 물었고, 이상하게 대답이 저절로 나오더라고. 가끔 난 널 만나기 전까지는 존재하지도 않았던 것 같다는 생각을 해. 네가 나를 발명해주기 전까지는."

두 뺨에 열기가 확 몰려오는 바람에 나는 의자에 앉은 채 몸을 꿈지럭거리며 가슴 앞에 무릎을 세운다.

"난 널 발명할 만큼 똑똑한 사람이 아닌걸. 그 정도로 똑똑한 사람이 세상에 어디 있겠어?"

다음 할 말을 생각하는 알렉스의 턱 근육이 움찔거린다. 무게를 재보지 않고 말을 뱉는 법이 없는 사람이니까.

"내가 하고 싶은 말은, 너를 만나기 전까지는 진짜 나를 아는 사람이 아무도 없었던 것 같아, 파피. 또 만약…… 우리 사이가 변하더라도, 넌 영영 혼자가 아닐 거야, 알았지? 내가 언제까지나 널 사랑할 테니까."

눈물이 고여 눈앞이 뿌옇지만, 눈을 깜박여 간신히 눈물을 밀어 넣는다. 웬일인지는 모르겠지만 입을 열자 내 목소리도 차분하고 밝다. 누군가 내 갈비뼈 안에 손을 집어넣어 심장을 움켜쥐고 남모를 상처를 손가락으로 쓸어본 것만 같은 기분이 드러나지도 않는다.

"알아." 나는 대답한다, 그리고 덧붙인다. "나도 널 사랑해."

사실이지만, 완전한 진실은 아니다. 지금 이 순간 그를 바라보는 것만으로 느끼는 짜릿함과 아픔, 사랑과 두려움을 담아낼 정도로 포괄적이면서도 구체적인 단어는 존재하지 않는다.

그렇게 그 순간은 지나가고, 여행은 계속되고, 우리 사이에 달라진 건 아무것도 없다. 단 하나, 마치 겨울잠을 자다 굶주림에 깨어난 곰처럼, 몇 달간 잠에 빠져 있었지만 이제 더 이상은 1초도 참지 못하겠다는 듯 내 안에서 무언가가 눈을 떴다는 사실 말고는.

다음 날은 여행이 이틀 남은 날이었고, 우리는 하이킹을 해서 산길을 오른다. 정상에 가까워질 무렵 나는 나무 사이로 보이는 깊고 푸른 호수를 사진으로 남기고 싶어 등산로 가장자리에 서려다가 발을 헛딛는다. 발목이 아프게 꺾인다. 마치 발목뼈가 내 발을 뚫고 땅에 부딪힌 느낌이다. 그렇게 나는 진흙과 낙엽 사이에 널브러진 채 욕설을 내뱉는다.

"움직이지 마." 알렉스가 내 옆에 쪼그리고 앉는다.

처음에는 숨조차 잘 쉬어지지 않아서 눈물도 나오지 않는다.

"혹시 뼈가 내 살을 찢고 튀어나왔어?"

알렉스가 고개를 숙여 내 다리를 살펴본다. "아니, 그냥 접지른 것 같아."

"젠장." 쏟아지는 아픔 속에서 나는 헐떡인다.

"내 손을 꽉 잡아."

그의 말에 나는 온 힘을 다해 그의 손을 잡는다. 알렉스의 남성적인 커다란 손바닥 속 내 손은 작고 둥글고 마디가 도드라져 보인다.

아픔이 잦아들자 조증이 그 자리를 차지한다. 나는 눈물을 줄줄 흘리며 묻는다. "내 손 늘보원숭이처럼 생겼어?"

"뭐라고?" 알렉스는 혼란에 빠진 표정인데, 그럴 만도 하다. 그의 걱정스러운 표정이 크게 흔들리더니 간신히 웃음을 참고 기침을 토해낸다. "늘보원숭이라니?"

"비웃지 마!" 이미 여덟 살짜리 여동생의 모습으로 완벽하게 퇴행해버린 내가 꽥 소리를 지른다.

"미안해. 아니, 네 손 늘보원숭이처럼 안 생겼어. 물론 늘보원숭이가 뭔지는 모르지만."

"여우원숭이랑 비슷한 거야." 나는 줄줄 울면서 대답한다.

"네 손 정말 예뻐, 파피."

그는 웃지 않으려고 그 어느 때보다 더 열심히 애를 쓰지만 결국은 웃어버리고, 나 역시 눈물범벅으로 웃음을 터뜨린다.

"일어설 수 있겠어?" 그가 묻는다.

"그냥 날 굴려서 내려 보내주면 안 될까?"

"그건 안 돼. 등산로를 벗어나면 옻나무가 있을지도 모르잖아."

나는 한숨을 쉬며 "알았어"라고 말한다. 알렉스의 부축을 받지만 오른발에 힘이 실리는 순간 왼 다리에 번갯불 같은 통증이 번진다. 나는 뒤뚱뒤뚱 걸어보려던 시도를 포기하고 다시 울음을 터뜨리고, 그 바람에 콧물투성이가 된 얼굴을 두 손에 묻어 숨겨버린다.

알렉스는 손으로 잠시 내 팔을 위아래로 쓸어주지만 그럴수록 더 심한 울음이 터진다. 내가 힘들어할 때 누군가 잘해주면 자꾸 눈물이 난다. 그가 나를 가슴에 기대게 하더니 등에 양손을 두른다.

"혹시 돈을 내고 헬리콥터라도 불러서 타고 내려가야 하는 걸까?" 내가 내뱉는다.

"우리 그렇게 높이 올라온 건 아닌데."

"농담 아니야. 다리에 힘을 아예 실을 수가 없어."

"이렇게 하면 되지. 내가 널 안아 올려서 아주 천천히 등산로를 따라 내려갈 거야. 아마 중간 중간 아주 많이 널 내려놓고 쉬어야겠지만. 그런데 또 나를 시비스킷(경마를 소재로 한 미국 드라마-옮긴이)이라고 부른다거나 귀에 대고 '더 빨리! 더 빨리!' 외치는 건 절대 금지야."

내가 그의 가슴에 안긴 채로 웃으며 고개를 끄덕이는 바람에 알렉스의 티셔츠에 온통 젖은 자국이 생긴다.

"그리고 이게 전부 내가 너를 안고 산길을 1킬로미터 걸어갈 수 있는지 확인하려는 너의 작전이라는 사실이 밝혀지면 난 정말 엄청나게 화낼 거야."

"1에서 10까지 중에 어느 정도로?" 나는 그의 얼굴을 볼 수 있게 한 발짝 물러서서 묻는다.

"최소한 7이지."

"너 진짜, 진짜 좋은 사람이다."

"버터처럼 부드럽고 따뜻하고 완벽하다는 뜻이겠지?" 그는 장난스레 대답하더니 양발을 넓게 벌리고 선다.

"준비됐어?"

"준비됐어."

그러자 알렉스 닐슨이 나를 품에 안아 올리더니 그대로 빌어먹을 산을 내려가기 시작한다.

이런 완벽한 사람을 내가 발명할 수 있을 리 없다.

22장

~~~~~

올해 여름

물을 두 병 마시고 기린 인형으로 가득한 동물원 기념품 가게에서 40분을 보낸 뒤 완전히 충전된 우리는 다음 목적지를 향한다.

'카바존 다이너소어스'는 이름 그대로다. 캘리포니아의 허허벌판을 배경으로, 고속도로 양쪽에 거대한 공룡 조각상이 하나씩 서 있는 곳이다.

처음에 이 공룡 조각상을 세운 것은 고속도로변에 위치한 식당에 손님을 끌어보고 싶었던 어느 식당 주인이었다. 그 사람이 죽은 뒤에 다른 사람이 이 땅을 산 뒤 공룡의 꼬리 부분에 창조론 박물관과 기념품 가게를 만들어놓았다. 이곳은 도로를 달리다 지나친 다음에야 멈춰 서는 그런 곳이다. 1초도 빠짐없이 하루를 꽉 채우고 싶은 사람들이 아니라면 굳이 찾을 이유가 없는 장소다.

차에서 내리자마자 알렉스가 "으음" 한다. 머리 위로 먼지 쌓인 티

라노사우루스 렉스와 브론토사우루스가 우뚝 서 있고, 그 너머 모래사막에는 삐죽 솟은 야자수 몇 그루, 듬성듬성한 덤불이 약간 있는 게 전부다. 세월과 햇볕에 닳고 닳은 공룡 조각상에겐 색깔이랄 게 없다. 공룡은 가차 없는 사막의 태양 아래 수천 년이나 방치되어 있었던 것처럼 목말라 보인다.

"으음, 그러게."

"사진 좀 찍어야겠지?" 알렉스가 묻는다.

"그래야지."

그는 휴대폰을 꺼내 내가 공룡 앞에서 포즈를 취하길 기다린다. 인스타그램에 올리기 적당한 사진을 두 장 찍고 난 뒤, 나는 그를 웃기려고 방방 뛰며 팔을 흔들어본다. 그는 미소를 짓기는 하지만 불편한 기색이 역력하다. 그늘로 가는 게 최선일 것 같다. 우리는 두 개의 거대 공룡을 둘러싼 덤불 속 작은 공룡들 사진을 몇 장 더 찍는다. 그다음에는 계단을 올라 기념품 가게로 가본다.

"공룡 속에 들어오게 될 줄이야." 알렉스가 불평하는 척한다.

"정말이야? 척추는 어디 있어? 핏줄이랑 꼬리 근육은?"

"옐프 리뷰에서 좋은 평점은 못 받겠다."

그가 중얼거리는 소리를 듣고 나는 웃지만 그는 따라 웃지 않는다. 그러고 보니, 이 기념품 가게 안의 에어컨 성능은 동물원 기념품 가게의 발끝에도 못 미친다. 지옥 같은 니콜라이의 아파트나 다를 바가 없다.

내가 "우리 나갈까?" 하고 묻자 그는 "듣던 중 반가운 소리다"라고 대답하며 들고 있던 공룡 피규어를 내려놓는다.

휴대폰으로 시간을 확인한다. 고작 오후 4시, 그런데 내가 세운 오늘 계획은 전부 다 끝나고 말았다. 나는 뭐라도 다른 할 일이 없는지 메모 앱을 열어 살핀다.

"좋아, 여기 가보자." 나는 불안감을 숨기려 애쓰며 말한다.

'모턴 식물원'은 야외긴 하지만 금속으로 만든 공룡 안 기념품 가게보다야 시원하겠지. 하지만 운영 시간을 확인해야 한다는 데 생각이 미치지 않았던 탓에 식물원에 도착하니 문이 닫혀 있다. 나는 믿기지 않아 표지판을 소리 내서 읽는다.

"하절기에는 오후 1시에 닫는다고?"

"기온이 위험할 정도로 높으니까 그렇지 않겠어?"

"그래, 알았어."

"파피, 우리 그냥 돌아가자. 니콜라이가 에어컨을 고쳐놨는지도 확인해야지."

"아직은 안 돼." 나는 절박해진다. "하고 싶은 일이 또 있어."

"알았어."

차로 돌아가자 나는 그를 앞질러 운전석을 차지한다.

"왜 그래?"

"이번에는 내가 운전해야 해."

내 말에 그는 한쪽 눈썹을 치켜올리면서도 잠자코 조수석에 탄다. 나는 GPS를 켜고는 '팜스프링스 건축 투어' 리스트 맨 처음에 나오는 주소를 입력한다.

외부가 널돌로 장식되어 있고 오렌지색 테두리를 친 간판이 달린 파격적인 디자인의 각진 모양 건물 앞에 차를 세우자 알렉스는 당황한다.

"여긴…… 호텔이네."

"델 마르코스 호텔이야."

"이 안에…… 금속 공룡이라도 있는 거야?"

나는 미간을 찌푸리고 대답한다. "아닐걸. 그런데 테니스 클럽이라는 이름의 이 동네 전체가 저렇게 신기하고 멋있는 건물로 가득하대."

"아." 알렉스는 최선을 다해 열의를 보여주려 하지만 그게 끝이다.

두 번째 주소를 입력하는데 속이 뒤틀리는 것 같다. 그렇게 두 시간이나 드라이브를 하던 도중 값싼 저녁을 먹고 (에어컨 바람을 쐬려고 그곳에서 한 시간이나 미적거렸다) 다시 차로 돌아오자 알렉스는 운전석 앞에서 나를 막아 세우더니 간절하게 이름을 부른다.

"파피, 꼭 하고 싶으면 운전해도 돼. 그런데 나 멀미 나는 것 같아. 그리고 이젠 모르는 사람들의 저택 구경하는 거 더는 못하겠어."

"하지만 너 건축을 좋아하잖아." 나는 애처롭게 말한다.

그러자 그는 미간을 찌푸리며 눈을 가늘게 뜬다. "내가……?"

"뉴올리언스에 갔을 때 내내 돌아다니면서 건물 창문 같은 걸 가리키고 그랬잖아. 그래서 그런 거 좋아하는 줄 알았어."

"내가 창문을 가리켰다고?"

나는 양손을 아래로 툭 떨어뜨리며 말한다. "모르겠어! 너는 그냥…… 건물 쳐다보는 걸 엄청 좋아하잖아!"

그는 피로한 듯 한숨을 내쉰다. "네 말이 맞겠지. 내가 건축을 좋아하나 보다. 근데 잘 모르겠어. 그냥…… 너무 피곤하고 더워."

나는 핸드백을 뒤져 휴대폰을 꺼낸다. 아직 니콜라이한테서 온 메시지는 없다. 그렇다면 아파트로 돌아갈 수는 없다.

"그럼 항공 박물관은 어때?"

내가 고개를 들자 그는 고개를 한쪽으로 기울인 채 눈을 가늘게 뜨고 나를 바라보고 있다. 한 손으로 머리를 쓸더니 잠시 시선을 돌렸다가 다시 허리에 손을 얹고 입을 연다.

"지금 저녁 7시야, 파피. 박물관은 닫았을 거야."

나는 낙심의 한숨을 쉬며 "네 말이 맞아"라고 한 뒤 조수석에 주저앉아 침울해하고, 알렉스는 차를 출발시킨다.

25킬로미터 정도 달렸을 때 타이어에 펑크가 난다.

알렉스가 갓길에 차를 세우자 나는 툴툴거린다. "제기랄."

"스페어타이어가 있을 거야."

"타이어 교체하는 법은 알아?"

"그래, 타이어 교체하는 법 알아."

"집을 소유한 남자라 이거지." 나는 짐짓 명랑한 척 말한다.

하지만 시무룩하기 짝이 없는 내 기분이 목소리에 그대로 묻어나온 모양이다. 알렉스는 내 말을 못 들은 척하고 차에서 내린다.

"도와줄까?" 내가 묻는다.

"손전등을 비춰줘야 할 것 같아. 벌써 어둑어둑해지고 있어서."

나는 그를 따라 차 뒤쪽으로 간다. 그는 해치 도어를 열고 깔개들을 이리저리 들쑤셔보더니 "스페어타이어가 없다" 하고 중얼거린다.

"우리 여행을 망가뜨리려는 포부라도 품었나." 나는 차 옆면을 발로 차며 말한다. "젠장, 그럼 내가 이 차 빌려준 여자한테 새 타이어까지 사줘야 하는 거지?"

알렉스는 한숨을 쉬더니 콧등을 문지른다. "반반 내자."

"아냐, 그런 말이…… 그런 뜻으로 한 말은 아니었어."

"알아." 그는 짜증 난 말투다. "그래도 너한테 전부 내라고 할 생각은 없어."

"이제 어떡해야 해?"

"일단 견인 업체에 연락해야 해. 우버 불러서 숙소에 갔다가 내일 해결하자."

우리는 그의 말대로 한다. 견인 업체에 전화를 건다. 그다음에는 해치백 트렁크에 말없이 앉아 견인차가 오기를 기다린다. 양팔에 벌거벗은 여자 타투를 새긴 스탠이라는 남자가 모는 견인차에 타고 정비소까지 간다. 서류 몇 장에 사인하고 우버를 부른다. 우버가 올 때까지 바깥에 서서 기다린다. 말라라는 여자가 모는 차에 올라탄 뒤 알렉스가 목소리를 낮춰 "들라로 선생이랑 똑같이 생겼어" 하고 중얼거리는 바람에 그나마 웃을 일이 생긴다.

얼마 지나지 않아 말라의 앱이 말썽을 일으켜서 길을 잃고 만다. 그렇게 원래라면 17분 걸린다고 했던 경로가 눈앞에서 29분으로 늘어난다. 이제 우리 둘 중 아무도 웃고 있지 않다. 우리 둘 다 아무 말도 하지 않는다. 아무 소리도 내지 않는다.

마침내 데저트 로즈가 가까워졌다. 바깥은 칠흑처럼 어둡고, 머리 위를 올려다보면 별이 총총한 밤하늘이 아름다울 것 같다. 우리가 말라가 모는 기아 리오의 뒷좌석에 탄 채 숨을 쉴 때마다 차 내부를 흠뻑 적신 것만 같은 슈가 쿠키 스프레이 향기를 폐 깊숙이 들이마시고 있는 것만 아니라면 말이다.

데저트 로즈까지 약 1킬로미터 남은 지점에서 더 이상 도로의 차들이 움직이지 않자 나는 울고 싶어진다.

"사고가 나서 길을 막았나 봐요. 안 그러면 이렇게까지 꽉 막힐 이유가 없는데." 말라가 말한다.

"걸어갈까?" 알렉스가 내게 묻는다.

"좋아."

그렇게 우리는 말라의 차에서 내려 기아 리오가 열다섯 번에 걸쳐 앞뒤로 왔다 갔다 한 끝에 방향 전환에 성공하는 모습을 바라본 뒤 컴컴한 갓길을 따라 데저트 로즈를 향한다.

"오늘 밤에 수영장에 가야겠어." 알렉스가 말한다.

"아마 닫혀 있을 텐데."

"울타리를 넘어서라도 갈 거야."

피로한 가운데서도 자그마한 기쁨이 솟아오른다.

"좋아, 나도 갈래."

23장

5년 전 여름

새니벌 섬에서 보내는 마지막 밤, 나는 지붕을 두드리는 빗소리에 귀를 기울이며 뜬눈으로 밤을 지샌다. 두껍고 흐릿한 데다 물결치기까지 하는 장막을 사이에 둔 것처럼 한 주를 머릿속으로 재생하며 아주 짧은 한순간을 기억에 남기려 애쓰지만 손을 뻗을 때마다 그 순간은 깜박하며 사라지는 것 같다.

폭풍우 치는 바닷가가 보인다. 알렉스와 내가 소파에서 자다 깨다 하며 보던 〈환상특급〉 연속 방송. 그가 세라와 얼마나 지저분하게 헤어졌는지를 처음으로 자세히 이야기해주었던 해산물 식당이 보인다. 세라는 알렉스와 사귀는 게 두 사람이 처음 만난 장소인 도서관만큼이나 재미없다는 말로 그를 차버리고는 요가 수련을 떠났다나. 난 이렇게 대답했다. 흥미진진한 일을 원하는 거라면 내가 열쇠로 걔 차 한번 긁어줘? 기억은 빨리 감기를 한 것처럼 돌아가며 '바'라는 이름의 바, 쩍쩍 달라붙는 바닥, 이엉지붕에 달린 선풍기, 화장실에서 나와 그가 바에 앉아 책을 읽는 모습을 본 순간, 너무나도 큰 사랑 때문에 몸이 쩍 열릴 것만 같았던 순간, 그래서 세라와 헤어진 슬픔에서 그를 꺼내주려고 무리수인 걸 알면서도 "안녕, 호랑이" 하고 불렀던 순간으로 이어진다.

그다음에는 우리가 '바'를 나와 비를 뚫고 차를 향해 달렸던 순간, 끽끽 소리를 내며 앞 유리창을 문지르는 와이퍼 소리를 들으며 퍼붓는 폭우를 가르고 비에 흠뻑 젖은 방갈로로 향하던 순간.

그러면서 나는 점점 그 기억에 가까워진다. 아무리 손을 뻗어도 마치 무언가에 반사되어 바닥에서 일렁이는 한 점의 빛에 불과한 것처럼 아무것도 잡히지 않는 그 순간.

알렉스가 내게 같이 사진을 찍자고 하는 순간, 셋이 아니라 둘까지 세고 플래시를 터뜨리는 바람에 내가 놀라는 순간. 차마 눈 뜨고 볼 수도 없는 사진 속 우리 모습에 둘 다 사레가 들릴 정도로 웃고 흐느끼기까지 하고, 지울지 말지를 놓고 말다툼을 하고, 알렉스가 나는 사진처럼 생기지 않았다고 장담하고, 나도 알렉스에게 같은 말을 하는 순간.

그러다 그는 "내년에는 추운 곳에 가자"라고 말한다.

나는 알았다고, 그러자고 한다.

그리고 마침내 그 순간, 내 손가락 사이로 자꾸만 빠져나가는, 멈출 수도, 늦출 수도 없는, 짧은, 사소한, 그러나 모든 걸 바꿔버리는 그 기억.

우리는 그저 서로를 가만히 바라보고 있다. 붙잡을 만한 단단한 모서리도 없는, 어디에서 시작하고 끝나는지 알려줄 표지도 없는, 이 순간을 닮은 수백만 가지 순간에서 구분해낼 그 무엇도 없는 순간.

그러나 그 순간 나는 처음으로 생각한다.

내가 너를 사랑하고 있어.

두렵고, 어쩌면 사실이 아닐지도 모르는 생각이다. 위험해서 차마 음미할 수도 없는 생각. 나는 그 순간 그 마음을 놓아주고 마음이 미끄러져 빠져나가는 모습을 지켜본다. 그러나 내 손바닥 한가운데에는 내가 한때 그 마음을 손에 꼭 쥐고 있었음을 증명하는 그을린 자국이 남는다.

24장

≋

올해 여름

아파트 안은 지옥처럼 달아올라 있고 니콜라이가 다녀간 흔적은 그 어디에도 없다. 나는 욕실로 들어가 비키니로 갈아입고 품이 넉넉한 티셔츠를 덧입은 다음 니콜라이에게 또 한 번 분노에 찬 문자 메시지를 날린다.

거실에서 옷을 다 갈아입은 알렉스가 욕실 문을 똑똑 두드리자, 우리는 타월을 하나씩 들고 어슬렁어슬렁 수영장을 향한다. 우선 게이트를 슬쩍 확인한다. 알렉스가 "잠겨 있어" 하고 확인해주지만, 나는 방금 더 큰 문제를 발견한 참이다.

"이게 대체…… 무슨 일이야."

고개를 든 알렉스도 내가 본 것을 본다. 물을 전부 빼버린 수영장의 콘크리트 바닥.

그때 우리 뒤에서 누군가가 숨을 헉 들이마시며 외치는 소리가 들린다.

"어머, 자기, 내가 그 사람들이라고 했잖아!"

알렉스와 내가 휙 돌아서자 가죽처럼 갈색으로 몸을 태운 중년 부부가 우리를 향해 달려오고 있다. 코르크 굽이 달린 반짝거리는 샌들에 흰색 카프리 팬츠를 입은 빨간 머리 여자, 그리고 머리를 박박 밀고 뒤통수를 향해 선글라스를 낀 목이 굵은 남자.

"당신이 맞혔네, 여보." 남자가 말한다.

"신혼부부!" 여자가 노래하듯 길게 늘여 말하더니 나를 꼭 껴안는다. "팜스프링스에 온다는 얘기 왜 안 했어요?"

그제야 이 사람들이 기억난다. 로스앤젤레스 국제공항에서 택시를 함께 탔던 '남편'과 '아내'다.

"우아, 안녕하세요. 잘 지내셨어요?" 알렉스가 말한다.

손톱을 형광 오렌지색으로 칠한 여자가 나를 놓아주고는 한 손을 내젓는다. "어휴, 말도 말아요. 이 말도 안 되는 일이 일어나기 전까지는 다 괜찮았죠. 이 수영장 일 말이에요."

남편도 같은 생각이라는 듯 뭐라고 툴툴거린다.

"무슨 일이에요?" 내가 묻는다.

"어떤 꼬마 애가 수영장 안에다 설사를 했대요! 물을 싹 비워야 했던 걸 보니 상당히 많이 한 모양이죠. 내일 다시 물을 채워서 운영한다고 하네요!" 그러더니 여자는 얼굴을 찌푸린다. "물론 내일이면 우린 조슈아 트리로 떠날 거지만요."

"와, 멋지네요!" 비록 내 영혼은 텅 빈 껍데기 속에서 바들바들 떨고 있지만, 나는 밝고 명랑한 목소리를 내려고 안간힘을 쓴다.

"무료 숙박권을 얻어서 가는 거랍니다. 제가 운이 좀 좋거든요."
여자가 나에게 윙크한다.

"아무렴요." 남편이 말한다.

"그냥 하는 말이 아니에요! 몇 년 전에 복권에 당첨됐어요. 뭐, 수
천억짜리 복권은 아니지만 당첨금이 꽤 됐죠. 그런데 그때부터 경품
이건 내기건, 대회건 전부 이기는 거 있죠?"

"대단하네요." 알렉스가 말한다. 그의 영혼 역시 떨고 있는 것 같
은 목소리다.

"아무튼! 잉꼬부부들은 둘만의 시간을 보내도록 해요." 여자가 또
한 번 윙크한다. 아니면 인조 속눈썹이 서로 붙어버린 건지도 모르
지만, 구분하기가 쉽지 않다. "우리가 같은 숙소에서 묵는다는 이
행운이 정말 신기해서 그랬답니다."

"행운요." 알렉스는 마치 불운이 야기한 환각 상태에 빠지기라도
한 것 같은 목소리다. "그러네요."

"세상 참 좁죠?"

"그러니까요." 나도 맞장구친다.

"아무튼 남은 여행 즐겁게 해요!"

여자가 우리 두 사람의 어깨를 한 번씩 꾹 쥐었다 놓고, 남편은
고개를 끄덕이고, 그렇게 두 사람이 떠나자 우리는 텅 빈 수영장 앞
에 서 있다.

침묵 속에서 3초가 흐른 뒤 내가 입을 연다. "니콜라이한테 다시
전화해볼게."

알렉스는 아무 대답도 하지 않는다. 우리는 다시 방으로 올라간

312

다. 32도다. 은유적으로 하는 말이 아니라 실제로 실내 온도가 32도다. 우리는 전구 하나만 켜도 기온이 40도까지 올라갈세라 욕실 불만 남기고 조명을 모두 끈다.

알렉스는 차마 눈 뜨고 못 볼 표정으로 방 한가운데 서 있다. 너무 더워서 어디에 앉을 수도, 무엇을 만질 수도 없다. 방 안 공기마저도 숨이 막힐 것 같다. 나는 방 안을 돌아다니면서 계속해서 니콜라이에게 전화를 건다.

네 번째 신호음에서 그가 수신을 거절하자 나는 고함을 지른 다음 발을 쿵쿵 구르며 주방으로 가서 가위를 찾는다.

"뭐하는 거야?"

알렉스가 묻지만 나는 여전히 거친 발걸음으로 그를 지나쳐 발코니로 간 뒤 비닐 시트에 가윗날을 찔러 넣는다.

"소용없는 짓이야. 오늘 밤엔 바깥도 집 안만큼 덥다고."

하지만 내 귀에는 알렉스의 이성적인 말이 들리지 않는다. 나는 가위로 비닐을 큼직한 조각으로 도려내 뭉쳐서 바닥에 던져버리기를 반복한다. 그러다 보니 발코니의 절반이 열려 밤공기가 들어오기 시작하지만, 알렉스의 말대로다. 아무 소용이 없다.

너무 더워서 녹을 것만 같다. 나는 다시 안으로 들어와 얼굴에 차가운 물을 끼얹는다.

"파피, 우리 호텔로 가야 할 것 같아. 아니, 가야 해."

절망한 나머지 말도 나오지 않아서 나는 고개만 젓는다.

"이번 휴가에서는 그러면 안 돼." 그렇게 내뱉는 순간 갑작스러운 편두통이 시작된다.

"무슨 소리야?"

"옛날처럼 휴가를 보내야 했단 말이야! 저렴한 숙소에 묵고, 예상치 못한 일이 일어나도 임기응변으로 대처하면서."

"임기응변은 벌써 여러 번 했잖아."

"호텔은 돈이 들잖아! 또 그 고물차에 새 타이어를 달아주는 데도 200달러나 들 거고!"

그러자 알렉스가 말한다. "진짜 돈이 드는 게 뭔지 알아? 병원비야! 우리 오늘 밤 이 집에서 자면 죽는다고."

"원래는 이렇게 되면 안 되는 거라니까!" 나는 고장 난 레코드처럼 반쯤 고함을 지른다.

그러자 알렉스도 맞받아 외친다. "그래도 그래야 해!"

"난 그냥 옛날처럼 여행하고 싶었을 뿐이야!"

"파피, 우린 절대 옛날처럼 안 돼!" 알렉스가 쏘아붙인다. "과거로 돌아갈 순 없다고, 알겠어? 이젠 모든 게 변했고, 되돌릴 수도 없어, 그만해! 예전 같은 친구로 지내려는 억지 노력도 그만하라고. 그런 일은 절대 없을 거니까! 이제 우린 변했으니까 아무것도 변하지 않은 척은 그만하란 말야!"

말을 멈춘 그의 턱이 팽팽해지고 눈은 새까맣다.

우리는 그렇게 말없이 거친 숨을 몰아쉬며 어둠 속에 서 있는다. 눈물이 솟구쳐 눈앞이 흐리고 가슴이 반으로 쪼개지는 것처럼 아프다.

그때 무언가가 침묵을 무너뜨린다. 저 멀리 낮게 우르릉거리는 소리가 들리더니 다음 순간 나직하게 똑똑 소리가 난다.

"들려?" 알렉스의 목소리는 낮고 거칠다.

나는 잘 모르겠다는 듯 고개를 한 번 끄덕이는데, 다음 순간 또다시 우르릉 소리가 들려온다. 우리는 눈을 크게 뜨고 간절하게 서로를 바라본 뒤 발코니 가장자리로 달려간다.

"이게 무슨."

나는 떨어지는 빗방울을 향해 한 팔을 뻗는다. 그다음에는 웃기 시작한다. 알렉스도 가세한다.

"자."

알렉스는 남아 있는 비닐 시트를 움켜쥐고 잡아당기기 시작한다. 나는 커피 테이블에 올려놓았던 가위를 가져오고, 우리는 함께 비닐을 모두 뜯어내 어깨 너머로 집어던져버린다. 마구 쏟아지던 비가 마침내 뻥 뚫린 발코니까지 들이친다. 우리는 한 발 물러나 고개를 젖혀 위를 보면서 온몸이 비에 흠뻑 젖도록 내버려둔다. 또다시 웃음이 터질 것 같아 알렉스를 바라보니 그는 환한 미소를 짓고 나를 쳐다보고 있다. 하지만 곧 그의 표정은 걱정스럽게 바뀐다.

"미안해." 그의 목소리는 빗소리에 묻혀 잘 들리지 않는다. 그러니까 "내 말뜻은……."

"무슨 뜻인지 알아 알렉스, 네 말이 맞아. 우리는 예전으로 돌아갈 수 없어."

알렉스가 아랫입술을 이로 훑는다. "그러니까…… 너 정말 그러고 싶어?"

"내가 원하는 건 그냥……." 나는 어깨를 으쓱한다.

너야, 라고 나는 생각한다.

너.

너.

너라고, 지금 말해.

나는 고개를 젓는다. "난 다시는 널 잃고 싶지 않아."

알렉스가 내게 손을 뻗고, 나는 그에게로 다가가 내 골반께를 그러쥐고 나를 안는 그에게 몸을 내맡긴다. 그가 나를 꼭 안으며 위로 들어올리자 나는 축축한 그의 티셔츠에 얼굴을 묻는다. 발돋움을 하자 그는 그대로 내 목에 얼굴을 묻고, 내가 입은 헐렁한 티셔츠는 완전히 흠뻑 젖어버린다. 그의 허리를 두 팔로 단단히 감는다. 그의 손이 내 등을 타고 올라와 티셔츠 아래 묶인 수영복 끈 때문에 불룩 튀어나온 부분을 붙잡자 나는 몸을 떤다.

온종일 땀을 흘렸는데도 내 몸에, 내 손에 닿는 그에게서는 좋은 냄새가 난다. 사막의 비가 가져다준 엄청난 안도감과 그의 체취가 합쳐진 덕분인지 머리가 핑글 돌면서 아무것도 거리낄 것 없다는 기분이 든다. 나는 손으로 그의 목을 더듬어 올라가 머리카락 사이로 집어넣는다. 그가 뒤로 물러나 내 얼굴을 마주 보지만, 우리 둘 다 서로를 놓지 않는다. 마치 그간의 걱정과 스트레스가 우리 몸에서 모두 증발해버리기라도 한 것처럼 그의 미간에도 턱에도 긴장의 흔적이 없다.

"네가 날 잃는 일은 없어." 그는 비 때문에 나직해진 목소리로 말한다. "네가 날 원하는 한 언제까지나 옆에 있을게."

무언가가 목에 걸린 것만 같다. 꿀꺽 삼켰는데도 자꾸만 치밀어 오른다. 하고 싶은 말을 억누르려 애쓴다. 그 말을 해버리는 건 실수일 거야, 그렇지? 우린 서로에게 무슨 말이든 하지만 세상에는 한 번 뱉으면 되돌릴 수 없는 말이 있다. 한 번 하면 되돌릴 수 없는 행동이 있는 것처럼.

그가 손을 들어 내 눈을 가린 젖은 곱슬머리 한 가닥을 귀 뒤로 넘겨준다. 그 순간 목에 걸린 덩어리가 녹으면서 지금까지 참았던 숨이 한꺼번에 터지는 것처럼 입 밖으로 진심이 새어나온다.

"난 언제나 널 원해, 알렉스. 언제나."

어두운 발코니 안에서 그의 눈이 반짝이는 것 같더니 그의 입매가 부드러워진다. 그가 몸을 낮추어 내 이마에 자기 이마를 대고, 그의 두 손이 햇살만큼이나 부드럽게 내 몸을 쓸어내리자 마치 내 욕망이 무게 추를 달고 나를 사방에서 끌어내리는 것처럼 온몸이 무거워진다. 그의 코가 내 코 옆으로 미끄러져 내리고, 맞닿기 직전 망설이는 두 입술이 고동친다.

아직까지는 그럴싸하게 피해 갈 여지가 있다. 입술이 닿기 전, 이 순간을 그저 흘려보낼 기회가 있다. 그러나 내 쪽으로 망설이듯 다가오며 살짝 열린 그의 입술에서 새어나오는 고르지 못한 숨소리를 듣는 순간 나는 지금까지 이 일을 미뤄왔던 이유들을 모두 잊어버린다.

우리는 서로에게 신중한 거리를 두고 있을 때조차 자꾸만 이끌리는 자석 같은 사이다. 그가 손으로 내 턱을 훑더니 조심스럽게 각도를 움직여 나와 시선을 마주한다. 열린 입속으로 우리 사이의 아주 미세한 거리를 채우고 있는 공기의 맛이 느껴진다.

이제 그가 내쉬는 숨이 내 아랫입술에 닿는다. 내가 떨면서 들이

쉬는 숨은 그를 내게 점점 끌어당긴다. 흐릿한 머리로 나는 생각한다. 이런 일이 일어나면 안 되는 거였는데.

다음 순간, 더 크고 선명한 생각이 떠오른다.

이런 일은 일어나야 했어.

이런 일은 일어나야 한다.

이 일이 지금 일어나고 있다.

25장

≋

4년 전 여름

올해 여름휴가는 전과는 다를 거다. 《R+R》에서 일하기 시작한 지 6개월이 됐다. 그사이에 나는 이미 다음과 같은 곳에 다녀왔다.

마라케시와 카사블랑카.

마틴버러와 퀸스타운.

산티아고와 이스터 섬.

출장으로 다녀온 국내 도시들은 말할 것도 없다.

이런 여행들은 알렉스와 함께한 여행들과는 딴판이었지만, 알렉스에게 이번 여름휴가는 내 출장과 합치는 게 어떠냐고 제안할 때 나는 일부러 그 점은 강조하지 않고 넘어간다. 허름한 티제이맥스 여행가방을 끌고 첫날 리조트에 도착했을 때 샴페인이 우리를 맞아 주는 순간 알렉스가 어떤 반응을 보일지 궁금해서다.

스웨덴에서 나흘. 노르웨이에서 나흘.

추운 곳은 아니지만 적어도 서늘하기는 할 테지. 또 래프팅 가이드 리타가 이야기했던, 노르웨이에 산다는 대니에게 연락했더니 그녀는 일주일에 한 번 꼴로 오슬로에서 해야 할 일들을 담은 이메일을 보내왔다. 리타와는 달리 대니는 철통같은 기억력의 소유자였다. 자기가 가본 식당을 모조리 기억하는 건 물론 정확히 무슨 메뉴를 주문해야 하는지까지도 다 알려주었다. 어떤 이메일에서는 다양한 기준(경관, 혼잡도, 크기, 위치의 편의성, 그 편리하거나 불편한 목적지를 향해 가는 길의 경관)으로 여러 피오르(빙하의 침식으로 만들어진 골짜기에 빙하가 없어진 후 바닷물이 들어와서 생긴 좁고 긴 만-옮긴이)의 순위를 매겨 보내주기도 했다.

리타에게서 대니의 연락처를 받았을 때 나는 아마 국립공원 한 곳과 바 두어 곳을 추천받지 않을까 예상했다. 물론 대니는 첫 이메일에서 그런 곳들을 알려주긴 했다. 하지만 그녀는 '절대로 놓쳐서는 안 될 곳!'이 떠오를 때마다 끊임없이 이메일을 보내왔다.

대니는 느낌표를 많이 썼다. 나는 평소에 사람들이 느낌표를 쓰는 건 친근해 보이고 싶을 때나 절대 화나지 않았다는 것을 강조하기 위해서라고 생각해왔지만, 대니가 쓰는 문장은 모조리 명령문처럼 읽혔다.

'아쿠아비트는 꼭 마실 것!'

'반드시 실온으로, 가능하면 맥주와 함께 마실 것!'

'실온에 맞춘 아쿠아비트를 바이킹 박물관에 가는 길에 마실 것! 절대 놓치지 말 것!'

이메일이 올 때마다 머릿속에 그 느낌표가 불도장처럼 새겨지는 것만 같아서 대니를 만나는 게 두려워질 법도 했지만, 모든 이메일이 XOXO(포옹과 키스를 뜻하는 줄임말-옮긴이)로 끝나는 게 너무 귀여운 나머지 난 분명 우리가 그녀를 좋아하게 될 거라고 확신한다. 아니면 난 그녀를 좋아하지만 알렉스는 겁에 질릴지도 모르고. 어느 쪽이건 간에 살면서 여행을 앞두고 이렇게 들뜬 건 처음이었다.

스웨덴에는 전체가 얼음으로 된 호텔이 있는데 이름은 (수수께끼 같은 이유로) 아이스호텔이라고 한다. 우리 돈으로는 절대 갈 수 없는 곳이기에, 스와프나와의 미팅을 앞둔 아침 나는 의자에 앉아 비오듯 땀을 흘린다. 그냥 땀이 아니라 불안감과 함께 찾아오는 식은 땀이다. 물론 알렉스는 올해 여름 또다시 무더운 바닷가로 휴가를 간다 해도 개의치 않겠지만, 아이스호텔의 존재를 알게 된 순간 난 그 호텔은 알렉스에게 줄 수 있는 완벽한 깜짝 선물이 되겠다는 생각이 들었던 것이다.

그날의 발표에서 내가 '여름의 서늘한 휴식'이라는 제목의 기사를 제안하자 스와프나는 마음에 든다는 듯 눈을 빛낸다.

"영감을 주는걸."

스와프나가 그렇게 말하자 그 자리에 있던 나보다 경력이 오래된 다른 기자들 몇몇이 서로에게 입 모양으로 그 말을 속삭이는 모습이 보인다. 난 스와프나가 그런 표현을 쓰는 걸 볼 만큼 《R+R》에 오래 다닌 건 아니지만, 그녀에게 트렌디하다는 말이 갖는 의미로 미루어 짐작해본다면 아마 스와프나에게 영감을 준다는 말은 트렌디하다의 반대말인 모양이다.

스와프나는 내 제안에 적극 찬성한다. 그렇게 나에게 엄청난 돈을 써도 된다는 허락이 떨어진다. 물론 이 돈으로는 알렉스에게 식사나 비행기 티켓, 심지어 바이킹 박물관 티켓조차 사줄 수 없지만, 《R+R》 기자로서 여행할 땐 문이 저절로 열린다. 주문한 적 없는 샴페인이 식탁 위에 나타나고, 셰프가 '작은 서비스'를 가지고 찾아오고, 그렇게 인생은 조금 더 반짝인다.

물론 사진기자가 동행해야 한다는 문제는 있지만, 여태 출장에 동행했던 사진기자들은 다들 유쾌하고 재미있는 데다 독립적인 사람들이었다. 시간을 정해 만나고, 촬영을 계획하고, 헤어지는 식이었다. 나와 함께 가게 된 신입 사진기자와는 출근 날짜가 완전히 달라서 아직 만나보지 못했지만, 같은 신입 기자인 개릿에게 트레이라는 이름의 그 사진기자가 아주 괜찮은 사람이라고 들었기에 걱정되지 않는다.

알렉스와 나는 여행 전 몇 주 동안 끊임없이 메시지를 주고받지만 여행 자체에 대해서는 이야기를 나누지 않는다. 나는 이번 여행은 전부 내가 알아서 준비하겠다고, 깜짝 선물이라고 말한다. 알렉스는 통제권을 잃어버리는 게 답답할 텐데도 불평 한마디 하지 않는다. 그 대신 그는 검은 아기 고양이 플래너리 오코너 이야기를 한다. 고양이가 신발과 찬장에 들어가 있는 사진, 책장 맨 위 칸에 엎어져 있는 사진을 보내온다.

얘를 보면 네가 생각나.

그러면 나는 이렇게 묻는다.

발톱이 있어서? 이빨이 있어서? 벼룩이 있어서?

내가 어떤 비교를 들고 나오건 그는 그저 이렇게만 답장한다.

작은 싸움꾼.

그 말을 들을 때마다 마음이 포근하고 따뜻해진다. 차가운 어둠 속 그가 내게 후드를 씌워 단단히 여며준 뒤 나직하게 귀여워, 라고 속삭이던 모습이 떠오른다.

하지만 여행 일주일 전, 나는 지독한 감기인지 심한 알레르기인지 모를 병에 걸리고 만다. 코가 막히기도 하고, 반대로 콧물이 주룩 주룩 쏟아질 때도 있다. 목이 까끌까끌하고 입 안에서 신맛이 난다. 머리 전체에 압력이 가득 찬 것 같다. 그리고 아침이면 하루가 채 시작하기도 전에 기진맥진해지고 만다. 그런데 열은 하나도 없고, 응급 처치실에 갔더니 인두염은 아니라고 하기에 나는 일하는 속도가 더뎌지지 않게 최선을 다한다. 여행 전에 마무리해야 할 일이 산처럼 쌓여 있기에 기침을 미친 듯이 하면서도 전부 해낸다.

출발 3일 전, 꿈에 알렉스가 나와서는 세라와 다시 사귀기로 했으니 앞으로는 함께 여행을 갈 수 없다고 말한다. 토할 것 같은 기분으로 잠에서 깬다. 온종일 그 꿈을 잊어버리려고 무진 애를 쓴다. 오후 2시 30분, 알렉스가 플래너리 오코너 사진을 보내온다. 나는 그에게 이런 답장을 보낸다.

세라가 그리울 때 있어?

가끔, 그래도 그렇게 심하게는 아니야.

여행은 취소하지 말아줘, 부탁이야.

어젯밤 꿈이 정말, 엄청나게 신경 쓰여서 한 말이다.

내가 여행을 왜 취소해?

모르겠어. 그냥 네가 여행을 못 가게 될까 봐 자꾸 불안해.

여름휴가는 내 한 해의 하이라이트인걸.

나도 그래.

이제 항상 여행을 다니고 있는데도 그래? 질리지 않아?

절대 질릴 일은 없어. 취소하지 마.

그는 이미 싸놓은 여행가방 안에 앉아 있는 플래너리 오코너의 사진을 보낸다.

작은 싸움꾼, 나는 그렇게 답장한다.

사랑스러워.

당연히 고양이한테 하는 말이겠지만 어쩐지 그 포근하고 따뜻한 기분이 다시 살아나는 것 같다.

어서 보고 싶다.

그러나 이런 평범하기 그지없는 말조차 막상 쓰고 나니 지나치게 대담한 말, 심지어 위험한 말처럼 보인다.

알아. 나도 그 생각뿐이야.

그날 밤, 나는 몇 시간이나 잠을 못 이룬다. 그저 머릿속에서 알렉스의 답장을 생각하고 또 생각하다가 열에 들뜬 기분이 된다.

잠에서 깨어난 순간, 나는 실제로 열이 나고 있다는 사실을 깨닫는다. 목이 전보다 더 부어올라 따끔따끔한 데다 머리가 터질 듯이 아프다. 가슴이 답답하고 다리가 쑤시고 아무리 담요를 많이 덮어도 오한이 사라지지 않는다. 열이 38도를 넘어간다.

예약한 장소들은 일정이 코앞이라 대부분 환불이 불가능하다. 나는 침대에서 담요를 꽁꽁 싸맨 채 덜덜 떨며 휴대폰으로 스와프나에게 상황을 설명하는 이메일을 쓴다.

어떻게 하면 좋지? 이번 일 때문에 해고라도 당하면 어떡하지?

몸 상태가 이렇게까지 나쁘지 않았다면 분명 울어버렸을 것 같다.

내일 아침 일어나자마자 병원에 가.

알렉스에게서 이런 문자가 오자 나는 답장을 쓴다.

어쩌면 일시적으로 컨디션이 나쁜 건지도 몰라. 넌 원래대로 출발하고 내가 이틀쯤 뒤에 합류할게.

감기 끝물에 몸 상태가 더 안 좋아지는 일은 없어. 제발 병원에 가, 파피.

알았어, 정말 미안해.

그렇게 답장을 보낸 뒤에야 나는 울기 시작한다. 이번 여행을 놓치고 나면 내년까지 알렉스를 못 볼지도 모른다. 그는 석사과정을 밟으며 강의까지 하느라 정말 바쁘다. 또 난 《R+R》에서 일하기 시작한 이후로 집에 붙어 있는 시간조차 모자라 린필드에 가는 일은 더 줄어들었다. 엄마는 이번 크리스마스에는 뉴욕에 가자고 아빠를 설득했다며 신이 나서 알려왔다. 심지어 이번 크리스마스에는 오빠들마저 하루나 이틀쯤 뉴욕에 다녀가겠다고 했다. 캘리포니아로 간 오빠들은(파커 오빠는 LA에서 방송작가로 일하려고, 프린스 오빠는 샌프란시스코에서 게임개발자로 일하려고) 마치 임대계약서에 사인하는 순간 뉴욕과의 치열한 경쟁을 시작하기라도 한 것처럼 절대 뉴욕엔 오지 않겠다고 했었는데 말이다.

아플 때마다 나는 내가 린필드에 있었으면 좋겠다는 생각을 한다. 벽에 빈티지 여행 포스터를 도배해둔 어린 시절 내 방에서, 엄마가 나를 임신했을 때 만든 연분홍색 퀼트 이불을 턱까지 끌어올려 덮고 누워 있고 싶다. 엄마가 수프와 체온계를 가져오고, 내가 물을 충분히 마시는지 지켜보고, 해열제를 먹여줬으면 좋겠다.

잠깐이지만 내 미니멀리즘 아파트가 원망스럽다. 밤낮을 가리지 않고 우리 집 창문을 두드리는 도시의 소음이 너무나 싫다. 내가 고른 연회색 리넨 침구도, 아빠가 '어른의 직업'이라고 부르는 이 일자리에 안착한 뒤부터 모으기 시작한, 덴마크 가구를 따라한 유선형 가구들도 싫다.

잡동사니에 둘러싸여 있고 싶다. 꽃무늬 전등갓, 등받이에 까끌까끌한 아프간 블랭킷을 씌워놓은 체크무늬 소파 위 어울리지 않는 쿠션들이 그립다. 개틀린버그, 킹스아일랜드, 비치 워터파크에서 사온 우스꽝스러운 자석이며 내가 어릴 때 그린 그림들, 플래시를 받아 하얗게 찍힌 가족사진으로 뒤덮인, 낡아서 누렇게 된 냉장고가 그립다. 기저귀를 찬 고양이가 내 옆을 지나가다가 벽을 못 보고 부딪히는 모습이 보고 싶다.

혼자 있고 싶지 않다. 매순간 이렇게 애쓰며 살고 싶지 않다.

오전 5시, 스와프나의 답장이 도착한다.

이런 일도 있는 법이야. 스스로를 다그치지 말도록 해. 하지만 환불이 안 된다는 건 파피 말이 맞아. 이미 예약한 숙소는 친구가 편하게 써도 좋아. 일정표를 다시 전달해주면 트레이를 보내 촬영을 진행할게. 몸 상태가 나아지면 따라와도 돼.

그리고, 파피. 이런 일이 또 생기면 (분명 생길 거야) 그렇게 열심히 사과하지 않아도 돼. 자기 몸의 면역 시스템까지 맘대로 할 수 있는 사람이 누가 있겠어. 다른 남자 기자들이 출장을 취소하게 될 땐 마치 나에게 개인적인 잘못이라도 한 것처럼 미안해하는 기색은 전혀 보이지 않는다고 분명히 말할게.

자신이 통제할 수 없는 일 때문에 다른 사람이 파피를 탓하게 하지는 마. 파피는 훌륭한 기자고, 파피를 가진 우리는 정말 운이 좋아.

이제 병원에 가서 진정한 휴식과 이완을 즐겨. 몸이 회복되면 다음 단계를 알려줄게.

눈앞이 안개가 낀 것처럼 뿌옇지만 않았더라면, 그냥 가만히 존재하는 것만으로도 온몸이 불편한 것만 아니었다면 나는 스와프나의 답장을 읽고 훨씬 더 안심했을 것이다.

나는 이메일을 캡처한 뒤 알렉스에게 전송하며 이렇게 덧붙인다.

가서 즐겨! 후반부에 합류할 수 있도록 해볼게!

이제 침대를 벗어나겠다는 생각만으로도 어지럽다. 나는 휴대폰을 한쪽으로 밀어놓고 눈을 감은 다음 잠이 천천히 불어나는 우물처럼 나를 삼키게 내버려둔다. 평온한 잠이 아니라 꿈과 문장들이 뒤섞여 끝없이 반복되며 둥둥 떠다니는 춥고 괴로운 잠이다. 나는 침대 위에서 몸부림을 치고, 잠에서 깨면 너무 춥고 힘들다고 생각하다가 또다시 불안한 잠 속으로 빠져든다.

굶주린 눈을 한 거대한 검은 고양이가 나오는 꿈을 꾼다. 고양이는 원을 그리며 나를 쫓아 달리고 나는 점점 지치고 숨이 차서 더는 달릴 수가 없다. 고양이가 내게 덤벼드는 순간 잠에서 번쩍 깨지만 몇 초 뒤 눈을 감는 순간 곧장 꿈속으로 돌아간다.

병원에 가야 해, 중간중간 생각하지만 도저히 몸을 일으킬 엄두가 안 난다. 나는 먹지도, 마시지도 않는다. 오줌을 누러 가지도 않는다.

하루가 순식간에 지나가고 눈을 뜨자 지는 해가 침실 창문에 노르스름한 금빛을 던지고 있다. 눈을 감았다 뜨자 하늘빛은 짙은 청보라색으로 바뀌어 있고, 머리가 지끈거리는 감각은 실제로 머리를 쿵쿵 두드리며 내 온몸에 충격파를 흘려보내기라도 하는 것처럼 선명하다.

몸을 굴려 얼굴을 베개로 덮어보지만 쿵쿵 소리는 멈추지 않는다. 쿵쿵 소리는 점점 커진다. 그러더니 내 이름을 부르는 소리가 된다. 너무 피곤해서 스르륵 잠이 드는 순간 모든 소리가 음악처럼 들리는 것과 마찬가지로.

파피! 파피! 파피, 집에 있는 거야?

침대 옆 협탁에 두었던 휴대폰 진동이 울리기 시작한다. 나는 진동을 무시하고 울리게 내버려둔다. 다시 전화가 온다. 세 번째로 진동이 울리자 나는 몸을 굴려 그쪽으로 다가가 온 세상이 마치 두가지 색을 뱅글뱅글 쌓아 올린 아이스크림처럼 녹아내리는 것만 같은 기분을 애써 무시하고 화면에 뜬 글자를 읽는다.

알렉산더 대왕으로부터 온 메시지가 수십 개 쌓여 있다. 그리고 마지막으로 온 메시지는.

나 왔어! 문 열어줘!

이해가 안 된다. 무슨 맥락인지 혼란스럽고, 너무 추워서 아무 생각도 안 든다. 또 한 번 전화가 걸려오지만 아무 말도 나오지 않을 것 같다. 목구멍이 바짝 조여오는 것만 같다.

쿵쿵 두드리는 소리, 내 이름을 부르는 소리가 다시 시작되는 순간, 머릿속에 드리운 안개가 아주 살짝 걷히더니 모든 조각이 명료하게 딱 들어맞는다.

"알렉스." 나는 웅얼거린다.

"파피! 안에 있어?"

알렉스가 문밖에서 고함을 지르고 있다.

또 꿈이구나, 그러니까 문까지 갈 수 있을 거야. 꿈이겠지, 문을 열면 또 거대한 검은 고양이가 기다리고 있을 거야. 그 위에는 세라 토발이 말을 타듯 걸터앉아 있을 거고.

하지만 아닐 수도 있어. 그냥 알렉스일지도 몰라. 그러면 알렉스를 집 안으로 끌어당겨서…….

"파피, 괜찮은지 말 좀 해줘!"

문 너머에서 알렉스가 외치자 나는 리넨 이불을 둘둘 감은 채 침대에서 미끄러져 내려온다. 이불로 몸을 감싼 채 힘이 조금도 들어가지 않는 다리를 끌고 문으로 다가간다.

떨리는 손으로 잠금 장치를 더듬다 마침내 장치가 풀리는 순간 문은 마법처럼 열린다. 꿈이란 원래 그런 거니까. 그러나 등 뒤에 낡은 여행가방을 세워두고 문고리를 붙잡은 채 서 있는 알렉스를 마주한 순간 꿈이라는 확신이 사라진다.

"세상에, 파피." 그가 문 안으로 성큼 걸음을 내딛더니 서늘한 손등으로 땀범벅이 된 내 이마를 짚어본다. "너 펄펄 끓고 있어."

"넌…… 노르웨이에 있어야 하는데." 나는 쉰 목소리로 간신히 중얼거린다.

"그런데 여기 있잖아." 그가 가방을 끌고 안으로 들어와 문을 닫는다. "해열제 마지막으로 먹은 게 언제야?"

나는 고개를 젓는다.

"아예 안 먹었다고? 말도 안 돼, 파피. 병원에 가보기로 했잖아."

"어떻게 해야 하는 건지 몰랐어."

내가 말하고도 처량한 소리다. 정규직 직장에 건강보험도 있는 스물여섯 살, 아파트, 학자금 대출을 가지고 뉴욕에 혼자 사는 어른인데도 아직 혼자서는 도저히 하고 싶지 않은 일들이 있다.

알렉스는 나를 천천히 품에 안아준다. "괜찮아. 우선 다시 침대에 누워서 열을 내려보자."

"오줌 누고 싶어." 나는 울면서 말한 뒤에 고백한다. "어쩌면 이미 침대에 쌌을지도 몰라."

"그래, 다녀와. 갈아입을 옷 좀 찾아놓을게."

"나 샤워해야 해?"

이렇게 묻는 건 내가 무력하기 그지없는 상태라서다. 중학생 때 아무것도 안 하고 하루 종일 카툰 네트워크나 보던 나에게 엄마가 해준 것처럼, 누가 나한테 정확히 뭘 어떻게 할지 알려주면 좋겠다.

"잘 모르겠어. 검색해볼게. 지금은 우선 오줌만 누고 와."

욕실로 들어가는 것조차 힘이 든다. 나는 몸에 감고 있던 이불을 욕실 앞에 떨어뜨리고는 문을 열어둔 채로 오줌을 눈다. 몸은 덜덜 떨리지만 알렉스가 우리 집 안을 돌아다니는 소리에 안심이 된다. 조심스레 서랍을 여는 소리. 가스레인지를 켜고 주전자를 올리는 소리. 그가 하던 일을 끝내고 나를 확인하러 왔을 때 나는 여전히 잠옷으로 입는 반바지를 발목까지 내린 채 변기 위에 앉아 있다.

"샤워는 하고 싶으면 해도 된대." 그러곤 물을 튼다. "머리는 안 감는 게 좋을 것 같아. 확실한 건지는 모르겠지만 베티 할머니 말로는 머리가 젖으면 더 아프대. 샤워하다가 쓰러지지는 않겠지?"

"빨리 끝내면 괜찮을 것 같아."

갑자기 내 온몸이 얼마나 끈끈한지가 신경 쓰인다. 오줌을 싼 게 확실한 것 같기도 하다. 나중에는 수치스러워하겠지만 지금 이 순간만큼은 그 무엇도 부끄럽지 않다. 지금은 알렉스가 내 옆에 있다는 사실만으로도 안심된다.

그는 잠시 망설이는 표정을 짓다가 입을 연다. "그럼 이제 씻어. 내가 근처에 있을게. 너무 힘들면 바로 얘기해. 알겠지?"

그가 자리를 비켜주자 나는 힘겹게 일어나서 잠옷을 벗는다. 샤워기 아래로 들어가 샤워 커튼을 닫고 부르르 떨며 물줄기를 맞는다.

"괜찮아?" 그가 곧바로 물어온다.

"으흠."

"여기 있을게. 괜찮지? 필요한 거 있으면 바로 얘기하고."

"으흠."

나는 고작 1~2분 만에 지쳐버린다. 물을 끄자 알렉스가 내게 수건을 건네준다. 온몸이 젖은 터라 아까보다 더 오한이 들어서 나는 이를 딱딱 부딪치며 바깥으로 나온다.

"자." 알렉스가 수건을 한 장 꺼내 내 어깨에 망토처럼 두르고는 열을 내려는 듯 내 몸을 문지른다. "내가 침구 가는 동안에 잠시 방 안에 앉아 있어, 괜찮지?"

나는 고개를 끄덕이고, 그는 나를 침실 구석에 있는 앤티크 라탄

피콕 체어로 데려가 앉힌다.

"침대 시트 여분은?"

그가 묻자 나는 벽장을 가리키며 맨 위칸에 있다고 알려준다.

그는 침구를 꺼낸 뒤 나에게는 잘 갠 트레이닝 바지와 티셔츠를 건네준다. 난 옷을 개어놓는 습관이 없으니 아마 알렉스가 옷을 서랍에서 꺼내자마자 본능적으로 개어놓은 게 틀림없다. 내가 옷을 받아들자 그는 곧바로 등을 돌리고 침대 정리를 시작하고, 나는 바닥에 수건을 벗어던지고 옷을 입는다.

침대 정리를 끝낸 알렉스가 이불 한쪽 끝을 들어 올려주자 나는 그 밑으로 들어가 눕고, 그는 이불을 단단히 여며준다. 불에 올려둔 주전자에서 휘파람 소리가 난다. 그는 부엌으로 가려고 하지만 나는 따뜻하고 깨끗해진 기분에 반쯤 취해 그의 팔을 붙잡는다.

"가지 마."

"금방 돌아올게, 파피. 네 약 챙겨야 해."

나는 고개를 끄덕이고 그를 놓아준다. 그는 물 한 잔과 노트북 가방을 들고 돌아온다. 침대 가장자리에 걸터앉아 알약이 담긴 병과 다양한 감기약 상자들을 꺼내 침대 옆 협탁에 한 줄로 세워놓는다.

"정확히 네 증상이 어떤지를 몰라서."

나는 가슴이 답답하고 아프다고 설명한다. 그는 "알겠어" 하더니 상자 하나를 고르고 알약 두 개를 꺼내서는 물과 함께 내게 건넨다. 내가 약을 삼키자 그가 묻는다.

"뭐 좀 먹었어?"

"아니."

그가 희미하게 웃는다. "다시 나갔다 올 일 없게 오는 길에 이것저 것 사 왔어. 수프 괜찮겠어?"

"너 왜 이렇게 착해?" 내가 중얼거린다.

그러자 알렉스는 나를 잠시 쳐다보더니 몸을 숙여 내 이마에 입 술을 누른다. "차가 다 우러났겠다."

그는 치킨 누들 수프, 물, 차를 가지고 돌아온다. 다음 약을 먹을 시간에 타이머를 맞추고, 밤새도록 두 시간에 한 번씩 열을 재준다.

나는 꿈 없는 잠에 빠지고, 드문드문 깰 때마다 그는 침대 위 내 옆에서 반쯤 졸고 있다. 그는 하품을 해서 잠을 털어내고 나를 보며 "좀 어때?" 하고 묻는다.

"훨씬 나아." 실제로 몸이 나아진 것인지는 모르겠지만, 적어도 정 신적으로, 그리고 감정적으로는 알렉스가 옆에 있는 것만으로도 훨 씬 나아진다. 하지만 지금은 한번에 말 한두 마디를 간신히 뱉을 수 있는 게 전부라 그런 설명을 할 수는 없다.

아침이 되자 그는 나를 부축해 계단을 내려가 택시에 태워 병원 으로 데려간다.

폐렴. 내가 폐렴에 걸렸단다. 다행히 입원해야 할 정도로 심한 폐 렴은 아니다.

"옆에서 잘 지켜봐주고, 항생제도 꼬박꼬박 먹게 하면 괜찮아질 겁니다."

의사는 내가 아닌 알렉스를 향해 말한다. 아마 지금의 내 상태로 는 제대로 말을 알아들을 수 없을 것 같아서 그러나 보다.

알렉스는 나를 집에 데려다준 뒤 나갔다 와야겠다고 한다. 난 그

에게 제발 옆에 있어달라고 빌고 싶지만 너무 피곤해서 아무 말도
하고 싶지 않다. 또 밤새도록 날 간호한 알렉스는 잠시 우리 집을 벗
어나 휴식이 필요할 게 분명하다.

그는 30분 뒤 젤리와 아이스크림, 달걀, 수프, 각종 비타민, 그리
고 여태까지 내가 우리 집에 사놓을 생각조차 해본 적 없는 온갖
양념들을 사서 돌아온다.

"베티 할머니는 아연의 효능을 믿어 의심치 않으시더라고." 비타
민 한 줌, 컵에 담긴 빨간색 젤리, 물을 들고 다가오며 그가 말한다.
"또 수프에도 시나몬을 넣으시더라. 맛이 이상하면 베티 할머니
를 탓해."

"어떻게 온 거야?" 나는 힘겹게 내뱉는다.

"노르웨이행 비행기 첫 번째 경유지가 뉴욕이더라고."

"뭐라고? 그럼 공황에 사로잡혀 다음 비행기로 갈아타는 대신 공
항을 나와버린 거야?"

"아니야, 파피. 네 옆에 있어주려고 온 거야."

순식간에 눈물이 고인다. "나 너를 얼음으로 만든 호텔에 데려가
려고 했었어."

그의 입가에 미소가 스친다. "진심인지, 열에 들떠서 하는 헛소리
인지 구별이 안 되네."

"아니야." 눈을 꽉 감자 눈물이 뺨을 타고 줄줄 흐른다. "진짜야.
정말 미안해."

그러자 그가 내 얼굴을 가린 머리카락을 걷어준다. "나 그런 거
신경 안 쓰는 거 알잖아. 나한테 중요한 건 너랑 시간을 보내는 것뿐

이라고."

그는 엄지손가락으로 코 옆으로 흘러내리는 눈물 자국을 훑더니 눈물이 내 윗입술에 닿기 직전에 닦아준다.

"네가 아픈 거, 네가 얼음 호텔에 못 간 건 안타깝지만, 난 지금 네 옆에 있어서 좋아."

내게 남은 마지막 존엄성은 눈앞의 이 남자가 오줌에 젖은 침대 시트를 갈아줄 때 이미 간 데 없이 사라졌기에, 나는 그의 목으로 손을 뻗어 그를 내 쪽으로 끌어당기고, 그는 침대 위로 올라오더니 내 손짓을 따라 내게 다가온다. 그가 한 팔을 내 등에 두르고 나를 안아주자 나도 한 팔을 그의 허리에 두른다. 그렇게 우리는 서로에게 뒤엉켜 함께 눕는다.

"네 심장 소리가 느껴져." 내가 말한다.

"나도."

"침대에 오줌 싸서 미안해."

그러자 그는 웃으며 나를 더 꼭 끌어안는다. 그 순간, 그를 향한 사랑 때문에 가슴이 욱신거리며 아파온다. 아마 그런 말을 나도 모르게 입 밖에 냈나 보다. 그가 "이것도 열에 들떠서 하는 소리겠네" 하는 걸 보면.

나는 고개를 저으며 우리 사이에 아무런 공간도 남지 않을 때까지 그에게 파고든다. 그의 손이 부드럽게 내 머리카락에 다가오고, 그의 손가락이 내 목을 타고 내려오자 등줄기를 타고 소름이 번진다. 몸 상태가 최악인 가운데서도 그의 손길은 기분이 너무 좋아서 나는 몸을 살짝 휘고 그의 등을 부둥켜안은 손에 힘이 들어간다.

그의 심장 박동이 빨라지는 것이 느껴지자 나의 심장이 그에 못지 않게 미친 듯이 뛰기 시작한다. 그의 손이 내 허벅지로 옮겨가더니 내 다리를 그의 골반에 걸친다. 나는 그의 목에 입술을 묻는다. 피부 밑에서 빠르게 뛰는 맥박이 느껴진다.

"편안해?"

이렇게 누워 있는 게 마치 편안한 자세를 취하기 위해서라는 듯, 지금 일어나고 있는 일의 진실로부터 우리를 보호해줄 알리바이를 만드는 중이라는 듯, 그가 쉰 목소리로 묻는다. 몸이 아파 머릿속에 안개가 낀 것 같지만, 내가 그를 원하는 만큼 그 역시 나를 원한다는 게 분명히 느껴진다.

"으흠, 너는?"

내 허벅지를 쥔 그의 손에 힘이 들어가더니 그는 고개를 끄덕인다. "나도."

그렇게 우리는 그 자세로 꼼짝도 하지 않는다.

얼마나 오래 그렇게 누워 있었던 건지 모르겠지만 결국은 감기약 기운이 온몸의 예민한 말초 신경을 이기는 바람에 나는 잠에 빠진다. 눈을 뜨자 그는 나에게서 벗어나 침대 저쪽으로 옮겨가 있다.

"엄마 부르더라." 그가 말한다.

"아플 때마다 엄마 생각이 나."

그는 고개를 끄덕이더니 내 머리카락 한 가닥을 귀 뒤로 넘겨준다. "나도 가끔 그래."

"엄마 이야기해줄래?"

그가 자세를 고쳐 머리판에 기대앉는다. "뭘 알고 싶은데?"

"뭐든. 엄마를 생각할 때 네가 하는 생각."

"음, 엄마가 돌아가셨을 때 난 고작 여섯 살이었어."

그러더니 그는 또다시 내 머리를 쓰다듬는다. 나는 재촉하지 않고 그가 다시 입을 열 때까지 가만히 기다린다.

"엄마는 밤에 우리를 재우며 노래를 불러주셨어. 난 엄마 목소리가 정말 예쁘다고 생각했지. 그러니까, 우리 반 학생들한테 내 어머니가 가수였다고, 전업주부가 아니었다면 분명 가수가 되었을 거라고 말하고 싶을 정도로 말이야. 그리고……." 머리를 쓰다듬던 그의 손이 멈춘다. "아빠는 엄마 이야길 안 하셨어. 전혀. 아직도 엄마 생각을 하면 너무 괴로워하시거든. 그래서 어린 시절엔 나도, 동생들도 엄마 얘기를 안 했어. 그러다가 내가 열대여섯 살쯤 됐을 때, 빗물받이를 청소하고 정원의 잔디를 깎아드리러 베티 할머니 댁에 갔더니 할머니가 옛날에 찍은 홈 비디오 속 우리 엄마를 보고 계시더라."

나는 그의 얼굴을 바라본다. 도톰한 입술이 움직이는 모습을 본다. 창밖에서 들어오는 가로등 빛을 받아 눈이 반짝이는 바람에 그는 마치 속에서부터 빛을 뿜어내고 있는 것 같다.

"우리 집에선 한 번도 그런 걸 본 적이 없었거든. 난 엄마 목소리도 기억이 안 나. 그런데 그날, 아기였던 나를 안고 있는 엄마 모습을 봤어. 에이미 그랜트의 옛날 노래를 부르고 있었지." 그가 나를 보더니 한쪽 입술을 올려 미소를 짓는다. "우리 엄마 노래 정말 못하더라."

"어느 정도였길래?"

"베티 할머니가 웃다가 심장마비 걸릴까 봐 그만 봐야 할 정도로 심각했어. 또, 엄마 역시 당신이 노래를 못한다는 걸 알고 있더라고. 영상 속에서도 베티 할머니가 그 장면을 찍으면서 웃는 소리가 들렸던 데다가, 엄마가 계속 웃는 얼굴로 어깨 너머를 보고 있더라고. 하지만 엄마는 노래를 멈추지 않았어. 그 생각이 그 뒤로도 떠나지 않더라."

"너희 엄마 되게 나랑 닮은 분이시다."

"그전까지 엄마는 이야기 속 유령 같은 존재였거든. 나한테 엄마란 아버지를 상심에 빠뜨려 망가뜨린 존재였어. 우리 형제들을 혼자 키워야 한다고 생각하니 아빠는 얼마나 겁이 나셨을까."

나는 고개를 끄덕인다. 그럴 것 같아서다.

"엄마를 생각할 때마다, 꼭······." 그는 잠시 말을 멈춘다. "진짜 사람이라기보다는 교훈이 담긴 이야기처럼 느껴지더라. 하지만 그 영상을 생각하면, 아빠가 엄마를 그렇게나 사랑했던 이유가 뭔지 알 것 같아. 그러면 기분이 나아져. 엄마가 진짜 존재했던 사람이라는 생각이 들면."

우리는 잠시 말없이 가만히 있는다. 나는 손을 뻗어 알렉스의 손을 잡는다. "네 어머니는 정말 멋진 분이셨을 거야. 너 같은 사람을 만드셨잖아."

그는 내 손을 힘주어 잡지만 더는 아무 말도 하지 않고, 나는 또다시 잠에 빠진다.

그 뒤로 이틀이 어떻게 흘러갔는지는 흐릿하다. 그러다 나는 마침내 깨어난다. 건강하게 기운을 차린 것은 아니지만 정신이 좀 더 또렷하고 머리가 가볍다.

그때부터 우리는 서로 꼭 끌어안고 누워 있는 대신 침대에 함께 누워 옛날 만화영화를 보고, 아침에는 화재 대피 계단에 앉아 아침을 먹고, 알렉스의 휴대폰 알람이 울릴 때마다 약을 먹고, 밤에는 '노르웨이 전통 민요' 플레이리스트를 틀어놓은 채 소파에 앉아 차를 마신다.

나흘이 지난다. 닷새가 지난다. 이제 이론적으로는 해외로 나갈 만큼 몸이 나았지만, 이미 너무 늦었기에 우리 둘 다 노르웨이 이야기는 입에 올리지 않는다. 때때로 팔이나 다리가 부딪힐 때, 또는 내가 뭔가를 흘리기 직전 그가 본능적으로 테이블 너머로 손을 뻗을 때를 제외하면 스킨십도 사라진다. 그러나 밤이 되어 알렉스가 내 침대 위에 멀찍이 떨어져 누워 있을 때면 나는 몇 시간이나 잠들지 않고 그의 고르지 못한 숨소리에 귀를 기울이며 서로에게 달라붙고 싶어 안달이 난 두 개의 자석이 된 것 같은 기분이 된다.

마음속 깊은 곳에서는 그게 좋은 생각이 아니라는 사실을 안다. 고열에 시달리느라 나도, 그도 자기방어를 내려놓았을 뿐 냉정하게 따져보면 알렉스와 나는 서로에게 어울리는 짝이 아니다. 우리 사이에 사랑과 끌림, 그간의 세월이 존재한다는 것은, 우리가 친구 이상의 관계로 넘어가는 순간 많은 걸 잃게 될 거라는 뜻이기도 하다.

알렉스는 결혼을 해서 아이를 갖고 정착해 살고 싶어 하고, 그 모든 일을 세라 같은 사람과 함께하고 싶어 한다. 그가 여섯 살 때 잃어버린 삶을 꾸릴 수 있도록 도와줄 사람.

그리고 나는 즉흥적인 여행과 짜릿한 새로운 관계, 다양한 사람들과 보내는 다양한 계절로 가득한 무엇에도 얽매이지 않는 삶을 원한다. 아마 영영 정착하지 않을지도 모른다. 알렉스와 내 사이가 여전하려면 지금까지처럼 플라토닉한 친구로 남는 수밖에 없다. 지난 몇 년간 우리 사이 5퍼센트의 가능성은 서서히 손길을 뻗어오기 시작했지만, 이젠 그 감정을 다시 억누르고 없애야 할 때다.

그 주 주말, 나는 그를 공항으로 데려다준 뒤 최대한 담백한 포옹을 한다. 물론 그가 나를 안고 끌어올리는 순간 서늘한 감각이 등줄기를 타고 퍼지는 것도, 그의 손이 닿은 적 없는 내 몸 곳곳에 뜨거운 열기가 모이는 것도 여전했지만 말이다.

"보고 싶을 거야." 그가 내 귓가에 대고 낮게 중얼거리자 난 애써 그에게서 한 발짝 물러나 적절한 거리를 유지한다.

"나도."

그날, 나는 밤새도록 그를 생각한다. 꿈속에서 그는 내 허벅지를 자기 다리에 걸치고 몸을 굴려 하체를 밀착해온다. 그가 내게 키스하려고 할 때마다 나는 잠에서 깬다.

우리는 나흘 동안 연락하지 않는다. 그러다가 그에게서 처음으로 온 문자 메시지는 그저 활짝 펼쳐진 플래너리 오코너의 『현명한 피』 위에 그의 검은 아기 고양이가 앉아 있는 사진이다. 사진과 함께 그는 이렇게 썼다.

운명 같네.

26장

≈≈≈

올해 여름

비에 흠뻑 젖은 채 발코니에 선 우리 둘의 몸은 달아오르고, 그의 눈길이 부드럽고, 나는 사막의 열기와 오늘 하루 축적된 더러움과 함께 마지막 남은 자제력까지 씻겨 나가는 걸 느낀다. 세상에 오로지 알렉스와 나, 둘만 남은 느낌이다.

가까이 다가온 그의 입술이 벌어지자 내 입술도 그의 동작을 그대로 따라한다. 그의 따뜻한 숨결이 내 입술에 닿는다. 받은 숨을 삼킬 때마다 우리는 점점 가까워지고, 마침내 내 혀가 비에 흠뻑 젖은 그의 아랫입술을 스치자 그가 살짝 고개를 틀어 내게 입 맞춘다.

아주 짧은 키스. 그다음에, 조금 더 긴 키스. 나는 그의 머리카락을 두 손으로 붙잡고 비틀고, 그의 잇새에서 가느다란 숨이 새어나오고, 또다시 입술이 스친다. 이번에는 더 깊고, 느리고, 조심스럽고, 강렬한 키스와 함께 나는 그에게로 녹아내린다. 그와 나의 입술이 만나고 열리는 순간 두려움과 떨림과 짜릿함, 그리고 그사이에 존재하는 온갖 감각들이 쏟아져 내린다. 그의 혀가 내 입술로 미끄러져 다가오다가 다음 순간 더 깊이 들어온다. 내 이가 그의 통통한 아랫입술을 깨무는 순간 그의 손이 내 허리를 타고 내려오고 나는 그의 젖은 목을 손으로 더듬으며 그의 가슴에 파고든다.

우리는 그렇게 서로에게 밀착했다가 떨어지기를 반복한다. 우리 사이의 작은 틈, 가쁘게 들이쉬는 짧은 숨은 내 입술 위를 움직이는 비에 젖은 그의 입술만큼이나 취할 것 같다.

그는 내가 그의 숨결을 느낄 수 있을 만큼 아주 살짝 입술을 떼더니 속삭여 묻는다. "괜찮아?"

평생 한 것 중 최고의 키스라고 말하고 싶다. 키스가 이렇게 기분 좋을 수 있다는 걸 처음 알았다고, 이렇게 몇 시간 동안 키스만 해도 좋을 것 같다고, 그것만으로도 지금까지 해본 제일 좋았던 섹스보다 더 좋을 것 같다고 말하고 싶다.

하지만 머릿속이 너무 복잡해서 그 어떤 말도 할 수가 없다. 내 엉덩이를 움켜쥔 그의 손, 내 가슴을 단단히 누르는 그의 가슴, 그의 젖은 피부와 우리를 갈라놓는 흠뻑 젖은 얇은 옷가지로 머릿속이 꽉 차 있다. 그래서 그냥 고개를 끄덕인 뒤 다시 그의 아랫입술을 문다. 그러자 그가 나를 발코니 벽에 밀어붙이며 더 다급하게 키스하기 시작한다.

그는 한 손으로 내 허벅지에 드리워진 티셔츠 아랫단을 잡아당기고 다른 손은 티셔츠 속 내 배를 더듬으며 묻는다.

"지금도 괜찮아?"

"응." 나는 간신히 속삭인다.

그러자 그의 손이 더 위로 올라와 내 수영복 상의 아래로 들어오는 바람에 나는 파르르 떤다.

"지금은?"

그의 손가락이 천천히 원을 그리기 시작하자 숨이 멎을 것 같다. 나는 고개를 끄덕이며 그의 하체를 내 쪽으로 끌어당긴다. 다리 사이가 단단해진 게 느껴지자 머리가 핑 돈다.

"네 생각이 멈추지 않아." 그가 천천히 내 목을 타고 내려가며 키스하기 시작한다. 그의 입술이 지나간 자리마다 소름이 돋는다. "이런 생각도 해."

"나도." 나는 속삭이듯 고백한다.

그는 젖은 티셔츠에 덮인 내 가슴에 키스하면서 두 손으로 티셔츠를 허리까지, 가슴까지, 어깨까지 걷어 올려 머리 위로 벗긴 다음 비닐이 버려진 곳에 던져버린다.

"네 옷도 벗길래."

손을 뻗어 그의 티셔츠 아랫단을 잡고 머리 위로 벗긴다. 티셔츠를 옆으로 던져버리자 그가 다시 내게로 몸을 뻗지만 나는 그를 멈춰 세운다.

"그만하고 싶어?" 그렇게 묻는 그의 눈이 새까맣다.

나는 고개를 저으며 말한다. "그냥…… 널 이런 식으로 본 게 처음이라서."

그는 입꼬리를 꿈틀하더니 미소를 짓고는 낮은 목소리로 대답한다. "마음만 먹으면 언제든 이럴 수 있었잖아."

"그건 너도 마찬가지지."

"난 예전부터 널 계속 이런 식으로 봤어."

그 말과 동시에 내가 그를 끌어당기자 그는 거친 손길로 내 허벅지를 들어 그의 허리에 걸친다. 넓은 등을 끌어안고 목을 이로 물자 그의 손이 내 가슴과 엉덩이를 정신없이 더듬는다. 입술이 내 쇄골을 타고 내려가 비키니 상의 안으로 들어간다. 그가 내 젖꼭지를 이로 가볍게 건드린다. 반바지 속, 단단한 촉감이 느껴져 손을 뻗어 골반뼈 아래까지 그의 바지를 내리는 순간 입 안이 바짝 마른다.

하지만 다음 순간 얼음물을 쏟아부은 것 같은 기분에 나는 굳어 버린다.

"나 피임약을 안 먹었어."

"혹시나 해서 하는 말인데, 나 정관수술 받았어."

소스라치게 놀란 나는 한 발짝 물러선다. "뭘 받았다고?"

"다시 되돌릴 수 있어." 우리가 이 일을 시작하고 난 뒤 처음으로 그가 얼굴을 붉힌다. "또 난…… 나중에 아이를 갖고 싶어졌을 때 정관수술을 되돌릴 수 없을 때를 대비해 사전 조치도 취했어. 보통은 별 문제 없지만…… 아무튼 난 그저…… 실수로 누굴 임신시키는 사태가 없길 바랐어. 그래도 이게 안전하니까, 그게 아니라…… 왜 날 그런 눈으로 보는 거야?"

알렉스가 이분법적으로 생각하는 사람이란 걸 이미 알고 있었다. 그가 엄청나게 조심성이 강하다는 것, 세상 그 누구보다 생각이 깊고 신중한 사람이라는 것도 알고 있었다. 하지만 그렇다고 해서 이렇게까지 큰 결정을 내렸다니 놀라지 않을 수는 없다. 그답기 짝이 없는 일이라 심장에 온기와 시큰함이 차올라 욱신거릴 정도다. 나는 그의 허리를 꼭 끌어안는다.

"정말 너답다. 신중한 정도가 아니라, 왕자님 같아, 알렉스 닐슨."

"으흠." 그는 기분 좋은 동시에 믿기지 않는다는 표정이다.

"진심이야. 넌 진짜 놀라워." 나는 그를 안은 팔에 힘을 준다.

"원한다면 콘돔을 써도 돼. 하지만 난…… 다른 사람은 없어서."

얼굴이 확 달아오른다. 난 지금 분명 괴상한 표정으로 히죽거리고 있잖아.

"괜찮아, 너랑 나니까."

내가 하고 싶은 말은 내가 누군가와 섹스를 한다면 상대는 바로 알렉스일 거라는 의미였다. 세상에 내가 진심으로 믿는, 사무치게 원하는 사람이 있다면 그건 알렉스니까.

하지만 나는 그저 너랑 나니까, 라고 말한다. 그리고 알렉스는 내 말의 의미를 정확히 알아들은 것처럼 내가 한 말을 나에게 다시 한 번 해준다. 다음 순간 우리는 어느새 뜯어낸 비닐이 가득한 바닥에 눕는다. 그가 내 티셔츠를 벗기고 바지를 끌어내린 다음 내 엉덩이를 두 손으로 꽉 움켜쥐고 다리 사이에 입을 가져간다. 그가 혀를 움직이자 나는 그의 몸에 내 몸을 짓누르며 헐떡인다.

"알렉스, 나 안달 나게 하지 마." 나는 그의 머리카락을 그러쥔다.

"참을성 좀 길러봐. 난 12년을 기다렸다고. 오래오래 하고 싶어."

등줄기를 따라 전율이 흐르고 나는 그를 향해 몸을 휜다. 드디어 그가 내 몸 위로 올라와 내 머리카락을 헝클어뜨리고 내 온몸을 훑더니 서서히 내 안으로 들어온다. 우리는 함께 리듬을 찾아간다. 기분이 너무 좋다, 짜릿하다, 너무 편안해서 지금까지 우리가 이렇게 오랜 시간을 낭비했다는 게 믿기지가 않는다. 이런 걸 두고 12년간 시시한 섹스만 해오다니.

"너 왜 이렇게 잘하는 건데?"

그러자 내게 키스하고 있던 그가 터뜨린 웃음에 귀 뒤가 간질거린다.

"널 아니까. 네가 기분 좋을 때 어떤 소리를 내는지 기억하니까."

팽팽한 긴장이 파도치듯 내 몸을 지나간다. 그의 손짓, 그의 몸짓 하나하나가 나를 풀어헤치는 것 같다.

나는 숨을 헐떡이며 말한다. "죽을 때까지 너랑 섹스할 수 있을 것 같아."

"잘됐네."

그 말과 함께 그의 몸짓이 더 빠르고 거칠어진다. 강렬한 쾌락에 나는 걷잡을 수 없이 흔들리며 그의 몸짓에 맞춰 움직인다.

"사랑해."

내 입에서 나도 모르게 그 말이 터져 나온다. 아마 내가 하고 싶은 말은 너랑 섹스하는 게 너무 좋아. 아니면 네 몸 너무 근사하다, 같은 말이었을 거다. 어쩌면 그가 사려 깊은 행동을 해줄 때마다 늘 아무렇지도 않게 내뱉던 의미로 사랑해, 라고 했던 건지도 모르겠다. 하지만 섹스를 하던 중 그 말을 내뱉는 것은 좀 다르니까, 나는 어떻게 수습해야 좋을지 몰라 얼굴이 뜨겁게 달아오른다. 그러나 알렉스는 몸을 일으키더니 나를 무릎 위로 끌어올리고 꼭 끌어안은 채 다시 내 안으로 천천히, 깊이, 거칠게 들어오며 "나도 사랑해"라고 말한다.

그 순간 답답함과 불안함이 한꺼번에 걷히더니 부끄러움도 두려움도 사라져버린다. 남은 것은 오로지 알렉스뿐이다.

내 머리카락을 부드럽게 쓸어내리는 알렉스.

내 손가락 아래에서 물결치는 알렉스의 넓은 등.

천천히, 과감하게 나를 향해 움직이는 각진 골반.

혀끝에 느껴지는 알렉스의 땀과 피부, 그리고 빗방울.

우리가 하나가 되어 뒤엉키는 동안 그의 완벽한 두 팔이 단단하게 나를 안고 있다. 그의 육감적인 입술이 내 입술을 더듬어 열어 나를 맛보고, 우리는 떨어졌다 다시 닿을 때마다 아까와는 다른 방식으로 애무하고 키스한다.

내 턱에, 목에, 어깨에 키스하는 그의 혀는 뜨겁고 조심스럽게 내 몸 위를 움직인다. 나는 내가 닿을 수 있는 그의 온몸의 모든 단단한 직선과 부드러운 곡선에 입을 맞추고 손으로 더듬고 그는 내 손과 입술 아래에서 몸을 떤다.

그가 뒤로 누우며 나를 자기 몸 위로 올려놓는다. 그의 온몸이 보이고, 어디에도 닿을 수 있는 이 자세가 가장 좋다.

"알렉스 닐슨." 나는 숨을 몰아쉰다. "넌 세상에서 제일 섹시한 남자야."

그는 나처럼 숨을 몰아쉬며 웃더니 내 목 옆에 키스한다.

"그런데 그 남자가 나를 사랑하네."

속이 울렁거린다. 이번에는 일부러 "사랑해"라고 중얼거린다.

"정말 사랑해, 파피."

그가 말하는 순간, 그의 목소리가 나를 절벽 끝으로 밀어 떨어뜨린 것처럼 나는 오르가슴을 느낀다. 우리는, 하나가 된다.

우리가 방금 한 일이 정확히 무엇인지, 이 때문에 어떤 연쇄 반응이 일어날지, 앞으로 어떻게 될지 하나도 알 수 없지만 지금 이 순간은 오로지 그와 나 사이에서 솟아나는 사랑만이 내 머릿속을 가득 메우고 있다.

27장

올해 여름

    섹스가 끝난 뒤, 폭우는 이미 잦아들고 있지만 우리는 이미 흠뻑 젖어버린 채 서로를 끌어안고 비닐이 흩어진 발코니에 누워 있고, 밀려오는 열기에 땀이 빠른 속도로 식는다.

    "옛날에 네가 야외에서 하는 섹스는 사람들이 떠드는 것만큼 좋지 않다는 말을 했었지."

    그 말에 알렉스가 쉰 목소리로 웃으며 내 머리카락을 매만진다.

    "너랑은 안 해봤으니까."

    "너무 좋았어. 그러니까, 나는, 이런 느낌 처음이야."

    그러자 그가 상체를 일으켜 세우더니 나를 내려다본다.

    "나도 그래."

    나는 그에게로 얼굴을 돌려 그의 갈비뼈에 키스한다.

    "그냥 확인하고 싶었어."

몇 초 뒤, 그가 말한다. "또 하고 싶어."

"나도 그래. 그래야 할 것 같아."

"혹시나 해서 물어봤어."

그가 내 말을 앵무새처럼 따라한다. 내가 그의 가슴 위에 느릿느릿 손가락으로 무늬를 그리자 나를 느슨하게 안고 있던 팔에 힘이 들어간다.

"오늘 밤엔 절대 여기서 못 자."

그 말에 나는 한숨을 쉰다. "알아. 그런데 도저히 움직이고 싶지가 않아. 다시는."

알렉스가 내 머리카락을 어깨 뒤로 넘기더니 드러난 살에 입을 맞춘다.

"만약 니콜라이의 에어컨이 고장 나지 않았더라도 이렇게 됐을까?" 내가 묻는다.

알렉스가 내 심장이 있는 곳에 입을 맞추려 몸을 숙이자 서늘한 감각이 내 배를 따라 퍼져 나가더니 그의 손가락이 내 다리를 쓸어내리는 감각과 함께 흩어진다.

"애초에 니콜라이가 태어나지 않았더라도 이렇게 됐을 거야. 장소가 이 발코니는 아니었겠지만."

나는 일어나 앉아 한쪽 다리로 그의 허리를 감고 무릎 위에 올라앉는다.

"이 발코니라서 다행이야."

그가 손으로 내 허벅지를 더듬자마자 다리 사이에 또다시 열기가 모인다. 바로 그 순간, 문을 쾅쾅 두드리는 소리가 들린다. 남자 목소리가 외친다.

"아무도 없어요? 니콜라이입니다. 지금 들어가……."

"잠깐만요!"

나는 알렉스에게서 떨어져 나와 젖은 티셔츠를 허겁지겁 걸친다.

"젠장."

알렉스도 흩어진 비닐 무더기 속을 더듬어 수영복 트렁크를 찾는다. 검은 천으로 된 무언가가 보여 그에게 던져준 다음 티셔츠 아랫단을 허벅지까지 끌어내리는 순간 잠금 장치가 풀리는 소리가 난다.

"아안녕하세요, 니콜라이!" 나는 니콜라이의 눈에 말 그대로 벌거벗은 알렉스, 그리고 찢어발긴 비닐이 들어오기 전 그를 몸으로 가로막으며 큰 소리로 외친다.

니콜라이는 키가 작고 대머리에 가까운 남자로 위아래 모두 고동색 옷을 입고 있다. 1970년대풍 골프 셔츠, 주름 바지, 로퍼.

그가 퉁퉁한 손을 내민다. "그쪽이 파피겠군요."

"네, 안녕하세요."

나는 내민 손을 잡고 그의 눈을 강렬하게 마주 보며 알렉스가 깜깜한 발코니에서 몰래 옷을 챙겨 입을 시간을 번다.

"저기, 안타까운 소식이 있어요. 에어컨이 아예 고장났더군요."

무슨 헛소리시죠, 라는 말이 저절로 튀어나오려는 것을 간신히 참는다.

"이 집뿐 아니라 이 동 전체가 고장입니다. 내일 아침 일찍 사람이 와서 고친다고는 하는데, 확인이 늦어져서 정말 미안해요."

내 등 뒤에서 알렉스가 나타난다. 이제 니콜라이는 우리 둘 다 흠빽 젖고 엉망이 된 걸 알아차린 것 같지만, 다행히도 아무 말 하지 않는다.

"아무튼 정말, 정말 미안합니다. 솔직히 말해 전 두 사람이 유독 까탈을 부리는 거라고 생각했지 뭡니까. 그런데 막상 와보니……." 그가 셔츠 목깃을 잡아당기며 부르르 떤다. "어쨌든 지난 사흘 치 숙박비는 환불해드리겠습니다. 그리고…… 음, 사실 내일까지 고쳐질 거란 보장은 없어서, 다시 돌아오시라고도 못 하겠네요."

"괜찮아요!" 내가 말한다. "일정 전체를 환불해주시면 다른 숙소를 찾아볼게요."

"괜찮겠습니까? 이렇게 급박하게 예약하면 가격이 꽤 비쌀 텐데."

"어떻게든 해결해볼게요." 내가 우긴다.

알렉스가 한 팔로 내 등을 툭 치며 나선다. "파피는 가성비 여행 전문가거든요."

"그래요?" 니콜라이는 이보다 더 심드렁할 수는 없는 목소리로 대답하더니 휴대폰을 꺼내 한 손가락으로 톡톡 두드린다. "환불 신청했습니다. 얼마나 걸지는 모르니까 문제 생기면 연락 주세요."

니콜라이는 몸을 돌렸다가 다시 돌아선다.

"깜박할 뻔했군요, 이게 바깥 매트 위에 놓여 있던데."

그가 반으로 접힌 종이 한 장을 우리에게 건넨다. 겉면에 구불구불한 필기체로 신혼부부에게라고 적혀 있고 그 주변에 거의 스물다섯 개쯤 되는 작은 하트가 그려져 있다.

"결혼 축하합니다." 니콜라이는 그 말을 남기고 떠난다.

"이게 뭐지?" 알렉스가 묻는다.

종이를 펼쳐보니 검은색 잉크로 조잡하게 출력한 그루폰 쿠폰이다. 위쪽 여백에는 겉면에 쓰인 것과 같은 글씨체로 메모가 남겨져 있다.

두 사람이 몇 호에 묵는지 알아냈다고 소름 끼쳐하진 않았으면 해요! 이 방 안에서 뜨거운 밤을 보내는 소리가 새어나오는 것 같아서 ;) 또 밥 말로는 오늘 아침에 두 사람이 이 방에서 나가는 걸 봤다고 하네요. (우린 방 세 개 떨어진 곳에 묵어요.) 아무튼! 우리는 다음 행선지를 향해 아침 일찍 떠날 예정이에요. (바로 조슈아 트리죠!!! 야호! 이 단어를 쓰는 것만으로도 유명인이 된 기분이네요!) 그래서 아쉽게도 이 쿠폰을 쓸 기회가 없었지 뭐예요. (침실 밖으로 나갈 일이 없었거든요, 두 사람 다 잘 알죠? ㅋㅋㅋ) 그럼 남은 여행도 실컷 즐겨요!

XOXO, 여러분의 요정 대모 스테이시 & 대부 밥

나는 쿠폰을 보고 깜짝 놀라 눈만 깜박인다.

"100달러짜리 스파 상품권이야. 이 스파에 대한 글을 읽은 적이 있는 것 같아. 엄청 좋대."

"우아, 그 사람들 이름도 기억 못 한다는 게 미안해지네."

"우리한테 자기들 소개를 해주진 않았어. 아마 그 사람들도 우리 이름 모를걸."

"그런데도 이런 걸 주다니."

"이 사람들이랑 아주 오랫동안 친구로 지내면 재미있을 것 같아. 엄청 친해지고, 여행도 같이 다니면서 영원히 우리 이름은 안 알려주는 거야. 그냥 재미로."

알렉스가 말한다. "당연하지, 엄청나게 오랫동안 친하게 지내서 나중엔 차마 물어볼 엄두도 안 나게 하자. 대학 시절에 그런 '친구들' 되게 많았잖아."

"아, 그러게. 그러면 두 사람 서로 소개받은 적 있냐며 핑계로 각자 이름을 말하게 하는 그 기술 쓰면 되겠다."

"문제는 가끔 그냥 '응' 하는 사람들도 있다는 거지." 알렉스가 지적한다. "아니면 '아니' 하면서 네가 자기를 소개시켜주기를 기다리는 경우도 있고."

"뭐, 저 사람들도 우리랑 똑같을걸? 이름 같은 건 기억도 안 하는 사람들일 거야."

"그래도 난 앞으로 영원히 스테이시와 밥을 잊지 못할 거야."

"난 이 여행의 그 어떤 것도 잊어버리지 못할 것 같아. 물론 공룡 안에 있던 기념품 가게는 빼고. 중요한 기억을 담을 자리가 필요할 테니 그건 잊어도 돼."

알렉스가 나를 내려다보며 미소를 짓는다. "동의해."

잠깐 어색한 침묵이 흐른 뒤 내가 말한다. "그럼, 이제 호텔을 찾으러 가볼까?"

28장

≈≈≈

올해 여름

라리아 팜스프링스 호텔은 여름철에는 하룻밤에 70달러고 어둠 속에서도 보아도 어린아이가 마커로 그린 그림처럼 보인다. 좋은 의미로 말이다.

호텔 외관은 폭발하는 것만 같은 색채의 향연이다. 바나나처럼 샛노란 수영장 카바나, 수영장 가장자리에 빙 둘러 놓여 있는 핫소스처럼 새빨간 선베드, 3층짜리 호텔 건물의 벽돌 하나하나가 다양한 색조의 분홍, 빨강, 보라, 노랑, 초록으로 칠해져 있다.

우리가 체크인한 객실 역시 선명한 색으로 이루어진 방이다. 벽과 드레이프, 가구는 오렌지색이고, 카펫은 초록색이고, 침구는 건물 외관과 어울리는 줄무늬다. 무엇보다 중요한 것은 이 방 안은 추울 정도로 냉방이 잘 된다는 거다.

"먼저 샤워할래?" 방에 들어서자마자 알렉스가 묻는다.

여기까지 차를 타고 오는 내내(그리고 그전, 짐을 싸고 니콜라이의 아파트를 정리할 때도) 그는 아이고, 샤워를 해야겠어, 라고 되풀이해 외치고 싶은 걸 꾹 참고 씻으러 들어갈 순간을 기다리고 있었다는 것을 깨닫는다. 그 사이에 나는 오로지 발코니에서 있었던 일을 생각하고 또 생각하면서 다시 한번 달아올랐을 뿐인데 말이다.

알렉스가 지금 샤워를 하러 들어가지 않았으면 좋겠다. 함께 샤워하면서 조금 더 사랑을 나누고 싶다. 하지만 언젠가 그가 샤워하는 중에 섹스하는 게 (야외에서 하는 섹스보다 더) 싫다고 털어놓았던 게 떠오른다. 깨끗해지기 위해 샤워를 하는 건데, 상대방의 털과 흙먼지가 자신에게 쏟아지는 데다 눈에 비누가 자꾸 들어오는 바람에 샤워 자체가 어려워지고, 벽에 몸이 문질러질 땐 마지막으로 타일을 닦았던 게 언제인가 생각하게 되고, 그런 이유들로 말이다.

그래서 나는 "먼저 해!"라고 말한다. 알렉스는 고개를 끄덕이고는 마치 무슨 말을 하려는 것처럼 머뭇거리다가 결국은 말하지 않기로 마음먹은 듯 욕실로 들어가 길고 오랜 샤워를 한다. 내 머리도, 티셔츠도 이미 다 말랐기에 나는 새로운 객실의 (비닐로 싸여 있지 않은) 발코니에 나가자 발코니 역시 거의 말라 있다.

뜨거운 열기를 식히던 폭우는 마치 애초부터 일어나지 않은 일인 것처럼 멎어버렸다. 그저 내 입술이 얼얼하고, 내 몸이 이번 주 들어 가장 편안하게 이완된 것처럼 느껴질 뿐이다. 공기도 가볍다, 심지어 바람도 분다.

"이제 네 차례야." 등 뒤에서 알렉스의 목소리가 들린다.

돌아서니 반짝반짝 빛날 것만 같이 깨끗하고 완벽한 알렉스가 타월을 두른 채 서 있다. 그를 보자마자 맥박이 빨라지지만 내가 얼마나 지저분한 상태인지 알고 있기에 욕망을 꾹 삼키고 자리에서 일어나 "좋아!" 하고 지나치게 큰 소리로 외친다.

사실, 난 샤워를 싫어한다.

깨끗해지는 건 좋다. 샤워기의 물을 맞는 것도 좋다. 하지만 샤워 전에 엉킨 머리를 빗질해야 하는 것, 샤워가 끝나고 낡아빠진 깔개나 타일 바닥 위로 나오는 것, 몸을 말리는 것, 또다시 머리를 빗는 것, 그런 과정이 모조리 싫다. 그래서 알렉스가 하루에 두 번이나 샤워를 하는 반면 나는 일주일에 세 번만 샤워를 하는 사람인 것이다. 하지만 지난 한 주를 보내고 하는 이 샤워는 정말이지 호사스러울 따름이다.

차디찬 욕실 속 뜨겁디뜨거운 물속에 서서 몸에 묻은 엄청난 때와 오물이 씻겨 나가 회색 소용돌이를 그리며 배수구로 흘러나가는 모습을 보고 있자니 새로 태어나는 기분이다. 코코넛 향이 나는 샴푸를 두피에 문지르고 녹차 향 세안제를 얼굴에 문지르고 싸구려 면도기로 다리를 밀고 있는 이 기분이 더없이 상쾌하다.

이렇게 샤워를 오래 한 게 몇 달 만이더라? 새로 태어난 여자가 된 기분으로 마침내 욕실 밖으로 나오자 알렉스는 불도 끄지 않고 이불도 덮지 않은 채 한쪽 침대에서 잠들어 있다.

잠시 동안 나는 두 개의 침대 중 어느 쪽에 누울지 갈등한다. 이런 여행에서는 보통 퀸사이즈 침대에 함부로 널브러지는 걸 선호하는 편이지만, 지금은 알렉스 곁에 파고들어 그의 어깨에 머리를 묻고 그에게서 나는 깨끗한 베르가모트 향을 맡으면서, 어쩌면 그가 나오는 꿈을 꾸는 것도 좋겠다.

하지만 결국 나는 우리가 섹스를 했다는 이유만으로 그가 나와 한 침대에서 자고 싶을 거라고 가정하는 건 좀 아니라는 결론을 내린다. 지난번에 우리 사이에 그 일이 있었을 땐, 한 침대에 자는 일 같은 건 없었다. 그저 혼란스러울 뿐이었다.

하지만 이번엔 그렇게 끝나지 않았으면 좋겠다. 이번 여행에서 우리 사이에 무슨 일이 있었든, 이 일이 또 일어나든, 우리 우정이 망가지게 두지 않을 것이다. 이런 일이 무슨 의미인지 추측하지도 않을 것이고, 내가 품은 기대를 알렉스에게 떠넘기지도 않을 것이다.

나는 그런 생각을 하며 줄무늬 이불을 그에게 끌어올려 덮어주고 조명을 끈 뒤 반대편 빈 침대로 들어가 눕는다.

29장

≋

3년 전 여름

안녕.

토스카나로 출발하기 전날 알렉스가 문자 메시지를 보내온다. 나는 답장을 보낸다.

너도 안녕.

잠시 이야기 좀 할 수 있어? 몇 가지 마지막으로 결정 내리려고.

그 순간 나는 그가 여행을 취소하려고 연락하는구나 하고 생각한다. 물론 그건 말도 안 되는 일이다.

몇 년 만에 처음으로 우린 긴장감이 없는 여행을 떠날 준비를 마쳤으니까. 둘 다 진지하게 사귀는 상대가 생긴 덕에 알렉스와 내 사이도 그 어느 때보다 편안하고, 난 너무나 행복하다.

폐렴 사건이 있고 3주 뒤, 나는 트레이를 만났다. 한 달 뒤, 알렉스는 세라와 다시 사귀기 시작했다. 마음이 잘 맞아서 이전보다 더 사이가 좋아졌다고 알렉스는 말했다. 뿐만 아니라 드디어 세라가 나에게 따뜻한 태도를 보이기 시작했고, 몇 번 만나진 않았지만 알렉스와 트레이 역시도 꽤나 잘 지냈다. 이번에도 나는 정말이지 극도로 행복해서 알렉스와 나 사이에 그 어떤 일도 일어나지 않길 바라는 상태에 도달했다.

답장을 쓰다가 어차피 집에 혼자 있으니 발코니에 있는 접이식 의자에 앉아 전화를 거는 게 좋겠다는 생각이 든다. 트레이는 나의 새 아파트 근처에 있는 '굿 보이 바'에 있다. 나도 함께였지만 편두통의 조짐인지 속이 울렁거리는 바람에 여행 전에 가라앉힐 생각으로 일찍 집에 온 참이었다.

두 번째 신호음이 울렸을 때 알렉스가 전화를 받기에 나는 묻는다. "별일 없는 거야?"

그의 방향지시등 소리가 들린다. 좋아, 그러니까 다시 알렉스가 체육관에서 돌아오는 길 차 안에서만 나에게 전화를 거는 그 시절로 돌아온 셈이지만, 정말 우리 사이는 예전보다 훨씬 더 나아진 것 같다. 일단 내 생일에 두 사람이 함께 카드를 보냈다. 크리스마스카드도 마찬가지였다. 세라는 인스타그램에서 나를 맞팔로우했을 뿐 아니라 내가 올린 사진에 좋아요도 눌러주고, 어떤 사진에는 작은 하트와 웃는 얼굴 그림을 댓글로 달기까지 한다.

그래서 나는 모든 게 잘되고 있다고 생각하지만, 알렉스는 인사를 생략하고 곧장 본론으로 들어간다.

"우리 실수하는 건 아니지?"

"음, 뭐가?"

"커플 여행이라니, 쉬운 일은 아니잖아."

나는 한숨을 쉰다. "어째서?"

"모르겠어." 그의 목소리에 불안한 기색이 묻어나는 바람에 나는 그가 머리카락을 잡아당기면서 얼굴을 찌푸리는 모습을 상상한다. "트레이랑 세라는 딱 한 번 만난 사이잖아."

지난봄, 나는 트레이와 함께 린필드로 가서 부모님을 만났다. 아빠는 트레이의 문신도, 그가 열일곱 살 때 했던 피어싱 때문에 생긴 귀의 구멍도, 아빠의 질문을 고스란히 다시 되돌려주는 태도도, 대학을 졸업하지 않았다는 것도 그리 마음에 들어 하지 않는 것 같았다. 하지만 엄마는 트레이의 매너에 좋은 인상을 받은 듯했는데, 그의 매너는 정말 뛰어나기 때문이다. 물론 엄마 입장에서는 생긴 것과는 달리 "스모어 케이크가 정말 맛있네요, 라이트 씨!"라든지 "설거지 도와드릴까요?" 하고 말하는 수더분하고 다정다감한 태도 때문에 더 그렇게 느꼈을 것 같지만 말이다.

주말이 끝날 무렵, 엄마는 트레이가 아주 괜찮은 청년이라고 결론을 내렸다. 엄마와 트레이가 펀페티 케이크를 만든 흔적들을 설거지하는 틈을 타 아빠의 생각을 물어보려 슬쩍 데크로 나갔더니, 아빠는 내 눈을 똑바로 바라보면서 엄숙하게 고개를 끄덕이다가 이렇게 말했다.

"저 친구 너한테 잘 어울리는 것 같다. 게다가 널 참 행복하게 해주는구나. 팝, 난 그거면 된다."

트레이가 나를 행복하게 해주는 건 정말이다. 그는 나를 엄청나게 행복하게 해준다. 또, 분명 나와 잘 어울린다. 이상할 정도로 말이다.

그러니까, 우린 직장 동료다. 거의 매일을 함께 보내고 사무실은 물론 함께 지구 반 바퀴를 돌기도 하지만 우리 둘 다 각자의 집, 각자의 친구가 있는 독립적인 성격이기도 하다. 트레이는 레이철과도 잘 지내지만, 뉴욕에 있을 때 그는 주로 스케이트보드를 타는 친구들과 어울리고 레이철과 나는 둘이서 새로 생긴 브런치 맛집에 가거나 공원에서 책을 읽거나 우리가 좋아하는 한국식 스파에 가서 온몸의 때를 벅벅 민다.

린필드의 우리 집에서 이틀을 보내는 동안 우리 둘 다 조금씩은 이미 떠나고 싶은 마음이 들었지만, 트레이는 우리 집이 엉망진창이라는 사실에 개의치 않고 이 집에 가득한 다 늙은 동물들을 좋아하는 데다 파커 오빠, 프린스 오빠와 스카이프로 장기 자랑을 시작했을 땐 흔쾌히 참여하기까지 했다.

그러나 기예르모를 비롯해 세상 모든 사람과 과거에 있었던 일들 때문에 나는 트레이가 발을 빼고 싶어질 만한 무슨 일인가가 일어나기 전에 서둘러 린필드를 떠나고 싶었다. 닐슨 씨의 60세 생일이 아니었더라면, 그래서 알렉스와 세라가 아버지를 깜짝 방문할 예정이 아니었더라면 우리는 일찍 뉴욕으로 돌아갔을 것이다. 하지만 우리는 닐슨 씨 생신 파티 전에 넷이 만나 함께 저녁을 먹기로 했다.

"그 친구 얼른 만나보고 싶다."

알렉스한테서 새로운 메시지가 올 때마다 트레이는 자꾸만 그렇게 말했고, 그때마다 나는 조금씩 더 초조해졌다. 정체를 알 수 없는 맹렬한 보호 본능이 들었는데, 둘 중 누구를 향한 보호 본능인지는 알 수 없었다.

"알렉스에게는 시간을 줘야 해. 마음을 열기까지 오래 걸리거든."

"알아, 알아. 그래도 그 친구가 너한테 얼마나 소중한 사람인지 아니까 나도 좋아하게 될 거야. 약속할게."

저녁 식사는 괜찮았다. 그러니까, 음식은 훌륭했지만 (지중해 음식) 대화는 아쉬운 면이 있었다. 알렉스가 대학 전공이 뭐냐고 물었을 때 트레이가 좀 허세를 부리는 것 같다는 생각을 지우기 힘들었지만, 대학에 다니지 않았다는 게 트레이에게는 건드려선 안 될 역린 같은 것이었다. 그래서 그가 자기 사연을 털어놓기 시작하자, 알렉스에게 해서는 안 되는 말을 알려주는 신호 같은 게 있었다면 좋았을 텐데 하고 생각했다.

트레이는 피츠버그에서 고등학교를 다니는 내내 메탈 밴드에서 활동했다는 사연. 그러다가 열여덟 살 때 밴드가 유명세를 타기 시작하며 훨씬 유명한 밴드 투어의 오프닝 공연 제의를 받게 된 사연을 풀어냈다. 트레이는 뛰어난 드러머였지만 사실 그가 진심으로 사랑한 건 사진이었다. 4년 동안 끊임없이 투어를 한 끝에 밴드가 해체하자 그는 다른 밴드 투어를 따라다니며 사진을 찍는 일자리를 얻었다. 그는 여행을 하고 사람을 만나고 새로운 도시에 가는 일을 좋아했다. 그렇게 인맥이 생기자 일자리 제의가 여기저기서 쏟아져 들어오기 시작했다. 프리랜서로 일하다가 마침내 《R+R》의 일을 맡게 되었고 지금은 정식 사진기자가 되었다는 사연이었다.

그는 내 어깨를 한 팔로 감싸고 이런 말로 독백을 끝맺었다. "그렇게 파피를 만나게 된 거지."

그때 알렉스의 얼굴에 스쳐간 표정은 너무 미세해서 분명 트레이는 알아차리지 못했을 것이다. 아마 세라도 못 보았을 것이다. 하지만 내게 그 표정은 누가 내 배꼽에 주머니칼을 쑤셔 넣고 위로 15센티미터쯤 쭉 긋는 것 같은 기분이었다.

"정말 사랑스러운 이야기다." 세라가 감상적으로 말했을 때 아마 내 얼굴은 한층 더 뒤틀렸을 거다.

"재미있는 건, 우린 원래 더 일찍 만날 예정이었다는 거야. 원래 일정대로였다면 내가 너희 둘과 함께 노르웨이에 갔었을 거거든. 그런데 파피가 아팠지."

"우아." 알렉스의 눈길이 빠르게 내게, 다시 그의 앞에 놓인 물잔으로 향한다. 물잔은 나만큼이나 땀투성이다. 알렉스가 물잔을 집어 느릿느릿 마시다가 다시 자리에 내려놓는다. "정말 재미있는 애기네."

트레이는 어색하다는 듯 말을 잇는다. "그건 그렇고 넌? 넌 무슨 공부를 해?"

트레이는 알렉스가 무슨 공부를 하는지 정확히 알고 있는데도 말할 기회를 주려고 일부러 질문하는 거였다.

하지만 알렉스는 물을 한 모금 더 마시더니 그저 "문예창작, 지금은 문학"이라고만 대답했다.

나는 내 남자친구가 적절한 후속 질문을 찾으려고 애를 쓰다가 포기하고 다시 메뉴판을 들여다보는 모습을 쳐다보고 있는 수밖에는 별도리가 없었다.

"알렉스는 글을 정말 잘 써." 내가 어색하게 말하자 세라가 자리에서 몸을 꼼지락거렸다.

"맞아."

하지만 그녀의 목소리는 마치 내가 방금 알렉스 닐슨은 엄청나게 섹시한 몸을 갖고 있어라고 말하기라도 한 듯 날이 잔뜩 서 있다.

저녁 식사를 마친 뒤 생신 파티를 위해 베티 할머니 집으로 갔을 땐 상황이 조금 나았다. 알렉스의 바보 동생들이 트레이를 만날 기대로 단단히 무장하고 있다가 밴드 이야기부터 《R+R》, 내가 코를 고느냐에 관한 질문까지 잔뜩 쏟아냈던 것이다.

"알렉스 형은 절대 말 안 해주거든요. 하지만 파피 누나는 분명 잘 때 따발총처럼 코를 골 거예요." 막냇동생 데이비드의 말이었다.

트레이는 아무렇지도 않다는 듯 웃어넘겼다. 트레이는 질투하는 법이 없다. 우리 둘 다 그럴 주제가 못 된다. 사람들에게 여지를 주고 다니는 건 우리 둘 다 마찬가지니까. 이상하게 들리겠지만 나는 트레이의 그런 점이 좋다. 그가 바로 다가가서 술을 주문하는 모습, 바텐더가 그를 보고 웃으면서 속눈썹을 마구 깜박이는 모습을 보는 게 좋다. 우리가 가는 도시마다 트레이가 온통 매력을 흩뿌리는 모습도, 또 내가 곁에 있을 때 항상 스킨십을 하는 것도 좋다. 어깨에 팔을 두르거나, 허리를 감싸거나, 지금 5성급 레스토랑이 아니라 집에서 둘만 있는 것처럼 나를 무릎에 끌어당겨 앉히는 것도 좋다.

이렇게까지 보호받는 기분, 누군가와 같은 페이지에 있다는 확신이 든 건 처음이었다. 생신 파티에서 그는 내 몸에서 손을 뗄 줄 몰랐고 데이비드는 우리를 놀려대기 시작했다.

"혹시 잠시라도 손을 떼면 파피 누나가 도망이라도 갈까 봐 그러는 거예요?"

그러자 트레이는 대답했다. "당연히 도망가겠지. 파피는 5분 이상 가만히 앉아 있질 못하거든. 그래서 내가 파피를 사랑하는 거야."

알렉스의 동생들 모두가 한자리에 있는 건 정말 오랜만이었다. 그 애들은 우리가 열아홉 살일 때, 대학교 여름방학 때 집으로 돌아와서 알렉스의 차로 여기저기 태우고 다니던 때와 마찬가지로 소란스럽고 다정했다. 그땐 알렉스의 동생들에게는 차가 없었고, 알렉스의 아버지는 다정하지만 누굴 언제 어디로 데려다주어야 할지를 매번 잊어버렸기 때문이다.

알렉스는 차분한 성격인 반면 동생들은 서로 몸싸움을 하거나 유치한 장난을 치는 걸 멈추지 않는 그런 남자아이들이었다. 동생들 중 몇몇은 다 커서 자식까지 있는데도, 아직도 파티에선 어릴 때 모습 그대로다.

알렉스의 부모님은 아들들에게 알파벳 순서로 이름을 붙였다. 첫째는 알렉스, 둘째는 브라이스, 셋째가 캐머런, 그리고 넷째가 데이비드였는데, 이상하게 덩치도 대체로 같은 순서였다. 알렉스가 가장 키가 크고 어깨가 딱 벌어졌다면 둘째인 브라이스는 키는 형과 엇비슷하지만 여위고 어깨가 좁았다. 캐머런은 몇 센티미터 더 작고 근육질 체형이었다. 하지만 막내 데이비드는 알렉스보다 2.5센티미터 크고 프로 운동선수 같은 체격을 가졌다.

네 아들 모두 다양한 채도의 금발에 똑같은 녹갈색 눈을 가진 잘생긴 얼굴이었지만 그중에서도 숱 많은 곱슬머리에 사연 있어 보이는 큰 눈을 가진 데이비드는 영화배우라고 해도 믿을 미남이었다. (얼마 전 저녁 식사 자리에서 알렉스가 말하길, 데이비드는 LA에 가서 영화배우가 될 예정이라고 한다.) 뿐만 아니라 데이비드는 잘 들뜨는 성격이라 이야기를 시작할 때마다 기쁨으로 얼굴이 환해진다. 그는 거의 모든 문장을 대화의 상대방, 혹은 이 이야기에 가장 관심을 가질 것 같은 사람 이름으로 시작한다.

"파피 누나, 알렉스가 누나 기사 읽어보라고 집에《R+R》을 한 아름 가져온 거 있죠?" 베티 할머니의 집에서 데이비드가 그렇게 말한 덕분에 나는 알렉스가 내가 쓴 기사까지 읽는다는 사실을 처음 알았다. "글이 정말 좋았어요. 꼭 그 여행지에 가 있는 기분이었어요."

"나도 네가 거기 있었으면 좋았겠다. 다음에 다 같이 여행 가자."

"와 씨, 좋아요." 데이비드는 그렇게 말한 뒤 어깨 너머로 아버지가 자기가 욕하는 소리를 들었는지 확인한 뒤 씩 웃었다. 데이비드는 스물다섯 살 먹은 아기다, 그리고 난 데이비드를 사랑한다.

그러다가 베티 할머니가 나에게 부엌일을 도와달라고 부탁하시기에 나는 할머니를 따라 부엌으로 가서는 그분이 사위를 위해 구운 독일식 초콜릿 케이크에 초를 꽂는다.

"네 남자친구 트레이라는 청년 아주 괜찮아 보이더구나." 할머니는 고개를 들지 않은 채로 말했다.

"좋은 사람이에요."

"타투도 마음에 들더라. 어찌나 근사한지!"

할머니는 악의가 없었다. 할머니는 때로는 냉소적이지만 편견 없는 태도에 듣는 사람의 마음을 금세 열기도 했다. 베티 할머니는 꼬장꼬장한 사람이 아니었고, 난 그분의 그런 면이 좋았다. 그 연세에도 대화를 나눌 때면 뭐든지 다 안다는 듯 굴기보다는 질문을 던지는 분이었다.

"저도 마음에 들어요."

트레이와 함께 첫 출장을 갔을 때 (홍콩이었다) 나는 그의 외모보다 에너지에 매력을 느꼈고, 내가 거절하더라도 어색하지 않게 출장이 끝나고 돌아온 뒤에 데이트 신청을 해준 것도 마음에 들었다.

하지만 트레이와 사귀기로 한 데 알렉스가 아무런 역할도 하지 않았다고 한다면 거짓말일 거다.

얼마 전 알렉스는 요즘 직장에서 세라와 대화를 더 많이 한다고, 두 사람 사이가 괜찮다고 했다. 그즈음 나는 내가 열병으로 앓는 동안 우리 집 문 앞에 피곤하면서도 걱정스러운, 그리고 너무나도 안심되는 모습으로 우리 집 문 앞을 찾아오는 그가 나오는 꿈을 번번이 꾸곤 했다.

그가 세라와 다시 사귈 거라고 한 건 아니지만 상관없었다.

다시 만날 수도 있고, 아닐 수도 있겠지만, 그래도 언젠가 그에겐 누군가가 생길 테고, 그 사실을 받아들이기 힘들 것 같았다. 그래서 나는 그날 밤 트레이의 데이트 신청을 승낙한 뒤 그와 함께 핫도그를 먹으며 공짜 스키볼 게임을 즐길 수 있는 바에 갔다. 그리고 그날 밤이 끝날 무렵, 내가 그를 사랑할 수 있겠다는 사실을 알 수 있었다.

나한테 트레이는 알렉스에게 있어 세라 토발과 같은 존재였다. 나랑 어울리는 상대 말이다. 그래서 난 그 뒤로도 트레이가 하는 일에 전부 좋다고 했다.

"그 사람을 사랑하니?" 베티 할머니가 여전히 고개를 들지 않고 집안일을 하며 물으셨다.

할머니가 나에게 어느 정도 사적인 영역을 허락하고 있다는 느낌이 들었다. 필요하다면 눈을 마주 보지 않고 거짓말을 할 수 있도록. 하지만 난 거짓말을 할 필요가 없었다.

"그럼요."

"잘됐구나, 얘야. 정말 잘됐어."

할머니는 프로스팅이 덮인 케이크에 꽂힌 두 개의 가느다란 은색 초가 행여 튕겨나가기라도 할세라 가만히 손으로 붙잡은 채로 내게 또 다른 질문을 던졌다.

"알렉스를 사랑하는 것처럼 그 친구를 사랑하니?"

그 질문을 듣는 순간 내 심장이 몇 초 동안 쿵쾅쿵쾅 뛰었던 게 또렷이 기억난다. 아까보다 까다로운 질문이었지만, 거짓말을 할 수는 없었다.

"그 누구라 해도 알렉스를 사랑하는 것처럼은 사랑할 수 없을 거예요." 나는 그렇게 대답했지만, 그다음에는 하지만 어쩌면 그 누구도 트레이를 사랑하는 것처럼 사랑할 수 없을지도 모르고요 하고 생각했다.

하지만 나는 그 말을 하지 않고 가만히 있었다.

베티 할머니는 고개를 젓더니 내 눈을 똑바로 바라보며 말했다. "알렉스도 그걸 알아야 할 텐데."

할머니는 그 말을 남긴 뒤 먼저 부엌을 나갔다. 알렉스와 세라는 플래너리 오코너를 데려왔는데, 고양이는 드라마틱한 등장을 위해 내가 부엌을 나서는 순간을 골라 등을 활처럼 휘고 눈을 치뜬 채로 내 얼굴을 빤히 보며 요란하게 야옹 하고 울었다. 알렉스와 내가 핼

러윈 키티라고 부르는, 온몸으로 하는 감정 표현이었다.

"안녕."

내 말에 고양이가 내 다리에 몸을 비비는 걸 보고 안아 올리려고 손을 뻗었더니 녀석은 하악 하는 소리를 내며 내게 발톱을 휘둘렀다. 마침 설거짓거리를 들고 부엌으로 들어오던 세라가 그 모습을 보더니 다정한 목소리로 웃으며 말했다.

"세상에! 고양이가 너 싫어하네."

그래, 커플 여행을 알렉스가 왜 불안해하는 건지는 알겠지만, 그래도 우리 사이에는 진전이 있다. 인스타그램에 서로 좋아요도 눌러 주고, 지난번에 알렉스가 왔을 땐 트레이와 나와 셋이서 아케이드 바에 가서 완벽하게 즐거운 시간을 보내기도 했다. 토스카나의 시골에서 링거를 꽂은 것처럼 끊임없이 와인을 수혈하며 보내는 시간은 알렉스 아버지의 예순 번째 생신 파티 전에 했던 어색한 저녁 식사와는 다를 터였다.

"트레이와 세라는 잘 맞을 거야." 알렉스와 통화하고 있는 지금, 나는 발코니 난간에 다리를 올리고 어깨와 얼굴 사이에 휴대폰을 끼워 넣으며 말한다.

알렉스가 방향지시등을 끄는 소리, 한숨 쉬는 소리가 들린다.

"어떻게 확신해?"

"우리가 그 둘을 사랑하잖아. 또 우리가 서로를 사랑하니까, 두 사람도 서로를 사랑하게 될 거야. 그렇게 우리 모두 서로 사랑하는 사이가 되는 거지. 너랑 트레이, 나랑 세라."

그가 웃는다. "세라 이야기를 할 때 네 목소리 갑자기 변한 거 알고 있어? 헬륨이라도 마신 줄 알았네."

"솔직히 아직도 지난번에 세라가 널 차버린 거 용서하려고 노력 중이야. 하지만 늦게라도 자기 인생 최대의 실수를 깨달은 것 같아서 기회는 줘보려고."

"파피, 그런 게 아니야. 그땐 상황이 복잡했는데 지금은 나아진 것뿐이야."

"알아, 알지." 나는 그렇게 말하지만, 사실은 모른다. 알렉스는 지난번의 헤어짐 때문에 남은 앙금이 없다고 우기지만, 세라가 했다는 말(알렉스는 두 사람이 처음 만났던 학교 도서관만큼이나 재미없다는 말)을 떠올리자 또다시 분노가 치밀어 오른다. 토할 것 같은 기분이 드는 바람에 나는 신음을 하고 미안하다고 한다. "내일 비행기 타려면 얼른 자러 가야겠다. 분명 정말 멋진 여행이 될 거야."

"그래." 알렉스는 무뚝뚝하게 대답한다. "내가 쓸데없는 걱정을 한 거라면 좋겠다."

여행은 대체로 무난하게 흘러간다.

우리는 빌라에 묵는다. 반짝이는 수영장, 오래된 석조 테라스, 부드러운 분홍색과 보라색의 부겐빌레아가 늘어진 야외 주방까지 있는 빌라에 머물면서 기분이 안 좋기는 힘들다.

빌라에 들어서는 순간 세라가 말한다. "우아, 앞으로는 매년 이 여름휴가에 따라와야겠다."

내가 알렉스에게 엄지를 치켜올리듯 자랑스러운 표정을 지어 보이자 그는 희미하게 웃는다.

트레이도 거든다. "그러니까 말이야. 다 같이 여행 온다는 아이디어를 더 일찍 떠올렸더라면 좋았을 텐데."

"정말 그래."

세라는 그렇게 말하지만, 고등학교 교사인 세라와 대학에서 강의를 해야 하는 알렉스의 스케줄을 생각하면 두 사람은 토스카나의 빌라가 아무리 파격 할인가로 나온다고 해도 비행기를 타고 여행을 다닐 시간이 별로 없을 거다.

"여기서 30킬로미터 내에 미슐랭 스타 레스토랑이 열 개쯤 있대. 또 최소 하루는 알렉스가 저녁 식사를 직접 요리하고 싶을 거고."

"그럼 참 좋지." 알렉스도 동의한다.

빌라에서의 첫날은 좀 어색하고 뻣뻣하다. 우리 넷 다 각자의 방에서 시차 적응하느라 눈을 붙이고 수영장을 오가며 어슬렁거린다. 트레이는 시험 삼아 사진을 몇 장 찍고, 나는 시내로 나가 간식거리를 사온다. 숙성 치즈와 고기, 갓 구운 빵, 조그만 병에 든 여러 가지 잼이다. 그리고 와인, 아주 많은 와인.

첫날 밤 우리는 테라스의 야외 식탁에 앉아 와인을 두 병 마시고, 모두가 한층 긴장을 풀고 누그러진다. 말이 많아진 세라는 학생들 이야기며 플래너리 오코너 이야기, 인디애나에서의 생활 이야기를 늘어놓고, 알렉스는 조용히 뻔뻔한 얼굴로 중간 중간 농담을 덧붙이는데 너무 웃겨서 나는 두 번이나 코로 와인을 뿜는다.

우리 넷이 친구, 진짜 친구가 된 것 같은 기분이다.

트레이가 나를 무릎에 앉히고 내 어깨에 턱을 올리자 세라는 심장을 움켜쥐는 시늉을 하며 어우, 한다. 두 사람 정말 다정하네. 그러면서 알렉스를 바라보며 "정말 다정하지 않아?"라고 말한다.

알렉스는 내 쪽으로 슬쩍 눈길을 주며 "버터처럼 부드럽지"라고 말한다.

"뭐? 그게 무슨 뜻인데?" 세라의 말에 알렉스가 그저 어깨를 으쓱하자 그녀는 말을 잇는다. "알렉스도 공공장소에서 애정 표현 하는 걸 좋아하면 참 좋을 텐데. 우린 사람들 앞에서는 **포옹** 잘 안 하거든."

알렉스는 부끄러운 듯 말한다. "난 포옹 별로 안 좋아해. 우리 가족이 옛날부터 그런 걸 잘 안 해서."

"알아, 하지만 상대는 바에서 만난 모르는 여자도 아니고 나잖아."

이제 와 생각해보니 알렉스와 세라가 스킨십하는 모습을 본 적이 없는 것도 같다. 그렇다고 알렉스가 나와는 공공장소에서 스킨십을 많이 해온 것도 아니다. 뉴올리언스의 길거리에서 춤을 춘 걸 빼면, 또 베일에서도 춤을 춘 걸 빼면. (두 번 다 우리는 상당히 많은 술을 마신 상태였다.)

"그냥…… 좀 예의 없게 느껴져서." 알렉스는 설명하려 애쓴다.

"예의 없다고?" 트레이는 담배에 불을 붙인다. "우리 전부 어른이잖아. 원한다면 자기 여자한텐 얼마든지 애정 표현을 해야지."

세라가 코웃음을 친다. "소용없어. 우리도 이 주제로 대화를 한두 번 한 게 아니거든. 그래서 나도 현실을 받아들였어. 난 손잡는 것도 싫어하는 남자랑 **결혼할** 운명인 거야."

결혼이라는 말을 듣는 순간 심장이 움찔한다. 두 사람이 진짜 이렇게 진지한 사이인 건가? 그러니까 당연히 진지하기야 하겠지만 다시 사귀기 시작한 지 얼마 되지 않았잖아. 나와 트레이도 때때로 결

혼 이야기를 하긴 하지만, 앞일은 아무도 모르는 일이니 지금 당장
은 부담을 갖지 말자는 식으로 얘기한다.

"뭐, 그건 나도 이해해." 트레이는 우리 쪽을 피해 담배 연기를 뿜
는다. "나도 손잡는 건 별로야. 편안하지도 않지, 행동을 제한하지,
사람이 많으면 불편하기까지 하고. 수갑으로 서로 발목을 묶는 거
랑 뭐가 달라."

"게다가 손에 땀도 나지. 정말 불편하기 짝이 없다고." 알렉스도
거든다.

"난 손잡는 거 좋아하는데!" 결혼 생각은 나중에 마저 하자고 머
릿속 깊은 곳으로 쑤셔 넣으며 내가 명랑한 목소리로 끼어든다. "특
히 사람이 많은 곳에서 손을 잡으면 안전하게 느껴져."

"만약 우리가 이번 여행에서 피렌체라도 가면 나랑 파피가 손잡
고 다니고 너희는 군중들 속에서 두 마리 외로운 늑대처럼 길을 잃
고 말겠다."

그 말과 함께 세라가 나에게 와인 잔을 내밀자 나는 내 잔을 그
녀의 잔에 부딪히고, 우리 둘 다 웃음을 터뜨린다. 그 순간 처음으
로 세라가 마음에 든다. 그리고 바로 그때, 나는 내가 지금까지 알렉
스를 꽉 붙잡고 있느라 세라의 자리를 없애버리지만 않았더라면 처
음부터 그녀를 좋아할 수도 있었으리란 걸 깨닫는다.

앞으론 그러면 안 돼. 나는 단단히 결심한다. 그다음부터는 우리
넷 다 와인에 취해 대화하고, 농담을 주고받고, 웃고, 그 밤이 이번
여행의 분위기를 결정한다.

길고 화창한 낮이면 숙소 주위에 펼쳐진 오래된 마을들을 돌아

다닌다. 차를 타고 포도 농장으로 가서 입을 살짝 벌린 채 와인 잔을 빙글빙글 돌리며 짙은 과일 향을 들이마신다. 세계적으로 유명한 셰프가 있는 오래된 석조 건물에서 느지막한 점심을 먹는다. 알렉스는 매일 아침 일찍 달리기를 하러 나가고, 얼마 지나지 않아 트레이도 장소를 물색하거나 이미 계획한 촬영을 하러 나간다. 세라와 나는 거의 매일 늦잠을 잔 다음에 만나서 오랫동안 수영을 하고 (정확히 말하면 리몬첼로와 보드카가 든 플라스틱 컵을 들고 널찍한 튜브 위에 둥둥 떠서 허송세월하고) 사사로운 것을 두고 대화를 주고받지만, 최소한 린필드에 딱 하나 있는 지중해 음식점에서 했던 대화보다는 훨씬 편하게 느껴진다.

밤이 오자 우리는 늦은 저녁을 먹으러 나가 와인을 곁들여 마시고 돌아온 뒤, 빌라의 테라스에서 아침이 올 때까지 술을 마시며 이야기를 나눈다. 그리고 벽장 속에 가득 들어 있는 게임 도구 중 아는 것은 전부 한다. 보체, 배드민턴처럼 정원에서 하는 것들, 클루, 스크래블, 모노폴리 같은 보드게임까지. (난 알렉스가 모노폴리를 싫어한다는 걸 알지만, 트레이가 모노폴리를 하자고 제안하자 알렉스는 거절하지 않는다.)

매일 밤 우리가 잠드는 시간은 점점 더 늦어진다. 종이에 유명인 이름을 적은 뒤 섞어서 이마에 붙인 다음 스무고개를 해서 맞히고, 추가 질문 하나당 벌주를 한 잔씩 마시는 게임도 한다. 오래지 않아 우리가 아는 유명인들이 거의 겹치지 않는다는 사실이 드러나고, 게임은 200배쯤 더 어려워지지만 그만큼 더 재미있어진다. 내가 맞혀야 할 유명인이 리얼리티 쇼에 나오는 스타냐고 묻자 세라는 목

졸리는 시늉을 한다.

"왜? 난 리얼리티 쇼 정말 좋아하는데."

이런 반응을 마주하는 게 처음은 아니다. 그런데 어쩐지 세라에게 무시를 당하자 마치 알렉스에게 무시당하는 것만 같다. 급소를 찔린 것 같은 기분이 드는 동시에 그 급소를 자꾸만 누르고 싶은 충동도 함께 찾아온다.

"도대체 리얼리티 쇼 같은 걸 왜 보는지 이해가 안 돼." 세라가 말한다.

그러자 트레이가 살짝 웃는다. "맞아, 나도 파피가 왜 그렇게 리얼리티 쇼를 좋아하는지 모르겠다니까. 요즘 어울리지 않게 〈배철러〉(미국의 연애 리얼리티 프로그램-옮긴이)에 흠뻑 빠져 있거든."

"흠뻑 빠진 건 아니야." 나는 방어적으로 말한다.

레이철과 나는 〈배철러〉를 지지난번 시즌부터 보기 시작했는데, 출연자로 나온 여자가 레이철의 예술 대학 동기였던 게 계기였다. 그렇게 서너 편 보고 나니 그대로 쭉 보게 됐다.

"그냥, 일종의 거대 실험 같다는 생각이 들어서 그래. 또 몇 시간씩이나 촬영분을 보다 보면 인간에 대해 정말 많은 걸 알게 된달까."

그 말에 세라가 눈썹을 획 치켜올린다. "자기애가 강한 사람들은 유명해지려고 뭐든지 다 한다는 거 말이야?"

트레이가 웃는다. "바로 그거네."

나는 억지로 웃고 나서 와인을 한 모금 더 마신다.

"그런 이야기가 아니고……." 나는 내 생각을 어떻게 설명해야 할지 몰라 불편하게 몸을 꿈지럭거린다. "그러니까 내가 〈배철러〉를 좋아하는 이유는 여러 가지가 있는데 그중 하나는…… 결국 출연자 중 어떤 사람들은 고심해서 최종 결정을 내리기 때문이야. 두세 명의 후보 중 가장 끌리는 한 명을 선택하는 문제가 아니라, 오히려…… 인생을 선택하는 모습을 보게 되거든."

실제 삶에서도 마찬가지다. 누군가를 사랑하더라도 그 사람과 함께하게 될 미래가 나에게, 상대에게, 어쩌면 둘 다에게 좋은 선택이 아닐 때도 있다.

"그런데 그중에 실제로 사귀게 되는 커플이 있긴 있어?" 세라가 묻는다.

"대부분은 아니야." 나도 솔직히 말한다. "하지만 중요한 건 그게 아니야. 모든 후보와 데이트를 할 때 출연자가 상대에 따라 얼마나 달라지는지, 또 어떤 선택을 하는지를 보게 돼. 어떤 사람은 화학 작용이 가장 강하게 일어나는 상대를 고르기도 하고, 함께 있을 때 즐거운 상대를 고르는 출연자도 있어. 좋은 아빠가 될 것 같은 상대를 고르는 사람도 있고, 안전하게 속마음을 열어 보일 수 있는 상대를 택하는 사람도 있어. 정말 신기해. 사랑이란 결국 누군가와 있을 때 내가 어떤 사람인가에 달려 있다는 게 말야."

나는 트레이와 함께 있을 때의 내가 좋다. 그와 함께할 때 나는 자신감이 넘치고, 독립적이고, 유연하고, 이성적인 사람이 된다. 나는 편안하다. 언젠가 내가 되고 싶었던 바로 그 모습이다.

"그거야 그렇지만." 세라가 말한다. "30명쯤 되는 남자들과 썸을 타다가 고작 다섯 번 만난 사람이랑 약혼하는 게 난 도저히 이해가 안 되더라."

트레이는 고개를 젖히고 웃으며 말한다. "너 우리 헤어지고 나면 〈배철러〉에 나갈 거야, 파피?"

"어, 그럼 나도 봐야겠다." 세라가 낄낄 웃는다.

트레이의 말이 농담인 건 알지만, 어쩐지 둘이서 패를 이뤄 나를 공격하는 것 같아 짜증이 난다.

왜 그런 생각을 해? 내가 유명해지려면 무슨 짓이든 하는 자기애가 강한 사람 같아 보여? 이렇게 말할까 하는 생각이 든다.

테이블 아래에서 알렉스가 내 다리를 툭 건드리는 바람에 그를 쳐다보니, 그는 이쪽을 보지 않고 있다. 그저 자기가 여기 있다고, 아무것도 나에게 상처를 줄 수 없다는 사실을 알려준 것이다.

나는 하고 싶은 말을 속으로 삼키기로 한다.

"와인 더 마실까?"

다음 날, 우리는 테라스에서 오랫동안 늦은 저녁 식사를 즐긴다. 디저트로 먹을 젤라토를 접시에 담아오려고 안으로 들어가자 알렉스는 부엌에 서서 이메일을 보고 있다.

틴하우스에서 그의 단편소설을 출판하기로 했다는 소식을 방금 받았다는 거였다. 그 순간의 알렉스는 너무나 행복해 보이고, 또 알렉스다워 보여서, 몰래 그의 사진을 남긴다. 그 사진이 너무 마음에 든 나머지 만약 우리 둘 다 사귀는 사람이 없었다면, 세라와 트레이의 입장이 곤란해지는 것만 아니었다면 난 그 사진을 휴대폰 배경 화면으로 했을 것이다.

우리는 이 일을 축하하기로 하고 (애초부터 이번 여행은 축하 여행이었으니까) 트레이가 모히토를 만들고, 우리는 골짜기가 내려다보이는 선베드에 앉아 시골의 밤이 내는 부드럽고 반짝이는 소리에 귀를 기울인다.

그날 밤 나는 술에는 거의 입을 대지 않는다. 온종일 토할 것 같은 기분이 들어서, 그날은 처음으로 먼저 자러 들어가겠다고 말한다. 몇 시간 뒤 트레이가 침대에 들어와 내 목에 키스하며 내 품에 파고든다. 섹스가 끝나자마자 그는 잠들고, 나는 또다시 토할 것 같다. 그제야 머릿속에 번뜩 하고 떠오르는 생각이 있다.

원래 이번 여행 중에 생리가 시작될 예정이었다.

우연일 거다. 해외여행 중에 메스꺼운 기분이 드는 데는 여러 이유가 있을 수 있다. 게다가 트레이와 나는 꽤나 조심해왔다.

하지만 나는 토할 것 같은 기분으로 침대를 나와 살금살금 발끝으로 1층에 내려온 다음 생리 예정일을 확인하려고 메모 앱을 연다. 레이철은 생리 추적 앱을 깔라며 매번 잔소리했지만 난 지금 이 순간까지는 그게 꼭 필요하다고 생각해본 적이 없다.

귓속이 둥둥 울린다. 심장이 쿵쿵 뛴다. 혀가 입 안에 꽉 찬 기분이다. 생리 예정일은 어제였다. 이틀 늦어지는 건 별일 아니다. 레드 와인을 그렇게 퍼마셨으니 구역질이 날 만도 하다. 특히 난 편두통도 있으니까. 그런데도 너무너무 겁이 난다.

외투걸이에 있던 재킷을 챙겨 샌들을 신고 렌터카 키를 찾는다. 가장 가까운 24시간 식료품점은 38분 거리에 있다. 동이 트기 전에 나는 각기 다른 상표의 임신 테스트기 세 개를 사서 빌라로 돌아온다. 그즈음에 나는 완전한 공황 상태에 빠져 있다. 할 수 있는 일이라고는 제일 비싼 테스트기를 한 손에 든 채 테라스를 서성거리며 속으로 숨을 들이마시라고, 또 내쉬라고, 스스로에게 말하는 게 전부다. 폐렴에 걸렸던 때보다 숨쉬기가 더 어렵다.

"잠이 안 와?"

나지막한 목소리에 나는 흠칫 놀란다. 열린 문간에 검은 반바지와 운동화 차림으로 기대서 있는 알렉스의 하얀 몸이 어슴푸레한 새벽빛에 푸른 색조를 던진다.

웃음이 터지려다가 멎는다. 왜 그런지 모르겠다.

"달리기하러 나가는 거야?"

"해 뜨고 나면 덥잖아."

나는 고개를 끄덕이고 양팔로 내 몸을 감싼 채 다시 골짜기 너머로 시선을 보낸다. 알렉스가 다가와 내 곁에 서자 나는 그를 쳐다보지도 않고 울기 시작한다. 그가 손을 뻗더니 임신 테스트기를 꽉 쥐고 있던 내 손을 편다.

10초간 그는 말이 없다. 우리 둘 다 말이 없다.

"테스트해봤어?"

그가 나직한 목소리로 묻자, 나는 고개를 저은 뒤 더 심하게 울기 시작한다. 그가 나를 끌어당겨 감싸 안자 나는 흐느끼면서도 몇 번 숨을 쉰다. 약간 긴장이 풀리자 나는 그에게서 물러나 손바닥으로 눈물을 닦는다.

"어떡하지, 알렉스. 만약…… 그러면 나 대체 어떡해야 해?"

그는 내 얼굴을 한참 바라보다가 묻는다. "어떻게 하고 싶어?"

나는 다시 눈물을 닦는다. "트레이는 아이 가질 생각이 없는 것 같아."

"그걸 물어본 게 아니잖아."

"내가 어떻게 하고 싶은 건지 모르겠어. 그러니까, 트레이와 함께 하고 싶어. 그러다가 언젠가는…… 모르겠어. 모르겠어." 또다시 소리조차 없는 격렬한 흐느낌이 터져 나오는 바람에 나는 두 손에 얼굴을 묻는다. "난 이걸 혼자 할 만큼 강하지 못해. **못해.** 아픈 것도 혼자 이겨내지 못하는 걸. 어떡해……."

그가 내 손목을 가볍게 쥐더니 얼굴에서 떼어놓은 다음 고개를 숙여 내 눈을 본다. "파피, 넌 혼자가 아니야. 알겠지? 내가 있잖아."

"그래서? 뭐, 인디애나로 이사라도 가라고? 너랑 세라 옆집에 집이라도 얻어? 그게 무슨 해결책이 된다는 거야, 알렉스?"

"모르겠어. 방법은 중요하지 않아. 내가 여기 있잖아. 우선 테스트를 해보고, 그다음에 같이 생각해보자. 알겠지? 어떻게 하고 싶은지 생각해보고, 그렇게 하자."

나는 깊은숨을 들이마신 다음에 테스트기가 들어 있는 봉투, 그리고 구명보트처럼 꽉 쥐고 있던 테스트기를 가지고 욕실로 들어간다.

한번에 세 개 모두에 소변을 묻힌 다음 전부 밖으로 가지고 나온다. 우리는 테라스를 둘러싼 나지막한 돌벽 위에 테스트기들을 줄 세워 올려놓는다. 알렉스가 손목시계의 타이머를 맞추고, 우리는 아무 말 없이 그 자리에 서서 타이머 신호음이 울리기를 기다린다.

테스트 결과가 하나씩 나타나기 시작한다.

음성.

음성.

음성.

나는 다시 울기 시작한다. 안도의 눈물인지, 그보다 더 복잡한 어떤 감정인지 알 수가 없다. 알렉스가 나를 품에 안더니 내가 진정할 때까지 달래듯 천천히 흔들어준다.

"더 이상 너한테 이렇게는 못 하겠어." 울 수 있는 만큼 다 울고 난 뒤 내가 입을 연다.

"이렇게라니?" 그가 나지막이 속삭인다.

"모르겠어. 계속 너한테 의지하면 안 될 것 같아."

내 머리 옆에 자리 잡고 있던 그의 고개가 흔들린다. "나도 네가 필요해, 파피."

그제야 나는 그의 목소리가 잔뜩 잠기고 눈물에 젖어 떨리고 있다는 것을 안다. 그에게서 몸을 떼자 그는 울고 있다. 내가 그의 얼굴에 손을 가져가자 그는 "미안해" 하며 눈을 감는다.

"그냥…… 너한테 무슨 일이라도 생기면 내가 어떻게 해야 할지 모르겠어."

그제야 나는 알아차린다.

알렉스 같은 사람, 그처럼 어머니를 잃은 사람에게 임신이란 그저 인생을 바꿀 가능성에 그치는 것이 아니다. 사망 선고일지도 모른다.

"미안해." 그가 다시 한번 말한다. "대체 왜 내가 우는 건지 모르겠네."

내가 그의 얼굴을 다시 내 어깨에 기대게 하자 알렉스는 넓은 어깨를 떨면서 조금 더 운다. 친구로 지낸 그 오랜 세월 동안 나는 그에게 우는 모습을 수백 번은 보였지만 내 앞에서 알렉스가 우는 건 처음이다.

"괜찮아." 나는 속삭인다. 그다음에는 수도 없이 속삭인다. "괜찮아. 넌 괜찮아. 우린 괜찮아, 알렉스."

알렉스는 내 목과 어깨 사이에 축축한 얼굴을 묻고, 내 등의 옴폭 들어간 부분을 꽉 움켜쥔다. 그의 축축한 입술이 내 목에 닿아 따뜻한 감촉을 느끼며 나는 손가락으로 그의 머리카락을 어루만진다.

이 감정은 분명 지나가겠지만, 지금 이 순간, 난 이곳에 우리 둘뿐이기만을 간절히 바란다. 우리가 아직 세라와 트레이를 만나기 전이었다면 좋겠다고, 언제까지고 이렇게 서로를 오랫동안 꽉 안고 있을 수 있다면 좋겠다고.

여태 우리는 우리 둘만의 세상에 사는 것처럼 지냈지만 앞으로는 그럴 수 없다.

"미안해." 그는 마지막으로 그렇게 말하고 나를 놓더니 똑바로 서서 첫 동이 터오는 골짜기를 바라본다. "내가 괜히……."

나는 그의 팔에 손을 댄다. "그런 말 하지 마."

그는 고개를 끄덕이더니 한 발짝 물러나 나에게서 거리를 둔다. 그리고 나는 그렇게 해야 하는 게 맞는 거라는 걸 사무치게 잘 알지만, 그래도 가슴이 아프다.

"트레이는 괜찮은 녀석인 것 같아." 그가 말한다.

"정말 그래." 나는 확언한다.

알렉스는 몇 번 더 고개를 끄덕이고 "잘됐다"라고 말한다. 그리고 그것으로 끝이었다. 알렉스는 아침 달리기를 하러 나가고, 나는 고요한 테라스에 혼자 남아 골짜기 너머 어둠을 아침이 몰아내는 모습을 지켜본다.

몇 분 뒤, 아침으로 스크램블드에그를 만들고 있을 때 생리가 시작되고, 그 뒤로는 환상적일 정도로 평범한 커플 여행이 이어진다.

그럼에도 마음속 깊은 곳은 산산이 부서진 것처럼 괴롭다.

하나의 삶 안에 공존할 수 없는 수도 없이 많은 것을 모두 바란다는 건 가슴 아픈 일이다. 하지만 나는 그 무엇보다 알렉스가 행복하기만을 바란다. 그가 원하는 모든 걸 가졌으면 좋겠다. 그러니까, 알렉스가 그런 기회를 얻지 못하게 방해해선 안 된다.

작별의 포옹을 하는 순간까지 우리는 이따금 서로를 스쳐 지나는 게 전부다. 그날 있었던 일에 대해서는 서로 한 번도 입 밖에 내지 않는다.

나는 계속해서 그를 사랑한다.

30장

~~~~~~

올해 여름

그러니까 아마 니콜라이의 아파트 발코니에서 있었던 일에 대해서는 우리 둘 다 입에 올리지 않기로 한 모양이다. 그래도 괜찮아야한다. 화려한 색채로 가득한 라리아 팜스프링스 호텔의 객실에서 눈을 떴을 때 알렉스의 침대는 정리된 채 비어 있고 책상 위에는 손으로 쓴 쪽지가 놓여 있다.

달리기하러 감, 금방 돌아올게. 추신. 차는 이미 정비소에서 찾아왔어.

눈을 뜨자마자 포옹과 키스와 구애가 쏟아질 거라고는 생각하지 않았지만 어젯밤 좋았어 같은 말쯤은 해줄 수 있었잖아? 기분 좋게 느낌표를 붙여줘도 좋았겠지.

게다가 이렇게 더운데 달리기를 어떻게 한다는 거야? 이 짧은 쪽지 한 장에도 너무 많은 정보가 담겨 있고, 편집증에 걸린 것 같은 나의 뇌는 그 와중에도 알렉스가 나와 간밤에 있었던 일 때문에 생각을 정리하고 싶어 달리는 게 아닌가 하는 생각에 빠진다.

크로아티아에서 알렉스는 완전히 공황 상태에 빠졌었다. 우리 둘다 마찬가지였다. 하지만 그 일이 일어난 건 여행 마지막 밤이었기에, 우리 둘 다 곧바로 미국의 끝에서 끝, 각자의 자리로 돌아갈 수있었다. 그런데 이번에 신랑 파티, 리허설 디너, 결혼이 남아 있다.

하지만 이번에는 절대 망치지 않기로 다짐했다. 절대로.

가벼운 태도로 임하면서, 관계를 맺은 뒤 공황에 빠지는 상태를 방지하기 위해 내가 할 수 있는 일을 할 거다.

레이철에게 문자 메시지를 보내 조언을 구할까. 아니, 그저 같이 깍깍거리기라도 해볼까 하는 생각을 하지만, 사실은 아무한테도 이 이야기를 하고 싶지 않다. 이 일이 오직 나와 알렉스 두 사람만의 일로 남았으면 좋겠다. 그와 함께일 때면 온 세상이 그렇게 느껴지니까. 나는 휴대폰을 다시 침대 위에 던져놓고 핸드백에서 펜을 꺼내 알렉스가 남긴 쪽지 아래에 덧붙여 쓴다.

수영장에서 만날까?

수영장으로 찾아온 알렉스는 아직도 달리기할 때 입은 옷차림 그대로 작은 갈색 종이봉투와 커피가 담긴 종이컵을 들고 있다. 그 모습을 보자 동요가 인다.

"시나몬 롤이야, 그리고 이건 라테." 알렉스가 나에게 봉투와 종이컵을 차례차례 건네더니 덧붙인다. "아스파이어는 번쩍이는 새 타이어를 달고 주차장에 서 있어."

나는 커피를 받아든다. "천사가 따로 없네. 타이어는 얼마였어?"

"기억 안 나. 난 샤워하러 갈게."

"수영장에 있으면…… 어차피 땀 흘릴 거 아니야?"

"하루 종일 수영장에 있을 테니까."

그의 말은 과장이 아니다. 우리는 내키는 만큼 빈둥거린다. 휴식을 취한다. 햇볕과 그늘 사이를 오간다. 수영장에 딸린 바에서 술과 나초를 주문하고 한 시간에 한 번씩 선크림을 덧바르다가 방으로 돌아왔을 때도 데이비드의 신랑 파티에 갈 준비를 할 시간이 충분히 남아 있다. 데이비드와 탬은 파티를 따로 하기로 했고 (둘 다 성별 구분 없는 파티인데도) 알렉스는 데이비드가 인기 경쟁을 하려고 그 계획을 몰아붙인 거라고 농담한다.

"데이비드보다 인기 많은 사람이 어디 있어?"

"네가 탬을 안 만나봐서 그래." 그는 대답한 뒤 욕실로 가서 물을 튼다.

"설마 또 샤워하려고?"

"그냥 씻어내는 정도야."

"초등학생 때 급수대에 가면 뒤에 줄 서 있던 애들이 '고래를 위해서 물을 아껴' 하지 않았어?"

"맞아."

"그럼 고래를 위해서 물을 아껴!"

"나한테 좀 친절하게 대해주면 안 돼? 시나몬 롤도 사줬잖아."

"버터처럼 부드럽고 따뜻하고 달콤하고 완벽했지."

내 말에 그는 얼굴을 붉히더니 욕실 문을 닫아버린다.

우리 사이가 어떻게 되고 있는 건지 이제 도저히 모르겠다. 우선, 왜 우리가 온종일 호텔방에 머무르며 사랑을 나누지 않는 건지 말이다.

나는 상의가 홀터 넥으로 처리된 1970년대풍 라임그린색 점프수트로 갈아입은 다음 욕실 바깥 거울 앞에서 머리 손질을 시작한다. 잠시 후 알렉스가 옷을 다 입고 금방이라도 외출할 수 있을 것 같은 모습으로 욕실에서 나온다.

"시간이 얼마나 더 필요해?" 젖은 머리를 온 사방으로 뻗친 알렉스가 내 어깨 너머로 거울 속에서 눈을 마주치며 묻는다.

나는 어깨를 으쓱한다. "온몸에 접착제 뿌린 다음에 반짝이 위에 구를 정도의 시간?"

"그럼 10분 정도?"

나는 고개를 끄덕인 뒤 볼륨매직기를 내려놓는다. "나랑 같이 가고 싶은 거 확실해?"

"당연하지, 왜 물어봐?"

"네 동생의 신랑 파티잖아."

"그런데?"

"동생을 몇 달 만에 보는 건데 나를 달고 가는 건 별로지 않아?"

"내가 널 달고 가는 게 아니야. 너도 초대받은 거지. 또, 파티에 남자 스트리퍼들도 올 텐데 네가 제복 입은 남자 엄청 좋아하는 거 다 알아."

"난 데이비드한테 초대받은 거잖아. 네가 동생이랑 둘만의 시간을 보내고 싶다면……."

"저기, 오늘 파티에 오는 손님이 족히 50명은 되거든? 데이비드랑 눈이라도 맞추면 다행이겠다."

"하지만 다른 동생들도 오지 않아?"

"걔들은 안 와, 내일이나 되어야 출발한대."

"그래, 하지만 거기에 화끈한 사막 여자들도 있을 거 아냐?"

"화끈한 사막 여자들이라니." 그가 내 말을 되받아 중얼거린다.

"넌 거기서 유일한 이성애자 남성으로 주목받을 거잖아."

그는 고개를 갸웃한다. "넌 내가 거기서 화끈한 사막 여자들이랑 즐겼으면 좋겠어?"

"꼭 그런 건 아니지만, 그래도 혼자 가고 싶으면 가도 된다고 말해주고 싶었어. 내 말은, 우리가……."

알렉스가 미간을 찌푸린다. "뭐하는 거야, 파피?"

나는 멍하니 머리카락을 매만진다. "비하이브 스타일을 해보려고 했는데 그냥 올림머리로 만족해야겠다."

"아니, 그게 아니라……." 그가 말꼬리를 흐리더니 묻는다. "어젯밤 일 후회돼?"

"아냐!" 내 얼굴이 활활 달아오른다. "넌 후회해?"

"전혀." 그가 대답한다.

나는 거울 안에서 그를 보는 대신 고개를 돌려 마주 본다.

"확실해? 그런데 왜 오늘 하루 종일 날 쳐다보지도 않아?"

그러자 알렉스는 웃으며 내 허리에 손을 가져온다. "그건 널 쳐다보기만 해도 어젯밤 일이 생각나서 그래. 촌스럽다고 해도 할 말 없지만, 호텔 수영장에서 온종일 발기한 채로 누워 있을 순 없잖아."

"진짜?"

내 목소리만 들으면 그가 방금 나에게 사랑의 시라도 읊어준 줄 알 거다. 그는 나를 세면대 모서리에 밀어붙이면서 천천히 뜨겁게 키스하고, 한 손을 내 목 뒤로 가져가 홀터 넥의 잠금 장치를 찾는다. 홀터 넥이 풀리고 그가 내 옷을 허리까지 끌어내리자 내 허리는 둥글게 휜다. 그가 내 턱을 감싸고 나의 입술을 그의 입술로 가져간다. 키스가 점점 더 진해지고 그가 자유로운 한 손으로 내 맨 가슴을 더듬기 시작하자 나는 두 다리로 그를 감싼다.

"나 아팠을 때 기억 나?" 나는 그의 귓가에 속삭인다.

내게 하체를 붙여오는 그의 목소리는 낮고 허스키하다.

"당연하지."

"그날 밤 널 정말 원했어." 그의 셔츠를 끌어내며 나는 고백한다.

"나 그 주 내내 간신히 참았어. 네가 아프지만 않았다면……"

나는 그에게 온몸으로 매달리고, 내가 그의 셔츠 단추를 풀어내는 동안 그는 내 목에 입술을 묻는다.

"베일에서 네가 날 안고 산을 내려올 때……"

"세상에, 파피. 난 너를 포기하려고 정말 오래 참았어."

그는 나를 세면대에서 들어 올려 침대로 데려간다.

"그런데 결국 나한테 키스했네."

내 말에 그는 내 귓가에 대고 웃음을 터뜨리며 나와 함께 침대에 눕는다. "우리 시간 얼마나 있는 거야?"

그러자 그가 내 가슴 한가운데에 입을 맞추고는 대답한다. "늦어도 돼."

"얼마나?"

"얼마든지."

×

"세상에, 말도 안 돼."

가파르게 곡선을 그리며 솟아오르는 구기 양식 지붕이 달린 미드센추리풍 저택 진입로로 발을 내딛는 순간 내 입에서 감탄사가 터져 나온다.

"진짜 멋있다. 이 집 전체를 다 빌린 거야?"

"탬이 금수저라는 말 안 했던가?"

"했던 것 같아. 내가 탬이랑 결혼하기에는 너무 늦었을까?"

"음, 결혼식이 이틀 뒤인 데다 탬은 게이인데, 그러니까 안 될 게 뭐가 있는지 모르겠네."

내가 웃음을 터뜨리자 그가 내 손을 잡는다. 알렉스 닐슨의 손을 잡고 신랑 파티 장소로 들어가는 건 방금 호텔에서 있었던 초현실적인 일보다 더 초현실적으로 느껴진다. 두근거리고 어지럽고 취한 것 같다, 그것도 정말 좋은 쪽으로.

우리는 오는 길에 고른 와인을 한 병씩 든 채 음악 소리를 따라 진입로를 지나 서늘하고 어두운 전실로 들어간다.

알렉스는 오늘 파티에 50명이 올 거라고 했다. 하지만 집 안에 들어가보니 벽에 기대서 있거나 호사스러운 도금 장식이 되어 있는 가구에 걸터앉은 사람들은 최소한 100명은 넘는 것 같다. 집의 뒷벽은 통유리로 되어 있고 그 너머로 보라색과 초록색 조명이 켜진 수영장이 내다보이는데 한쪽에는 폭포까지 흐르고 있다. 사람들은 각자 다양한 정도로 몸을 드러낸 의상을 입고 플라밍고나 백조 모양

튜브에 타고 둥둥 떠다닌다. 여자들과 드랙 퀸들은 반짝이는 긴 드레스를 입었다. 남자들은 수영복 반바지나 티 팬티 차림이다. 린필드 사람들로 보이는, 정장과 페플럼 드레스로 차려입은 사람들 옆에 천사 날개나 인어 의상을 입은 사람들이 모여 있다.

"와, 고등학교 졸업한 다음에 이렇게 엄청난 파티는 처음이다." 알렉스가 말한다.

"너랑 내가 가진 고등학교 때 추억은 엄청 다르거든."

바로 그때, 소년처럼 매력적인 미소에 곱슬거리는 금발을 가진 아도니스 같은 미청년이 우리를 발견하더니 앉아 있던 달걀 모양의 그네 의자에서 훌쩍 뛰어내린다.

"알렉스! 파피!" 살짝 취했는지 녹갈색 눈에 촉촉한 광채가 도는 데이비드가 두 팔을 벌리고 우리에게 달려온다. 먼저 알렉스를 안고, 그다음에는 내 얼굴을 양손으로 붙잡고 두 볼에 쪽쪽 입을 맞춘다. "정말 행복해요, 두 사람이……." 그가 맞잡은 우리의 손을 보더니 박수를 짝 친다. "손을 잡다니!"

"별것 아냐."

내 말에 데이비드는 깔깔 웃으며 우리 두 사람의 어깨를 양손으로 꽉 붙는다.

"물 좀 줄까?" 큰형 모드가 발동했는지 알렉스가 묻는다.

"됐네요, 아버지. 술 좀 갖다 드릴까요?"

"좋아!"

그러자 데이비드는 난 지금까지 그 자리에 있는지도 몰랐던 웨이터를 향해 손을 흔든다. 온몸에 금칠을 한 웨이터가 한구석에 서 있었던 것이다.

"세상에." 알렉스는 금빛 동상 같은 웨이터가 내민 쟁반에서 샴페인이 담긴 플루트 잔 두 개를 받아들며 중얼거린다. "고마워요…… 세상에."

웨이터는 다시 구석으로 돌아가 또다시 동상처럼 가만히 선다.

"그럼, 오늘 밤 탬은 뭐해? 순금으로 된 요트 위에서 지폐로 불놀이라도 하는 거야?"

"파피 누나, 진짜 이 말은 하기 싫지만 요트가 순금이면 가라앉는다고요. 진짜예요. 해봤거든요. 다른 술도 갖다줘요?"

내가 "좋아" 하고 대답하는 것과 동시에 알렉스는 "아니" 한다.

꼭 마법처럼 금가루가 뿌려진 보드카와 황금 잔이 이미 우리 손에 잡혀 있었다. 우리 셋은 술잔을 부딪친 다음에 알싸하게 달콤한 술을 한 모금에 들이켠다.

알렉스는 기침을 한다. "별로야."

데이비드가 그의 등을 찰싹 친다. "형이 와줘서 정말 고마워."

"당연히 와야지. 동생의 결혼식을 볼 기회는 살면서…… 세 번뿐인걸."

"형이 제일 좋아하는 동생은 결혼을 딱 한 번 할 거야, 맹세해."

"탬이랑 정말 잘 어울린다고 들었어. 또, 탬이 금수저라며?"

"금수저 중의 금수저죠." 데이비드가 말한다. "탬은 영화감독이에요. 세트장에서 만났어요."

"세트장이라니! 어머 진짜 배우처럼 말한다."

"그쵸, 저 정말 거만한 로스앤젤레스 사람 다 됐죠."

"아냐, 아냐, 진짜 아니야."

그때 수영장에 있던 누군가가 데이비드의 이름을 외치자, 그는 잠깐만이라는 손짓을 해 보이더니 다시 우리를 본다.

"집처럼 편하게 지내요, 물론 우리 집은 아니지만요." 그러더니 데이비드가 알렉스에게 말한다. "그래도 여기는 진짜 요란하고 진짜 재미있고 진짜 게이 같은 집인 데다 바깥에 댄스 플로어도 있다고. 두 사람도 거기서 곧 만나."

"이러다가 파피가 너한테 반하겠다, 그만해."

"파피 누나, 시간 낭비하지 말아요. 전 이제 품절남이니까."

데이비드가 내 얼굴을 잡고 또다시 양 뺨에 입을 맞추고, 알렉스에게도 똑같이 하더니 저쪽 수영장에서 투명 낚싯줄로 그를 감아올리는 것 같은 손짓을 하고 있는 여자 쪽으로 춤을 추며 다가간다.

"가끔 쟤 자의식이 너무 강해서 걱정된다."

알렉스가 무뚝뚝하게 말하자 나는 빵 터진다. 그도 입가를 씰룩이며 미소를 짓는다. 우리는 그곳에서 맞잡은 손을 앞뒤로 흔들면서 몇 초간 그대로 웃으며 서 있는다.

"난 네가 손잡는 거 싫어하는 줄 알았는데."

내 말에 알렉스는 "넌 좋아한다며" 한다.

"그래서? 이제 내가 원하는 건 뭐든 다 가질 수 있다는 거야?"

내 농담에 그가 차분하고 억제된 미소를 짓는다. "맞아, 파피. 이제 넌 원하는 건 뭐든 다 가져도 돼. 뭐, 문제 있어?"

"내가 원하는 게, 네가 원하는 걸 네가 가지는 거라면?"

알렉스는 한쪽 눈썹을 치켜든다. "내가 뭐라고 답을 할지 미리 알고 날 놀리려고 하는 말이야?"

"아닌데? 왜? 무슨 말을 하려고 했는데?"

맞잡고 있던 두 손이 멈춘다.

"난 내가 원하는 걸 이미 가졌어, 파피."

가슴이 두근거린다. 나는 맞잡은 손을 풀어 그의 허리를 끌어안고 고개를 뒤로 젖혀 그를 바라본다.

"알렉스 닐슨, 난 지금 공공장소에서 너한테 애정 표현 잔뜩 하고 싶은 거 참는 중이야."

그러자 그가 고개를 숙여 나에게 오랫동안 키스하고, 그 모습을 보던 사람들이 우리를 향해 환호하기 시작한다. 키스가 끝났을 때 그의 뺨은 분홍색으로 달아올라 있다.

"젠장, 꼭 흥분해서 정신 못 차리는 10대가 된 기분이야."

"뒷마당에 있다는 예거 밤 스테이션에나 가볼까? 그러면 다시 점잖고 성숙한 서른 살 같은 기분으로 돌아갈 수도 있으니까."

"현실적인 소리 같네. 그러자."

알렉스는 나를 끌고 뒷마당의 테라스를 향한다.

뒷마당에는 바가 차려져 있고 잔디 위에는 피시 타코를 나눠주는 푸드 트럭도 서 있다. 그 뒤로는 사막 한가운데 제인 오스틴 소설에나 나올 법한 정원이 펼쳐져 있다.

"여긴 대화를 나눌 만한 곳은 아니네." 알렉스는 그야말로 할아버지 같은 말투로 말한다.

"그러네. 그래도 어떻게 보면 엄청 많은 대화가 오가는 곳이기도 하고."

"맞아, 아무한테나 말을 걸어도 죽어가는 지구에 대한 진지한 논의를 할 수 있을 것만 같아."

우리는 수영장 가장자리에 앉아 바지를 걷고 따뜻한 물속에 다리를 담그고 있다 보니 사람들 속에서 데이비드가 신이 나 고함을 지르는 소리가 들린다.

"우리 형 어디 있지? 형이 이 자리에 꼭 있어야 하는데!"

"너 찾나 보다."

알렉스는 한숨을 쉰다. 그를 발견한 데이비드가 종종걸음으로 달려온다.

"형도 게임해야 해."

"술 게임이야?" 내가 묻는다.

"알렉스 형은 술 한 방울도 마실 일 없을걸요. '데이비드의 모든 것' 게임이거든요. 형 할 거지?"

알렉스는 얼굴을 찌푸린다. "내가 꼭 가야 해?"

데이비드는 가슴 앞에 팔짱을 낀다. "신랑으로서 명령하는 거야."

"너 절대 탬이랑 이혼하면 안 되겠다." 알렉스는 말하며 느릿느릿 일어선다.

"나도 여러 이유로 그렇게 생각해."

알렉스는 촛불이 밝혀진 기다란 게임 테이블을 향하지만, 데이비드는 따라가지 않고 내 옆에서 그를 지켜보다가 "형 좋아 보여요"라고 말한다.

"맞아, 나도 그렇게 생각해."

데이비드는 시선을 내려 나를 보더니 수영장 가장자리에 걸터앉아 물속에 다리를 담근다.

"그런데, 어쩌다 이렇게 된 거예요?"

"이렇게라니?"

그는 의문을 표하듯 눈썹을 치켜든다. "지금 이거요."

"음……."

나는 어떻게 설명해야 할지 고민한다. 수년간 시들 줄 모르던 사랑, 때때로 찾아온 질투, 놓쳐버린 기회, 잘못된 타이밍, 다른 사람과의 연애, 계속 쌓여가던 성적 긴장감, 싸움, 그리고 뒤이은 침묵……. 그러다가 알렉스 없이 살게 된 고통을 알아버린 걸 어떻게 설명해야 할까?

"우리가 묵던 에어비앤비 에어컨이 고장 나서."

데이비드는 몇 초간 나를 쳐다보더니 두 손에 얼굴을 묻고 끅끅 웃는다. 그러다가 고개를 들고는 "젠장, 진짜 안심이에요"라고 말한다.

"안심이라니?"

그러자 데이비드가 어깨를 으쓱한다. "그러니까…… 이제 저도 결혼하니까, 앞으로도 로스앤젤레스에 살 테고, 오하이오에 혼자 남을 형이 걱정됐거든요."

"알렉스는 린필드가 좋은 것 같은데. 어쩔 수 없이 거기 남은 건 아니잖아. 또, 알렉스가 혼자라니 무슨 소리야. 거기 온 가족이 다 있잖아. 조카들도 많고."

"제 말이 그 말이에요." 데이비드는 게임이 벌어지고 있는 테이블을 바라본다. 다른 세 명의 참가자들이 캐러멜색의 무언가를 들이켜는 가운데 알렉스가 승리감에 차 물을 마시고 있는 모습을 본다.

"형이 지금 빈 둥지 증후군이거든요."

입매를 일그러뜨리는 데이비드의 모습이 형을 얼마나 닮았는지, 잠깐이지만 그 애한테 키스하고 싶은 생각까지 든다. 그리고 데이비드의 말뜻을 알아듣는 순간 아픈 감정이 내 갈비뼈 안쪽에 자그마한 빨간 매듭처럼 자리 잡는다.

"알렉스가 그렇게 생각할 것 같아?"

"형이 우릴 키운 거나 다름없다고 생각할 것 같냐고요? 형은 우리 셋한테 정서적 에너지를 있는 대로 쏟아부었어요. 베티 할머니를 병원에 태워다주고, 우리한테 도시락을 싸주고, 아빠가 우울증에 걸리면 침대에서 일으켜주었죠. 그러다가 갑자기 우리 모두 집을 떠나 결혼을 하고 자식을 갖게 됐으니 형은 이제 아빠 안부를 살피는 일 말고는 아무것도 할 게 없어진 거잖아요."

데이비드는 진지하기 그지없는 눈빛으로 나를 바라본다.

"물론 형은 그렇게 생각 안 할 거예요. 하지만 난 형이 지금까지 쭉 외로웠다고 생각해요. 그러니까…… 우리 모두 형이 세라랑 결혼할 거라고 생각했거든요, 그런데……."

"그렇지." 나는 물속에 담갔던 다리를 들어 올려 가부좌를 틀고 앉는다.

"그러니까, 형은 반지까지 샀거든요." 데이비드가 그렇게 말을 잇는 순간 심장이 푹 꺼지는 기분이 든다. "프러포즈를 할 계획이었어요, 그러다가…… 세라가 떠나고는……."

하지만 그는 내 표정을 보자마자 말끝을 흐린다.

"파피 누나, 오해하진 마세요." 데이비드가 내 손을 잡는다. "전 옛날부터 두 사람이 운명이라고 생각했어요. 하지만 세라는 정말 좋은 사람이고, 둘은 서로 사랑했으니까…… 형이 행복하기만을 바랐어요. 이젠 다른 사람들 걱정은 하지 말고 자기 생각만 하기를 바랐다고요."

"그래."

데이비드의 말이 머릿속에 거의 들어오지도 않았다. 여전히 땀이 흘렀지만 마음은 차갑다. 세라랑 결혼하려고 했구나라는 생각이 머릿속을 꽉 채우고 있었으니까.

토스카나에 갔을 때 세라는 결혼이라는 말을 입에 담았다. 하지만 몇 주가 지나자 나는 그저 세라가 일방적으로 한 생각일 거라고 여기고 잊어버리기로 했다. 그런데 이제 와서 생각하니 토스카나 여행은 완전히 다르게 느껴진다.

벌써 3년 전 일이지만 모든 게 생생하다. 동트기 직전 테라스에 함께 서 있던 알렉스와 나. 나는 손톱을 있는 대로 물어뜯은 뒤 양팔로 온몸을 그러안고 있었다. 돌벽 위 임신 테스트기가 줄지어 놓여 있고 알렉스의 시계에서 이제 미래를 알게 될 때가 왔다는 알람 소리가 나던 순간.

내가 마음을 놓는 순간 무너져버린 듯, 고개를 숙이고 내게 기대울던 알렉스.

계속 너한테 의지하면 안 될 것 같아.

그때 알렉스도 내가 필요하다고 했지만, 트레이와 세라와 함께 있던 그곳 토스카나에서 언제나 우리를 세상으로부터 보호하고 있는 것만 같던 비눗방울은 터져버렸다. 내가 그를 이토록 원한다는 게 부끄러웠고, 그 역시 그렇게 느낀다는 걸 알 수 있었다.

트레이는 괜찮은 녀석인 것 같아, 그는 그렇게 말했고, 그건 우리가 할 수 있는 말들 중에서 우리 이제는 그만해야 해에 가장 가까운 말이었다. 그 말을 입 밖에 내는 순간 죄를 인정하는 셈이었을 테니까. 키스한 적 없어도, 사랑한다는 말을 대놓고 한 적 없어도, 우리는 오로지 서로에게만 온 마음을 내어주고 있었던 것이다.

알렉스는 세라와 결혼하려고 했다. 그 결정에 내가 방해가 됐다는 걸 이제야 알겠다. 토스카나에서 돌아와 세라는 두 번째로 알렉스에게 이별을 선언했다. 그곳에서 우리 사이에 무슨 일이 있었는지 세라는 알 수 없었겠지만, 그 일의 자취가 그에게 남아서 둘 사이가 나빠진 게 분명했다.

내가 그때 임신했더라면, 그래서 아이를 낳기로 결정했더라면, 알렉스는 모든 걸 포기하고 나를 도와주었을 거라는 걸 나는 한 치의 의심 없이 확신한다.

세라는 늘 그랬듯 나라는 현실을 받아들이거나 떠나는 수밖에 없었을 것이다. 세라가 알렉스를 떠나게 만든 게 내가 아니었을까 하는 생각을 지울 수가 없다. 우리 우정의 대가로 알렉스가 결혼하고 싶었던 여자를 잃은 거라면? 그렇게 생각하니 수치스러워서 속이 울렁거린다. 그의 인생에 존재하는 나를 합리화하기 위해 그에 대한 복잡한 생각을 얼마나 무시해왔던가 하는 생각에 죄책감이 든다.

왁자지껄한 동생들이나, 아내를 잃은 아버지가 알렉스를 필요로 하는 건 말이 된다. 하지만 난 그저 다른 여자일 뿐이다. 알렉스는 자신의 욕망과 행복을 뒷전으로 했고, 게다가 이번 주에 나는 아무렇지도 않게 또다시 그의 인생에 침범해버렸다. 알렉스에게 난 항상 그런 사람이니까. 내가 원하는 걸 요구하고, 그에게 최선이 아닌 것들을 내놓으라고 하는 사람.

기쁨도, 들뜸도 모두 사라지고 토할 것 같은 기분이 든다.

데이비드는 내 어깨에 손을 얹고 미소를 짓는 바람에 나는 몸속을 소용돌이치는 복잡하고도 고통스러운 감정의 소용돌이에서 벗어나온다.

"형에게 파피 누나가 있어서 다행이에요."

"그래."

나는 간신히 속삭이지만, 내 안에서 작은 악마의 목소리가 이렇게 속삭이는 것 같다. 아니, 네게 알렉스가 있는 거지.

31장

~~~~~~

올해 여름

호텔 키를 찾아 핸드백을 뒤지는 사이 알렉스의 손이 내 허리를 묵직하게 휘감더니 내게 몸을 기대며 부드러운 입술로 목 옆선에 입을 맞춘다. 그러나 두개골이 지끈지끈 아프고 속에서 죄책감과 공황감이 번갈아 욱신거리는 지금은 긴장이 조금도 풀리지 않는다.

키를 잠금 장치에 갖다 대고 문을 밀어 열자 알렉스는 나를 놓아준 뒤 방 안으로 뒤따라 들어온다. 나는 곧바로 세면대로 가서 커다란 플라스틱 귀걸이를 풀어 내려놓는다. 알렉스는 현관 안에서 초조한 듯 가만히 서 있다.

"내가 뭐 잘못했어?"

나는 고개를 젓고 화장 솜과 파란 병에 든 아이 리무버를 집어든다. 무슨 말이라도 해줘야 한다는 걸 알지만 울고 싶지 않다. 내가 울면 결국 이 이야기는 내 위주로 흘러갈 테고, 그럼 또다시 핵심은 사라져버릴 테니까. 알렉스가 솔직해지기를 무엇보다 바라는 순간, 알렉스는 날 안전하게 느끼게 해주려고 안간힘을 쓸 것이다. 나는 리무버를 묻힌 화장 솜을 눈꺼풀에 대고 〈매드맥스: 분노의 도로〉에 나오는 샬리즈 세런처럼 얼굴에 위장칠을 한 듯 얼굴에 화장이 번질 때까지 검은 리퀴드 아이라이너를 녹여낸다.

"파피, 내가 뭘 잘못한 건지 말해줘."

나는 그를 향해 휙 몸을 돌리지만, 그는 내 꼬락서니를 보고도 전혀 웃지 않는다. 그만큼 내가 걱정되어서라는 생각을 하자 그에게 그런 기분을 느끼게 한 내가 미워진다.

"잘못한 거 없어, 넌 완벽해."

그의 얼굴에 놀라움과 불편함 두 가지 감정이 동시에 떠오른다.

"그리고…… 난 완벽하지 않아." 나는 밴드를 한번에 잡아 뜯는 것처럼 단숨에 이야기하기로 마음먹는다. "세라한테 프러포즈하려고 했어?"

그가 입술을 벌린다. 그의 표정에 떠오른 충격은 곧장 상처로 바뀐 것 같다. "무슨 소리야?"

"난 그냥……."

나는 눈을 감고 지끈거리는 두통을 멈추려 손바닥으로 머리를 지그시 누른다. 눈을 뜨자 그의 표정은 조금도 변하지 않은 채다. 감정을 숨기지 못하고 있다. 이 대화를 벌거벗은 알렉스와 하게 되는구나.

"반지 샀다는 이야기를 데이비드한테 들었어."

내 말에 그는 입을 꽉 다물더니 침을 꿀꺽 삼킨다. 발코니에 달린 미닫이문을 한 번 본 다음 다시 나를 본다.

"미리 말 못해서 미안해."

"그런 게 아니야." 나는 차오르는 눈물을 흘리지 않으려고 억지로 참는다. "그냥…… 네가 세라를 그만큼 사랑하는지 몰랐어."

그는 헛웃음을 터뜨렸지만, 그 안에 재미있다는 기색은 하나도 없다. "당연히 사랑했지. 몇 년이나 만나고 헤어지기를 반복했잖아, 파피. 너도 너랑 사귀던 남자들 사랑했었고."

"알아. 너한테 뭐라고 하는 거 아니야. 그냥……." 나는 고개를 저으며 지금 내 머릿속에 가득한 한 시간짜리 독백을 더 짧게 정리하려 애쓴다. "그래도 넌 반지를 샀잖아."

"그래. 하지만 왜 나한테 화가 난 거야, 파피? 넌 트레이랑 사귀면서 온 세상을 돌아다녔잖아. 그놈 무릎에 앉아서 전 세계를 여행했지. 그런데 네가 행복하지 않을 거라고 생각했어야 했나? 계속 기다려야 했어?"

"너한테 화내는 거 아니야, 알렉스! 난 나한테 화가 난 거야! 내가 네 인생을 방해한다는 걸 몰랐어서. 너한테 너무 많은 걸 원하고, 네가 원하는 걸 못 갖게 해서."

그가 코웃음을 친다. "내가 원하는 게 뭔데?"

"세라는 왜 너한테 헤어지자고 한 건데?" 나도 마주 쏘아붙인다. "나랑 아무 상관도 없는 일은 아니었잖아. 우리 사이에 있던 그 일 때문에 세라가 헤어지자고 한 거잖아. 그런데 나와 멀어지고 난 뒤에 세라가 모든 걸 다시 생각하게 된 거잖아. 아니라면 아니라고 말해, 알렉스. 하지만 네가 지금까지 결혼해서 아이를 갖고 네가 원하는 걸 전부 가지지 못했던 건 전부 나 때문이잖아."

그는 경직된 얼굴에 흐릿한 눈으로 나를 마주 보고 있다.

"솔직히 말해."

나는 간청하듯 말하지만 그는 그저 나를 빤히 바라보기만 하고, 방 안의 침묵은 지끈거리는 머리에 더해져 한참 만에야 그가 고개를 젓는다.

"당연히 너 때문이지."

그 말이 날 활활 태우기라도 할 것 같아 나는 한 걸음 물러선다.

"우리가 새니벌 섬에 가기 전에 세라가 나한테 헤어지자고 했고, 여행 내내 난 죄책감에 시달렸어. 내 머릿속에는 온통 파피도 내가 재미없다고 생각하면 어떡하지 하는 생각뿐이었으니까. 여행이 끝날 때까지 세라를 그리워하기는커녕 까맣게 잊고 있었어. 너와 함께 있을 때면 늘 그래. 다른 누구도 중요하지 않지. 그러다가 네가 떠나면 모든 게 다시 평소로 돌아가…… 세라와 다시 만나기 시작했을 때 난 모든 게 예전보다 나아졌다고 생각했었어. 하지만 사실 세라는 토스카나에 가고 싶어 하지 않았어. 내가 같이 가야 한다고 했기 때문에 어쩔 수 없이 갔던 거야. 난 널 포기할 생각이 없었으니까, 네가 세라와 친해지면 계속 함께일 수 있을 거라고 생각했어."

그렇게 말하는 그는 마치 파티에서 본 조각상 같은 웨이터만큼이나 뻣뻣한 자세다.

"그러다가 네가 임신한 줄 알았을 때 나는 너무 겁이 나서 정관수술까지 받은 거야. 심지어 세라와 상의해야 한다는 생각조차 들지 않았어. 그냥 예약하고, 며칠 뒤에 앤티크 상점 앞을 지나가다가 그 반지를 본 거지. 진주가 달린 아르데코풍의 오래된 금반지였어. 그

반지를 보는 순간 완벽한 약혼반지야, 사야겠어 하는 생각이 들었어. 다음 순간, 도대체 내가 뭘 하는 거지? 하는 생각을 했어. 반지 때문만은 아니었어. 물론 세라라면 그 반지를 보고 치를 떨었겠지만. 정관 수술을 한 건 널 위해서였고, 그건 정상적인 생각이 아니라는 생각이 들었고, 세라한테도 해서는 안 되는 일이었기 때문에 끝내기로 한 거야. 바로 그날."

그는 고개를 젓는다.

"너무 겁이 나서 너한테 솔직히 말할 수가 없었어. 널 얼마나 사랑하는지 깨닫고는 두려웠어. 그러다가 너는 트레이와 헤어졌지. 세상에, 파피. 당연히 모두 너 때문이었어. 모든 게, 모든 게 다 너 때문이었다고."

이미 젖어 있는 그의 눈은 이제 세면대 위 흐릿한 조명을 받아 빛나고 있고, 그의 어깨는 아까와 다름없이 꼿꼿하다. 그리고 난 배 속에 누가 칼을 꽂아 비트는 것 같은 기분이다.

그는 거의 경련에 가까운 작고 절제된 동작으로 고개를 젓는다. "네가 나에게 뭔가를 해서가 아니야. 난 그저 무언가가 변하기만을 바랐어, 하지만 그런 일은 일어나지 않았지."

그가 내게 한 발짝 다가서자 나는 움찔거리지 않으려고 온 힘을 다한다. 그러다가 내가 낮은 숨을 토해내고 어깨의 힘을 풀자 알렉스는 내게 또 한 걸음 다가온다. 그의 눈은 어둡고 입매는 비틀려 있다.

"세라와 끝내기 전까지 오랫동안 나 자신을 의심하기도 했어. 난 세라를 사랑했으니까. 세라는 정말 좋은 사람이니까, 또 우린 잘 어울리니까, 우리가 원하는 미래는 똑같으니까, 또 내가 세라를……명확하고 이해하기 쉽고 감당할 수 있는 방식으로 사랑하니까, 잘해보려고 애썼어."

그는 다시 말을 멈추고 고개를 젓는다. 그의 눈에 고인 눈물 덕분에 그의 눈은 위험하고 거칠고 아름다운 강처럼 보인다.

"하지만…… 나는 널 사랑하는 것만큼 다른 사람을 사랑하는 법을 몰라. 무서워. 하지만 그 사랑을 감당할 수 있을지, 또 내가 너를 잃게 되면 어떻게 될지를 생각하면 공황이 찾아와서 물러서게 돼. 그리고…… 내가 널 행복하게 해줄 수 있을지 자신이 없어. 하지만 그날 밤에, 우스운 일이겠지만 우리가 같이 틴더를 들여다보고 있을 때, 네가 날 선택할 거라고 말했던 순간, 그 별것 아닌 말도 네가 말하면 엄청난 의미가 있는 것처럼 들려. 그날 밤 난 그게 무슨 뜻인지 몇 시간이나 생각하느라 잠을 설쳤어. 난 엉망진창이야. 그래, 어쩌면 억눌린 사람일지도 몰라. 그리고 넌 나를 너와 어울린다고 생각하지 않는 것도 알아. 우리가 함께라는 건 말이 안 되지, 어쩌면 정말 안 될지도 몰라. 또 내가 너를 행복하게 해주지도 못하겠지만……."

"알렉스." 나는 그를 향해 양팔을 뻗어 그를 끌어안는다. 그가 나를 안고는 마치 내 위에 매달린 거대한 물음표처럼 고개를 떨어뜨린다. "날 행복하게 해주지 않아도 돼, 알겠어? 그 누구도 행복하게 해줄 필요 없어. 난 그저 네가 존재한다는 사실만으로도 행복해. 네가 통제할 수 있는 내 행복은 그게 전부야."

그의 손이 내 등을 더듬기 시작하자 나는 내 손가락을 그의 셔츠

속으로 밀어 넣는다.

"정확히 무슨 뜻인지는 알 수 없어도, 네가 날 사랑하는 것과 똑같은 방식으로 널 사랑해. 그리고 겁이 나는 건 너뿐만이 아냐."

나는 눈을 꼭 감고 용기를 그러모은다.

"나도 엉망진창이야." 그렇게 말하는 내 목소리가 가늘고도 거칠다. "누군가가 내 마음 깊은 곳을 들여다보면 끝날 거라고 생각했어. 그 안에는 흉한 것, 도저히 사랑받지 못할 무언가가 있으니까. 날 괜찮게 느끼게 하는 건 오로지 너뿐이야."

그의 손이 내 얼굴을 찬찬히 쓸어내린다. 눈을 뜨자 그의 얼굴이 눈앞에 있다.

"네가 날 속속들이 다 알고 나면 모든 게 변할지도 모른다는 거, 그게 제일 무서워. 하지만 난 네 전부를 원해. 그래서 용기를 내려고 애쓰는 거야."

"결코 내 마음이 변할 일은 없어." 그가 중얼거린다. "네가 그 마리화나에 중독된 수상 택시 운전사랑 놀아나던 그 밤부터 널 사랑하지 않으려고 엄청 노력했거든."

나는 웃고, 그도 살짝 미소를 짓는다. 나는 두 손으로 그의 턱을 붙들고 그의 입술에 가볍게 입을 맞춘다. 곧바로 눈물에 젖은 그의 입술이 다급하고도 강렬하게 내게 입을 맞춰오는 바람에 온몸에 충격이 일렁인다.

"부탁 하나만 들어줄래?" 내가 묻는다.

그가 내 등 뒤에서 두 손으로 단단히 깍지를 낀다. "응?"

"네가 원할 때만 내 손 잡기로 해."

그러자 그가 대답한다. "파피, 언젠가 온종일 너를 만지지 않고도 참을 수 있는 날이 오겠지만, 오늘은 아니야."

×

리허설 디너 장소는 개업 초기에 탬이 투자했다는 비스트로였다. 촛불과 맞춤 제작 샹들리에로 환하게 밝혀진 곳이다. 결혼식 하객들 없이 신랑 두 명과 목사만 참석한 자리니 진짜 리허설이라고는 할 수 없었지만 캘리포니아 북부에 사는 탬의 가족과 친지들이 전부 참석했고 어젯밤의 파티에 왔던 데이비드의 친구들도 대거 함께한 자리다.

비스트로 안으로 들어오면서 나는 말한다. "우아, 살면서 와본 곳 중에 제일 섹시한 곳이다."

"니콜라이 아파트에 있던 발코니가 들으면 기분 나쁘겠는데."

"그 발코니는 영영 내 가슴속에 간직할게."

나는 그렇게 약속한 뒤 그의 손을 잡은 손에 힘을 준다. 그 순간 우리의 손 크기가 너무도 차이 난다는 사실에 또다시 등줄기가 찌릿하다.

"있지, 예전에 내가 손이 늘보원숭이 손 같다며 울고불고 난리 쳤던 거 기억나? 콜로라도에서 말이야. 발 접질린 뒤에."

"파피." 그는 뾰족하게 대답한다. "난 뭐든 다 기억해."

나는 눈을 가늘게 뜨고 그를 쳐다본다. "하지만 전에는……."

알렉스는 한숨을 쉰다. "맞아, 그랬지. 하지만 사실 난 전부 다 기억해."

"완전 거짓말쟁이네."

"그저 우리가 처음 만난 순간에 네가 입고 있었던 옷, 네가 테네시의 맥도날드에서 딱 한 번 주문했던 메뉴가 무엇인지 정확히 기억하는 게 부끄러워서 조금의 존엄성이라도 유지하고 싶은 사람일 뿐이야."

"세상에, 알렉스." 내 가슴이 행복감으로 마구 파닥거린다. "신입생 오리엔테이션에 베이지색 바지 입고 나타난 순간부터 네 존엄성은 몰수당한 지 오래라고."

"저기, 네가 나 사랑한다는 거 잊지 말아줄래?" 그는 짐짓 꾸짖는 말투다.

내 뺨은 부끄러운 줄도 모르고 따뜻하게 달아오른다.

"그 사실을 내가 어떻게 잊겠어."

32장

≋

올해 여름

브라이스의 두 딸은 여섯 살, 네 살이고 캐머런의 아들은 이제 갓 두 살이 되었다. 탬의 누나에게도 여섯 살짜리 딸이 하나 있었다. 그렇게 네 명의 꼬마들이 식당 안을 신나게 헤집고 다니자 웃음소리가 샹들리에에 반사되어 울려 퍼진다.

알렉스는 즐겁게 아이들을 따라 달리고, 아이들이 달려들자 기꺼이 바닥에 몸을 내던지고, 아이들을 붙잡은 뒤에는 기쁨의 비명을 지르는 아이들을 허공으로 번쩍 들어올려준다.

아이들과 함께 있는 알렉스는 내가 아는 바로 그 재미있고, 개방적이고, 쾌활한 모습 그대로다. 나는 아이들과 소통하는 법을 잘 모르지만, 그가 나를 끌어들이자 나는 최선을 다한다.

"우린 공주님이에요." 탬의 조카 캣이 내 손을 잡으며 말한다. "하지만 전사이기도 해서 용을 죽여야 해요."

"알렉스 삼촌이 용이라는 거지?" 내 말에 캣은 눈을 크게 뜨고 진지하게 고개를 끄덕인다.

"그래도 삼촌을 꼭 죽일 필요는 없어요." 아이는 숨도 안 쉬고 설명을 잇는다. "강아지처럼 길들이면 되거든요."

테이블 밑에서 조카들을 하나하나 끌어내던 알렉스가 내 쪽을 보며 슬픈 강아지 표정을 짓는다.

"좋아, 계획이 어떻게 돼?" 나는 캣에게 말한다.

밀물과 썰물이 교차되는 것 같은 밤이다. 먼저 칵테일 아워, 그다음에 저녁 식사가 이어지고, 고트 피자와 루콜라, 여름 호박에 발사믹 드리즐, 절인 적양파와 구운 방울양배추는 물론 레이철 크론처럼 피자 순혈주의자라면 코웃음을 칠 토핑들이 잔뜩 올려진 고급 피자가 계속해서 나온다.

우리가 아이들 테이블에 자리를 잡은 덕분에 브라이스의 아내 앤절라는 술에 취해 식사 한 코스가 끝날 때마다 우리에게 수도 없이 고맙다고 말한다. "저도 아이들을 사랑하지만 저녁 식사 자리에서 페파 피그(아이들을 대상으로 한 TV 애니메이션-옮긴이) 말고 다른 이야기를 하고 싶거든요."

"아, 우린 주로 러시아 문학 이야기를 나누죠."

내 말에 앤절라가 웃느라 내 팔을 너무 세게 때리더니 브라이스의 팔을 잡고 끌어당긴다. "여보, 방금 파피가 한 말 들었어?"

그녀가 몸을 기대자 브라이스는 조금 뻣뻣하게 굳지만(결국 그 역시 닐슨 집안 사람이니까) 그래도 한 손을 아내의 등 뒤 옴폭 들어간 부분에 대고 있다. 앤절라가 나를 부추겨 방금 한 말을 다시 하게 했을 때 그는 웃지 않고 닐슨 집안 사람다운 진지한 말투로 "웃기네요, 러시아 문학이라니"라고 말했다.

디저트와 커피가 나오기 전, 쌍둥이를 임신해 만삭인 탬의 누나가 자리에서 일어나 포크로 물잔을 두드려 사람들의 시선을 집중시키고 말한다.

"저희 부모님은 사람들 앞에서 말하는 걸 어색해하셔서 오늘은 제가 건배사를 하기로 했어요." 그녀는 눈물 어린 눈으로 심호흡을 한다. "말썽꾸러기 어린 남동생이 제 최고의 친구가 될 줄 그 누가 알았을까요?"

그녀는 탬과 함께한 북부 캘리포니아에서의 어린 시절, 고함을 지르며 싸우던 일, 허락 없이 자기 차를 몰고 나간 탬이 공중 전화 박스를 박았던 사건을 이야기한다. 그러다가 둘 사이는 확 달라졌는데, 그녀가 첫 남편과 이혼했을 때 탬이 자기 집에서 같이 살자고 했던 것이다. 탬이 〈스위트 알라바마〉를 보며 우는 장면을 보았을 땐 실컷 놀린 뒤 소파에 앉아 나머지를 함께 보았고, 그러다 둘이 함께 실컷 울고 한밤중에 아이스크림을 사러 나갔던 이야기도 한다.

"재혼했을 때 가장 슬펐던 건 다시는 너랑 같이 살 수 없을 거라는 거였어. 그리고 네가 처음 데이비드 이야기를 하기 시작했을 때, 네가 그에게 홀딱 반한 게 느껴지더라. 그래서 널 또 한 번 잃어버릴까 봐 겁이 났어. 그러다가 내가 데이비드를 만난 거지."

그다음에 그녀가 우스운 표정을 짓자 탬의 가족은 긴장을 풀고 데이비드의 가족은 긴장한다

"하지만 데이비드를 만난 순간, 난 나한테 최고의 친구가 또 하나

생길 거라는 걸 직감했어. 세상에 완벽한 결혼이라는 건 존재하지 않지만, 너희 두 사람은 모든 걸 아름답게 만들고, 그 사실은 앞으로도 변함없을 거야."

사람들이 환호를 보내고, 서로 끌어안고, 뺨에 입맞춤을 퍼붓는다. 웨이터들이 부엌에서 디저트를 내오는 순간, 갑자기 에드 닐슨 씨가 일어서더니 어색하게 몸을 이리저리 흔들면서 마치 팬터마임이라도 하는 것처럼 물잔을 나이프로 톡톡 친다.

데이비드는 앉은 자리에서 몸을 꿈지럭거리고, 아버지에게 관심이 쏠리는 순간 알렉스의 어깨에도 힘이 들어간다.

"그렇습니다." 에드가 입을 연다.

"강렬한 시작이네." 알렉스가 긴장한 듯 중얼거린다.

나는 테이블 아래에서 알렉스의 무릎을 꽉 쥐고 나서 그에게 손깍지를 낀다.

에드는 끼고 있던 안경을 벗어 한 손에 들더니 헛기침을 하고 "데이비드" 하면서 두 신랑을 향해 돌아선다.

"우리 사랑스러운 아들. 우리한테 항상 좋은 날만 있었던 건 아니지. 네 인생 역시도 말이다." 그러더니 그는 목소리를 한층 낮추어 덧붙인다. "하지만 넌 언제나 우리에게 햇살 같은 존재였다. 그리고……." 그는 길게 숨을 내뱉는다. 그다음에는 치밀어 오르는 감정을 삼키고 말을 잇는다. "지금의 너를 내가 키웠다고 할 자격은 없는 것 같구나. 내가 네 곁에 있어주어야 할 때 그러지 못했지. 하지만 네 형들이 너를 이렇게 훌륭하게 키워냈구나. 내가 네 아버지라는 사실이 자랑스럽다." 그는 바닥을 보며 감정을 추스른다. "네가 꿈꾸던 남자와 결혼하는 네 모습이 자랑스럽다. 탬, 우리 가족이 된 것을 환영한다."

박수가 쏟아지자 데이비드가 아버지에게 다가간다. 처음에는 악수를 하지만, 곧 더 좋은 생각이 났는지 에드를 끌어안는다. 짧고 어색한 포옹이지만 그래도 포옹이고, 내 옆에서 알렉스가 안도하는 게 느껴진다. 이 결혼식이 끝난 뒤 모든 것이 예전으로 돌아간다 해도, 닐슨 씨는 변할 것이다.

무엇보다 닐슨 씨는 거대한 게이 프라이드 배지까지 달고 있었다. 서로를 사랑하는 사람들 사이에서는 언제나 좀 더 나은 일이 일어나는지도 모른다. 어쩌면 필요한 건 오직 사랑뿐인지도 모른다.

그날 밤 호텔로 돌아온 뒤 알렉스는 짧게 샤워를 마치고, 나는 TV 채널을 이리저리 돌리다가 〈배철러〉 재방송에 멈춘다. 욕실을 나온 알렉스는 침대로 올라와 나를 끌어당기고, 나는 그가 내 헐렁한 티셔츠를 벗길 수 있게 두 팔을 들어올린다. 그가 두 손으로 내 갈비뼈를 더듬고, 그의 입술이 내 배를 타고 내려가며 키스한다.

"작은 싸움꾼." 그가 내 몸에 대고 속삭인다.

이번에 우리가 나누는 사랑은 전과는 완전히 다르다. 더 부드럽고, 섬세하고, 느리다. 아주 오랫동안, 손과 입과 팔다리로 할 수 없는 말은 한마디도 하지 않으면서.

사랑해. 그는 수십 가지 다른 방식으로 말하고, 그때마다 나도 대답한다.

섹스가 끝난 뒤에 우리는 땀범벅이 되어 평화로운 심호흡을 하며 서로에게 단단히 엉킨다. 대화를 한다면 누군가가 내일이 여행 마지막 날이야라고 말해버릴 것만 같다. 그러면 앞으로는 어떻게 되지라는 말이 나올 텐데 우리는 아직 그 질문의 답을 모른다.

그래서 우리는 아무 말도 하지 않는다. 우리는 그대로 잠들고, 아침이 오자 알렉스는 달리기를 마치고 커피 두 잔과 커피 케이크 한 조각을 들고 돌아오고, 우리는 이번에는 더 격렬하게, 마치 이 방 안에 불이 붙었고 불을 끌 수 있는 방법은 그것밖에 없다는 듯 키스한다. 그리고 더 미룰 시간이 없을 때가 되어서야 서로에게서 떨어져 결혼식에 갈 채비를 한다.

예식장은 연철 대문에 무성한 정원이 달린 스페인식 저택이다. 야자수, 기둥, 어두운색 목재로 된 긴 테이블, 손으로 무늬를 새긴 등받이가 높은 의자들. 꽃 장식은 해바라기, 데이지, 작은 야생화가 달린 섬세한 꽃가지로 구성된 생기 넘치는 노란색이고, 손님들이 입장하는 순간 새하얀 옷으로 차려입은 현악 4중주단은 몽환적이면서도 낭만적인 곡을 연주한다.

아무도 밟지 않은 널따란 잔디 위에는 등받이가 높은 의자가 여러 개 더 줄지어 놓여 있고, 그 사이 통로에 노란 꽃들이 장식되어 있다. 결혼식은 짧고 사랑스러운데, 두 신랑이 통로를 걷는 순간 현악 버전으로 편곡한 〈히어 컴스 더 선(Here Comes the Sun)〉이 경쾌하게 울려 퍼지며 파티 분위기를 만들어서다.

하루가 쏜살같이 지나가고, 내 쇄골에 자리 잡은 아픔은 땅거미와 함께 점점 더 깊어진다. 마치 그날 밤이라는 같은 영화를 약간 겹치는 두 개의 다른 버전으로 동시에 경험하고 있는 기분이다.

지금 여기서 일곱 가지 코스로 된 기가 막힌 베트남 요리를 먹고 있는 내가 있다. 아무것도 모르는 어른들의 다리 사이로 뛰어가는 아이들을 쫓고, 아이들과 알렉스와 함께 테이블 아래서 숨바꼭질을 하는 나. 〈푸어 섬 슈거 온 미(Pour Some Sugar on Me)〉가 쩌렁쩌렁 울려 퍼지고 사람들 위로 땀과 샴페인이 흩뿌려지는 가운데 알렉스와 댄스 플로어 위에서 꿀꺽꿀꺽 마가리타를 들이켜는 나. 플라밍고스의 〈아이 온리 해브 아이즈 포 유〉가 나오자 그를 가까이 끌어당기고, 그의 목에 내 얼굴을 묻은 채 지난 12년간 허락된 것보다 더 많은 체취를 기억하려는 나, 그렇게 오늘 밤의 모든 것을 언젠가 불러내고 싶은 나. 내 허리를 단단히 감은 그의 손, 내 관자놀이에 대고 있는 그의 살짝 벌어진 입술, 서로를 꼭 끌어안은 채로 보일 듯 말 듯 음악에 맞추어 움직이는 그의 골반.

태어나서 가장 마법 같은 이 밤을 한껏 즐기는 파피가 있다. 그런데 어디엔가는 벌써부터 이 밤을 그리워하는, 다시는 이 순간으로 돌아와 이 모든 일을 반복할 수 없음을 알고 먼 곳에서 이 모습을 지켜보는 또 다른 파피도 있다.

이다음에 어떻게 되는지 차마 알렉스에게 물을 수 없다. 차마 나 자신에게도 물을 수 없다. 우리는 서로 사랑한다. 우리는 서로를 원한다. 하지만 그렇다고 해서 우리의 상황이 변하는 건 아니다.

나는 그저 그에게 안긴 채, 지금 당장은 이 순간을 즐겨야 한다고 스스로에게 되뇐다. 난 휴가를 보내고 있어. 휴가는 언제나 끝이 난다. 여행이 특별한 건 끝이 있기 때문이다. 즐거웠던 여행지로 언제든 이사할 수 있지만, 그곳에서 손님으로 지내며 그 장소가 우리를 변화시키도록 마음을 한껏 열었던, 마법 같은, 삶을 바꾸는 일주일과는 다를 것이다.

노래가 끝난다.

춤도 끝난다.

얼마 뒤, 데이비드와 탬을 사랑하는 사람들이 손에 폭죽을 든 채 두 줄로 서서 긴 터널을 만들고, 두 신랑은 따뜻한 불빛과 깊은 사랑에 담뿍 젖은 얼굴로 그 사이를 뛰어가고, 다음 순간 누군가가 잠에 빠지는 순간처럼 이 밤은 끝이 난다.

알렉스와 나는 사람들에게 작별 인사를 한다. 실컷 술을 마시고 춤을 춘 탓에 몇 시간 전만 해도 모르는 사이였던 수십 명과 포옹을 한다. 우리는 말없이 호텔로 돌아온 뒤 알렉스는 샤워를 하지 않는다. 심지어 옷을 갈아입지도 않는다. 우리는 그대로 침대로 들어가 서로를 꼭 끌어안고 있다가 잠든다.

×

아침은 밤보다 나았다.

일단 우리 둘 다 알람을 맞추는 것을 잊어버렸고, 어젯밤 너무 늦게 잠드는 바람에 알렉스의 생체 시계조차 호텔에서 빈둥거릴 충분한 시간을 벌어주지 못했다. 우리는 눈을 뜨는 순간부터 이미 늦어 있었기에 옷가지를 가방 안에 던져 넣고 양말이나 브래지어 같은 것들이 떨어져 있지 않은지 침대 밑을 확인하는 것 말고는 아무것도 할 수가 없다.

"아스파이어도 반납해야 하는데!" 여행가방 지퍼를 잠그던 순간에야 그 사실을 깨달은 알렉스가 외친다.

"알았어! 차 주인이랑 연락이 되면 50달러쯤 더 내는 대가로 공항에다가 세워놔도 된다고 해줄지 몰라."

하지만 차 주인과 연락이 되지 않았기에 우리는 제시간에 공항에 도착할 수 있기만을 간절히 빌며 고속도로를 내달린다.

"샤워 안 한 게 정말 후회된다." 알렉스는 차창을 내리고 지저분한 머리카락을 손가락으로 빗어내리며 말한다.

"샤워 안 한 게 후회된다고? 어젯밤에 난 오줌 마렵지만 아침까지 참아야지 생각하다가 잤다고."

알렉스가 어깨 너머로 나를 본다. "절박한 상황이 올지도 모르니까 하는 말인데, 네가 지난주에 분명 이 차 안에 빈 컵 놔둔 거 있거든."

"너무하네!"

나는 그렇게 외치지만, 알렉스 말대로다. 내 발 밑에 한 개, 뒷좌석 컵홀더에 한 개 있다.

"그런 상황까지 안 오길 바라자. 내가 명중률이 그렇게 좋지는 않아서."

그는 내 말에 웃지만 그 웃음은 경직되어 있다. "오늘이 이렇게 흘러갈 거라고는 예상 못 했는데."

"나도 마찬가지야. 그래도 이번 여행은 매 순간 예상 못 한 일투성이였잖아."

그 말에 그는 미소를 지으면서 기어시프트 위로 내 손을 잡은 뒤 자신의 입가로 가져가지만 입을 맞추지는 않는다.

"왜 그래, 내 손이 끈적거리기라도 해?"

그는 고개를 젓는다. "그냥 네 피부가 어떤 느낌인지 기억하고 싶어서."

"진짜 다정하다, 알렉스. 절대 연쇄살인범이 할 대사 같지도 않고."

점점 기운이 빠지고 있지만 어떻게 해야 할지 모르겠다. 함께 미친 듯이 공항을 향해 질주한다. 게이트 앞에서 황급히 작별 인사를 한다. 어쩌면 게이트까지 가기 전에 헤어져서 각자의 방향으로 달려가야 할지도 모른다. 지금까지 내가 사랑했던 모든 로맨틱 코미디들과는 정반대라서, 계속 생각하면 공황 발작이 와버릴 것 같다.

기적적으로, 또 속도를 내서 달린 덕분에(뿐만 아니라 아스파이어를 반납하고 우버에 탄 다음 기사에게 노란불 몇 개는 무시해달라고 뇌물을 건넨 덕에), 우리는 무사히 공항에 도착해 체크인한다. 내 비행기가 알렉스보다 15분 늦게 떠나는 일정이라 우리는 우선 그의 게이트를 향하면서 도중에 그래놀라 바 두 개, 그리고 터미널 서점에서 《R+R》 최신호를 한 권 산다.

게이트에 도착한 건 탑승이 시작된 직후이지만, 아직 그의 차례까지는 잠깐 시간이 남아 있어서 우리는 그 자리에서 땀에 흠뻑 젖은 채 숨을 몰아쉬며 서 있다. 가방을 멨던 어깨가 얼얼하고, 하드케이스로 된 기내용 캐리어에 몇 발짝마다 한 번씩 부딪힌 덕에 내 발목에는 상처가 났다.

"공항은 왜 이렇게 더운 거지?" 알렉스가 묻는다.

"혹시 농담하려고 시동 거는 거야?"

"아니, 진짜 궁금해서 그래."

"알렉스, 여긴 니콜라이의 아파트에 비하면 북극이야."

그는 경직된 미소를 짓는다. 우리 둘 다 작별을 받아들이기가 힘들다.

"그럼." 그가 먼저 입을 연다.

"그럼."

"스와프나가 이번 기사를 잘 받아줄까? 식물원은 낮에도 문을 닫고, 회전목마는 너무 뜨거워서 탈 수도 없었잖아."

"아, 맞다." 내가 헛기침을 한다.

알렉스에게 이번 여행에 대해 거짓말을 한 것보다, 그 이야기를 하는 걸 지금까지 잊고 있었던 탓에 변명을 위해 함께 있을 수 있는 마지막 소중한 몇 분을 낭비해야 하는 게 더 부끄럽다.

"사실《R+R》이 이번 여행을 공식적으로 승인한 건 아니었을 수도 있거든."

그러자 그가 한쪽 눈썹을 치켜든다. "아니었을 수도 있다고?"

"어쩌면 대놓고 거절했던 걸 수도 있고."

"잠깐만, 진짜야? 그럼 어째서 회사에서 여행 경비를……." 그는 내 표정에서 답을 얻자마자 입을 다문다. "파피, 이건 아니지. 최소한 나한테는 말했어야지."

"내가 경비를 대는 걸 알았다면 네가 이 여행을 왔을까?"

"당연히 안 왔겠지." 그가 대답한다.

"바로 그 이유 때문이야. 또, 너랑 대화를 해야만 했어. 그러니까 대화를 꼭 해야 하는 상황이었잖아."

"전화할 수도 있었잖아. 연락도 다시 하고 있었고. 우리…… 모르겠다. 잘 풀어가고 있었던 거잖아."

"알아. 하지만 그렇게 단순한 문제가 아니야. 나 회사 일이 힘들었
거든. 목표를 잃은 것 같고, 지겨웠어. 또 마치…… 꼭 앞으로 원하
는 게 뭔지도 모르게 된 것만 같았어. 그래서 레이철이랑 얘기해봤
는데, 걔 말로는 내가…… 직업적으로 성취하고 싶은 걸 다 이뤘으니
까. 어쩌면 이제는 새로운 목표를 찾아야 하는 게 아닐까 하는 조언
을 해준 거야. 그래서 내가 마지막으로 행복했던 게 언제였나 생각
해보니까……."

"대체 무슨 소릴 하는 거야?" 알렉스가 고개를 젓는다. "레이철이
너한테…… 날 속여서 여행을 떠나라고 했단 소리야?"

"아니야!" 순간 공황감이 스멀스멀 올라온다. 어째서 이야기가 이
렇게 순식간에 엇갈릴 수가 있지? 나는 다급하게 덧붙인다. "그런
게 아니야! 레이철 어머니가 심리 치료사인데, 그분 말로는 장기적
목표를 전부 이룬 뒤에 우울감을 느끼는 경우가 흔하대. 사람한텐
목표가 있어야 하니까. 그래서 레이철은 나한테 일상을 잠시 벗어나
내가 정말로 원하는 걸 찾아보라고 한 거고."

"일상을 벗어난다라." 알렉스가 낮게 중얼거린다.

그의 입꼬리가 아래로 처지고, 눈은 금방이라도 폭풍이 몰아칠
것 같다. 내가 말실수를 했다는 사실을 순식간에 깨닫는다. 말이 너
무 잘못 나와서 얼른 수습해야 한다.

"내 말은, 지난번 너랑 떠났던 여행 이후로 내가 한 번도 행복한
적이 없었단 얘기야."

"네 진짜 인생에서 벗어나고 싶어서, 나한테 거짓말을 해서 같이

여행을 갔고, 나랑 섹스를 했고, 나한테 사랑한다고 말했고, 내 동생 결혼식에도 갔구나."

"알렉스, 그럴 리 없잖아." 나는 그를 향해 손을 뻗는다.

그가 내 손을 피해 물러난다. "지금은 나한테 손대지 말아줘, 파피. 생각 좀 할게."

"무슨 생각?" 감정이 실려 목소리가 갈라진다.

무슨 상황인 건지, 어쩌다 내가 그에게 상처를 준 건지, 어떻게 수습할 수 있는 건지 전혀 알 수가 없다.

"왜 갑자기 화가 난 거야?"

그제야 그가 나를 똑바로 바라보며 말한다. "난 진심이었으니까!"

공황감이 온몸을 헤집고 지나간다.

나는 외친다. "나도 진심이었어!"

"난 진심이었어. 처음부터 다. 충동적으로 한 일이 아니었어. 널 사랑한다는 걸 알게 된 지 몇 년이나 됐어. 너한테 키스하기 전에 모든 각도에서 다 생각하고, 내가 원하는 게 뭔지 정확히 알고 있었어. 지난 2년 동안 우리는 연락하지 않았지. 그리고 난 그동안 매일같이 널 생각하고, 너한테 필요한 공간을 줬어. 그동안 내내 나 자신에게, 만약 너 역시 나와 함께하고 싶어 한다면 내가 기꺼이 포기할 수 있는 것들이 무엇인지를 스스로에게 물었어. 2년 내내 네가 행복할 수 있도록 널 잊고 놓아주겠다고 애쓰다가도, 어쩌면 네 곁에 있을 수도 있을 테니까 뉴욕의 구인 공고와 집을 알아보기를 반복했어."

"알렉스." 나는 고개를 저으며 방금 들은 말을 애써 소화한다. "난 정말…… 몰랐어."

"몰랐겠지." 그는 눈을 질끈 감으며 이마를 훔친다. "그래, 몰랐을 거야. 내가 너한테 말해주는 게 나았겠지. 하지만, 젠장. 파피, 난 네가 휴가에서 스쳐 지나간 수상 택시 운전사 따위가 아니라고."

"그건 무슨 뜻이야?"

마침내 그가 눈을 뜨자, 그의 눈에 눈물이 고여 있다. 손을 뻗으려다가 그의 말이 떠올라 멈춘다. 지금은 나한테 손대지 말아줘.

"난 네 진짜 삶을 벗어나는 휴가 같은 사람이 아니라고. 난 신기한 경험이 아니야. 난 너를 10년 동안이나 사랑한 사람이야. 네가 나를 원한다는 확신이 없었다면 나에게 키스하지 말았어야지. 그건 불공평하니까."

"나도 널 원해." 하지만 그렇게 말하는 순간에도 나는 사실 그 말의 의미를 모르고 있다.

내가 결혼을 원하나?

내가 아이를 갖길 원하나?

오하이오주 린필드에 있는, 1970년대에 지은 쿼드레벨 주택에서 살고 싶은가?

알렉스가 인생에서 원하는 것들을 내가 원하나?

나는 그런 것들에 관해 한 번도 제대로 생각해본 적이 없었고, 알렉스는 그 사실에 화가 났다.

"넌 몰라. 모른다고 했잖아. 파피. 고작 네 지루함을 덜어줄 수 있을지 확인하려고 내 직장, 집과 가족을 떠날 순 없어."

"그렇게 부탁한 적 없어, 알렉스." 그렇게 말하는 나는 마치 무언가를 붙잡으려 손을 뻗은 순간, 발아래가 온통 모래로 무너져 내린다는 사실을 깨달은 사람처럼 절박한 기분이다. 그가 마지막으로 내 손가락 사이로 빠져나가고 있고, 우리 사이를 처음처럼 되돌릴 방법은 영영 없을 거다.

"알아." 그는 얼굴을 찌푸리며 이마에 깊게 파인 주름을 문지른다. "알아, 처음부터 알고 있었어. 내 잘못이야. 잘될 수 없다는 걸 왜 몰랐지."

"그만해." 그에게 손을 뻗고 싶은 마음을 억누르느라 주먹을 꽉 움켜쥔 마음이 미어진다. "그런 말 하지 마. 나도 생각해보는 중이야, 난…… 그저 생각할 시간이 필요해."

6번 그룹의 탑승을 알리는 방송이 나오자 남아 있던 대기자들이 줄을 선다.

"가야 해." 그는 나를 쳐다보지도 않고 말한다.

눈에 눈물이 어리고 온몸이 뜨겁고 따끔거린다. 마치 온몸이 뼈를 옥죄어오는 것 같다.

"사랑해, 알렉스. 그게 중요한 거 아니야?"

깊이를 가늠할 수 없는, 상처와 욕망으로 가득한 그의 검은 눈이 나를 바라본다.

"나도 사랑해, 파피. 널 향한 마음이 문제가 됐던 적은 단 한 번도 없었어."

그는 어깨 너머를 본다. 줄은 거의 사라지고 없다.

"집에 도착해서 다시 이야기하자. 같이 방법을 찾아보자."

다시 나를 마주 보는 그는 고통스러운 얼굴이다. 눈이 붉게 달아올랐다.

그가 나직하게 입을 연다. "있잖아, 우리 잠시 연락하지 않는 게 좋겠다."

나는 고개를 마구 젓는다. "그건 아니야, 알렉스. 방법을 같이 찾아봐야지."

"파피." 그가 손을 뻗어 내 손을 가볍게 쥔다. "난 내가 원하는 게 뭔지 알아. 방법을 찾아야 하는 건 너야. 난 널 위해 무엇이든 할 수 있지만, 네 마음이 확실한지 아닌지를 내게 묻지는 말아줘. 나는 정말……." 그는 하려던 말을 꿀꺽 삼킨다. 대기줄은 이미 사라지고 없다. 떠나야 할 시간이다. 그는 힘겹게 갈라진 목소리로 마저 중얼거린다. "난 네 진짜 삶에서의 휴식이 아니야. 또 네가 원하는 걸 가질 수 없게 방해하지도 않을 거야."

그의 이름을 부르고 싶지만 차마 입 밖으로 나오지가 않는다. 그는 살짝 몸을 숙여 내 이마에 자기 이마를 대고, 나는 눈을 감는다. 눈을 뜨자 그는 뒤돌아보지 않고 탑승교를 건너가고 있다.

나는 심호흡을 한 뒤 내 짐을 들고 게이트를 향한다.

탑승을 기다리는 동안 나는 두 다리를 가슴 앞에 끌어 모은 채 무릎에 얼굴을 묻고 마침내 엉엉 운다. 태어나서 처음으로 공항이 세상에서 가장 쓸쓸한 곳처럼 느껴진다.

각자의 길을, 각자의 방향을 찾아가는 사람들. 마주치지만 결코 연결되지 않는 수많은 사람들.

33장

≋

2년 전 여름

크로아티아에 우리와 동행하게 된 《R+R》의 공식 사진기자는 나이가 지긋한 남자다. 버나드. 목소리가 크고, 항상 플리스 조끼를 입고 다니며, 알렉스와 나 사이에 서 있을 때 우리가 그의 대머리 너머로 우스운 표정을 서로 교환하는 걸 까맣게 모르는 사람이다. (버나드는 나보다 키가 작지만, 여행 내내 그는 자기가 전성기에는 170센티미터였다고 여러 번 이야기한다.)

우리 셋은 함께 고대 도시 두브로브니크의 구시가지, 높이 쌓인 돌벽과 구불구불한 거리를, 때 묻지 않은 청록빛 아드리아해를 본다. 지금까지 여행에 동행했던 다른 사진기자들은 모두 상당히 독립적인 편이었지만 얼마 전 아내를 잃은 버나드는 혼자만의 생활에 익숙하지가 않다. 그는 좋은 사람이지만 지나치게 사교적이고 말이 많다. 두브로브니크에서 보내는 시간 내내 알렉스는 너무 시달린 나머지 결국은 버나드가 하는 모든 질문에 단답으로 대답한다. 버나드는 그 사실조차 모른다. 보통 그의 질문은 그저 자기가 하고 싶은 이야기를 끄집어내기 위한 도약판에 불과하기 때문이다.

버나드의 이야기에는 수많은 이름과 날짜가 등장하고 그는 그 이름과 날짜들을 우리에게 분명히 말해주기 위해 많은 시간을 쓰면서 때로는 처음 목요일에 일어났던 사건이 사실은 수요일에 일어난 것이라는 것을 자신이 확신할 수 있을 때까지 네 번에서 다섯 번이나 했던 이야기를 반복하기도 한다.

우리는 사람이 꽉 들어찬 페리를 타고 두브로브니크 앞바다에 있는 코르출라 섬으로 간다. 《R+R》은 바다가 보이는 아파트형 호텔 객실 두 개를 잡아주었다. 이유는 모르겠지만 버나드는 자신이 알렉스와 한 방을 쓰는 거라고 생각하고 있는데, 그는 《R+R》에 고용된 입장이니까 당연히 자기 몫의 숙소를 받게 되는 반면 알렉스는 내가 데려가는 손님인 이상 말도 안 되는 일이다.

우리는 그에게 그 사실을 설명해주려고 애를 쓴다.

그러자 버나드는 이렇게 대답한다. "괜찮아, 신경 쓰지 마. 게다가 내 숙소엔 침실이 두 개나 있더라고."

그 객실은 알렉스와 내 몫이기에 방이 두 개인 거라고 설득해봤자 소용없을 것 같은 데다가, 솔직히 말하면 우리 둘 다 버나드가 너무 안쓰러워서 그가 원하는 대로 해주는 게 낫겠다고 생각한다. 호텔은 모든 게 하얗고 번지르르하고 현대적인 곳으로 반짝이는 바다가 내려다보이는 스테인리스 스틸 발코니도 있지만 벽이 종잇장처럼 얇아서 나는 아침마다 위층에 묵는 꼬마아이 세 명이 고함을 지르며 뛰어다니는 소리에 잠을 깼다. 더 최악인 건 세탁실 건조기 뒤 벽 안에 무슨 동물 시체라도 있는 것 같은 악취가 풍긴다는 점인데, 매일 데스크에 연락해 이 이야기를 하지만 그들은 내가 외출한 동안 10대 남자애를 하나 보내서 악취를 제거하게 만드는 게 고작이다. 그가 하는 일이라고는 창문을 활짝 열어젖히고 온 사방에 리졸을 뿌리는 게 전부라고 확신하는데, 돌아왔을 때 방 안에서 나던 레몬처럼 달콤한 냄새는 밤마다 잦아들고 또다시 동물 시체 냄새 같은 악취가 그 자리를 채우기 때문이다.

난 이 여행이 우리가 보낸 최고의 여름휴가가 될 거라고 생각했다. 하지만 시체 썩는 냄새와 새벽에 고함을 지르는 어린애들 외에도 버나드라는 문제가 있다. 토스카나에 다녀온 뒤 우리는 그때 있었던 일을 입에 올리지 않았지만 둘 다 우리의 우정에서 한 발짝씩 물러났다. 매일 문자 메시지를 주고받는 대신 2주에 한 번 안부를 묻기 시작했다. 아무 일 없던 예전으로 돌아가는 건 쉽지만, 난 알렉스에게도, 트레이에게도 그래서는 안 되었으니까.

그래서 그동안 나는 일에 몰두하며 출장을 가야 할 상황이 오면 거절하지 않았고, 때로는 돌아오자마자 또다시 떠날 때도 있었다. 한동안 트레이와 나는 그 어느 때보다 행복했다. 우리가 가장 잘 지내는 건 여기서 말을 타고, 낙타를 타고, 화산에서 하이킹을 하고 폭포에서 다이빙을 할 때다. 하지만 결국은 끝나지 않는 휴가들이 달리기처럼 느껴지기 시작했다. 마치 나쁜 상황에서 FBI가 수사망을 좁혀오기를 기다리는 두 명의 은행 강도가 된 것 같았다.

우리는 싸우기 시작했다. 트레이는 일찍 일어나고 싶어 했고 나는 늦잠을 잤다. 나는 걸음이 너무 느렸고 그는 웃음소리가 너무 컸다. 나는 트레이가 여자 종업원에게 수작을 거는 모습이 싫었고, 그는 내가 우리가 지나가는 똑같은 가게들의 모든 코너를 다 살펴보는 걸 못 견뎌 했다.

뉴질랜드로의 여행을 일주일 남겨놓은 시점에 우리는 우리 두 사람의 시간이 마침내 끝났다는 사실을 알았다.

"이제 우리는 더 이상 즐겁지가 않네."

트레이가 그렇게 말했을 때 나는 안심한 나머지 웃음을 터뜨렸다. 그렇게 우리는 헤어지고 친구로 남기로 했다. 나는 울지 않았다. 지난 6개월은 우리 두 사람의 삶이 서서히 나뉘는 과정이었고, 헤어짐은 마지막 한 가닥이 끊어지는 순간에 지나지 않았다.

알렉스에게 문자 메시지를 보내 헤어졌다고 알렸을 때 그는 이렇게 물어왔다.

무슨 일이야? 괜찮아?

직접 만나서 설명하는 게 더 쉬울 것 같아.

그렇게 쓰면서 가슴이 두근거렸다.

그렇겠네.

몇 주 뒤 그 역시 문자 메시지로 세라와 또다시 헤어진 사실을 알려왔다. 난 두 사람이 헤어질 거라고는 전혀 예상치 못했다. 알렉스가 박사학위를 끝낸 뒤 두 사람은 함께 린필드로 갔고, 심지어 같은 학교에서 일하고 있었던 데다(마치 우주가 두 사람의 관계를 인정해주는 것 같은 엄청난 기적이었다) 알렉스가 지금까지 한 말에 따르면 두 사람은 그 어느 때보다 잘 지냈다. 예전보다 더 행복했다. 그들에

430

겐 모든 게 자연스러운 일이었다. 그가 두 사람의 문제들을 나에게 숨기고 있었던 게 아닌 이상. 그러고 보니 분명 그랬을 것 같다.

이야기하고 싶어?

겁이 나는 동시에 아드레날린이 뿜어져 나왔다.

네 말대로 직접 만나서 설명하는 게 더 나을 것 같아.

나는 그 대화를 하기까지 두 달 반을 기다렸다. 알렉스가 너무 보고 싶었다. 이제 우리 둘 다 눈치 보지 않고, 참거나, 서로에게 몸이 닿지 않게 조심하거나 발끝을 세워 피해 다닐 필요 없이, 속마음을 있는 그대로 털어놓을 수 있게 됐다.

그러나 버나드가 문제다.

해 질 녘 카약을 타러 갈 때, 버나드와 함께 간다. 내륙에 모여 있는 와인 양조장 투어를 갈 때 버나드도 따라온다. 매일 밤 우리와 함께 해산물 식당에서 저녁을 먹었다. 그다음에는 자기 전에 한잔하자고 제안했다. 버나드는 지칠 줄 몰랐다. 어느 날 밤 알렉스가 내게 버나드는 신인지도 몰라, 하고 속삭이는 바람에 나는 화이트와인을 머금은 채 풉 하고 웃어버린다.

"알레르기입니까? 손수건을 쓰시지요." 그러더니 버나드는 자수가 놓인 손수건을 꺼내준다.

차라리 버나드가 나쁜 짓을 단 하나라도 했으면 하는 생각이 든다. 식탁 위에 치실을 두고 간다든지, 뭐라도 나에게 한 시간만 시간과 공간을 달라고 요구할 용기를 줄 그런 일.

크로아티아 여행은 알렉스와 내가 함께한 가장 아름다운 여행인 동시에 최악의 여행이었다.

마지막 날 밤, 우리 셋은 바다가 내려다보이는 레스토랑에서 분홍색과 금빛의 석양이 녹아들더니 마침내 바다가 빛이 되고 그다음에는 하늘이 진보라색 담요를 덮은 것처럼 어두워지는 모습을 보며 잔뜩 취했다. 리조트로 돌아오니 하늘은 깜깜해졌고, 우리는 그렇게 와인뿐 아니라 그날의 분위기에도 흠뻑 젖은 상태였다.

15분 뒤 가벼운 노크 소리가 들린다. 파자마를 입은 채 나가보니 얼굴이 붉게 달아오른 채 웃고 있는 알렉스가 서 있다.

"우아, 예상치도 못했는데?" 나는 뭉개진 발음으로 말한다.

"그래? 버나드한테 계속 술 먹이는 걸 보고 악랄한 계획을 실행하는 중인 줄 알았는데."

"버나드는 곯아떨어졌어?"

"엄청나게 코를 골아."

그 대답과 함께 우리 둘 다 웃음을 터뜨리고, 알렉스는 내 입술에 한 손가락을 대더니 "쉬이이이" 한다.

"지난 이틀 밤마다 몰래 빠져나오려고 할 때마다 버나드가 깨서는 내가 밖으로 나가기 전부터 자기 침실에서 나오더라. 확실한 핑계로 쓰게 담배라도 시작할까 했지."

웃음이 몸속을 따뜻하게 달구며 퐁퐁 터져나온다.

"설마 널 미행하지는 않았을 거 아냐." 그렇게 속삭이는 내 입술에는 아직도 그의 손가락이 닿아 있다.

"위험을 감수하고 싶진 않았지."

벽 너머에서 엄청나게 코 고는 소리가 들린다. 그 순간 웃음을 참지 못한 나는 다리에 힘이 풀려 주저앉고 만다. 알렉스도 마찬가지다.

우리는 그대로 한 덩어리로 얽혀 소리 없이 몸을 들썩이며 웃어 댄다. 벽 너머에서 또 한 번 천둥 같은 코 고는 소리가 들려오자 나는 그의 팔을 주먹으로 때린다.

웃음이 잦아들자 알렉스가 미소를 띤 얼굴로 말한다. "보고 싶었어."

"나도." 뺨이 달아오른다. 그가 내 얼굴에 붙은 머리카락을 치워 주자 정전기로 인해 그의 손에 머리 몇 가닥이 달라붙는다. "그래도 이제는 네가 셋이나 있네."

나는 그의 손목을 붙잡고 똑바로 서려고 애쓰면서 그를 더 잘 보려고 한쪽 눈을 감는다.

"와인을 몇 개나 마셨는지 모르겠어?" 그가 놀리듯 말하면서 손으로 내 목을 감싼다.

"아니, 버나드를 완벽하게 기절시킬 만큼만 마셨지."

내 머릿속은 기분 좋게 나른하고, 알렉스의 손이 닿은 피부가 따뜻해서, 발끝까지 기분 좋은 열기가 솟아나는 것 같다.

"고양이가 되면 이런 기분일 거야."

그 말에 알렉스가 웃는다. "어째서?"

나는 고개를 양쪽으로 까딱거리다가 그의 손바닥에 목을 내맡긴다. "그냥……." 만족스러운 나머지 더 말하고 싶지 않아 말끝을 흐린다. 그의 손가락이 내 목을 간지럽히더니 살짝 머리카락을 당기고, 나는 만족스러운 한숨을 쉬며 그에게 푹 파묻혀 이마를 대고 가슴에 손을 얹는다.

그가 손을 내 손에 얹자, 나는 그와 손가락을 얽은 다음 고개를 든다. 우리의 코가 서로 스친다. 그가 턱을 들더니 손가락으로 내 턱을 쓸어내린다. 다음 순간, 그가 내게 키스한다.

나 지금 알렉스 닐슨이랑 키스하고 있어.

따뜻하고 느린 키스. 처음에는 장난치듯 우리 둘 다 웃는다. 그러다 그의 혀가 내 아랫입술을 쓸어내리는 순간 활활 타는 열기가 내 몸을 스치는 것 같다. 그가 이로 내 입술을 무는 순간 웃음은 사라진다. 나는 손가락으로 그의 머리카락을 더듬고 그는 나를 무릎 위로 끌어당기며 손으로 내 등을 타고 올라갔다가 다시 내려가 내 골반께를 그러쥔다. 그의 입술이 다시 한번 내 입술을 열고 혀를 더 깊이 집어넣는 순간 내게서 가쁘게 떨리는 호흡이 터져 나온다. 그에게서 달콤하고 깨끗하고 취할 것 같은 맛이 난다.

우리는 서로를 미친 듯이 더듬고 깨물면서 옷을 벗어던지고 손톱으로 서로의 살갗을 파고든다. 버나드는 여전히 코를 골고 있겠지만 알렉스의 옅은 숨결 때문에, 달콤하다는 듯 내 귀에 대고 내 이름을 부르는 목소리 때문에, 그에게 하체를 밀착시키는 순간 내 귀를 울리는 내 심장 박동 때문에 아무것도 들리지 않는다.

지금까지 하지 못한 이야기들은 더 이상 중요하지 않다. 왜냐하면 우리에게 필요한 건 바로 이거니까. 난 그를 더 원했다. 나는 그의 벨트를 향해 손을 뻗는다. 그가 벨트를 하고 있으니까, 당연히 그는 벨트를 하고 있지. 그런데 그가 내 손목을 잡더니 떼어놓는다. 입술은 부어 있고 머리는 부스스한 그는 완전히 낯선, 너무나도 매력적인 모습으로 흐트러져 있다.

"우리 이러면 안 돼." 그가 쉰 목소리로 말한다.

"안 된다고?"

이대로 멈추다니, 벽에 부딪힌 기분이다. 그의 말을 이해하려고 애를 쓰는 순간, 만화에 나오는 것처럼 새들이 내 머리 주변을 빙빙 도는 것 같다.

"이러면 안 돼, 우리 취했잖아."

"키스는 할 정도지만 같이 자면 안 될 정도로 취했다고?" 말도 안 된다는 생각에 나는 웃음을 흘리며 대답하지만, 어쩌면 실망해서인지도 모르겠다.

알렉스의 입술이 씰룩인다. "아니, 이런 일은 일어나서는 안 됐어. 둘 다 취해서 제대로 생각을 할 수 없으니까……."

"으흠."

나는 그에게서 물러나 올라간 잠옷 상의를 다시 매만져 정돈한다. 너무 부끄러워서 마치 한 대 얻어맞은 것처럼 눈물이 고일 지경이다. 그대로 벌떡 일어난다. 알렉스도 따라온다.

"네 말이 맞아. 안 하는 게 낫겠어."

알렉스는 당황한 표정이다. "내 말은……."

"알았다니까."

나는 구멍 난 배에 물이 차기 전에 구멍을 메우는 심정으로 재빨리 그의 말을 막는다. 이런 위험을 감수하다니, 실수였어. 하지만 그에게 모든 게 괜찮다고 확신시켜야 한다. 우리가 우리 우정에 가솔린을 붓고 성냥을 켠 게 아니라고.

"없었던 일로 하자, 별일 아니잖아." 나는 힘주어 말한다.

"네 말이 맞아. 우리 거의 각각 세 병쯤 마셨잖아. 머릿속이 맑지 않았어. 없었던 일로 하고 다시는 입 밖에 내지 말자, 알았지?"

그는 내가 읽을 수 없는 경직된 표정으로 나를 빤히 쳐다본다.

"그럴 수 있겠어?"

"알렉스, 당연하지. 우리 하룻밤 취해서 실수한 일 정도로 끝날 사이 아니잖아."

"그래." 그가 고개를 끄덕인다. "알았어."

잠깐의 침묵 뒤, 그가 입을 연다. "자야겠다." 그는 또다시 나를 보더니 중얼거린다. "잘 자." 그러고는 방을 나간다.

수치심에 어쩔 줄 몰라 방 안을 몇 분간 돌아다니다가 간신히 침대로 들어간다. 잠들락 말락 하는 순간마다 방금 있었던 장면이 머릿속에서 재생된다. 그와 키스하는 순간의 참을 수 없는 흥분감, 하지만 그 뒤에 이어진 대화에서 느낀 참을 수 없는 수치심까지도.

다음 날 아침 눈을 떴을 때, 잠깐이지만 그게 다 꿈이었구나, 하는 생각이 든다. 그러나 비틀거리며 욕실로 들어가 거울 속, 내 목에 남은 키스 마크를 본 순간 기억이 생생하게 되살아난다.

그를 만나면 이 말은 입 밖에 내지 말아야겠다고 다짐한다. 완전히 잊어버린 척하는 게 최선이었다. 괜찮다고, 우리 사이에 변한 건 아무것도 없다고 증명해야 했다.

버나드, 알렉스, 내가 공항에 도착하고, 버나드는 화장실에 간다고 사라진 사이 우리는 그날 처음으로 둘만 남았다.

알렉스가 기침을 하며 말한다. "어젯밤 일 미안해. 내가 시작한 일인데…… 그런 식으로 해서는 안 되는 거였어."

"진심으로 별일 아니었어."

"너 아직 트레이 못 잊은 거 알아." 그는 중얼거리더니 시선을 피한다. "내가 그러면 안 되는 거였는데……."

이 여행을 떠나기 몇 주 전부터, 트레이에 대한 생각은 거의 한 적이 없었다고 말하면 상황이 나아질까, 나빠질까? 어젯밤 내가 알렉스 말고는 그 누구도 생각나지 않았다고 말한다면?

"네 잘못 아니야. 우리 둘 다 실수했지만, 꼭 무슨 의미를 부여할 일은 아니잖아, 알렉스. 친구끼리 술 마시고 키스 한 번 할 수 있지."

그는 몇 초 정도 나를 바라본다. "그래."

하지만 전혀 괜찮아 보이지 않는다. 연쇄살인마들과 함께 색소폰 박람회에 가더라도 이보다는 나은 표정일 것이다.

내 가슴이 아프게 죄어온다.

"그럼 우리 아무 문제없는 거지?" 나는 간절히 바라는 마음으로 묻는다.

그때 버나드가 돌아오더니 예전에 갔던 어느 공항 화장실에 화장실 휴지가 엄청나게 많았다는 이야기를 풀어놓기 시작했고(언제나처럼 정확한 날짜, 어머니의 날이었던 일요일이라고 한다) 알렉스와 나는 그때부터 서로를 쳐다보지도 않았다.

집에 돌아오자, 어쩐지 그에게 연락하기가 망설여졌다.

알렉스가 먼저 연락하겠지, 그러면 아무 일 없는 거야.

일주일째 연락이 오지 않아서 나는 지하철에서 본 우스운 티셔츠 사진이 담긴 일상적인 메시지를 보내본다. 그러자 그에게서는 **하**라고만 적힌 답장이 온다. 2주 뒤에 내가 **잘 지내?** 하고 묻자 그는 **미안, 바빴어. 넌 잘 지내?** 하고 답장한다.

당연하지.

알렉스는 그 뒤로도 바쁘다. 나도 바빠진다. 그게 다였다.

나는 우리가 서로 선을 긋는 데 이유가 있다는 걸 알고 있었다. 한순간 욕망에 휩싸여버린 바람에 문자 메시지를 보내오지도 않는 걸 보면.

알렉스 닐슨에게서 어떤 맛이 나는지 알아낸 대가로 10년간의 우정은 하수구로 흘러가버렸다.

34장

~~~~~~~~~~

올해 여름

그와의 첫 키스가 머릿속에서 떠나지 않는다. 니콜라이의 집 발코니에서 했던 첫 키스 말고, 2년 전, 크로아티아에서 했던 진짜 첫 키스. 지금까지 그 기억은 내 머릿속에서 한 가지 방식으로 존재했는데, 이제는 완전히 다르게 느껴진다.

나는 지금껏 그가 그 일을 후회한 줄 알았다. 이제는 그가 후회한 건 키스 자체가 아니라 그 일이 일어난 방식이었다는 사실을 안다. 내 마음을 확신하지 못한 채로 술에 취해 충동적으로 했다는 것. 내가 내 마음을 확신하지 못했다는 것. 그는 그 키스에 아무 의미가 없을지도 모른다고 생각했는데, 나는 지금까지 아무 의미 없는 척 굴었던 거다.

나는 쭉 그가 날 거부한다고 여겼다. 또 그는 내가 자기를, 자신의 마음을 가지고 논다고 생각했다. 그에게 상처를 줬다는 생각에 마음이 미어지지만, 어쩌면 그의 말이 사실일지도 모른다는 생각에 더 괴로워진다.

그 키스가 나에게 아무 의미 없었던 건 아니었지만, 그렇다고 깊이 생각해본 것도 아니었으니까. 첫 키스도, 그리고 이번에도. 알렉스가 생각했던 것만큼은 아니었다.

"파피?" 스와프나가 내 자리로 다가와 몸을 숙인다. "지금 시간 좀 있어?"

나는 책상에 앉아서 시베리아 여행 정보 웹사이트를 45분째 쳐다보고 있었다. 시베리아는 알고 보니 아름다운 곳이었다. 귀양이라도 가고 싶다면 딱 알맞을 정도로. 나는 인터넷 창을 최소화했다.

"음, 네."

스와프나는 어깨 너머로 오늘 출근한 다른 사람들이 누가 있나 훑어본 뒤 내게 묻는다. "혹시 잠깐 산책이라도 할래?"

팜스프링스에서 돌아온 지 2주가 지났고, 아직 가을이라고 하기엔 이르지만 뉴욕의 날씨는 날마다 종잡을 수가 없다. 스와프나는 버버리 트렌치코트를 집고 나는 빈티지 헤링본 코트를 집어들고 우리는 그렇게 근처 커피숍을 향한다.

"요즘 좀 생각이 많은 것 같은데."

"아."

나는 지금까지 내 기분을 잘 숨기며 일을 그럭저럭 해내고 있는 줄 알았다. 우선 저녁마다 네 시간씩 운동을 한다. 즉 밤에는 갓난아기처럼 푹 자고, 여전히 지친 채로 잠에서 깨어 알렉스가 내 전화를 받을지, 내게 전화를 걸어줄지 생각하기에도 벅찬 머리로 그럭저럭 하루를 보낸다는 뜻이다.

어째서 《R+R》에서 일하는 게 오하이오에서 바텐더로 일할 때처럼 지루하게 느껴지는지 같은 생각도 하지 않을 수 있을 정도로 말이다. 이제는 뭘 어떻게 해야 할지도 모르겠다. 온종일 머릿속에서 똑같은 말이 반복된다. 말하고 싶은데 도저히 뱉을 수 없는 말. 나 요즘 너무 힘들어.

그 말은 마치 스와프나의 요즘 좀 생각이 많은 것 같은데라는 말만큼이나 순한 표현이지만, 그 말을 떠올릴 때마다 가슴속이 타들어가는 것 같다.

나 요즘 너무 힘들어. 하루에 천 번쯤 절박한 마음으로 그렇게 생각한다. 뭐가 그렇게 힘든데. 그렇게 구체적으로 물으면 마음속 목소리는 대답한다. 전부 다.

난 제대로 된 어른이 아닌 것 같다. 사무실 안을 둘러보면 모두가 타자를 치고, 전화를 하고, 예약을 하고, 문서를 편집하고 있다. 그 사람들 역시 최소한 나만큼은 많은 걸 감당하고 있다는 걸 알지만, 그렇게 생각하면 나만 이렇게 힘들어한다는 사실 때문에 더 괴로워진다.

살아가는 게, 스스로를 책임지는 게 요즘은 도저히 해낼 수 없는 과제처럼 느껴진다.

때때로 간신히 소파에서 몸을 일으켜 전자레인지에 냉동식품을 집어넣고 타이머가 울리기를 기다리며 이런 생각을 한다. 이 짓을 내일도 모레도 그다음 날에도 해야겠지. 평생 매일같이 뭘 먹어야 할지 생각하고 아무리 기분이 나쁘고 피곤해도 머리가 끔찍하게 아파와도 끼니를 챙겨야 할 것이다. 열이 39도까지 올라와도 애써 몸을 일으켜 어떻게든 살아보기 위해 이도저도 아닌 끼니를 준비해야 할 것이다.

나는 이런 생각을 스와프나에게는 말하지 않는데, 그 이유는 첫째, 그녀가 내 상사이며 둘째, 이런 생각들을 말로 표현할 자신이 없고 셋째, 할 수 있다고 해도 내가 이렇게 무능하고 막막한, 온 세상이 혐오하는 우울한 밀레니얼 세대의 전형이라는 걸 털어놓는 게 수치스러워서다.

"요즘 생각이 좀 많은 것 같기는 해요." 나는 그렇게만 말한다. "일에도 지장이 있는 줄은 몰랐어요. 좀 더 노력하겠습니다."

스와프나가 걸음을 멈추더니 높다란 루부탱 하이힐을 신은 발로 휙 돌아서며 얼굴을 찌푸린다.

"일 때문만은 아니야, 파피. 난 너한테 개인적으로 멘토링이라는 투자를 했잖아."

"알아요. 당신은 정말 멋진 상사예요. 제가 운이 좋죠."

"그 이야기를 하려는 것도 아니야." 스와프나의 말투에 약간의 초조함이 묻어 있다. "내가 하고 싶은 말은, 당연히 무슨 일인지 나한테 말해줄 의무는 없지만, 그래도 **누군가에게 털어놓으면 도움이 될 거**라는 소리야. 목표를 향해 나아가는 과정은 고독하지. 또 업무에서 번아웃이 오면 힘들고. 나 역시 그런 일을 겪었어. 내 말을 믿어봐."

나는 초조하게 체중을 두 발에 교차해 싣는다. 스와프나가 내게 멘토였던 것은 **맞지만** 우리는 지금까지 개인적인 이야기를 한 번도 한 적이 없기에 어디까지 이야기하면 좋을지 알 수 없다.

442

"제가 왜 이러는지 잘 모르겠어요." 나는 그렇게 털어놓는다.

알렉스가 내 인생에 없을 거라는 생각만으로도 상실감을 느낀다는 걸 안다. 하루도 빠짐없이 그가 보고 싶다는 것도, 알렉스의 자리에 다른 누군가, 우리가 함께였다면 알지도 사랑하지도 못했을 누군가가 있는 걸 상상할 수 없다는 것도 안다. 린필드에서 살아갈 생각을 할 때마다 공포에 질려버린다는 것을 안다.

지금의 나는 독립적이고, 세계 곳곳을 돌아다녔고, 성공한 사람이 되기 위해 내가 사력을 다해 노력했다는 사실을 알고 있지만 동시에 지금의 나를 둘러싼 것들을 잃는다면 내가 누구인지 잘 모르겠다.

세상에 이 일보다 나에게 보람을 주는 일이 없다는 것도 알고, 이 일이야말로 내 우울한 기분에 대한 해결책이라는 것을 알지, 지난 4년 반 동안 즐겁기만 했던 이 일이 요즘은 피곤하기만 하다는 것도 안다. 그래서 이제는 내가 어디로 가야 할지 도저히 모르겠다. 그러니까 난 알렉스한테 전화할 자격이 없다고 생각했고, 그래서 한동안 시도하지 않았던 거다.

"업무상의 번아웃 말이에요." 나는 입을 연다. "그거 언젠가 끝나는 거 맞죠?"

"내 경우에 지금까지는 늘 그랬어." 스와프나가 미소를 짓더니 주머니에 손을 넣고는 조그만 흰색 명함을 한 장 꺼낸다. "하지만 말했듯이 누군가랑 대화를 나누면 도움이 될 거야."

내가 명함을 받아들자 그녀는 커피숍을 향해 턱짓을 한다.

"잠시 혼자만의 시간 좀 보내고 와. 주변 풍경이 바뀌면 생각이 정리되기도 하니까."

주변 풍경을 바꾼다. 스와프나가 사무실로 돌아가는 모습을 보면서 나는 생각한다. 예전엔 그런 게 도움이 됐었지.

손에 든 명함을 보는 순간 웃음이 절로 나온다.

샌드라 크론, 심리학 박사.

나는 휴대폰을 꺼내 레이철에게 문자 메시지를 보낸다.

엄마가 요즘 새 환자 받으셔?

이게 웬일이람, 레이철에게서 답장이 바로 도착한다.

×

레이철의 어머니는 브루클린의 브라운스톤 주택에 홈 오피스를 갖추고 있었다. 레이철의 인테리어 디자인은 몽환적이고 가벼운 미학을 가졌다면 어머니 집 인테리어는 따뜻하고 아늑했다. 집 전체가 어두운 목재와 스테인드글라스, 잎이 많은 행잉 플랜트와 표면이란 표면마다 높이 쌓인 책 더미, 창문이란 창문 밖에는 모두 걸려서 맑은 종소리를 내는 풍경.

왠지 집에 와 있는 기분이었다. 물론 크론 박사의 예술적이고 교양 있는 맥시멀리즘은 엄마와 아빠의 '어린 시절 박물관'과는 천지 차이였지만 말이다.

첫 번째 상담에서 나는 인생의 다음 단계를 찾는 데 도움이 필요하다고 말하지만, 그녀는 우선 과거 이야기로 시작하자고 권한다.

"과거 얘기는 별로 할 게 없는데요."

하지만 나는 56분간 쉬지 않고 말한다. 부모님 이야기, 학교 생활

이야기, 기예르모와 처음으로 고향을 찾았던 이야기.

알렉스가 아닌 다른 사람에게 이런 이야기를 한 것은 이번이 처음이다. 속에 있던 이야기를 털어놓으니 기분이 좋긴 하지만 지금 겪는 인생의 위기를 해결하는 데 이게 무슨 도움이 될지는 잘 모르겠다. 레이철은 내게 최소한 두 달은 꾸준히 상담을 받겠다고 약속하라고 했다.

"도망치지 마. 스스로를 봐주지 말라고."

레이철의 말이 옳다. 난 상황을 회피하지 말고 돌파해야 한다. 지금의 위기를 넘길 희망은 불편한 감정 속에서 도망치지 않고 버텨내는 게 전부다. 매주 하는 상담을 버티고, 《R+R》에서의 업무를 버티고, 텅 빈 아파트에서 버티는 것.

블로그는 쉬고 있지만 일기를 쓰기 시작한다. 출장도 주말의 국내 여행으로만 한정하고, 여행을 가지 않는 때면 인터넷에서 자립 안내 도서와 기사를 검색하며 2만 1,000달러짜리 곰 조각상은 하지 못했던, 내 심장에 말을 걸어주는 것들을 찾아본다.

가끔은 뉴욕의 구인 공고를 찾아본다. 때로는 린필드의 구인 공고도 확인해본다. 식물을 사고, 식물에 관한 책을 사고, 작은 베틀을 산다. 유튜브 영상을 보면서 직조법을 독학해보려고 하지만 세 시간 만에 지루해지고 소질이 없다는 걸 깨닫는다.

하지만 반쯤 짜놓은 직물을 며칠이나 테이블 위에 둔다. 그 직물이 마치 내가 살아 있다는 증거 같다. 여기, 내 공간에, 내 인생이 있다는 증거 같다.

9월 마지막 날, 레이철을 만나기로 한 와인 바에 가다가 붐비는

지하철에서 내릴 때 내 가방이 문에 끼어버린다.

"젠장, 젠장, 젠장."

열차 안에서 몇 사람이 내 가방을 비틀어 빼주려고 한다. 머리가 벗어지고 있지만 아직 젊은 축으로 보이는 푸른 정장을 입는 남자가 겨우겨우 문을 여는 데 성공한다. 고맙다고 말하려고 고개를 드는데, 그의 푸른 눈에 나를 알아보는 기색이 스친다.

"파피?" 그가 문을 좀 더 열며 묻는다. "파피 라이트 맞아?"

너무 놀라서 대답이 나오지 않는다. 아까 문이 열렸을 땐 내릴 생각이 없었던 것 같은데, 그가 내린다. 내리려던 정류장이 아닌데 그가 내리는 바람에 나는 문이 다시 닫힐 공간을 만들려고 한 발짝 물러선다.

플랫폼에 남자와 단둘만 남았다. 나는 무슨 말이라도 해야 한다. 상대방이 나를 위해 열차에서 내리기까지 했으니까 하는 수밖에 없다. 나는 간신히 입을 연다.

"우아, 제이슨."

그는 고개를 끄덕이며 미소를 짓더니 잘 다린 흰 셔츠의 잘 다려진 깃 사이에 매달린 연분홍색 넥타이 쪽 가슴을 툭툭 친다. "이스트 린필드 고등학교에 다니던 제이슨 스탠리야."

내 뇌는 아직도 이 정보를 잘 받아들이지 못한다. 이 배경에 있는 그가 어색하기만 하다. 내 도시, 과거와 단절되기 위해 쌓아온 삶에서.

나는 더듬거리며 말한다. "맞아."

제이슨 스탠리는 이제 머리카락이 별로 남지 않았다. 배에는 살이 좀 쪘지만 그래도 한때 내가 짝사랑했던, 내 인생을 망쳐버린 귀여운 남자애의 흔적은 남아 있다.

그가 웃으며 나를 팔꿈치로 쿡 찌른다. "너 내 첫 번째 여자친구였잖아."

"음."

그의 말이 전적으로 맞는 것 같지는 않아서 나는 그렇게만 말한다. 난 제이슨 스탠리가 내 첫 남자친구라고 생각한 적이 한 번도 없었다. 첫 짝사랑 상대였다가 내 괴롭힘을 주도한 사람이라고 생각해왔을 뿐.

"지금 바빠?" 그는 손목시계를 확인하며 묻는다. "안부라도 나누고 싶으면, 잠시 시간 있거든."

난 안부를 나누고 싶지 않다.

"사실 나 심리 상담 받으러 가는 중이거든."

도대체 무슨 생각인지 나는 그렇게 말해버린다. 머릿속에 처음 떠오른 생각이었던 것이다. 정신과 의사를 만난다는 말을 하느니 가까운 해변으로 동전 찾으러 간다고 말하는 게 나았을 텐데. 내가 계단을 향해 가자 제이슨이 나를 따라온다.

"심리 상담?" 그는 아직도 웃는 얼굴이다. "설마 내가 질투로 가득찬 멍청이 시절에 저지른 짓 때문은 아니었으면 좋겠네." 그는 눈을 찡긋하며 말한다. "왜, 넌 관심을 받고 싶어 했잖아, 그런 식으로는 아니었지만."

"무슨 소리를 하는지 모르겠네." 나는 계단을 올라가며 거짓말을 한다.

"그래? 하, 다행이다. 난 그 생각을 계속했거든. 한 번은 사과하고 싶어서 페이스북에서 너 찾아보기도 했어. 너 페이스북 안 하지?"

"응, 안 해."

사실 페이스북을 한다. 제이슨 스탠리 같은 사람들이 날 찾지 못하도록 성을 등록해놓지 않았을 뿐이다. 아니면 린필드 사람들. 나는 그 시절 나를 완전히 없애버리고 새로운 도시에서 새로운 모습으로 살아가고 싶었고, 실제로 그렇게 했다.

우리는 지하철역을 빠져나와 가로수가 늘어선 거리에 섰다. 공기는 여전히 얼얼하게 차다. 여름의 마지막을 드디어 가을이 삼켜버렸다.

"아무튼." 그렇게 말하는 제이슨의 얼굴에 처음으로 부끄럽다는 빛이 나타난다. 그는 말을 멈추더니 뒤통수를 긁적인다. "그럼 그만 갈게. 널 본 게 너무 믿기지가 않아서 그랬어. 그냥 인사라도 하고 싶었어. 또, 미안하다는 말도 해야 할 것 같아서."

하지만 나 역시 걸음을 멈춘다. 지난 한 달 동안, 다시는 문제를 회피하지 않겠다고 말하지 않았나? 난 린필드를 떠났지만 그것만으로는 충분하지 않았다. 과거의 상처가, 제이슨이 내 눈앞에 있었다. 마치 온 우주가 나를 올바른 방향으로 힘껏 밀어준 것처럼.

나는 심호흡을 크게 한 다음 그를 향해 빙글 돌아서서 가슴 앞에 팔짱을 낀다.

"정확히 뭐가 미안하다는 건데, 제이슨?"

그의 얼굴에 떠오르는 짙은 수치심을 보니, 기억 안 난다는 내 말이 거짓말이라는 것을 내 표정에서 읽은 것 같다. 그는 힘겹게 숨을 들이쉬더니 죄책감에 젖은 표정으로 갈색 정장 구두를 내려다본다.

"중학교 시절이 얼마나 지독했는지 기억나지? 혼자만 못 어울리는 것 같고, 마치 내가 잘못된 것 같고, 곧 다른 아이들이 그 사실을 알게 될 것 같은 기분 말이야. 그러다가 다른 애들이 당하는 걸 보게 되지. 같이 어울려 놀던 애들이 갑자기 못된 별명을 지어 부르고, 생일파티에 초대하지 않지. 그러다 보면 내가 다음 타자가 될 것 같은 두려움 때문에 먼저 나쁜 놈이 되어버리는 거야. 다른 애를 희생양으로 삼으면 나한테 관심을 가지지 않으니까. 내가 너한테 한 짓이 그거야. 그러니까, 한동안 내가 네 인생을 엉망으로 만든 나쁜 놈이었던 거지."

현기증이 쏟아지면서 눈앞의 인도가 울렁거린다. 내가 기대한 건 이게 아니었다.

"난 내가 이런 말을 하고 있다는게 믿기지가 않아. 지하철에서 널 본 순간, 무슨 말이라도 해야겠다는 생각이 들더라."

제이슨이 심호흡을 하고 얼굴을 찌푸리자 그의 입가와 눈가에 피곤한 듯 주름이 잡힌다.

우리 나이가 들었네, 어쩌다 이렇게 늙어버린 거지?

어느새 우리는 아이가 아니게 되었는데, 마치 하룻밤 사이에 일어난 일인 듯, 알아차릴 시간도 없이, 중요했던 모든 것을 놓아버리고, 한때는 온몸을 잡아 뜯던 것 같은 상처가 작디작은 하얀 흉터가 되어 시간이 나에게 새긴 튼살이며 주근깨 사이에 묻혀버린다.

린필드의 외로운 소녀와 나 자신을 분리하고 싶어 그렇게 노력했는데, 그게 다 무슨 소용인가? 내 눈앞, 고향에서 이토록 먼 내 눈앞에 내 과거의 한 조각이 서 있다. 아무리 달려도 나는 나 자신을 뛰어넘을 수 없다. 나의 역사도, 두려움도, 잘못된 것이 아닐까 걱정했던 나 자신의 어떤 부분도 나를 뛰어넘지는 못한다.

제이슨은 또다시 시선을 떨군다. "동창회에 갔는데 네가 잘나간
단 말을 들었어. 《R+R》에서 일한다며? 정말 멋지더라. 사실, 음, 예
전에 한 권 사서 네가 쓴 기사도 읽었어. 되게 멋지더라, 꼭 전 세계
를 돌아다녀본 것 같았어."

마침내 나는 입을 연다. "그래. 참…… 멋지지."

그의 얼굴에 웃음이 번진다. "넌 뉴욕에 사는 거야?"

"으흠." 나는 헛기침을 해 목을 고른다. "넌?"

"아니, 난 출장 왔어. 영업 일을 하거든. 난 아직 린필드에 살아."

이게 내가 수년간 기다렸던 바로 그 순간이구나, 하는 깨달음이
찾아온다. 내가 이겼다는 사실을 깨닫는 그 순간. 난 과거에서 빠져
나왔다. 난 무언가를 해냈다. 내가 속할 장소를 찾았다. 나에게 그
무엇보다 잔인한 짓을 저지른 사람이 린필드라는 촌 동네에 처박혀
있는 사이에 나는 내가 망가진 게 아니라는 사실을 증명해낸 거다.

하지만 그런 극적인 기분은 들지 않는다. 왜냐하면 제이슨은 촌
동네에 처박혀 있는 사람 같지도 않고, 전혀 잔인해 보이지도 않으
니까. 그는 여기, 이 도시에, 깔끔한 흰 셔츠를 입은 채로 서서 내게
진심으로 사과하고 있다.

눈이 따끔거리고 목 안에서 뜨거운 무언가가 밀려온다.

"혹시 린필드에 올 일 있는데 만날 생각 있으면……." 제이슨이 확
신 없는 목소리로 말한다.

나는 알겠다는 의미로 무슨 소리라도 내고 싶지만, 아무 소리도 나
오지 않는다. 내 뇌를 조종하는 작은 사람이 기절이라도 한 것 같다.

"그러니까, 다시 한번 미안해. 네가 아니라 내가 문제였다는 걸 알아주면 좋겠어."

인도가 또다시 진자가 흔들리듯 일렁인다. 지금까지 내가 봐왔던 세상이 거칠게 흔들리며 마치 완전히 무너질 것처럼 흔들리기 시작한다.

사람은 성장하는 거야, 머릿속 목소리가 말한다. 린필드에 있다고 해서 그 사람들이 예전 그대로의 모습으로 얼어붙을 거라고 생각했어?

하지만 제이슨의 말대로 문제는 그 사람들이 아니라 나였다.

바로 그 생각. 내가 그곳을 빠져나가지 않았더라면, 난 영영 외로운 아이로 남았을 것이다. 그 어디에도 속하지 못했을 것이다.

"아무튼 린필드에 오면……." 제이슨이 다시 입을 연다.

"혹시 나한테 작업 거는 건 아니지?"

"당연히 아니지!" 그러더니 그가 손을 들어 네 번째 손가락에 낀 굵직한 검은 반지를 보여준다. "행복한 결혼 생활을 하고 있다고. 단한 사람이랑."

"멋지다." 지금 떠오르는 단어라고는 그것밖에 없었다.

"그렇지. 그럼…… 다음에 보자."

그렇게 제이슨 스탠리는 등장했을 때처럼 순식간에 사라져버렸다. 와인 바에 도착했을 때 나는 이미 울고 있었다. (언제는 안 그랬나?) 우리가 늘 앉는 테이블에 앉아 있던 레이철은 나를 보자마자 놀라 벌떡 일어섰다.

"괜찮아?"

"일 그만둘래." 나는 눈물 범벅이 되어 말했다.

"그으……래."

"그러니까." 나는 코를 요란하게 훌쩍이며 눈물을 훔친다. "영화처럼 지금 당장 그만둔다는 소리는 아니야. 스와프나의 사무실에 들어가서 '때려치울게요!' 한 다음에 머리를 풀어헤치고 딱 달라붙는 빨간 드레스를 입고 걸어 나오겠다는 소리가 아니라고."

"다행이다. 네 퍼스널 컬러에는 오렌지색이 더 어울리거든."

"아무튼 그만두기 전에 새 일자리를 찾긴 해야 해." 내가 말한다. "하지만 내가 왜 이렇게 불행했는지 방금 깨달은 것 같아."

35장

≈≈≈

올해 여름

"내가 필요하면 같이 가줄게. 진심이야. 공항 가는 길에 티켓을 사서 같이 갈게."

그 말을 하는 순간조차 레이철은 내가 마치 송곳니 사이로 인간의 피를 뚝뚝 흘리는 거대 코브라를 손에 들고 내밀고 있기라도 한 것 같은 표정이다.

나는 레이철의 손을 꼭 쥐며 말한다. "알아. 하지만 네가 같이 가면 뉴욕 소식은 누가 전해주겠어?"

"아, 다행이다." 레이철이 속마음을 쏟아낸다. "혹시라도 같이 가자고 할까 봐 얼마나 걱정했다고."

레이철이 나를 끌어안고 양쪽 뺨에 한 번씩 입을 맞춘 다음 택시 안으로 밀어 넣는다.

신시내티 공항에는 부모님이 두 분 모두 마중 나와 있다. 똑같은

'I♥NEWYORK' 티셔츠 차림으로.

"이러면 네가 좀 더 집에 온 것처럼 편안하게 느낄 줄 알았지!"

엄마는 자기가 한 농담에 눈물이 날 정도로 신나게 웃어댄다. 어쩌면 이번이 엄마와 아빠가 처음으로 뉴욕이 내 집이라고 공식적으로 인정한 일인 것 같아서 기쁘면서도 한편으로는 슬프다.

"벌써 집에 온 기분인걸요."

그러자 엄마는 과장된 동작으로 심장을 부여잡는 시늉을 하며 감정에 취해 꺅 소리까지 낸다.

"그건 그렇고." 다 함께 부산하게 주차장을 가로지르던 중에 엄마가 말한다. "벅아이 쿠키를 만들었단다."

"그럼 저녁 식사는 그걸로 하고, 아침 메뉴는 뭐예요?"

엄마가 킥킥 웃는다. 세상에서 우리 엄마만큼 나를 웃기다고 생각하는 사람은 없을 거다. 아기한테 사탕을 뺏는 것처럼 쉬운 일이다. 아니, 아기한테 사탕을 주는 것처럼이라고 해야 할지도 모르겠다.

차에 오르자 아빠가 입을 연다. "그래, 얘야. 이번엔 무슨 일로 행차했냐? 오늘 휴일도 아닌데!"

"그냥 엄마 아빠가 보고 싶었어요. 알렉스도요."

"이런 젠장." 아빠는 중얼거리며 방향지시등을 켠다. "너 때문에 눈물이 다 나려고 한다."

우선 우리는 집에 들른다. 옷을 갈아입어야 하고, 스스로에게 격려의 연설도 해줘야 하고, 시간도 벌고 싶어서다. 2시 30분이 되어야 학교가 끝난다.

그때까지 우리 셋은 포치에 앉아 집에서 만든 레모네이드를 마신다. 엄마와 아빠는 앞서거니 뒤서거니 하며 내년에 정원을 어떻게 가꿀지 이야기한다. 뭘 뽑을지. 무슨 꽃과 나무를 심을지. 엄마가 곤도 마리에 방식으로 집 안 정리를 하기로 마음먹었지만 지금까지 버린 물건은 고작 신발 상자 세 개에 다 들어갈 만큼이라는 이야기도 한다.

"그만큼도 얼마나 큰 발전이냐." 아빠가 애정이 듬뿍 담긴 손길로 엄마의 어깨를 쓰다듬는다. "참, 우리가 사생활 보호 울타리 설치한다는 얘기했었나? 옆집에 새로 이사 온 가족이 남 말하기를 좋아하는 나머지 울타리가 필요하다는 결론을 내렸단다."

"집에 찾아와서는 온갖 동네 사람들의 근황을 다 전해주는데, 좋은 얘기라고는 하나도 없더구나! 우리 얘기도 분명 그렇게 하고 다니겠지!"

엄마가 그렇게 외치자 나는 "글쎄요, 엄마에 대한 거짓말은 훨씬 더 재미있을 걸요"라고 한다. 엄마는 금세 기분이 좋아진다. 역시 사탕을 물려준 아기 같다니까.

"울타리를 설치하면 그 친구가 분명 동네 사람들한테 우리가 필로폰 제조를 하고 있다고 떠벌리고 다니겠지."

아빠의 말에 엄마는 아빠의 팔을 주먹으로 치며 "그만 좀 해"라고 하지만 두 분 다 웃고 있다.

"나중에 네 오빠들이랑 영상 통화하기로 했다. 파커가 요즘 쓰고 있는 시나리오 읽어주고 싶대."

그 말에 나는 마시던 레모네이드를 뿜을 뻔했다가 간신히 참는다. 우리 단체 메시지 창에서 파커 오빠가 최근에 구상하고 있던 시나리오는 스머프의 탄생을 다룬 암울한 디스토피아 이야기로 섹스 신이 최소 한 번은 등장한다. 오빠가 내세운 논리는 언젠가는 진짜 영화를 만들고 싶지만 그때까지 배우는 과정에선 영화로 만들어질 수 없는 시나리오를 쓰면서 긴장을 좀 풀고 싶다나? 내가 보기에 오빠는 가족을 아연실색하게 만들고 싶어 하는 것 같다.

2시 15분, 나는 부모님에게 차를 빌려 내가 졸업한 고등학교를 향한다. 하지만 그제야 연료가 다 떨어졌다는 사실을 안다. 주유소에 급히 다녀와 학교 주차장에 차를 세우니 2시 15분이 되어 있었다. 내 안에서 두 가지의 불안감이 서로 우위를 다투기 시작한다. 하나는 알렉스를 만나서 내 마음이 전해지길 바라며 그에게 해야 할 말을 한다는 두려움이지만, 다른 하나는 1초도 머무르지 않겠다고 맹세하고 또 맹세했던 이곳에 돌아왔다는 불안감이다.

나는 콘크리트 계단을 씩씩하게 걸어올라 유리로 된 정문 앞에서서 마지막으로 크게 심호흡을 한 다음…….

문은 꼼짝도 하지 않는다. 잠겨 있다.

그렇지.

맞다, 이제는 학교라는 공간에 아무나 들락거릴 수 없다는 사실을 잊었다. 당연히 그게 어떤 상황에서건 최선의 조치일 것이다. 하지만 지금은 아니다. 문을 두드리고 또 두드린 끝에 회색 머리에 코가 뾰족한 관리인이 나타나 문을 빼꼼 열며 묻는다.

"무슨 일이시죠?"

"누굴 좀 만나러 왔어요. 선생님이에요. 알렉스 닐슨?"

"이름이?"

"알렉스 닐슨이라고……."

"그쪽 이름 말이에요." 관리인이 내 말을 고쳐준다.

"아, 파피 라이트예요."

관리인은 문을 닫더니 관리실 안으로 들어갔다가 곧 나온다.

"죄송합니다만 시스템에 없군요. 등록되지 않은 방문객은 학교에 출입할 수 없습니다."

"그럼 잠시 불러만 주시면 안 될까요?" 나는 한 번 더 시도해본다.

"죄송하지만 그건……."

"파피?" 관리인 뒤에서 누군가의 목소리가 들린다.

내 머릿속에 가장 먼저 떠오른 생각은, 세상에. 날 알아보는 사람이 있어! 운 좋다!

하지만 다음 순간 늘씬한 갈색 머리 미인이 다가오자 나는 심장이 바닥으로 쑥 꺼지는 기분이 되어버린다.

"세라, 안녕."

이곳에 오면 세라 토발과 우연히 만날 가능성도 있다는 사실을 잊고 있었다. 어마어마한 실수다.

세라는 다시 관리인을 보며 "제가 아는 분이에요, 마크" 하더니 내가 있는 바깥으로 나와 가슴 앞에 팔짱을 낀다. 귀여운 보라색 원피스에 어두운색 데님 재킷을 입고 있고 귀에 매달린 커다란 은 귀걸이가 출렁거린다. 콧등에 살짝 주근깨가 흩뿌려져 있다.

언제나 그렇듯이 세라는 완벽하게 사랑스러운 유치원 교사 같은 모습이다. (물론 실제로는 9학년 교사지만 말이다.)

"여긴 왜 왔어?" 그렇게 묻는 세라의 목소리는 불친절하지는 않지만, 분명 따뜻하지도 않다.

"아, 음, 부모님 만나러 왔어."

그러자 세라는 한쪽 눈썹을 치켜올리더니 등 뒤 붉은 벽돌 건물을 흘낏 본다.

"고등학교에?"

"아니." 나는 눈을 덮은 머리카락을 치우면서 대답한다. "내 말은, 내가 린필드에 온 이유 얘기였는데, 내가 여기 온 이유는…… 그러니까…… 알렉스랑 얘기하려고?"

세라가 눈을 굴린 것은 아주 잠깐이지만, 그래도 아프다. 사과만 한 덩어리가 목에 걸린 기분으로 침을 꿀꺽 삼킨다.

"네가 화난 것도 당연해." 심호흡을 한다. 유쾌한 일은 아니겠지만, 그래도 해야 할 일이다. "내가 너무 무심했어, 세라. 내가 알렉스와 가까웠던 것, 너와 사귀고 있는 동안 알렉스한테 기대한 것 전부다. 너한테 너무한 일이었어. 이제 알겠어."

"그래, 넌 정말 무심하더라."

우리는 잠시 침묵한다.

한참 뒤에야 세라가 한숨을 쉰다. "우린 다들 잘못된 판단을 해. 난 네가 사라지면 내 문제가 다 해결될 줄 알았지." 그녀는 가슴 앞에 팔짱을 풀었다가 팔의 방향을 바꾸어 다시 낀다.

"그러다가, 토스카나에 갔다 와선 네가 말 그대로 사라졌는데, 그러고 나니까 내 연애는 더 엉망이 되더라."

나는 양발에 체중을 번갈아 싣는다. "미안해. 누군가에게 상처를 주기 전에 내 감정을 알았어야 했는데."

458

세라는 고개를 끄덕이며 황갈색 가죽 샌들 사이로 보이는 완벽하게 칠한 발톱을 내려다본다.

"그랬으면 참 좋았을 텐데. 아니면 알렉스가, 아니면 내가. 우리 셋 중 누구라도 너희 둘 사이의 감정을 제대로 알았다면 내가 이렇게 오랫동안 시간이랑 감정을 낭비할 일은 없었을 거야."

"맞아. 그렇다면 너랑 알렉스는……."

세라는 잠시 침묵한다. 하지만 우연이 아니었다. 세라의 분홍색 입술에 작은 악마 같은 미소가 깃든다. "우리 헤어졌어. 다행한 일이지. 그런데 알렉스는 여기 없어. 벌써 퇴근했거든. 주말에 여행을 간다고 했던 것 같은데."

"그래?" 가슴이 철렁 내려앉는다. 반쯤 빈 주차장에 세워둔 부모님의 미니밴을 뒤돌아본다. "그래, 어쨌든 고마워."

세라는 고개를 끄덕이고 나는 다시 계단을 내려간다.

"파피?"

돌아보자 세라를 비추는 조명이 너무나 밝게 빛나고 있어서 눈을 가려야 할 지경이다. 마치 세라가 나에게 친절을 베풀어준 대가로 후광을 얻은 성녀라도 되는 것 같다. 받아들여야지.

세라는 느릿느릿 입을 연다. "보통 금요일이면 교사들은 '버디스'에 가. 전통이거든."

그녀가 걸음을 옮겨 조명에서 벗어난 덕에 나도 그녀의 눈을 바라볼 수 있다.

"아직 출발한 게 아니라면 거기 있을 거야."

"고마워, 세라."

"고맙긴, 알렉스 닐슨을 연애 시장에서 거둬가는 호의를 온 세상에 베푼 건 넌데."

그 말에 나는 웃지만 아직도 가슴속은 무겁다. "알렉스가 뭘 원하는지 모르겠어."

세라는 어깨를 으쓱한다. "그럴 수도 있지. 우린 대부분 겁이 나서 가질 수 없다면 원하는 걸 요구하지도 못한다더라.『밀레니얼 세대의 권태』라는 에세이에서 읽었어."

나는 놀라서 살짝 웃음을 터뜨렸다가 곧 헛기침을 한다.

"귀에 확 꽂히는 제목이네."

"그렇지? 아무튼, 행운을 빌게."

×

'버디스'는 학교 맞은편에 있고, 차를 몰고 오는 데 걸린 2분은 새로운 작전을 짜기엔 네 시간 정도 부족한 시간이다.

나는 여기까지 비행기를 타고 오는 대신 알렉스의 교실 안에서 오로지 그에게만 할 열정적인 연설을 연습했다. 그런데 그 이야기를 교사들, 그것도 몇 명은 내가 수업을 들었던 (그리고 빠졌던) 선생님들이 가득한 바에서 하게 되었다. 형광등이 켜진 이스트 린필드 고등학교 복도보다 내가 더 싫어하는 장소가 존재한다면 지금 내가 발을 들이고 있는, 번쩍이는 네온으로 된 버드와이저 간판이 붙어 있는 어둡고 좁아터진 바다.

갑자기 깜깜한 곳으로 들어온 내 눈앞에 어둠에 적응하기 위한 색색의 점들이 보인다. 라디오에서는 롤링스톤스 노래가 나오고 있고, 아직 오후 3시밖에 되지 않았다는 점을 감안하면 이 바는 이미 비즈니스 캐주얼을 입은 사람들, 베이지색 바지 그리고 세라의 옷과 그리 다르지 않은 무채색 면 원피스를 입은 사람들로 넘쳐났다. 벽은 골프 관련 용품들로 장식되어 있다. 골프채, 인조잔디, 액자에 든 골프선수며 골프장 사진.

일리노이주에는 노멀이라는 도시가 있다는데, 그 도시조차 이 바 앞에서는 명함도 못 내밀 거다.

벽에 붙은 TV 소리는 지나치게 크고, 그 아래에서 라디오가 지직거리는 소리를 내고 있고, 높은 테이블이나 좁다란 직사각형 테이블에 모여 앉은 사람들의 웃음소리와 높아진 목소리로 소란하다.

다음 순간 그가 보인다.

대부분의 사람들보다 키가 크고, 그 어떤 사람보다 차분한, 셔츠 소매를 팔꿈치까지 걷어올리고, 부츠 신은 발을 의자의 둥근 금속 받침대에 올려놓은 채, 어깨를 앞으로 구부리고는 엄지로 천천히 휴대폰 화면을 쓸어내리고 있다. 심장이 목까지 튀어나와 맛이 느껴질 것 같다. 금속성의 뜨거운, 지나치게 심하게 뛰는 심장이다.

그를 보는 순간 이 먼 길을 찾아왔는데도 지금 당장 도망치고 싶다. 하지만 그 순간 문이 삐걱 열리는 소리가 나는 바람에 알렉스가 시선을 들더니 나와 눈이 마주치고 만다.

우리는 서로를 마주 본다. 아마 그의 눈에는 나 역시도 그만큼이나 충격을 받은 것처럼, 그가 여기 있을 거라는 유용한 조언 같은 건 받지 않고 찾아온 것처럼 보일 것이다. 나는 애써 그에게로 몇 발짝 다가가 테이블 건너편에 발걸음을 멈추고, 맥주와 화이트와인, 보드카 토닉을 마시던 다른 교사들도 하나둘씩 나를 쳐다보기 시작한다.

"안녕." 알렉스가 속삭임에 가까운 목소리로 말한다.

"안녕."

나는 나머지 말이 나오기를 기다린다. 그러나 아무 말도 나오지 않는다.

"이 친구는 누구예요?" 밤색 터틀넥을 입은 나이 든 여자 교사가 묻는다. 목에 걸고 있는 이스트 린필드 고등학교 명찰을 보기 전에도 그 사람이 들라로 선생이라는 감이 온다.

"이 친구는……." 알렉스가 말끝을 흐리더니 자리에서 일어나서 다시 한번 말한다. "안녕."

테이블에 앉아 있던 다른 교사들이 의자를 당기고 우리에게 어차피 지금은 불가능한 사적인 공간을 만들어주려는 듯 등을 돌리며 서로 불편한 눈빛을 주고받는다. 들라로 선생이 한쪽 귀를 정확히 우리 쪽을 향해 쫑긋 세우고 있는 모습이 눈에 들어온다.

"학교에 왔어." 나는 간신히 입을 연다.

"아." 알렉스가 말한다. "그래."

"이런 계획을 세웠어." 나는 손바닥에 배어난 땀을 오렌지색 폴리에스테르 나팔바지에 문질러 닦으면서, 안전 고깔 같은 옷을 입고 오지 말걸 하고 생각한다.

"학교에 찾아와서, 세상에서 나를 이 학교에 들어오게 할 수 있는 단 한 사람이 너라는 걸 알려주고 싶었어."

그의 눈이 잠시 교사들이 앉아 있는 테이블을 훑는다. 지금까지 내가 한 말은 그의 마음을 편하게 해주지 못하는 것 같다. 그의 눈이 내 눈을 마주 보다가 곧 내 왼쪽 어딘가의 허공을 본다.

"그래. 네가 이 학교 정말 싫어하는 거 알아." 알렉스가 나지막이 읊조린다.

"맞아. 그 학교엔 나쁜 기억이 정말 많았어, 그런데 난 학교를 찾아가서, 그냥, 너한테, 내가…… 너를 위해서라면 어디든지 가겠다고 말하고 싶었어."

"파피." 알렉스가 반쯤은 한숨처럼, 반쯤은 간청하듯 내 이름을 부른다.

"아니, 계속 들어줘. 여기 올 때 가능성은 반반이라고 생각했고, 사실 지금부터 할 말을 아예 하고 싶지 않은 마음도 크지만, 알렉스, 꼭 그 말을 해야겠어. 그러니까 내 마음을 아프게 하고 싶더라도 조금만 기다려줄래? 용기가 사라지기 전에 끝까지 말하고 싶어."

그의 입이 잠깐 벌어지고, 금빛이 감도는 녹갈색 눈은 마치 폭풍우를 맞이한 강처럼 사납고도 거칠다. 그는 다시 입을 다물더니 고개를 끄덕인다.

아래가 까마득한 절벽에서 뛰어내리는 심정으로 나는 말을 잇는다. "나는 블로그 운영하는 게 좋았어. 너무 좋았는데, 난 그게 내가 여행을 좋아해서인 줄 알았어. 물론 여행을 좋아하는 것도 맞지만 말이야. 하지만 지난 몇 년 사이에 모든 게 변했어. 난 행복하지가 않았어. 여행이 예전과는 다르게 느껴졌어. 네가 뭐든 고쳐주는 반창고라도 된다는 듯 너를 찾았다는 네 말은 어쩌면 맞는지도 몰

라. 아니, 모르겠어. 널 만나면 재미있고, 도파민이 분출하면서 새로운 시각이 생기니까."

알렉스가 시선을 아래로 떨어뜨린다. 그는 나를 쳐다보지 않고, 만나지 말자는 말을 먼저 한 건 알렉스인데도 마치 내가 그 사실을 확인 사살해주며 그를 산 채로 잡아먹는 기분이다.

"나, 심리 상담을 받기 시작했어." 나는 어떻게든 말을 이어가보려고 불쑥 그 말을 해버린다. "심리 상담을 받으면서 지금은 뭐가 예전과 그토록 다르게 느껴지는지 알아보려고 예전의 삶과 지금의 삶 사이 달라진 점을 전부 목록으로 만들어봤어. 그런데 너만은 아니더라. 그러니까, 네가 가장 큰 변화였어. 여름휴가를 갈 땐 늘 너와 함께였는데 이제는 아니잖아. 그런데 달라진 게 너뿐인 건 아니더라. 우리가 함께했던 여행에서 가장 좋았던 건, 너와 함께였다는 사실을 빼면, 바로 사람들이었어."

그가 시선을 든다. 생각에 잠긴 듯 가느다란 눈이다.

"난 새로운 사람들을 만나는 게 좋았어. 사람들과…… 연결되어 있다는 느낌이 흥미로워서 좋았어. 린필드에서 살던 시절 나는 너무 외로웠고, 늘 나한테 뭔가 문제가 있는 것 같은 기분이었거든. 그러면서 여기가 아닌 다른 데로 가면 모든 게 다를 거라 생각했지. 나랑 비슷한 사람들을 만날 거라고 말이야."

"알아." 알렉스가 말한다. "네가 린필드를 싫어하는 거 알아, 파피."

"맞아. 난 여기가 싫어서 도망쳤어. 그리고 시카고에서도 모든 게 잘 풀리지 않자 또 도망쳤지. 하지만 여행을 시작하니 드디어 모든 게 더 나아지는 것 같았어. 난 사람들을 만났지. 그리고…… 잘 모르겠어. 과거라는 무거운 짐도, 미래에 대한 두려움도 내려놓으니 사람들한테 마음을 열기가 훨씬 쉽더라. 친구를 사귀기도 편했어. 불쌍하다고 생각할지 모르겠지만, 낯선 사람들과의 별것 아닌 우연한 만남 덕분에 난 덜 외로워졌어. 마치 내가 누군가의 사랑을 받을 수 있는 사람이 된 기분이었어. 그러다가 《R+R》에 들어가게 됐고, 내 여행은 달라졌어. 사람들도 달라졌지. 이제 내가 여행에서 만나는 사람들은 셰프라든지 호텔 지배인 같은 내가 기사를 써주길 바라는 사람들이 전부였어. 매번 근사한 여행을 떠났다가 공허한 집으로 돌아오는 기분이었어. 그토록 외로웠던 건 내가 그 누구와도 연결되어 있지 않아서라는 걸 이제야 알았어."

"알아내서 정말 다행이네, 네가 행복하길 바라." 알렉스가 말한다.

"그런데 문제는, 내가 《R+R》을 그만두고 다시 블로그를 열심히 하면서, 예전처럼 온 세상을 돌아다니며 벅이며 리타며 마틸드 같은 사람들을 만나기 시작하더라도 난 행복해질 수 없다는 거야. 외로웠기에 그 사람들이 필요했었어. 내 자리를 찾아 수백 킬로미터를 달려가야 한다고 생각했었어. 평생 동안, 내 가족 외의 누군가와 너무 가까워지면, 그래서 너무 많은 걸 보여주면 더는 날 좋아하지 않을 거라고 생각했어. 그래서 낯선 사람들과의 짧고 우연한 만남이 더 안전할 줄 알았지. 내가 가질 수 있는 건 그게 다라고 생각했어."

목소리가 심하게 떨리기 시작한다.

"그러다가 네가 나타난 거야." 나는 허리를 곧게 펴고 마음을 다잡는다. "널 너무 사랑해서 지난 12년 동안 최선을 다해 너와 거리를 뒀던 거야. 이사를 갔어. 여행을 떠났지. 다른 사람들이랑 사귀었어. 네가 세라를 좋아한다는 걸 알게 된 뒤에는 매일같이 세라 이야기를 떠들었고, 그게 더 안전하다고 느껴졌어. 세상 그 누구보다 너에게 거절당하는 게 가장 싫었거든. 그런데 이젠 알게 됐어. 내가 슬럼프에서 벗어나기 위해 필요한 건 여행도, 새 직장도, 당연히 수상택시 운전사와의 우연한 만남도 아니라는 거. 그 모든 일, 모든 순간은 너에게서 벗어나기 위한 노력이었어.

그리고 이제 더는 그러고 싶지 않아.

사랑해, 알렉스 닐슨. 네가 나한테 기회를 주지 않더라도 영원히 사랑할 거야. 그런데 난 린필드로 돌아가기가 무서워. 내가 여길 좋아할지, 지루해할지, 여기서 친구를 만들 수 있을지 몰라서, 나 같은 건 하나도 중요하지 않다고 생각하는 사람들, 나에 대해 아무렇게나 생각하는 사람들을 우연히 마주칠까 봐 겁이 나서. 난 뉴욕에 계속 살고 싶어. 난 뉴욕이 좋고, 아마 너도 좋아할 거라고 생각하지만, 만약 너를 위해 내가 무엇을 포기할 수 있느냐고 묻는다면 난 이렇게 대답할 거야. 모든 걸 다 포기할 수 있다고. 지금까지 내가 머릿속에 그린 것들 중 너와 함께할 새로운 삶을 위해 버리지 못할 건 아무것도 없어. 이스트 린필드 고등학교에도 갈 수 있어. 오늘뿐 아니라 앞으로도 마찬가지야. 네가 린필드에 머무를 거라면 난 지긋지긋한 고등학교 농구 경기에도 널 따라갈 거야. 선수 이름이 적힌 머리띠와 티셔츠를 갖추고, 선수들의 이름도 외울 거야! 아무렇게나 지어내지 않고 말야! 네 아버지 집에 가서 다이어트 소다를 마시면서 비속어를 쓰거나 우리 성생활을 화제에 올리지 않으려고 노력할 거야. 베티 할머니의 집에서 너와 함께 네 조카들을 돌봐줄 거야. 벽지 뜯는 것도 도와줄 거야! 난 벽지 뜯는 걸 싫어하지만 말이야!

　알렉스, 넌 내 휴가가 아니야. 내 번아웃을 해결할 해답도 아니야. 하지만 내가 위기에 빠졌을 때, 아플 때, 슬플 때, 내가 원하는 건 너밖에 없어. 그리고 행복할 때면 네가 있어서 훨씬 더 행복해져. 아직은 생각해야 할 게 많지만, 내가 아는 단 하나는 네가 어디에 있건 거기가 내 자리라는 사실이야. 그 어느 곳도 너만큼 나에게 집처럼 느껴지지가 않아. 슬플 때도, 기쁠 때도, 네가 내 옆에 있었으면 좋겠어. 너는 나한테 집이나 마찬가지야, 알렉스. 그리고 너한테 나도 그럴 거라고 생각해.”

　말을 마쳤을 때 나는 거칠게 숨을 몰아쉬고 있다. 알렉스의 얼굴엔 걱정이 가득하지만 그 밖의 다른 감정은 잘 읽어내지 못하겠다. 그는 아무 말도 하지 않고, 침묵이, 어쩌면 그 반대로 소음이 (스피커에서 핑크 플로이드의 노래가 흘러나오고 있고, 머리 위 TV에서는 스포츠 아나운서가 흥분한 듯 떠들고 있다) 우리 사이에 러그처럼 점점 더 길게 펼쳐지고, 나는 마치 아주 깜깜하고 맥주로 끈적끈적해진 저택의 반대편에 서 있는 기분이 든다.

　“마지막으로 하나 더.”

　나는 가방에서 휴대폰을 꺼낸 다음 사진을 찾아서 그에게 내민다. 그는 내 휴대폰을 받아드는 대신 그저 가만히 화면 속 사진만 쳐다본다.

　“이게 뭐야?” 그가 나직하게 묻는다.

　“팜스프링스에서 돌아온 뒤부터 내가 죽이지 않고 키우고 있는 화분이야.”

그에게서 소리 죽인 웃음이 새어나온다.

"산세베리아야. 물론 죽이기 어려운 식물이라고는 하더라. 그러니까 사슬톱을 들이대도 살아남는데. 하지만 난 이렇게까지 오랫동안 식물을 살려둔 게 처음이라서 네게 보여주고 싶었어. 내가 얼마나 진지한지 알려주고 싶어서."

그가 말없이 고개를 끄덕이는 것을 보고 나는 휴대폰을 다시 가방에 집어넣는다.

"이게 다야." 나는 약간 당황스러운 기분으로 말한다. "할 말 다 끝났어. 이제 말해도 돼."

그의 입꼬리가 살짝 꿈틀거리지만 미소는 금방 사라진다. 그마저도 기쁜 기색이라고는 없는 짧은 미소였다.

"파피."

내 이름이 이렇게 길고도 지독하게 들린 적 있었던가?

"알렉스."

그가 양손으로 허리를 짚는다. 인조잔디로 덮인 벽, 그리고 꼭대기에 방울 달린 골프 모자를 쓴 누군가의 빛바랜 사진밖에 없는데 옆으로 시선을 준다. 다시금 나를 마주한 그의 눈에는 눈물이 맺혀 있지만, 나는 그가 그 눈물을 흘리지 않으리라는 사실을 곧바로 안다. 알렉스 닐슨의 자제력을 나는 아니까.

그는 사막에서 굶어 죽어가는 와중에도 싫어하는 사람이 물을 건네면 예의 바르게 고개를 꾸벅 하며 고맙지만 괜찮습니다라고 말할 사람이다.

나는 목에 걸린 덩어리를 꿀꺽 삼킨다. "뭐든 말해도 좋아. 하고 싶은 말은 다 해."

그는 숨을 내뱉고, 바닥을 보고, 아주 잠깐 나를 마주 보더니 입을 연다.

"내가 너한테 어떤 감정을 갖고 있는지 알지." 그는 비밀을 고백하듯 나지막이 말한다.

"알아."

가슴이 다시 내달리기 시작한다. 알고 있다. 적어도 알고 있었다. 하지만 모든 걸 생각하지 않았기에 그를 얼마나 상처 입혔는지도 안다. 어쩌면 전부 이해할 수는 없지만, 이제 막 나 자신을 이해하기 시작했으니 놀라울 일도 아니다.

뭔가를 꿀꺽 삼키는 그의 턱 근육이 그림자와 함께 출렁인다.

"무슨 말을 해야 할지 정말 모르겠다. 널 보면 겁이 나. 널 보면 내 마음은 말도 안 되게 빠르게 내달려. 키스를 하자마자 난 우리 손주들 이름을 뭐라고 지을지 생각하게 되거든. 말도 안 되지. 그러니까, 우릴 보라고. 우린 하나도 안 어울리잖아. 오래전부터 알았지, 파피."

심장이 얼어붙고 차가운 피가 한가운데로 모이는 것 같다.

심장이, 내가, 반으로 쪼개지는 것 같다.

이번에는 내가 기도하듯이 간절하게 그의 이름을 부를 차례다.

"알렉스." 쉰 목소리가 나온다. "무슨 말인지 모르겠어."

그가 눈길을 떨어뜨리더니 이로 아랫입술을 훑는다. "난 네가 그 무엇도 포기하지 **않았으면** 좋겠어. 난 그저 우리가 어울리길 바랐는데, 그렇지 않잖아, 파피. 다시는 네가 무너지는 거 못 봐."

나는 고개를 끄덕인다. 한참 동안. 마치 계속해서, 멈추지 않고,

그 사실을 받아들일 수밖에 없는 것 같다. 그런 기분이니까. 앞으로 평생, 내가 알렉스를 사랑하는 만큼 그가 나를 사랑할 수 없다는 사실을 받아들이면서 살아야 할 것 같은 기분이니까.

"알았어." 나는 중얼거린다.

그는 아무 말도 하지 않는다.

"알았어." 한 번 더 중얼거린다. 눈물이 솟구치는 기분이 들어 얼른 그에게서 시선을 거둔다. 지금은 그가 날 위로하게 하고 싶지 않다. 나는 돌아서서 애써 턱을 높이 들고 등을 꼿꼿이 편 채로 출구를 향해 무거운 걸음을 옮긴다.

문간에 도착했을 때, 도저히 참을 수가 없다. 나는 뒤를 돌아본다. 알렉스는 아직도 그 자리에 서 있다. 그리고, 아무리 괴로워도 솔직할 수밖에 없다. 더 이상 그에게서 도망치고 숨지 않기 위해, 되돌릴 수 없는 말을 하는 수밖에 없었다.

"후회하지 않아. 너를 위해서 모든 걸 포기하고, 모든 걸 건다고 말했던 거 후회하지 않아. 진심이었어." 내 심장까지도. "처음부터 사랑했어, 알렉스. 적어도 그 말만은 해주고 싶었어."

그 말을 남긴 뒤 나는 걸음을 옮겨 환한 태양이 내리쬐는 주차장으로 나선다.

그제야 나는 울기 시작한다.

36장

〜〜〜〜

올해 여름

나는 끅끅거리는 소리까지 내며 운다. 주차장을 가로지르는 내내 갈기갈기 찢기는 기분이다.

한 손으로 입을 막고 꺽꺽 울자 흐느낌이 내 온몸을 흔들고 폐 구석구석까지도 날카롭게 찔러댄다.

계속 걷기도 힘겹지만, 멈출 수도 없다. 나는 부모님의 차까지 씩씩하게 걸어가서 차에 기대 고개를 푹 숙이고 콧물을 줄줄 흘리며 끔찍한 소리를 내며 운다. 파란 하늘도, 포슬포슬한 구름도, 주차장을 둘러싸고 살랑거리는 나무들도 전부 여름의 빛을 닮은 흐린 풍경으로 일그러지고 온 세상이 색색의 소용돌이로 녹아버린다.

그런데 그 순간 저 멀리서 가느다란 목소리가 바람에 실려온다. 내 뒤에서 들려오는 목소리, 그의 목소리가 분명하지만 돌아보고 싶지 않다. 단 한 번 더 그를 바라보는 순간 정점에 달해 심장이 영원히 부서져버릴 것 같지만, 그는 내 이름을 부르고 있다.

"파피!"

그리고 또 한 번.

"파피, 기다려!"

나는 감정을 애써 억누른다. 감정을 무시하려는 게 아니다. 거부하려는 것도 아니다. 그렇게 순수한 감정을 느끼는 것, 아무런 의심 없이 내 몸이 겪는 감정을 아는 건 기분 좋기까지 한 일이니까. 그러나 그건 이 감정이 그의 것이 아니라 내 감정이기 때문이다. 늘 하던 대로 그가 달려와 받아주지 않아도 되는 오로지 나만의 감정.

아스팔트를 달리는 그의 발소리를 들으며, 나는 두 손으로 얼굴을 훔친 다음 호흡을 원래대로 되돌리려 애쓴다. 그의 발소리가 천천히 잦아지고, 마침내 결의에 차 있지만 평상시의 속도로 돌아와 부모님의 차와 그 사이에 나를 두고 섰을 때 돌아선다.

그리고 그가 입을 열기 직전, 오로지 우리의 숨소리만 들리는 한 순간이 있다.

또 한 번의 침묵 후에 그가 말한다. "나도 심리 상담을 받기 시작했어."

나는 그가 이 말을 하려고 여기까지 달려왔다는 생각에 나도 모르게 기침하듯 웃음을 토해낸다.

"잘됐네." 나는 손바닥 아랫부분으로 눈물을 닦는다.

"상담사가 그러는데……." 그는 손가락을 세워 머리카락을 쓸어내린다. "난 행복해지는 걸 두려워한대."

왜 나한테 그 말을 하는 거지? 머릿속 목소리가 말한다.

그가 말을 멈추지 않았으면 좋겠어. 또 하나의 목소리가 말한다. 이대로 영원히 대화를 할 수 있을지도 몰라. 이 대화가 평생 이어질지도 몰라. 지금까지 주고받은 문자 메시지와 전화 통화들이 그랬듯이.

나는 헛기침을 한다. "그래?"

그는 나를 한참 쳐다보다가 아주 살짝 고개를 젓는다.

"아니, 너와 함께 비행기에 올라 뉴욕으로 간다면 그 누구보다 행복할 거야. 너와 함께 있는 한, 난 행복할 거야."

또다시 눈앞에 만화경 같은 색채들이 빙빙 돌아간다. 나는 솟아오르는 눈물을 감추려고 눈을 깜박인다.

"그리고 그럴 수 있기를 간절히 원해. 내 감정을 말하지 못하고 놓친 기회들, 내 마음을 들키면 널 잃을 거라고, 우리가 너무 다르다고 스스로를 다그쳤던 순간들이 빠짐없이 후회돼. 난 그저 너와 행복했으면 좋겠어. 하지만 그다음이 두려워."

그의 목소리가 갈라진다.

"네가 날 재미없어할까 봐 겁이 나. 다른 사람을 만날까 봐, 아니면 행복하지 않은데도 내 곁을 떠나지 못할까 봐, 그리고…… 평생 널 사랑하다가 언젠가 이별해야 할까 봐 무서워. 네가 죽고, 온 세상이 아무것도 아닌 것처럼 느껴질까 봐 두려워. 네가 죽고 난 뒤 내가 침대에서 일어나지조차 못할까 봐, 또 만약 우리에게 아이들이 있다면 멋진 엄마를 잃어버리고 아버지가 아무런 관심을 주지 않는 가운데 불행하게 살게 될까 봐 겁이 나."

그가 한 손으로 눈가의 물기를 훔친다.

"알렉스." 내가 나직하게 입을 연다.

어떻게 그를 위로해야 할지 알 수 없다. 과거의 고통을 없애줄 수도, 다시는 그런 일이 일어나지 않을 거라고 약속해줄 수도 없다. 내가 할 수 있는 것은 내가 본, 내가 아는 진실을 말해주는 것뿐이다.

"넌 이미 그 아픔을 이겨냈어. 사랑하는 사람을 잃었지만, 늘 침대에서 몸을 일으켰어. 네 인생에 중요한 사람들의 곁에 있어주면서 그 사람들을 사랑했고, 그들도 네게 그 사랑을 돌려줬어. 네 삶은 사랑으로 충만해. 잃은 건 아무것도 없어. 한 사람을 잃었다고 해서 네 삶이 끝난 건 아니잖아."

"알아. 난 그냥……." 그의 목소리가 바짝 긴장하더니 그는 크게 어깨를 들썩인다. "무서워."

나는 본능적으로 그에게 손을 뻗고, 그는 내가 이끄는 대로 끌려와 내 손에 깍지를 낀다.

"그럼 우리는 배를 여성형으로 부르는 사람들을 싫어한다는 것 외에도 또 하나 공통점이 생긴 거네." 내가 속삭인다.

"서로를 사랑하는 건 정말 무서운 일이야."

코를 훌쩍이던 그가 웃더니 양손으로 내 턱을 감싸고 내 이마에 자기 이마를 댄다. 그가 눈을 감고, 우리의 호흡은 서서히 하나가 된다. 같은 바다 위 두 개의 파도처럼 우리의 가슴이 함께 솟아올랐다가 다시 잦아든다.

"너 없이 살고 싶지 않아."

그가 속삭이자 나는 마치 그가 빠져나가지 못하게 하려는 듯 그의 셔츠를 단단히 그러쥔다.

알렉스의 입꼬리가 살짝 올라가더니 그가 중얼거린다. "작은 싸움꾼."

그가 살며시 눈을 뜨는 순간, 가슴이 아플 정도로 두근거린다. 그를 너무나 사랑한다. 어제보다 사랑하고, 내일은 더 사랑할 걸 알겠다. 그의 한 조각 한 조각을 나는 계속해서 사랑하게 될 테니까.

그가 내 등을 단단히 끌어안는다. 촉촉이 젖은 눈이 투명한 나머지 그에게로 뛰어들어 이 세상에서 그 누구보다 사랑하는 사람의 머릿속에서 그의 생각들 사이를 헤엄치고 싶다.

그가 내 머리를 쓸어내리더니 아름다우리만치 차분한 알렉스다운 표정으로 내 얼굴을 살핀다. "넌 말이야."

"싸움꾼이라고?"

"내 집이야." 그 말과 함께 그가 나에게 키스한다.

우리가, 집에 돌아왔구나.

에필로그

지금

우리는 뉴욕 버스 투어를 떠난다. 우리는 'I♥NEWYORK' 긴팔 티셔츠에 뉴욕을 뜻하는 빅 애플이 스팽글로 박힌 모자를 쓰고 있다. 쌍안경을 들고 다니면서 조금이라도 유명인 같아 보이는 사람들을 보면 자세히 바라본다.

지금까지 우리는 주디 덴치, 덴젤 워싱턴, 그리고 어린 지미 스튜어트를 포착했다. 투어에는 페리를 타고 자유의 여신상에 가는 코스가 포함되어 있고, 그곳에 도착하자 우리는 한 중년 여성에게 자유의 여신상 아래 눈부신 햇살 속 바람에 머리를 휘날리는 우리 둘 사진을 찍어달라고 부탁한다.

사진을 찍어주던 분이 다정하게 묻는다. "어디 출신이에요?"

"여기요" 하고 알렉스가 말하고, 나는 "오하이오"라고 대답한다.

투어를 반쯤 끝냈을 때 우리는 중간에 빠져나와 '카페 랄로'에 가서 메그 라이언과 톰 행크스가 〈유브 갓 메일〉에서 앉았던 자리에 앉기로 한다. 바깥은 춥고, 카푸치노를 홀짝이며 바라보는 길 건너편에 만발한 흰색과 분홍색의 봄꽃들로 뉴욕은 그 어느 때보다 아름답다. 알렉스는 이곳에 온 지 5개월째고, 가을 학기를 마친 뒤 이곳에서 봄 학기를 위한 장기 대체 강사 자리를 얻었다.

평범한 일상이 집으로 돌아가지 않아도 되는 휴가처럼 느껴질 줄은 몰랐다. 당연히 언제나 이렇지는 않다. 알렉스는 주말이면 자기 글을 쓰거나 보고서를 채점하거나 수업을 준비하느라 바쁠 때가 많고, 주중에는 잠에 취해 아침 키스를 할 때가 그나마 그를 가장 오래 볼 수 있을 때다(때때로 나는 곧바로 곯아떨어져서 키스한 게 기억나지 않을 때도 있다). 빨래, 설거지(알렉스는 저녁 식사를 마치자마자 해야 한다고 주장한다), 세금, 치과 예약, 잃어버린 교통 카드도 있다.

하지만 나는 매일같이 사랑하는 남자에 대한 새로운 사실들을 알아 나간다.

예를 들면 알렉스는 옆으로 누워 나를 등 뒤에서 끌어안은 자세로는 잠을 못 잔다. 그와 내가 각자 떨어져 모로 누워 있을 때에야 잠이 든다. 한밤중, 내가 내 몸에 걸쳐진 그의 팔다리 때문에 더워져서 몸을 식히느라고 그를 밀어내고 나서야.

정말 짜증 나는 일이지만 다시 편안한 자세를 찾는 순간 나는 나도 모르게 어둠 속에서 미소를 지으며 세상에서 가장 좋아하는 사람 곁에서 매일 밤 잠들 수 있다는 사실이 믿기지 않는 행운이라 생각한다.

불편할 정도로 덥다고 해도 그게 알렉스라서 좋다.

때로 우리는 우리가(사실은 그가) 요리하는 동안에 부엌에 음악을 틀어놓고 춤을 춘다. 로맨스 영화에 나오는 것처럼 달콤하게 서로를 끌어안고 몸을 좌우로 흔드는 춤이 아니라, 우스꽝스럽게 몸을 비틀고 빙빙 돌다가 콧김을 뿜으며 울다가 웃느라 머리가 아플 것 같은 그런 춤이다. 가끔 우리는 서로를 카메라로 찍어 동영상을 데이비드와 탬, 또는 파커와 프린스에게 보내주기도 한다.

오빠들은 답장으로 자기들이 부엌에서 춤추는 영상을 찍어 보내온다. 데이비드는 '사랑해요 괴짜들'이라거나 '짚신도 짝이 있다더니' 같은 말을 표현만 바꿔서 보내오고.

우린 행복하다. 행복하지 않을 때조차 알렉스가 없을 때보다는 훨씬 낫다. 관광객 놀이의 마지막 행선지는 타임스 스퀘어다. 최악의 장소를 마지막에 배치했지만 빼먹을 수는 없는 곳이다. 알렉스는 꼭 가고 싶다고 우긴다.

"거기 가서도 사랑이 식지 않으면 진심인 거야." 그가 말한다.

"알렉스, 타임스 스퀘어에서 너에 대한 사랑이 식는다면 난 너랑 중고 서점에 갈 자격이 없어."

지하철역을 빠져나올 때 그가 내 손을 잡는다. 이건 애정보다는 (아직 알렉스는 공공장소에서 애정 표현하는 걸 그렇게 좋아하지 않는다) 우리가 곧 맞닥뜨릴 엄청난 군중 속에서 서로를 놓칠지도 몰라서인 것 같다.

우리가 번쩍이는 불빛과 얼굴을 은색으로 칠한 거리 공연자와 부산한 군중에 둘러싸여 타임스 스퀘어에 서 있었던 시간은 도합 3분이 전부다. 고작 질린 얼굴의 볼품없는 셀카 몇 장을 남길 만한 시간. 그다음에는 곧장 180도 뒤로 돌아 지하철역으로 돌아간다.

우리 집으로 돌아오자 알렉스는 신발을 벗어던진 다음 곧바로 매트 위(우리한텐 매트가 있다, 어른이니까) 내 신발 곁에 단정하게 정돈한다. 나는 새로 시작한 일의 기사를, 아침까지 끝내야 할 기사가 있다. 스와프나에게 《R+R》을 그만둔다고 말하기가 망설여졌지만 그녀는 화내지 않았다. 사실은 나를 안아주었고 (비욘세가 안아주는 기분이었다) 그날 밤 나와 알렉스의 집 앞에 커다란 샴페인 한 병이 배달되어왔다.

동봉된 카드에는 이렇게 쓰여 있었다.

칼럼 축하해, 파피. 네가 수많은 곳에 가게 될 거라는 걸 쭉 알고 있었어. X. 스와프나.

가장 모순적인 건 앞으로 난 최소한 일 때문에는 아무 데도 가지 않을 거라는 거다. 하지만 다른 방면에서 내 일은 그리 다르지 않을 것이다. 난 앞으로도 식당과 바에 가게 될 거고, 뉴욕 전역에서 자꾸만 생겨나는 새로 오픈한 갤러리나 아이스크림 노점에 대한 글을 쓸 것이다.

하지만 '당신이 뉴욕에서 만나는 사람들'은 다를 거다. 음식보다는 사람에게 초점을 맞춘 기사들이 담길 것이다. 나는 나의 도시를 탐색할 테지만 이 도시를 사랑하는 사람의 눈을 통해 바라보기 위해 그들이 제일 좋아하는 새로운 장소에서 하루를 보내면서 무엇이 이곳을 그렇게 특별하게 만드는지 알아갈 것이다.

나는 첫 기사에서 브루클린에 새로 생긴 레트로풍 볼링장을 다뤘다. 이곳에 대해 알아보기 위해 알렉스와 함께 찾아갔던 날, 바로 옆 레인에서 개인용 금빛 공과 볼링용 장갑, 후광같이 비죽비죽한 회색 머리의 돌로레스를 본 순간 나는 이 사람이 나에게 많은 걸 알려줄 그 사람이라는 걸 알 수 있었다. 맥주, 긴 대화, 그 뒤에 이어진 볼링 레슨, 이것만으로도 기사에 담을 것은 충분했지만 그래도 알렉스와 돌로레스와 나는 거리에 있는 핫도그 가게까지 걸어가서 자정이 가까울 때까지 함께 시간을 보냈다.

기사는 거의 다 완성해서 마무리 손질만이 남아 있지만 그건 아침에 해도 된다. 긴 하루에 지친 지금 하고 싶은 일은 알렉스와 함께 소파 위에 몸을 던지는 게 전부다.

"집에 돌아오니 참 좋다." 그가 내 몸에 팔을 두르고 나를 끌어올리며 말한다.

나는 그의 등을 끌어안고 마치 온종일 기다린 것처럼 그에게 키스하며 말한다. "내가 제일 좋아하는 곳은 집이야."

"나도." 그는 중얼거리며 나를 벽에 기대 세운다.

여름이 오면 우리는 뉴욕을 벗어날 것이다. 나흘간 노르웨이를 떠돌아다니고, 또 나흘은 스웨덴에서 보낼 것이다. 아이스호텔엔 가지 않을 것이다. (그는 교사, 나는 작가, 우리 둘 다 밀레니얼 세대니까. 우리한텐 그만한 돈이 없다.)

레이철에게 열쇠를 맡기고 화분에 물을 주라고 부탁할 것이다. 스웨덴 일정이 끝난 뒤에는 비행기를 타고 곧장 린필드로 가서 그곳에서 알렉스의 여름방학이 끝날 때까지 시간을 보낼 것이다.

우리는 베티 할머니의 집에 머물며 그가 집을 수리하는 동안 나는 바닥에 앉아 트위즐러를 먹으면서 그가 얼굴을 붉히게 만들 새로운 장난들을 구상할 것이다. 함께 벽지를 벗겨내고 새로 칠할 페인트 색을 고를 것이다. 그의 아버지와 동생들, 조카들과 함께 저녁 식사를 하며 다이어트 콜라를 마실 것이다. 우리 부모님과 나란히 포치에 앉아 라이트 가족의 옛날 차들이 가득한 폐허를 바라볼 것이다. 우리는 뉴욕에서 함께 살았던 것처럼 고향에서도 함께 살 것이다. 우리에게 잘 맞는지, 우리가 살고 싶은 곳인지 알아볼 것이다.

하지만 나는 이미 린필드에서 내가 어떤 기분일지 잘 알고 있다. 그가 있는 곳이라면 어디든 내가 가장 좋아하는 장소가 될 테니까.

"왜?" 그렇게 묻는 알렉스의 입가에 슬며시 미소가 번진다. "왜 그렇게 빤히 봐?"

"그냥 네가⋯⋯." 나는 고개를 저으며 지금 내가 느끼는 감정을 설명할 단어를 애써 찾는다. "참 커다래서."

그 말에 그는 한없이 큰 미소를 짓는다. 나에게만 보여주는 벌거 벗은 알렉스.

"나도 사랑해, 파피 라이트."

내일 우리는 서로를 조금 더 사랑할 것이다. 그다음 날에도, 또 그다음 날에도. 힘겨운 나날이 찾아오더라도 우리는 함께일 것이다. 서로가 온 힘을 사랑해 빠짐없이 사랑하는 사람으로부터 완전히 이해받고 받아들여지는 이곳에. 지난 12년간의 여름 동안 만난 모든 버전의 그가 내 곁에 있다. 언젠가 행복하지만은 않은 순간이 온다 해도, 지금 이 순간 나는 행복하다. 뼛속까지 행복하다.

| 감사의 말 |

수많은 이의 도움이 없었다면 이 책은 세상에 나올 수 없었을 것이다. 먼저, 또 그 누구보다 파커 피비하우스에게 감사해야겠다. 다음 책의 아이디어가 떠오른 순간 나는 당신과 통화를 하고 있었으니까. 이 책이 탄생한 건 그 통화 덕분이다. 고마워요, 내 친구.

멋진 편집자 어맨다 버거론, 커리어 카더에게 감사한다. 두 분과 함께 일한 경험을 그 어떤 말로도 제대로 표현할 수 없을 것이다. 여러분은 내가 그저 '책'이 아니라 '그 책'을 찾아낼 수 있도록, 웬만한 작가들은 그저 꿈만 꾸는 데 고작일 시간과 노력을 들여주었다. 작품의 주인 의식과 통제권을 타인과 나누는 일은 쉽지 않은 일이지만, 나는 그 모든 과정에서 가장 유능한 편집자들과 함께하고 있다는 걸 알고 있었다. 뛰어난 팀워크를 이루며 나와 내 글이 한계를 벗어날 수 있도록 함께해주어서 감사하다.

제시카 만지카로, 다셰 로저스, 대니얼 키어에게도 정말 고맙다고 전하고 싶다. 여러분이 없었더라면 세상에 내 책을 읽어줄 사람이 있었을까? 재능과 열정으로 내 작품들을 응원해주셔서 감사드린다. 덕분에 모든 게 더 빛이 난다.

그 외에도 나와 내 작품들에게 따뜻하고 힘을 주는 집이 되어준 버클리출판사의 다른 분들께도 감사드린다. 클레어 자이언, 신디 황, 린지 툴로흐, 실라 무디, 앤드리아 모너글, 제시카 맥도널, 앤서니 라몬도, 샌드라 치우, 진마리 허드슨, 크레이그 버크, 크리스틴 볼, 아이번 헬드, 그리고 이 자리에 언급하지 못한 다른 분들께도 감사의 인사를 전한다. 함께 작업할 수 있었던 매 순간 정말 행운이라고 생각했다.

뛰어난 에이전트 테일러 해거티, 그리고 루트 문학 팀 소속의 홀리 루트, 멜라니 피게로아, 몰리 오닐 역시 내 작품에 아낌없는 에너지로 소중히 살펴주셔서 감사했다. 무엇보다 스파클링 로제 와인을 보내줘서 고마웠다.

처음부터 나를 응원해준 라나 포포비치 하퍼, 리즈 칭게, 매리사 그로스먼 역시 고맙다.

사랑하는 친구 브리트니 카발라로, 제프 젠트너, 라일리 레드게이트, 베서니 모로, 케리 클레터, 데이비드 아널드, 저스틴 레이놀즈, 아드리아나 매더, 캔디스 몽고메리, 에릭 스미스, 텔러 케이 메히아, 애나 브레슬로, 달리아 애들러, 제니퍼 니븐, 킴벌리 존스, 이저벨 이바에즈는 내 삶과 글을 수년간 더 멋진 것으로 만들어주었기에 아무리 감사해도 부족하다.

책을 통해 이어진 공동체, 그리고 내가 존경하는 작가들의 응원을 받은 건 그저 개인적인 차원에서 엄청난 의미가 있을 뿐 아니라 내가 사랑하는 이 일을 아직까지도 할 수 있는 이유이기도 하다. 특히 시오반 존스를 비롯한 '올해의 책' 팀의 모든 분들, 그리고 애슐리 스피비, 지비 오언스, 로빈 칼, 빌마 아이리스, 세라 트루, 크리스티나 로런, 재스민 길로리, 샐리 손, 줄리아 웰런, 에이미 라이헤르트, 헤더 콕스, 제시카 모건, 세라 매클린, 여러분의 친절과 응원이 내 여정에 정말 중요했다.

그리고 언제나 그렇듯 나를 상당한 괴짜로, 또 괴상하게 자신감 넘치는 사람으로 길러준 가족에게, 또 부엌으로 가는 길에 늘 걸음을 멈추고 내 머리에 입 맞추는 남편에게 고맙다. 당신들은 정말 최고이고, 그 누구에게도 과분한 사람들이다.

당신과 나, 우리라는 이름의 교집합

〈해리가 샐리를 만났을 때〉를 볼 때마다 늘 처음 보는 것만 같았다. 노라 에프런의 이 명작 로맨틱 코미디에 나오는 아이러니한 장면을 기억하지 못해서는 아니다. 나는 모든 장면을 기억한다.

그 이유는 내가 해리를 싫어하기 때문이다. 매번 내 머릿속에 잠깐이라도 '해리가 이렇게 별로였나? 이 영화에선 샐리가 다 하네' 하는 생각이 스쳐갔다. 두 사람이 처음 만나는 장면에서 냉소적인 데다 밝히기까지 하는 해리를 도저히 참아줄 수가 없다. 하지만 노라 에프런이 마법을 부리는 순간 모든 것이 바뀐다. 한층 더 다정하고 진정한 해리, 부드러운 사랑을 할 줄 아는 해리, 그저 성장할 시간, 그리고 샐리와 우리에게 스며들 시간이 필요한 해리가 나타난다.

그렇게 시간이 가면서 샐리도, 나도 우리가 전혀 예상치 못한 그 사람과 사랑에 빠진다. 『우리의 열 번째 여름』을 쓰기 시작할 때는

내가 가장 좋아하는 로맨틱 코미디에 대한 오마주를 쓰겠다는 의도
는 없었다. 하지만 에프런이 나에게 지울 수 없는 영향을 남겼다. 서
로에게 이를 갈고, 짜증을 내고, 화를 내다가 어느 순간 더 이상 그
러지 않게 되는 인물들을 열렬히 사랑할 수 있는 씨앗을 뿌려준 것
같다. 인물이 변해서가 아니라 우리가 그 사람의 진정한 모습이 무
엇인지를 바라보기 시작한 덕분이다.

바로 그렇게 나는 이 책을 쓰기 시작했다. 사랑은 물론, 서로를 좋
아할 이유조차 딱히 없는 두 인물. 공통점이 거의 없어서 로맨스를
논할 이유가 없고, 이 때문에 우정이 싹튼다. 우리의 DNA에 새겨져
이제 그 우정이 없이는 더 이상 나 자신이라 느낄 수 없게 만드는,
인생에 단 한 번뿐일 깊고 무조건적인 진정한 우정. 알렉스와 파피,
파피와 알렉스.

이 책은 코로나19 이전, 주말 여행이나 다른 대륙으로의 비행기
여행이 오늘날보다 더 쉬웠던 시기에 쓰인 휴가에 관한 책이다. 하
지만 해리, 그리고 알렉스와 마찬가지로 겉보기가 진실을 모두 알려
줄 수는 없는 법이다.

궁극적으로 이 책은 집에 관한 책이다. 집을 찾는 것, 집에 머무르
는 것, 집을 두 팔로 꼭 끌어안고 허파를 가득 채울 정도로 호흡하
는 것. 이 책은 두 사람을 위해 만들어진 세계, 특별한 우정으로 이
루어진 마술 같은 벤다이어그램에 관한 책이다. 당신과 나, 그리고
우리라는 이름으로 불리는 신성한 교집합 말이다.

아직까지 우리는 비행기에 훌쩍 오를 수도, 장거리 버스에 오를

수도, 그루폰에서 컨트리 음악 테마로 꾸며진 모텔의 할인 쿠폰이나 안전한지 아닐지 모르는 수상 택시 티켓을 살 수 없을지는 몰라도 이 책이 여러분을 마법 같은 곳으로 데려가주었으면 좋겠다. 머리카락을 나부끼게 만드는 바닷바람을, 노래방 바닥에 쏟아진 맥주 냄새를 느낄 수 있었으면 좋겠다. 또, 이 책이 여러분을 다시 돌아오게 해주면 좋겠다. 당신을 집으로 데려와 사랑하는 사람들에 대한 격렬한 고마움으로 가득 채워주었으면 좋겠다.

왜냐하면 이 책은 우리가 가는 장소보다는 그곳으로 가는 길에 만나는 사람들에 관한 책이기 때문이다. 하지만 무엇보다 이 책은 머무르는 사람들, 집이 되어주는 이들에 관한 책이다.

에밀리 헨리

우리의 열 번째 여름

초판 1쇄 2022년 6월 15일

지은이 | 에밀리 헨리
옮긴이 | 송섬별
펴낸이 | 송영석

주간 | 이혜진
기획편집 | 박신애 · 최미혜 · 최예은 · 조아혜
외서기획편집 | 정혜경 · 양한나 · 송하린
디자인 | 박윤정 · 유보람
마케팅 | 이종우 · 김유종 · 한승민
관리 | 송우석 · 황규성 · 전지연 · 채경민

펴낸곳 | (株)해냄출판사
등록번호 | 제10-229호
등록일자 | 1988년 5월 11일(설립일자 | 1983년 6월 24일)

04042 서울시 마포구 잔다리로 30 해냄빌딩 5 · 6층
대표전화 | 326-1600 **팩스** | 326-1624
홈페이지 | www.hainaim.com

ISBN 979-11-6714-037-1